SELMA LAGERLÖF

MÅRBACKA DAS TAGEBUCH

der SELMA *Ottilia Lovisa* LAGERLÖF

Jugenderinnerungen

nymphenburger

Berechtigte Übersetzung aus dem Schwedischen
von Pauline Klaiber-Gottschau.

Umschlaggestaltung: Werner Rebhuhn, Hamburg.
Das Foto zeigt Selma Lagerlöf auf der Treppe von Mårbacka.
Druck: Jos. C. Huber KG, Dießen am Ammersee
Bindung: Oldenbourg, Heimstetten
Printed in Germany 1984
ISBN: 3-485-00464-2

DIE REISE NACH STRÖMSTADT

Das Kindermädchen

Auf Mårbacka gab es einmal ein Kindermädchen, das Back-Kajsa hieß. Back-Kajsa war sicherlich drei Ellen lang und sie hatte ein großes, grob geschnittenes Gesicht mit strengen, finsteren Zügen; ihre Hände waren hart und voller Risse, in denen beim Kämmen die Haare der Kinder hängen blieben, und sie war düster und trübsinnig.

Ein solches Menschenkind schien nicht gerade zum Kindermädchen geschaffen zu sein, und Frau Lagerlöf hatte sich auch sehr lange besonnen, ehe sie sie dingte. Back-Kajsa hatte noch nie zuvor gedient, ihre Herkunft machte sie auch nicht anziehender und von guten Manieren hatte sie keine Ahnung, denn sie war in der armseligen Kate Backarna weit droben auf der Waldhöhe oberhalb Mårbacka aufgewachsen, wo kein Mensch ringsum wohnte.

Aber es war offenbar kein anderes Mädchen zu finden gewesen, und so hatte man Back-Kajsa schließlich doch genommen. Daß sie kein Bett machen konnte, kein Feuer im Ofen zustande brachte und kein Bad zuzurichten verstand, darauf war Frau Lagerlöf ja vorbereitet, und es war auch nicht schwer, dem Mädchen dies beizubringen. Back-Kajsa war auch durchaus willig, das Kinderzimmer zu scheuern, Staub zu wischen und die Kleider der Kinder zu waschen. Aber was Frau Lagerlöf ihr nicht beizubringen vermochte, das war mit Kindern umzugehen. Sie wollte nicht mit ihnen spielen, sagte ihnen niemals ein freundliches Wort und kannte kein Märchen und kein Lied. Sicherlich wollte sie nicht häßlich gegen die Kinder sein, aber Lärm und Ausgelassenheit waren ihr nun einmal zuwider. Es wäre ihr am allerliebsten gewesen, wenn jedes der Kinder ruhig und still auf seinem Stühlchen gesessen hätte, ohne etwas zu sprechen und ohne sich zu rühren.

Immerhin war Frau Lagerlöf soweit ganz zufrieden mit Back-Kajsa. Wenn sie auch keine Geschichten erzählen konnte, so hatten die Kinder auf Mårbacka dafür ja noch ihre Großmutter. Jeden Vormittag, gleich nach dem Ankleiden, kam diese und setzte sich auf das Ecksofa im Schlafzimmer; sofort war dann auch schon die ganze Kinderschar um sie versammelt, und sie sang mit ihnen und erzählte ihnen Geschichten bis zum Mittagessen. Außerdem hatten die Kinder auch noch einen herrlichen Spielkameraden an ihrem Vater, dem Leutnant Lagerlöf, der in jeder freien Stunde mit ihnen herumtollte.

Back-Kajsa war kräftig und geduldig und pflichtgetreu, und man konnte sich unbedingt auf sie verlassen. Wenn die Herrschaft nach auswärts eingeladen war, so konnte man ganz sicher sein, daß das Mädchen nicht wegging und die Kinder allein im Kinderzimmer ließ. Back-Kajsa wäre wirklich ganz vortrefflich gewesen, hätte sie nur eine etwas leichtere Hand gehabt. Aber es war kein zarter Griff, mit dem sie die kleinen Ärmchen in die Kleiderärmel hineinschob; wenn sie die Kinder wusch, kam ihnen beständig der

Seifenschaum in die Augen, und beim Kämmen hatten sie stets das Gefühl, als würden ihnen die Haare ausgerissen.

Das Kinderzimmer auf Mårbacka war eine helle, warme und geräumige Stube, die beste im ganzen Hause; aber sie hatte allerdings den Fehler, ein Giebelzimmer zu sein; um dahin zu gelangen, mußte man erst in den unteren Flur hinunter, die Treppe wieder hinauf und dann noch über einen Bodenraum. Die Bodentreppe aber war steil und für kleine Füße recht beschwerlich; so war es stets hochwillkommen gewesen, wenn das vorige Kindermädchen eines der Kleinen auf den Arm genommen und die Treppe hinaufgetragen hatte; Back-Kajsa aber fiel es nicht im Schlafe ein, das zu tun. Überdies war dieser Bodenraum ein schrecklich unheimlicher Ort, besonders des abends nach Einbruch der Dunkelheit; da wäre es für kleine Hände eine Hilfe gewesen, sich in eine große hineinschmiegen zu können.

Aber Back-Kajsa, die den großen, wilden Wald gewöhnt war, hielt den Bodenraum auf Mårbacka wohl für einen traulichen und sicheren Ort. Sie ging stramm geradeaus ihres Wegs und streckte keinem der Kinder eine Hand hin. Jedes konnte froh sein, wenn es ihm gelang, auch nur einen Zipfel ihres Rocks zu erhaschen.

Die Betten, in denen die drei Kinder schliefen, waren von dem prächtigen alten Schreiner in Askersby angefertigt worden, und sie waren wunderschön geschmückt mit einer Reihe gedrehter Stäbchen rings um das Kopfende. Aber es waren sogenannte Schlafkommoden; denn so groß auch die Kinderstube war, die drei Betten nahmen doch sehr viel Platz weg, und so war es recht zweckmäßig, daß man sie tagsüber ineinanderschieben konnte. Das war an und für sich kein Fehler; aber wieviel Mühe der prächtige alte Schreiner sich auch mit den Betten gegeben haben mochte, sie hatten nun einmal das Bestreben, sich mitten in der Nacht ganz auseinanderzuschieben.

Wenn einem das widerfuhr, wurde man natürlich in hellem Schrecken aus dem süßesten Schlummer gerissen, und fand man das Bett mitten auseinandergefallen, dann versuchte man auf dem oberen Teil in sich zusammenzukriechen, in der Hoffnung wieder einzuschlafen. Aber das gelang nicht, und nach einer Weile streckte man die Beine aus und ließ sie hinunterhängen. So lag man und wartete auf den Schlaf, bis man so hellwach war wie am lichten Tage, und dann entschloß man sich endlich, aufzustehen und zu versuchen, das Bett wieder zusammenzuschieben. Und meinte man, damit zu Rande gekommen zu sein und waren die Bettücher wieder schön zurechtgelegt, kroch man so vorsichtig wie möglich ins Bett und dehnte und streckte sich mit Wohlbehagen. Alles ging vortrefflich, der Schlaf kam herbeigeschlichen. Aber dann machte man eine unvorsichtige Bewegung und schon fuhr das ganze Bett mit Gepolter wieder auseinander, und mit allen Hoffnungen auf Schlaf war es für diese Nacht aus und vorbei.

Back-Kajsa aber verschlief das alles, und keinem der Kinder kam es in den Sinn, man könne sie wecken und um Hilfe bitten. Das vorige Kindermädchen war sofort aufgewacht, wenn eines der Betten auseinanderfiel, und hatte es flink wieder zusammengeschoben, ohne daß man sie darum zu bitten brauchte.

Gerade über dem Kinderzimmer befand sich noch ein enger kleiner Bodenraum, der mit alten zerbrochenen Webstühlen und Spinnrocken vollgestellt war, und zwischen diesem Gerümpel hauste eine Eule. Dieses Tier hatte eine ganz merkwürdige Fähigkeit, einen unglaublichen Spetakel zu vollführen. Bei Nacht klang es in den Ohren der Kinder, als ob jemand schwere, dicke Klötze über ihren Köpfen hin und her schöbe. Aber wenn ihnen bei dem Lärm bange geworden war, hatte das vorige Kindermädchen nur gelacht und gesagt, das sei nichts zum Fürchten, es sei nur die Eule. Back-Kajsa jedoch, die aus dem Walde kam, fürchtete sich vor allen Tieren. Für sie waren es böse Geister, und wenn sie nachts durch die Eule geweckt wurde, holte sie ihr Gesangbuch und fing an zu beten. Das trug indes ganz gewiß nicht dazu bei, die Angst der Kleinen zu vermindern, im Gegenteil, es vermehrte nur noch ihre Furcht, und in ihrer Phantasie wuchs sich die arme Eule zu einem großen Ungeheuer mit einem Katzenkopf und Adlerflügeln aus. Es ist nicht zu schildern, wie sehr die Kleinen bis ins innerste Herz erschraken bei dem Gedanken, daß ein so unheimliches Wesen über ihnen wohnte. Wie, wenn es mit seinen gewaltigen Klauen einmal die Decke aufrisse und zu ihnen herabkäme!

Niemand kann behaupten, Back-Kajsa habe die Kinder vernachlässigt oder geschlagen. Das sah ihr gar nicht gleich. So darauf bedacht, die Kinder sauber und unversehrt zu erhalten, wie Back-Kajsa, war zwar das vorige Kindermädchen nicht gewesen, dafür aber gegen die Kleinen überaus zutunlich und freundlich.

Was die Kinder damals als ihren höchsten Schatz betrachteten, das waren drei kleine Holzstühlchen. Sie waren ein Geschenk des prächtigen alten Schreiners in Askersby. Es war den Kindern nicht ganz klar, ob diese Stühlchen eine Entschuldigung sein sollten für die mißratenen Betten; aber sie glaubten es fast. Die Stühlchen waren jedenfalls nicht mißraten, sie waren fest und dauerhaft. Man konnte sie als Tisch und als Schlitten verwenden; die Kinder konnten damit in der ganzen Stube herumreiten, sie konnten hinaufsteigen und wieder hinunterspringen, oder sie konnten sie hinlegen und Hof und Stall daraus bauen, kurz, es gab überhaupt nichts, wozu diese Stühlchen nicht zu gebrauchen gewesen wären.

Aber warum die Kinder einen so ungeheuern Wert auf sie legten, das verstand man erst, wenn man sie umdrehte. Da sah man, daß auf der Unterseite eines jeden Stühlchens eines der Kinder gemalt war. Auf dem einen sah man Johann, einen blaugekleideten Jungen mit einer ungeheuern Peitsche in der Hand; auf dem andern konnte man Anna sehen, ein süßes kleines Mädchen im roten Kleidchen und gelben Schäferhut, das an einem Blumenstrauß roch, und auf dem dritten erblickte man Selma, ein kleines Wackelpeterchen mit blauem Kleidchen und gestreiftem Schürzchen, mit nichts auf dem Kopf und nichts in der Hand.

Diese Bilder waren da hingemalt worden, um anzuzeigen, wem jedes Stühlchen gehörte, und deshalb nahmen die Kinder sie auch viel nachdrücklicher für ihr Eigentum als ihre Kleider und anderes, was sie von ihren Eltern bekommen hatten. Die Kleider, ach, die wanderten von einem zum andern, das erfuhren sie ja selbst alle Tage, und ihre feinen Spielsachen wurden entweder eingeschlossen oder auf die Eckbrettchen in der guten Stube gestellt; sie aber der Stühlchen zu berauben, die durch ihre Bilder bezeichnet waren, nein, das würde nie und nimmer irgend jemand einfallen.

Daher war es auch wirklich abscheulich von Back-Kajsa, daß sie zuweilen alle drei Stühlchen auf die hohe Kommode aus Birkenholz stellte, denn da konnten die Kinder sie nicht erreichen. Allerdings hatte sie dann gerade vorher das Zimmer gescheuert und die Stühlchen hätten häßliche Spuren zurückgelassen, wenn sie über den nassen Boden gezogen worden wären; aber das frühere Kindermädchen hätte es nie übers Herz gebracht, ihnen die Stühlchen auch nur für einen Augenblick wegzunehmen.

Nein, Back-Kajsa, das neue Kindermädchen, verstand nicht mit den Kleinen umzugehen, das sah Frau Lagerlöf wohl. Die Kinder fürchteten sich vor ihr und fühlten sich nicht wohl in ihrer Gegenwart. Aber Back-Kajsa war für ein Jahr gedingt, und ehe es um war, konnte man sie nicht gut fortschicken. Frau Lagerlöf hoffte auch, im Sommer, wenn die Kinder den ganzen Tag im Freien spielen könnten und das Kindermädchen weniger brauchten, werde alles besser gehen.

Eines Vormittags, ganz zu Anfang des Sommers, geschah es jedoch, daß das jüngste Töchterchen allein im Kinderzimmer gelassen worden war. Sie saß in ihrer Schlafkommode und wunderte sich, wo alle die anderen geblieben sein könnten, und dabei war es ihr sonderbar wirr und unbehaglich zumute.

Als sie ein wenig zu sich gekommen war, fiel ihr ein, daß sie morgens mit den Geschwistern den Leutnant Lagerlöf zum Åsquell hatte begleiten dürfen, um dort zu baden. Nach ihrer Rückkehr hatte Back-Kajsa alle drei ganz angekleidet in ihre Bettchen gelegt, damit sie bis zum Mittagessen schlafen sollten.

Aber Annas und Johanns Betten waren jetzt leer, also mußten sie wohl aufgestanden und ihrer Wege gegangen sein.

Vielleicht waren sie schon unten im Garten und spielten. Die Kleine verdroß es, daß sie weggegangen waren und sie allein im Kinderzimmer gelassen hatten. Aber da war nichts zu machen. Sie mußte nun eben aus dem Bettchen klettern und den andern nachlaufen.

Sie war dreiundeinhalbes Jahr alt und konnte schon ganz allein die Tür aufmachen und auch die Bodentreppe hinuntersteigen. Aber allein durch den Bodenraum wandern, das war das allerschlimmste Wagestück, und deshalb blieb sie auch liegen und horchte eifrig, ob nicht jemand käme und sie holte.

Ach nein, auf der Treppe war kein Schritt zu hören, sie mußte die Reise auf eigene Faust unternehmen. Aber als sie aus ihrem Bett steigen wollte, vermochte sie es nicht.

Sie versuchte es immer wieder aufs neue, sank aber stets nur in die Kissen zurück. Es war geradeso, als gehörten ihr ihre Beine gar nicht mehr, sie hatte die Gewalt über sie ganz verloren.

Das kleine Mädchen geriet außer sich vor Entsetzen. Das Gefühl von Ohnmacht, das sie beschlich, als der Körper ihr den Dienst versagte, war so unheimlich, daß sie sich noch lange, lange nachher, ja ihr ganzes Leben lang daran erinnern konnte.

Natürlich fing sie an zu weinen. Sie war ganz verzweifelt und fühlte sich unsäglich verlassen, und dabei war kein erwachsener Mensch in der Nähe, der sie hätte trösten oder ihr hätte helfen können.

Sie blieb indes nicht lange allein. Die Türe ging auf und Back-Kajsa erschien. „Willst du denn heute nicht herunterkommen und zu Mittag essen, Selma?“ fragte sie. „Die Großen haben — —“

Weiter kam sie nicht. Das kleine Mädchen dachte gar nicht mehr daran, daß es das unfreundliche Kindermädchen war, das in der Türöffnung stand. In ihrer großen Verzweiflung sah die arme Kleine nur eins: jetzt war ein erwachsener Mensch gekommen, der ihr helfen konnte, und sie streckte die Arme flehend nach Back-Kajsa aus.

„Komm und hol' mich, Back-Kajsa!“ rief sie. „Komm und hol' mich!“

Als Back-Kajsa an das Bett trat, schlang ihr das Kind die Arme um den Hals und klammerte sich so fest an, wie sich noch nie ein Kind an ihr festgehalten hatte. Ein leichtes Beben durchzuckte Back-Kajsa, und ihre Stimme war nicht ganz sicher, als sie fragte: „Was hast du denn, Selma? Bist du krank?“ — „Ich kann nicht mehr gehen, Back-Kajsa,“ schluchzte die Kleine.

Da hoben sie auch schon zwei starke Arme empor, so leicht, als wäre sie nur ein kleines Kätzchen; und plötzlich wußte das ernste, herbe Wesen auch, wie sie mit einem Kinde sprechen mußte.

„Deshalb mußt du nicht weinen, Selma“, sagte sie. „Ich werde dich tragen.“

Damit war der ganze Kummer der Kleinen wie weggeblasen. Nun fühlte sie sich nicht mehr verlassen und unglücklich. Was tat es, wenn sie nicht mehr gehen konnte, wenn Back-Kajsa sie tragen wollte? Das brauchte ihr niemand zu sagen, sie wußte es schon genau: wer einen so prächtigen, starken Freund hatte wie Back-Kajsa, dem konnte es nicht schlecht gehen.

Hoher Besuch

Johann und Anna fühlten sich sehr zurückgesetzt, weil man so viel Aufhebens von Selmas Erkrankung machte.

Das war auch ganz verständlich. Johann war sieben Jahre alt und lernte schon lesen bei Herrn Tyborg. Er war ein Junge und galt eigentlich fast für das älteste Kind. Allerdings hatte er einen älteren Bruder, aber der war ja nie daheim, sondern lebte bei den Großeltern in Filipstadt. Und jetzt auf einmal kümmerte sich kein Mensch mehr um Johann, sondern jedermann hatte nur noch Gedanken für das jüngste Mädchen.

Anna aber war schon fünf Jahre alt und konnte bereits stricken und nähen; sie war sehr niedlich anzusehen, und überdies war sie die älteste Tochter und Mamas Herzblatt. Aber was hatte man denn von alledem, seit Selma sich's hatte einfallen lassen, krank zu werden?

Alle großen Leute vergehen ja fast vor Rührung, wenn sie ein Kind sehen, das nicht gehen kann. „Wie soll das arme Wurm durchs Leben kommen?“ sagen sie. „Von der Welt bekommt es nie etwas zu sehen, es muß immer still auf einem Fleck sitzen. Heiraten kann es nicht und selber für sich sorgen ebensowenig.

Es ist wirklich hart für die Kleine." Und alle waren so überaus zärtlich und mitleidig mit dem armen Ding. Johann und Anna hatten wirklich nichts dagegen, aber man sollte doch andere Kinder nicht ganz und gar darüber vergessen.

Wer aber alle anderen übertraf, das war Back-Kajsa. Sie trug Selma auf ihrem Rücken, sie scherzte mit ihr und erzählte ihr, sie sei ein richtiger kleiner Engel. Und Vater und Mutter, die Großmutter und die Tante waren auch nicht viel besser. Hatte nicht der alte prächtige Schreiner in Askersby einen kleinen Wagen für Selma machen müssen, in dem Back-Kajsa sie umherfuhr? Und durften Johann und Anna diesen Wagen auch nur ein einziges Mal nehmen, um Sand darin zu fahren? Nein, der gehörte ja Selma, der durfte nicht schmutzig werden.

Johann und Anna wußten alle beide recht wohl, daß früher, als Selma noch gehen konnte, wirklich nichts Besonderes mit ihr gewesen war. Aber jetzt konnte kein Besuch ins Haus kommen, ohne daß man sie zu ihm hineintrug, damit er sie sehen und sich mit ihr beschäftigen konnte. Jeder Bauernfrau, die in die Küche kam, wurde Selma von Back-Kajsa vorgezeigt, und das ärgerlichste war noch, daß Back-Kajsa jedem überdies vorredete, wie lieb und wie interessant die Kleine sei. Niemals weine sie, nie sei sie schlechter Laune, obwohl sie sich gar nicht bewegen könne. O, Johann und Anna hätten es verwunderlich finden müssen, wenn sie etwa nicht lieb gewesen wäre! So gut, wie sie's hatte! Herumgetragen und hofiert und verwöhnt den lieben langen Tag!

Ja, Johann und Anna stimmten darin überein, daß Back-Kajsa überaus wunderlich sei. Sie ärgerte sich, weil Frau Lagerlöf ein Kleidchen für Anna nähte, das schöner als Selmas war. Und wenn sich's jemand einfallen ließ, Johann einen lieben, artigen Jungen zu heißen, so verkniff sie sich nie die Bemerkung, es wäre auch eine große Schande, wenn er sich nicht artig aufführte, da er doch gehen und sich rühren könne, wie er wolle.

Daß der alte Doktor Hedberg in Sunne Selmas wegen immer wieder aufs neue geholt wurde, nun ja, das war nach Johanns und Annas Ansicht nicht mehr als recht und billig. Auch konnte nichts dagegen gesagt werden, wenn Högmanns Inga, die ab und zu auf den Hof kam, um die Schweine und Kühe zu „besprechen", ebenfalls um Rat gefragt wurde. Aber jedenfalls ging es zu weit, daß die Großmutter, die Haushälterin und Back-Kajsa einmal, als Leutnant Lagerlöf verreist war, sich zusammentaten und die gefährliche alte Hexe von der Högbergalm nach Mårbacka kommen ließen, die in jeder Walpurgisnacht ihren Besen schmierte und zum Blocksberg ritt. Johann und Anna hatten gehört, sie habe die Macht, allein durch ihren Blick ein Haus in Brand zu stecken. Sie vergingen auch fast vor Angst, solange die Hexe auf Mårbacka war, und fanden es recht schlecht von Back-Kajsa, so gruselige Menschen auf den Hof zu bringen.

Natürlich sollte Selma wieder gesund werden, das wünschten die Geschwister von ganzem Herzen, ja mehr als alle die andern wünschten sie sich, die Schwester wieder frisch und munter zu sehen. Aber sie konnten eben nichts Merkwürdiges daran finden, daß Selma sich eine Krankheit angeschafft hatte, die niemand heilen konnte. Back-Kajsa aber fand es höchst merkwürdig. Und als weder Doktor Hedberg, der sie schon so oft von Husten und Brustschmerzen kuriert hatte, noch Högmanns Inga, die eine so glückliche Hand bei Kühen und Schweinen besaß, und die greuliche Hexe von der Högbergalm, die einen Besen lebendig machen konnte, Selma zu heilen vermochten, da wurde das Kind für Back-Kajsa immer merkwürdiger. Ja, als Leutnant Lagerlöf vollends mit ihr nach Karlstadt fuhr und sie zu dem Stabsarzt Haak, dem vornehmsten Doktor in Karlstadt, brachte, dieser aber auch nicht helfen konnte, da wäre Back-Kajsa vor Hochmut bald geplatzt. Wäre es da nicht viel besser gewesen, Selma hätte eine Krankheit gehabt, die geheilt werden konnte?

Johann und Anna sagten sich, das allerschlimmste aber sei, daß Back-Kajsa viel zu gut gegen Selma sei, weil diese dadurch ganz und gar verzogen werde. So klein Selma auch war, soviel hatte sie doch bald heraus, daß sie nicht so gehorsam zu sein brauchte wie die andern Kinder, die auf ihren Beinen stehen konnten. Vor allem brauchte sie nicht zu essen, was sie nicht mochte. Wenn ihr Frau Lagerlöf gedämpfte Mohrrüben oder Spinat oder hart gekochte Eier oder Biersuppe vorlegte, brauchte sie durchaus nicht wie früher ihre Portion ganz aufzuessen. Sie durfte nur ihren Teller wegschieben, gleich lief Back-Kajsa in die Küche und holte ihr etwas,was ihr schmeckte.

Aber damit noch nicht genug. Johann und Anna merkten noch etwas anderes: nachdem weder Doktor Hedberg, noch Högmanns Inga, noch die greuliche Hexe von der Högbergalm Selma hatten herstellen können, kam sie sich selbst so interessant vor, daß sie überhaupt keine Alltagskost mehr zu sich nahm, sondern gerade noch mit gebratenen Hähnchen und neuen

Kartoffeln oder mit Erdbeeren und Schlagsahne vorlieb nahm. Und als sie vollends in Karlstadt gewesen war und selbst Doktor Haak nichts für sie hatte tun können, wollte sie nichts anderes mehr essen als Heringe und Backwerk.

Johann und Anna hatten auch gehört, Tante Nana Hammargren in Karlstadt sei Selmas wegen ganz außer sich, ja sie habe Selma geradezu den Hungertod prophezeit. Und Johann und Anna waren nun fest überzeugt, daß die Sache schief gehen werde, wenn nicht bald eine Änderung eintrete.

Und dann trat wirklich eine Änderung ein.

Eines Morgens nahm Back-Kajsa die Kleine auf den Rücken und trug sie in das Küchenzimmer. Dort stand eine große, breite Schlafkommode, in der die alte Frau Lagerlöf zu schlafen pflegte; Back-Kajsa trat an das Bett, setzte Selma zwischen die Kissen nieder und sagte: „Hier gibt's was zu sehen für dich."

Das Bett war schön gemacht, aber es hatte in der Nacht niemand darin geschlafen, und auch jetzt lag niemand darin. Die alte Frau Lagerlöf, die sonst immer erst spät am Morgen fertig zu werden pflegte, saß schon angekleidet auf dem Sofa, und Mamsell Lovisa Lagerlöf, die auch in diesem Zimmer wohnte, war ebenfalls auf und fertig angezogen. Beide sahen sehr vergnügt aus, und als das kleine Mädchen in den Kissen saß, kamen sie zu ihr hin.

„Ja, Herzchen, heut nacht haben wir hohen Besuch bekommen", sagte die Großmutter und lächelte ihr zu. Selma fing auch an zu lachen, denn es gab doch nichts Schöneres, als wenn Besuch kam.

Dabei sah sie sich im Zimmer um und wunderte sich, wo der Besuch geblieben sein möchte. Jedenfalls war er nicht hier im Zimmer. Nicht in dem gelben Eckschrank, nicht hinter der hohen Wanduhr und nicht unter Tantes Chiffonière. Es gab überhaupt nur ein richtiges Versteck im Zimmer, nämlich die eingebaute Kellertreppe; aber dort konnte sich der vornehme Besuch nicht verkrochen haben.

All das kam Selma sehr sonderbar vor. Wozu saß sie denn in Großmutters Bett, und warum standen alle um sie her und starrten auf das Bett, wie wenn der Besuch darin zu finden wäre? Ratlos sah sie von einem zum andern. Da beugte sich Mamsell Lovisa vor und rückte etwas an den Kissen, und nun sah Selma, daß neben ihr im Bett ein kleines längliches Bündel lag, aber sie achtete nicht weiter darauf. Großmutter hatte ja gesagt, es sei hoher Besuch gekommen, und unter hohem Besuch verstand man Besuche, die von weither gereist kamen und große Tüten mit Zuckerwerk und Spielsachen für die Kinder mitbrachten. Und nach einem solchen Besuch schaute sie sich um.

„Ist er dort drin?“ fragte sie und zeigte auf die Saaltüre. Sie versuchte auch zu horchen, ob sie im nächsten Zimmer sprechen höre. Das frohe und aufgeräumte Aussehen der andern steigerte ihre Erwartung.

„Aber er ist ja neben dir!“ sagte nun die Großmutter und deutete auf das längliche Bündel. Ja, nun sah Selma, daß dieses Bündel zwei winzige Händchen hatte und ein kleines, runzliges Gesicht.

Verächtlich blickte sie auf das Wickelkind. O, Wikkelkinder hatte sie ja schon öfter gesehen, und dafür interessierte sie sich nicht. Sie wandte die Augen weg, und ihre Gedanken waren bei dem Besuch mit den Zuckertüten.

„Siehst du, das ist ein Schwesterchen, das heute nacht zu dir gekommen ist, und du mußt recht lieb zu ihm sein“, sagte Tante Lovisa.

Darauf war Selma nicht vorbereitet. Eine neue Schwester wäre ja schön und gut gewesen, wenn sie hätte gehen und sprechen können. Aber das Wickelkind da hatte keinerlei Bedeutung für sie.

Doch nun wurde ihr plötzlich klar, daß gar kein Besuch gekommen war. Großmutter hatte niemand anders gemeint als das kleine Dingelchen, und das hatte natürlich kein Zuckerwerk mitgebracht.

Als sie das begriffen hatte, fühlte sie sich bitter enttäuscht. Sie konnte ihre Tränen nicht zurückhalten, und Back-Kajsa mußte sie wieder auf den Rücken nehmen und in die Küche hinaustragen, damit der hohe Besuch nicht aufgeweckt werde.

Ach, Selma hatte wohl Ursache zu weinen, denn von nun an war die Zeit ihres Glückes und ihrer Macht zu Ende. Back-Kajsa mußte Frau Lagerlöf bei der Pflege des kleinen Ankömmlings helfen, und dieser war noch hilfloser und unverständiger als sie selber. Dem konnte man ja nicht vernünftig zureden, und so war es jetzt immer Selma, die warten und sich gedulden mußte.

Auch beeilte man sich nun nicht mehr so sehr, sie den Besuchern vorzuzeigen. Jetzt mußte das Wickelkind betrachtet und bewundert werden. Von Selma war plötzlich alles Merkwürdige abgefallen, und sie war nichts Besseres mehr als Johann und Anna. Das gab manche traurige Stunde im Laufe des folgenden Jahres. Nicht allein waren Kuchen und Heringe zu Ende für sie. Nein, jetzt kam niemand mehr, ihr den Teller wegzunehmen und andres Essen zu bringen, wenn Frau Lagerlöf gedämpfte Mohrrüben oder Spinat oder grüne Erbsen vor sie hinstellte. O nein, Selma mußte jetzt essen, was ihr vorgesetzt wurde.

Wenn Anna ein schöneres Kleidchen bekam als Selma, so machte niemand mehr Bemerkungen darüber. Im Gegenteil, alle fanden es ganz in der Ordnung, da Anna die älteste Tochter war.

Ja, zuweilen war Selmas kleines Herz recht schwer, denn sie war nicht ganz sicher, ob Back-Kajsa diese kleine Schwester nicht ebenso lieb habe wie bisher ihren Liebling Selma.

Die Reise nach Karlstadt

Back-Kajsa und ihr Schützling waren auf Reisen unterwegs. Sie saßen auf dem Bock der großen Kutsche neben dem Stallknecht Magnus, der von der Verantwortung, mit drei Pferden auf dem entsetzlichen Weg nach Karlstadt zu fahren, so ergriffen war, daß er kein Wort reden konnte.

Innen im Wagen saßen Frau Luise Lagerlöf und Mamsell Lovisa Lagerlöf mit Johann und Anna auf dem Rücksitz. Es war unbeschreiblich viel schöner auf dem Bock, wo man die Pferde sehen konnte, als unter dem Wagenverdeck eingeschlossen zu sein, und Johann hätte auch viel lieber neben dem Kutscher gesessen. Aber Frau Lagerlöf hatte gesagt, es gehe unmöglich an, Back-Kajsa auf den Rücksitz zu klemmen, und Selma mußte natürlich fahren, wo Back-Kajsa fuhr. Leutnant Lagerlöf war auch mit auf der

Reise, aber er fuhr in seinem kleinen Chaischen allein vor den andern her.

Nun war es schon ein ganzes Jahr her, seit das kleine Mädchen die Krankheit in den Beinen bekommen hatte, und noch konnte es weder stehen noch gehen. Jetzt wollte man einen wirklich ernsthaften Versuch machen, dem Übel beizukommen, nämlich durch einen Aufenthalt an der Westküste. Selma war die einzige Kranke unter den Reisenden, aber einen Sommer lang Seebäder nehmen, das konnte ja für alle miteinander nur zuträglich sein.

Als Selma auf dem Kutschbock saß, hatte sie ihr Leiden fast vergessen. O wie schön war es doch, so mit Back-Kajsa in die Welt hinauszufahren, besonders da das Kleinste daheimgeblieben war! Nun kamen sicherlich die alten Tage des Glückes wieder, die sie nie vergessen konnte.

Sie schmiegte sich dicht an Back-Kajsa, schlang ihr die Arme um den Hals und fragte sie immer wieder aufs neue, ob sie sich nicht auch sehr freue, daß sie beide nun ungestört zusammen sein würden?

Back-Kajsa gab ihr zwar keine Antwort darauf, aber das kümmerte Selma nicht weiter. Back-Kajsa hatte ja nie zu den redseligen Menschen gehört.

Die große Landstraße nach Karlstadt war damals genau wie heute noch überreich an Hügeln. Da war der krumme Bävikshügel und der Gunnarsbyhügel, der eine halbe Meile lang war, und der steile Aufstieg zu den Sundgårdsbergen, und da war Kleva, der gefährlichste von allen, weil der Weg an einem Abgrund hinführte. Es ging bergauf bergab, als reise man zwischen Himmel und Erde. Leutnant Lagerlöf hatte drei Pferde vor den Wagen spannen lassen, damit die Fahrt leichter vonstatten gehe, aber diese Anordnung war ungewohnt für Kutscher und Gespann.

Wenn etwas die Freude des kleinen Mädchens, Back-Kajsa wieder ganz für sich zu haben, noch erhöhen konnte, so war es diese Fahrt hoch auf dem Kutschbock mit drei widerspenstigen Pferden vor sich, die den schweren Wagen wie ein Spielzeug hinter sich herzogen und ihn um die Kehren schwangen, daß er nur noch auf zwei Rädern stand. Das war eine beständige Abwechslung, und zuweilen standen die Pferde mit steifen Beinen und glitten auf den Flanken den Hügel hinunter; dann wieder, wenn es gar zu steil bergab ging, mußte der Kutscher Magnus von seinem Sitz aufstehen und wie toll die Peitsche gebrauchen, um die Tiere ins Laufen zu bringen, damit der hohe Wagen sich nicht überschlug.

Mitten in einer solchen herrlichen Hügelfahrt wendete sich die Kleine aufs neue an das Kindermädchen mit der Frage:

„Back-Kajsa, bist du nicht auch froh, daß du wieder mit mir allein bist? Bist du nicht froh, daß das Kind nicht mit ist?“

Aber auch jetzt kam keine Antwort, und als Selma sich verwundert umdrehte, um dem Kindermädchen ins Gesicht zu gucken, sah sie, daß Back-Kajsa aschfahl, mit starren Augen und zusammengepreßtem Mund sich krampfhaft am Kutschbock festhielt.

„Back-Kajsa, bist du nicht froh?“ fragte die Kleine. Aber nein, Back-Kajsa war ganz und gar nicht froh, das sah Selma jetzt deutlich, und über diese Entdeckung wäre sie fast in Tränen ausgebrochen.

Doch jetzt gab Back-Kajsa endlich Antwort.

„Sei still, Selma! Man soll nicht sprechen, wenn man mitten in der Gefahr schwebt. So etwas Schreckliches hab' ich noch nie erlebt, und nur um deinetwillen bin ich nicht schon lange ausgestiegen und heimgelaufen."

Die Kleine saß ganz still und überlegte diese Antwort. Befriedigt war sie nicht. Wenn sie bei Back-Kajsa war, fürchtete sie sich nie. Und sie meinte, dann dürfe Back-Kajsa sich auch nicht fürchten, wenn sie bei ihr sei. Wenn sie nicht ausstieg und heimlief, so war das ja sehr schön; aber noch viel schöner wäre es gewesen, wenn sie sich so gefreut hätte, daß gar keine Furcht in ihr aufgekommen wäre.

In der Kajüte auf dem „Uddeholm"

Die Bewohner von Mårbacka waren noch immer auf der Reise. Aber jetzt saßen sie nicht mehr in der großen Kutsche, sondern nun waren sie an Bord eines schönen Dampfers, der Uddeholm hieß.

Den ganzen Tag hatten sie in Karlstadt mit Verwandtschaftsbesuchen und Einkäufen zugebracht; aber gegen Abend waren sie aus der Stadt hinausgefahren, hatten eine gute Weile auf einer langen Brücke gestanden, die geradeaus in den schönen Wenersee hineinlief, und da gewartet. Back-Kajsa hatte auch gleich wieder Angst bekommen, weil der See in der einen Richtung vollständig ohne Ufer war und es ihr schien, als habe die Welt dort ein Ende. Höchst merkwürdig war das allerdings gewesen, nicht nur für

Back-Kajsa, sondern auch für die anderen, als der schöne weiße Dampfer gerade aus dem Uferlosen aufgetaucht und auf die Brücke zugefahren war, um die Familie an Bord zu nehmen.

Als Back-Kajsa den Herrn Leutnant, seine Frau, Mamsell Lovisa und Johann und Anna ohne Zögern über den Landungssteg schreiten sah, da war sie auch mitgegangen. Sie traute dem Leutnant Lagerlöf wohl so viel Gewissen zu, daß er seine kleinen Kinder nicht absichtlich der Todesgefahr aussetzte. Aber wie es gehen sollte, wenn sie an die Stelle kamen, wo die Welt zu Ende war, das begriff sie jedenfalls nicht.

Sie wäre gern auf Deck geblieben, um zu sehen, ob das Wasser geradewegs in einen Abgrund stürze oder wohin es sonst floß; aber sobald es zu dämmern begann, waren die Damen und Kinder von Mårbacka gebeten worden, unter Deck zu gehen. Da waren sie in einen Raum geführt worden, den man eine Kajüte hieß. Das war der kleinste Raum, der ihnen je zu Gesicht gekommen war, und dort hatten sie sich für die Nacht eingerichtet.

Auf einem schmalen Sofa, das die eine Langwand einnahm, lag Frau Lagerlöf ganz angekleidet, und ihr gegenüber auf einem gleichen Sofa lag Mamsell Lovisa. Über Frau Lagerlöf, in einer Art von Regal, war Johann untergebracht, und in einem gleichen Regal über Mamsell Lovisa die kleine Anna. Auf dem Boden zwischen den beiden Sofas lag Back-Kajsa auf einer Wolldecke und neben ihr das kranke Mädchen; damit war aber auch der ganze Raum vollständig ausgefüllt. Kein noch so winziges Plätzchen war mehr übrig, wo man hätte sitzen, liegen oder stehen können.

Man hatte das Licht gelöscht, sich gute Nacht gewünscht und zum Schlafen niedergelegt; und eine gute Weile war auch alles ruhig und still geblieben.

Aber allmählich fing der Boden, auf dem Back-Kajsa und das Kind lagen, ganz sonderbar an auf und ab zu schwanken, und die Kleine rollte wie ein Ball erst an Frau Lagerlöfs Sofa und dann wieder zurück zu Back-Kajsa. Das war ein Spaß und tat dem kleinen Mädchen nicht im geringsten weh. Sie konnte nur nicht begreifen, warum der Boden nicht stille hielt.

Nach einer Weile hörte sie, wie ihre Mutter und Tante Lovisa miteinander flüsterten.

„Ich habe wohl zu viel von dem fetten Lachs bei Sjösteds gegessen“, sagte Frau Lagerlöf.

„Ja, ich hielt das gleich für ein sehr unverständiges Essen. Sie wußten doch, daß wir auf den Wener gingen“, versetzte Mamsell Lovisa.

„Ja, der Wener hat seine Tücke“, meinte Frau Lagerlöf mit einem Seufzer.

Auch Back-Kajsa fing an zu flüstern. „Sagen Sie doch, gnädige Frau, sind wir nun da angekommen, wo der See aufhört und das Wasser in den Abgrund stürzt?“

„Meine Liebe, der See nimmt die ganze Nacht noch kein Ende“, antwortete Frau Lagerlöf, die nicht verstand, was das Mädchen meinte.

Es blieb wieder still, aber nicht ruhig. Der Boden schaukelte auf und ab, und die Kleine rollte immer wieder hin und her.

Nun strich Frau Lagerlöf ein Zündholz an und machte Licht. „Ich muß nachsehen, ob die Kinder sich an den Regalen festhalten können“, sagte sie.

„Gottlob, daß du Licht gemacht hast!“ rief Tante Lovisa. „Schlafen kann man ja keinesfalls.“

„Ach, gnädige Frau und Mamsell Lovisa, fühlen Sie denn nicht, daß es immer mehr abwärts geht?“ jammerte Back-Kajsa. „Ach, wie sollen wir aus solcher Tiefe wieder heraufkommen? Wie können wir jemals wieder heimkommen?“

„Was kann sie wohl meinen?“ fragte Mamsell Lovisa ihre Schwägerin.

„Sie sagt, wir seien an der äußersten Grenze angekommen“, antwortete Frau Lagerlöf, die ebensowenig wie Mamsell Lovisa begriffen hatte, was Back-Kajsa meinte.

Wieder lagen alle still, jedes mit seinen Gedanken beschäftigt. Das kleine Mädchen hatte die Empfindung, daß sich die andern fürchteten. Ihr selber ging es ganz ausgezeichnet; sie lag wie in einer großen Wiege.

Aber jetzt faßte jemand nach der Türklinke. Ein roter Vorhang wurde zur Seite geschoben, und Leutnant Lagerlöf stand lachend unter der Tür und schaute in die Kajüte hinein.

„Wie steht's, Gustav? Gibt es Sturm?“ fragte Frau Lagerlöf hastig.

„So, ihr seid wach!“ sagte Leutnant Lagerlöf. „Ja, der Wind hat ein wenig aufgefrischt“, fuhr er in ruhigem Tone fort. „Der Kapitän meinte, ich sollte einmal heruntergehen und euch sagen, es werde nicht schlimmer, als es jetzt ist.“

„Was hast du im Sinn?“ fragte Tante Lovisa. „Willst du dich nicht auch hinlegen?“

„Ja, wo sollte ich denn liegen, Lovischen?“ versetzte Leutnant Lagerlöf.

Er hatte eine so gutmütige und treuherzige Art, als er sich jetzt in dieser überfüllten Kajüte nach einem etwaigen Liegeplatz umschaute, daß alle zusammen in helles Gelächter ausbrachen. Frau Lagerlöf und Mamsell Lovisa, die gerade noch so ängstlich und halb seekrank dagelegen hatten, mußten sich aufsetzen, um nach Herzenslust lachen zu können. Johann und Anna lachten oben in ihren Regalen, so daß sie herunterzufallen drohten; Back-Kajsa vergaß, daß sie nun bald an der Stelle sein mußten, wo der See zu Ende war, und lachte mit, und die Kleine neben ihr kugelte sich vor Lachen.

Leutnant Lagerlöf lachte selten, aber er stand seelenvergnügt unter der Tür, denn hinein konnte er ja nicht kommen.

„Na, gefährlich sieht es nicht aus bei euch", sagte er, als das Lachen sich legte. „Da will ich wieder hinaufgehen und mit dem Kapitän plaudern."

Damit sagte er gute Nacht und ging seines Weges. In der Kajüte aber kehrte nun die Bangigkeit zurück und mit ihr die Anzeichen von Seekrankheit. Frau Lagerlöf machte wieder vergebliche Versuche, Back-Kajsa zu beruhigen, die fortwährend auf den Augenblick wartete, wo alle in einen Abgrund versinken würden. Das kleine Mädchen aber mußte eingeschlafen sein, denn die weiteren Erlebnisse dieser Nacht kamen ihr nicht mehr zum Bewußtsein.

Im Laden des Goldschmieds

Jetzt waren wohl die größten Beschwerlichkeiten für die Reisenden überstanden. Sie brauchten nicht mehr zu fürchten, auf dem schlechten Weg nach Karlstadt umgeworfen oder auf dem Wenersee seekrank zu werden, sondern nun waren sie glücklich in Göteborg angekommen. Jetzt war alles Ungemach vergessen, und bei dem schönen Sommerwetter waren sie ausgezogen, sich die Stadt anzusehen.

Als sie durch die Osthafenstraße wanderten, schritt Leutnant Lagerlöf voraus, den Stock in der Hand, den Hut im Nacken und die Brille auf der Nase. Hinter ihm kam Frau Lagerlöf mit Johann an der Hand, ihr folgte Mamsell Lovisa, die Anna führte, und den Schluß bildete Back-Kajsa mit Selma. Sie trug das Kind auf dem Arm, weil sie es nicht für passend hielt, es auf dem Rücken zu tragen, solange sie in der Stadt waren.

Leutnant Lagerlöf trug einen braunen Rock und einen hellen Strohhut. Frau Lagerlöf und Mamsell Lovisa prangten in weißen Panamahüten mit breiten, nickenden Rändern und in großen, echten, gewirkten Umschlagtüchern, die, ins Dreieck gelegt, ihre weiten schwarzseidenen Röcke und feinen Samttaillen mit weißem Einsatz sowie die weiten bauschigen Manschetten fast ganz bedeckten. Johann hatte einen Blusenanzug an aus schwarzem Samt und Anna ein steif gestärktes, blaugetupftes Kattunkleidchen sowie Hut und Sonnenschirm und Krinoline. Selma trug das gleiche blaugetupfte, steif gestärkte Kattunkleidchen, hatte aber keinen Hut, sondern einen zu Hause angefertigten weißen Helgoländer auf dem Kopf und weder Sonnenschirm noch Krinoline.

Während Leutnant Lagerlöf so dahinschritt, drehte er sich ab und zu um und betrachtete die Frauen und Kinder, die hinter ihm herkamen. Er nickte und lachte, und man konnte ihm wohl anmerken, wie er sich freute, sie bei sich zu haben.

„Hier ist noch keines von uns je gewesen", sagte er, „nun wollen wir uns aber auch alles ansehen."

Sie wanderten also die Straße entlang und betrachteten die Häuser und die Kanäle mit ihren Brückchen, die Wagen und die Spaziergänger, die Schilder und die Gaslaternen, aber am meisten interessierten sie doch die Schaufenster.

Leutnant Lagerlöf drängte nicht vorwärts, im Gegenteil, alle miteinander sollten sich nach Herzenslust sattsehen und vergnügen. „Hier kennt uns niemand", sagte er, „guckt nur, solange es euch freut!"

In einem Modewarenschaufenster erblickte Mamsell Lovisa einen Hut, der mit weißem Schwanenpelz und zartroten Rosenknopsen ausgeputzt war, und da blieb sie mit Anna an der Hand wie gebannt stehen; daher mußten auch Leutnant Lagerlöf und Frau Lagerlöf und Johann und Back-Kajsa mit Selma auf dem Arm vor dem Schwanenpelzhut stehen bleiben. Mamsell Lovisa dachte nicht an die andern, sie stand wie verzaubert da, und Leutnant Lagerlöf freute sich, sie so hingerissen zu sehen. Aber schließlich ging ihm doch die Geduld aus.

„Du hast doch wohl nicht die Absicht, dir diesen Hut anzuschaffen, Lovisa?" sagte er. „Weißt du, der paßt besser für eine Siebzehnjährige."

„Es kann doch auch einer Alten Freude machen, etwas Schönes zu sehen“, versetzte Tante Lovisa, die schon die erste Jugendblüte hinter sich hatte, obwohl sie noch schön und stattlich war.

Aber als sie sich von dem Schwanenpelzhut losgerissen hatten, kamen sie an einen Juwelierladen, und nun war es Leutnant Lagerlöf, der stehen blieb. Als er eine Weile die Ringe und Armbänder und die silbernen Löffel und Becher und alles übrige, was ausgelegt war, betrachtet hatte, fing er vor lauter Entzücken leise zu fluchen an.

„Hier gehen wir hinein“, sagte er.

„Aber Gustav“, mahnte Frau Lagerlöf, „wir kaufen doch jetzt keine solchen Sachen.“

Sie legte die Hand auf seinen Arm und wollte ihn zurückhalten; aber er hatte schon eine große Glastür geöffnet und war eben im Begriff, in den Laden einzutreten. Und da blieb den andern auch nichts weiter übrig, als ihm zu folgen, Frau Lagerlöf mit Johann, Mamsell Lovisa mit Anna und Back-Kajsa mit Selma auf dem Arm.

Als sie eintraten, stand Leutnant Lagerlöf schon vor dem Ladentisch und sprach mit einem jungen Verkäufer.

„Nein, kaufen will ich nichts“, sagte er, „aber im Schaufenster liegen so viele schöne Sachen, und da konnte ich der Lust nicht widerstehen, hereinzukommen und zu bitten, auch die andern schönen Sachen, die Sie noch hier haben, sehen zu dürfen.“

Der junge Mann, mit dem er sprach, sah etwas betreten aus und wußte nicht, was er erwidern sollte. Und Frau Lagerlöf und Mamsell Lovisa hatten beide die Hände auf des Leutnants Schultern gelegt und versuchten, ihn wieder mit sich auf die Straße zu ziehen.

Da kam der Besitzer des Ladens selber aus dem Ladenstübchen. Er hatte wohl gehört, daß mehrere Leute in seinen Laden eingetreten waren, und dachte, er könne ein gutes Geschäft machen. Er stellte sich neben den jungen Verkäufer, legte die flachen Hände auf den Tisch und sagte einladend:

„Was steht zu Diensten?"

Leutnant Lagerlöf erklärte noch einmal, was er wünschte. Er fragte, ob er sich die schönen Sachen ansehen dürfe, die ringsum stünden, obgleich er nicht in der Lage sei, etwas zu kaufen.

Der Goldschmied drehte den Kopf ein wenig und sah schräg an dem Leutnant hinauf.

„Der Herr ist gewiß ein Wermländer?" fragte er.

„Potz Tausend noch einmal, was sollte ich denn sonst sein!" versetzte Leutnant Lagerlöf. „Natürlich bin ich ein Wermländer."

Da fingen alle an zu lachen, alle miteinander, die in dem großen Laden standen. Alle Verkäufer und Kontoristen versammelten sich lachend um Leutnant Lagerlöf, und aus einem inneren Zimmer trat eine feingekleidete Dame, die Frau des Goldschmieds, und wollte auch hören, was es Lustiges im Laden gebe.

Aber Frau Lagerlöf und Mamsell Lovisa Lagerlöf waren in der größten Verlegenheit, lieber wären sie wieder voll Angst und Beben in der Kutsche gesessen oder hätten sich im Sturm auf dem Wenersee schaukeln lassen, als hier in dem vornehmen Laden zu stehen. Und so versuchten sie aufs neue, den Leutnant aus dem Laden herauszubringen.

„Komm doch, Gustav!“ baten sie. „Laß uns doch um Gotteswillen gehen!“

„Nein, nein“, sagte der Goldschmied in liebenswürdigstem Ton, „bleiben Sie, bleiben Sie! Wir bitten, Ihnen alles zeigen zu dürfen, was wir haben.“

Er gab dem Verkäufer Anweisungen; und da wurden Schränke geöffnet und Leitern erklettert und herabgeholt, was auf den oberen Regalen stand. Bald war der große Ladentisch bedeckt mit Gold- und Silbersachen. Der Goldschmied und seine Frau suchten eifrig aus, was besonders beachtenswert war, zeigten es ihren Besuchern und berichteten dabei, wozu die einzelnen Sachen dienten und wie sie gearbeitet waren.

Leutnant Lagerlöf putzte seine Brille mit seinem seidenen Taschentuch, um besser sehen zu können. Er bestaunte und bewunderte, nahm schwere silberne Kannen in die Hand und betrachtete ihre Verzierungen.

„Siehst du, Lovisa“, sagte er, „hier ist es noch viel großartiger als in der Propstei zu Sunne!“

Ein andermal hielt er Back-Kajsa eine silberne Schale vor die Augen und rief: „Der Riese im Åsberg speist sicherlich nicht auf feinerem Geschirr, Kajsa!“

Alle Verkäufer kicherten und lächelten und machten sich über die Fremden lustig. Der Goldschmied und seine Frau waren ebenfalls munter und vergnügt, aber auf andere Weise. Sie waren freundlich, und Leutnant Lagerlöf gefiel ihnen offenbar sehr gut. Es dauerte nicht lange, da wußten sie, wer er war und wer die waren, die er bei sich hatte, und daß er nach Strömstadt wollte, um dort Heilung für sein Kind zu suchen, das ein Hüftleiden hatte und nicht gehen konnte.

Als Frau Lagerlöf und Mamsell Lovisa merkten, wie gut alles ablief, beruhigten sie sich und halfen bewundern. Frau Lagerlöf war voll Freude, als sie an silbernen Löffeln dasselbe alte Muster sah, das sie in ihrem Elternhause gehabt hatten, und Mamsell Lovisa war jetzt von einer Zuckerdose ebenso begeistert wie vorhin von dem Schwanenpelzhut.

Als sie sich endlich sattgesehen hatten und Abschied nahmen, war es gerade, als schieden sie von alten Freunden. Der Goldschmied und seine Frau und alle Verkäufer begleiteten sie bis auf die Straße hinaus; die Vorübergehenden glaubten sicherlich, hier seien Einkäufe von viel tausend Kronen gemacht worden.

„Ja, und nun bitte ich Sie noch vielmals um Entschuldigung", sagte Leutnant Lagerlöf, als er die Hand zum Abschied ausstreckte.

„Keine Ursache, Herr Leutnant", erwiderte der Goldschmied.

„Wir haben Ihnen soviel Mühe gemacht", warf Frau Lagerlöf in entschuldigendem Ton ein.

„Sie haben uns eine sehr angenehme Stunde bereitet", sagte der Goldschmied. „Lassen Sie es sich ja nicht gereuen. Man darf doch auch einmal etwas zu seinem Vergnügen tun, wenn man auch im Laden stehen muß."

Als Leutnant Lagerlöf nun den Weg durch die Osthafenstraße fortsetzte, saß ihm der Hut noch tiefer im Nacken als gewöhnlich. Er schwang seinen Stock und war sichtlich stolz auf sein Abenteuer.

Aber Frau Lagerlöf sagte leise zu Mamsell Lovisa: „Ich kann dir gar nicht sagen, wie bange ich war, denn ich glaubte gewiß, wir würden hinausgeworfen werden."

„Ja, ein andrer als Gustav hätte das auch nicht fertig gebracht", erwiderte Mamsell Lovisa. „Aber er ist eben ganz und gar unwiderstehlich."

Holmen Grå

Ums Essen brauchten sich die Reisenden keine Sorge zu machen; man ging nur auf den Markt und kaufte ein. Sie brauchten sich nicht darüber zu beunruhigen, ob die Kühe genügend fraßen und ob der Hafer wuchs, denn jetzt lebten sie zwischen kahlen Felsen und Wasser und hatten vergessen, daß es Äcker und Wiesen auf der Welt gab. Auch brauchten sie keine auswärtigen Besuche zu beherbergen und nicht in der Küche zu stehen und Festessen zu kochen, oder sich den Kopf zu zerbrechen, wo man die Gäste unterbrachte und ob die Bettstücke auch reichten. Wenn das Vieh krank wurde oder die Haushälterin sich mit dem Dienstmädchen zankte, so wußte die Familie Lagerlöf jetzt nichts davon. Man war frei und ungebunden und lebte nur der Gesundheit, dem Vergnügen, ohne alle Sorgen und Kümmernisse.

Noch nie hatten sie es so gut gehabt. Frau Lagerlöf, die etwas mager und angegriffen nach Strömstadt gekommen war, setzte an und bekam rote Wangen. Sie sah auf einmal zehn Jahre jünger aus und fühlte sich auch so. Mamsell Lovisa, die dick und langsam und so schüchtern war, daß sie in Gegenwart Fremder kaum den Mund öffnete, magerte sichtlich ab, taute auf und wurde umgänglich. Johann und Anna fanden viele Freunde unter den Strömstädter Kindern; Johann war ganz vernarrt ins Krabbenfischen, und Anna war glückselig über ihre Freundschaft mit zwei Mädchen, den Töchterchen des Zuckerbäckers, die ihr immer Bonbons anboten, so daß die Geschwister erklärten, nicht wieder heim zu wollen.

Was das kleine kranke Mädchen betraf, so konnte man freilich keinerlei Besserung an ihr bemerken, aber das bekümmerte die Kleine selbst nicht im geringsten, sondern sie war ebenso glücklich wie die andern. Sie hatte es jetzt so, wie sie sich's wünschte: Back-Kajsa und sie waren wieder unzertrennliche Freunde. Sie durfte ihr befehlen und wurde wieder ebenso verwöhnt wie in der ersten unvergeßlichen Zeit ihrer Krankheit.

Am allerbesten aber von allen ging es Leutnant Lagerlöf. Freilich bekam er in den ersten Wochen manchmal abweisende Blicke und kurze Antworten, wenn er mit dem ersten besten Menschen, dem er begegnete, ein Gespräch anknüpfte, nicht anders als ginge er auf den Wegen bei Mårbacka spazieren. Aber er ließ sich nicht abschrecken. Das wäre ihm gegen die Ehre gegangen, wenn er mit den Strömstädtern nicht gut Freund geworden wäre. Auf die Dauer konnten sie ihm auch nicht widerstehen; nach kurzer Zeit schon flog ein Lächeln über das Gesicht der strengen Weiber, wenn sie ihm auf der Straße begegneten, denn er war bei ihnen in ihren Hütten gewesen, hatte sich nach ihren Männern erkundigt, hatte die Kinder gelobt und sich zum Kaffee einladen lassen. Eine ganze

Schar kleiner Jungen zog auf der Straße hinter ihm her, weil sie entdeckt hatten, daß er stets die Tasche voll Kupfermünzen hatte. Auch mit den Fischern stand er auf höchst freundschaftlichem Fuße; einer nach dem andern lud ihn ein, auf den Makrelenfang mitzufahren. Alle alten ausgedienten Schiffskapitäne, die daheim bleiben mußten, sich aber immer noch hinaussehnten aufs Meer, luden ihn zum Grog auf ihre kleinen Veranden ein und berichteten ihm, wie sie sich früher unter Gefahren und Abenteuern in der Welt draußen getummelt hatten.

Leutnant Lagerlöf war eine menschenfreundliche Natur, und er wollte immer wissen, wie die Leute sich hier am Ende der Welt durchs Leben schlügen. Er scheute sich weder vor hoch noch niedrig, an Gesprächsstoff mangelte es ihm auch nie, und dabei sah er stets äußerst gutmütig und freundlich aus; so war es durchaus nicht verwunderlich, daß ihn die Bewohner von Strömstadt auch gern leiden mochten.

Aber niemand hätte auch von ihm sagen können, er sei sich seiner Macht nicht bewußt gewesen.

Die Mårbackaer hatten auf dieser Reise wirklich Glück. Unter anderem hatten sie gute alte Freunde aus Wermland getroffen, mit denen sie nun tagtäglich zusammen waren. Magister Tobiäson aus Filipstadt mit seiner Frau und zwei Schwestern, sowie ein unverheirateter Magister Lundström gehörten auch mit zu ihrem Kreise.

Mit diesen bildeten sie eine Bootsgesellschaft, und jeden Tag oder jeden zweiten Tag wurden weite Segelfahrten unternommen. Diese Ausflüge machten den Kindern ungeheuern Spaß. Dann pflegte Leutnant Lagerlöf alles zu berichten, was die Leute in

Strömstadt Lustiges zu ihm gesagt hatten. Die einen hatten ihn angeschnauzt, andere aber hatten ihm gesagt, es sei recht schade, daß so ein Prachtkerl wie er kein Segelschiffer sei. Außerdem befanden sich stets ein paar große Henkelkörbe mit im Boot, und wenn die Gesellschaft des Segelns müde war, gingen sie irgendwo an Land und hielten auf einer Felseninsel ein Festmahl. Dann sammelten die Kinder eifrig Muscheln. Sie hatten noch nie welche gesehen und waren über die Maßen erstaunt, weil sie von diesen Schätzen einheimsen durften, soviel sie wollten. Sie machten ihnen ebensoviel Freude wie Wiesenblumen oder Beeren.

So waren sie wieder einmal draußen auf einer Segelfahrt. Wind und Wetter waren günstig, die Henkelkörbe standen im Boot, Leutnant Lagerlöf war voll geladen mit Geschichten, und alle freuten sich auf den herrlichen Nachmittag.

Unglücklicherweise bemerkte einer von der Gesellschaft, man sei ja noch nie an der kleinen Insel gelandet, die Strömstadt gerade gegenüberliege und den Namen „Holmen Grå" führte. Und sofort wurde beschlossen, diesmal auf der Rückfahrt an diesem Holm anzulegen und dort einen Imbiß einzunehmen.

Nun lebte aber vor mehreren hundert Jahren auf dieser Insel die berüchtigte Hexe Kitta Grå, die mächtiger war als der Teufel selbst, und solange sie lebte, durfte kein Mensch einen Fuß auf die Insel setzen. Wenn es jemand dennoch einmal wagte, traf ihn sofort ein Unglück; er brach den Arm oder das Bein oder glitt von den schlüpfrigen Klippen ins Meer hinab.

Jetzt aber, da Kitta Grå längst tot und verschollen war, konnte doch sicherlich ein Besuch auf Holmen Grå nicht mehr gefährlich sein. Der Bootsmann warnte allerdings vor einer Landung; denn im letzten Frühjahr war er mit ein paar andern Burschen quer durch die Insel gegangen, und gleich war einer in eine Schlucht gestürzt und hatte das Bein gebrochen.

Aber das ließ den Ausflüglern die Insel nur noch verlockender erscheinen. Sie sehnten sich geradezu danach, den Fuß auf Holmen Grå zu setzen.

Das Boot kreuzte zu der Insel hinüber, glitt unter den Felswänden hin, und der Bootsführer suchte nach einer geeigneten Landungsstelle.

In diesem Augenblick zupfte die kleine Anna Lagerlöf ihre Mutter am Arme.

„Mama“, sagte sie, „Selma weint.“

Ja, wirklich, das kranke Kind saß da und weinte! Sie hatte sich doch während der Fahrt gar nicht gefürchtet, erst jetzt war die Angst über sie gekommen. Sie hatte es sich wie die andern gar schön gedacht, auf Holmen Grå an Land zu gehen; aber ach, unter diesen Felswänden sah es gar so dunkel und unheimlich aus! Nur die Felswände schreckten sie, sonst fehlte ihr nichts.

Die andern fragten, warum sie weine, aber sie wollte nicht antworten. Sie konnte doch nicht sagen, daß sie sich vor einer Felswand fürchtete.

Die Antwort wurde ihr auch erspart; da der Schiffer soeben einen Landungsplatz gefunden hatte, gab es anderes zu denken.

In dem Augenblick, wo das Boot an Land stieß, stand Magister Lundström aus Filipstadt auf und sprang mit der Trosse an Land. Aber wie wenn ein unsichtbares Wesen am Ufer gestanden und ihm einen Stoß vor die Brust versetzt hätte, prallte er zurück und stürzte von der Felsenplatte, auf der er stand, rücklings ins Meer.

Das war ein Entsetzen, ein erschrecktes und ängstliches Rufen! Doch die Angst war nur kurz. Der Schiffer beugte sich mit der Schnelligkeit einer fischenden Möwe über den Bootsrand, erfaßte den Rockkragen und zog den langen Magister pudelnaß aber unversehrt aus dem Wasser heraus.

Alle waren natürlich aufs höchste erregt über den schrecklichen Anblick, einen Menschen so geradewegs in die tödliche Tiefe stürzen zu sehen, und obgleich nun die Gefahr vorüber war, konnte niemand die vorige Munterkeit wiederfinden.

Magister Lundström selber schlug vor, die ganze Gesellschaft solle nun an Land gehen und ihm das Boot überlassen, damit er nach Strömstadt zurückfahren und trockene Kleider anziehen könne. Es sei ja nicht weit, und das Boot könne auf Wunsch unverzüglich zurückfahren und die andern holen.

Aber darauf wollte niemand eingehen. Alle miteinander hatten genug von Holmen Grå. Niemand hatte Lust, auf die schlüpfrigen Felsplatten zu steigen oder an den drohenden Felswänden emporzuklettern.

So fuhr man denn nach Strömstadt zurück, und jedes überlegte im stillen, ob wohl etwas Wahres an den alten Geschichten sein könne. War es nicht sonderbar, daß der Unfall gerade hier geschehen mußte? Man war doch fast an allen den Inseln der Strömstädter Schären an Land gegangen, und stets war alles gut abgelaufen.

„Mir kam es gleich so unheimlich vor, als die Kleine zu weinen anfing", sagte eines der Fräulein Tobiäson. „Da schwante mir sofort, daß uns etwas zustoßen würde."

„Ja, Herr Leutnant, was sagen Sie nun zu dieser Geschichte?" sagte das andere Fräulein Tobiäson, indem es sich an den Angeredeten wandte.

„Was ich dazu sage?" antwortete dieser. „Ich sage, es hätte nicht gut anders gehen können, wenn wir einen solchen Schulfuchs an Land schickten. Das war doch nicht der Mann für Kitta Grå."

„Sie meinen also", sagte Mamsell Tobiäson, „wenn ein anderer — wenn der Herr Leutnant selber an Land gesprungen wäre, so würde der Empfang besser ausgefallen sein?"

„Ja, zum Kuckuck, das mein' ich!" rief Leutnant Lagerlöf.

Lieber Gott, gab das ein Gelächter! Die düstere Stimmung im Boot war auf einmal verflogen. Sie malten sich das Zusammentreffen des Leutnants mit Kitta Grå aus.

Ja, ja, der Herr Leutnant wußte, daß er unwiderstehlich war.

Lieber Gott, wie herzlich sie jetzt alle lachten!

Der Paradiesvogel

Die Familie Lagerlöf bewohnte ein ganz kleines Häuschen am oberen Ende der Karlstraße und fühlte sich da äußerst behaglich. Leutnant Lagerlöf und die Kinder beschlossen sogar, das Häuschen Klein-Mårbacka zu nennen. Das war gewiß der höchste Ehrentitel, den ein Haus in einer fremden Stadt bekommen konnte.

Vor dem Häuschen war ein von einem Lattenzaun umgebener Baumgarten, in dessen Schatten man das Frühstück und das Abendessen einnahm, denn diese beiden Mahlzeiten wurden daheim zubereitet. Hinter dem Hause war noch ein kleines Stück Land, das mit Kartoffeln bepflanzt war. Und hinter diesem, dicht an der steilen Berglehne, stand ein Hüttchen, nicht viel größer als die Kajüte auf dem „Uddeholm". In diesem Hüttchen wohnte die Hauswirtin, Frau Kapitän Bergström.

Die Familie Lagerlöf hatte erfahren, daß Frau Bergström im Winter das größere Haus selber bewohnte, es aber während des Sommers an Badegäste vermietete und solange in dem kleinen Hüttchen wohnte. Dort saß sie nun vom Morgen bis zum Abend zwischen großen blühenden Oleanderbäumen, und alle Tische und Wandbretter standen ganz voll der wunderbarsten Dinge aus fremden Ländern, die Kapitän Bergström mit heimgebracht hatte.

Wenn Frau Lagerlöf und Mamsell Lovisa bei ihren Freunden Kaffee tranken und Leutnant Lagerlöf draußen beim Makrelenfang war, Anna sich zu den Zuckerbäckertöchtern begeben hatte und Johann zu seinen Krabben, dann nahm Back-Kajsa ihr kleines Mädchen auf den Arm und wanderte hinauf in das Häuschen zu Frau Bergström.

Das kleine Mädchen fühlte sich bei Frau Bergström zwischen den Oleanderbäumen ganz so behaglich und geborgen wie daheim auf Mårbacka, wenn sie neben der Großmutter im Ecksofa saß. Frau Bergström konnte zwar keine Märchen erzählen, aber sie hatte viele merkwürdige Dinge, die sie ihr und Back-Kajsa zeigte: Große Muscheln, in denen es rauschte und sang, wenn man sie ans Ohr hielt, Porzellanmänner mit langen Zöpfen und langen Schnurrbärten, die aus China stammen sollten, und zwei riesige Schalen, von denen die eine eine ausgehöhlte Kokosnuß, die andere ein Straußenei war.

Back-Kajsa und Frau Bergström unterhielten sich meistens über ernsthafte und fromme Dinge, von denen das Kind nichts verstand; aber zuweilen führten sie doch auch einfachere Gespräche. Dann erzählte Frau Bergström von ihrem Mann und seinen Reisen. Die beiden Gäste erfuhren, daß der Kapitän ein großes, schönes Schiff besaß, das „Jakob“ hieß, und daß er gerade jetzt unterwegs nach St. Ybes in Portugal war, um Salz zu holen.

Back-Kajsa fragte, ob Frau Bergström denn ihre Seelenruhe bewahren könne, wenn ihr Mann da draußen auf dem greulichen Meere herumfuhr? Aber Frau Bergström erwiderte, es lebe ja doch einer, der ihren Mann beschütze. Sie sorge sich, wenn er an Bord seines Schiffes sei, nicht mehr um ihn, als gehe er durch die Straßen von Strömstadt.

Gleich darauf wendete sich die gute Frau Bergström zu dem kleinen Mädchen und sagte, ihr Mann werde hoffentlich bald heimkommen, denn auf dem „Jakob“ sei etwas, was die Kleine gewiß gern sehen möchte, nämlich ein Paradiesvogel.

Das beschäftigte natürlich das Kind gewaltig. „Was ist denn das, ein Paradiesvogel?“ fragte es.

„Du hast doch deine Großmutter schon vom Paradies erzählen hören, Selma“, sagte Back-Kajsa.

Ja gewiß, jetzt erinnerte sich Selma wieder. Die Großmutter hatte ihr vom Paradies erzählt, und sie hatte gedacht, es müsse dort ungefähr so aussehen wie in dem Rosengarten an der westlichen Giebelseite von Mårbacka. Gleichzeitig wurde sie sich auch bewußt, daß ja das Paradies mit dem lieben Gott in Verbindung stand, und nun drängte sich ihr ein neuer Gedanke auf: Der Frau Bergströms Mann beschützte, so daß die gute Frau ganz unbesorgt sein konnte, ob er sich nun auf dem „Jakob" befand oder daheim in Strömstadt umherging, war gewiß niemand anders als der Paradiesvogel.

Diesen Vogel wollte Selma wirklich gern sehen. Vielleicht konnte er auch ihr helfen. Alle Leute bedauerten ihren Vater und ihre Mutter, weil sie ein krankes Kind hatten. Und diese teure Reise war auch nur ihretwegen unternommen worden.

Sie hätte so gerne Back-Kajsa oder Frau Bergström gefragt, ob sie meinten, der Paradiesvogel werde etwas für sie tun, aber sie hatte das Herz nicht dazu. Sie fürchtete, ausgelacht zu werden.

Aber sie vergaß das Gespräch nicht. Jeden Tag wünschte sie, der „Jakob" möchte ankommen, damit der Paradiesvogel an Land fliegen könne.

Und siehe, wenige Tage später hörte sie, nun sei der „Jakob" wirklich angekommen.

Das war eine große Freude für die Kleine; aber sie redete mit niemand darüber, denn für sie war das etwas sehr Feierliches. Sie dachte daran, wie ernsthaft Großmutter gewesen war, als sie von Adam und Eva erzählt hatte. Auch wollte sie Johann und Anna nichts von dem Vogel aus dem Paradiese sagen, der an Bord des „Jakob“ war und den sie bitten wollte, sie zu heilen. Nein, nicht einmal Back-Kajsa!

Doch der Vogel ließ sich nirgends sehen, und das war höchst sonderbar. So oft Selma zu Frau Bergström kam, erwartete sie, ihn auf den Oleanderbäumen sitzen zu sehen, aber er war nie dort.

Sie fragte Back-Kajsa nach ihm, aber Back-Kajsa meinte, er sei eben noch auf dem „Jakob“.

„Aber du darfst ihn bald sehen“, sagte sie, „denn der Herr Leutnant sagte, wir würden morgen alle miteinander an Bord des ‚Jakob‘ gehen.“

Back-Kajsa hatte wahr gesprochen. Kapitän Bergström war kaum einen Tag daheim, als er und Leutnant Lagerlöf auch schon die dicksten Freunde waren. Der Leutnant war schon mehrere Male draußen auf dem „Jakob“ gewesen, und es gefiel ihm ausnehmend gut dort. Nun sollte aber auch die ganze Familie sehen, wie herrlich es dort war.

Als sie von Hause weggingen, hatte sich keines von ihnen richtig klar gemacht, was es heißen wolle, an Bord des „Jakob“ zu gehen. Das kleine kranke Mädchen wenigstens glaubte, er werde genau so am Bollwerk liegen wie die großen Dampfer.

Aber das war nun nicht der Fall. Der „Jakob“ lag weit draußen in See, und sie mußten sich in ein Boot setzen und zu ihm hinrudern lassen. Auch war es höchst sonderbar: je näher man dem Schiffe kam, desto höher wuchs der „Jakob“ empor. Schon lag er da so still wie ein Berg, und es schien rein unmöglich, aus dem kleinen Ruderboot zu ihm hinaufzuklettern.

Tante Lovisa meinte gleich, wenn dieses hohe Schiff das Ziel ihrer Fahrt sei, dann könne sie ganz gewiß nicht mit an Bord kommen.

„Wart' nur, Lovischen", sagte der Leutnant. „Du wirst sehen, es geht besser, als du glaubst."

Aber Mamsell Lovisa erklärte, da könnte sie ebensogut versuchen, an der Flaggenstange auf Laholmen hinaufzuklettern. Und sie meinte, es wäre sicher am besten, man kehrte wieder um.

Frau Lagerlöf und Back-Kajsa gaben ihr recht und stimmten dafür, gleich wieder heimzufahren.

Aber Leutnant Lagerlöf war hartnäckig und gab nicht nach. Nein, nein, sie müßten an Bord kommen, es sei gänzlich ohne Gefahr. Vielleicht sei dies das einzige Mal, wo sie ein großes Handelsschiff zu sehen bekämen, und diese Gelegenheit dürften sie nicht versäumen.

„Ja, und wenn wir auch an Bord kommen, so kommen wir doch niemals wieder herunter", sagte Tante Lovisa.

Während der Fahrt begegnete ihnen ein Boot, das mit Säcken beladen war.

„Siehst du das Boot?" sagte Leutnant Lagerlöf zu seiner Schwester. „Weißt du, was in den Säcken ist?"

„Nein, lieber Gustav, wie sollte ich das auch wissen?" erwiderte Mamsell Lagerlöf.

„Nun, das sind Salzsäcke vom ‚Jakob', berichtete ihr Bruder. „Sie haben weder Arme noch Beine; aber wenn sie aus dem Schiff herunterkommen konnten, so wird es dir wohl auch gelingen."

„Jawohl, trag du einmal eine Krinoline und lange Röcke, dann wird dir deine Keckheit schon vergehen", versetzte Mamsell Lovisa.

So neckten sie sich während der ganzen Fahrt. Das kleine Mädchen, das so gern den Paradiesvogel sehen wollte, wünschte von ganzem Herzen, Tante Lovisa und die andern möchten sich doch entschließen, an Bord zu gehen; aber wie die andern hielt auch sie es für unmöglich.

Jedenfalls legte nun das Boot unter der schaukelnden Fallreeptreppe an, und ein paar Matrosen des „Jakob“ sprangen ins Boot, um den Besuchern beim Hinaufsteigen behilflich zu sein. Die erste, die sie ergriffen, war die kleine Kranke. Einer der Matrosen reichte sie einem seiner Kameraden hinauf, der sie die Treppe, oder wie man das Ding heißen mochte, emportrug und sie auf dem Deck des „Jakob“ niedersetzte. Dort verließ er sie, um den übrigen Gästen zu helfen, und sie blieb allein da stehen.

Sie war entsetzt, denn da war nur ein schmaler Rand des Decks, auf dem sie stehen konnte. Vor ihr öffnete sich ein großes, gähnendes Loch, und in der Tiefe lag etwas Schneeweißes, das in Säcke gefüllt wurde.

Lange Zeit stand sie allein da oben, im Boote unten mußte sich noch Widerstand gegen den Aufstieg erhoben haben. Niemand war zu sehen, und als sie sich ein wenig gefaßt hatte, fing sie natürlich an, nach dem Paradiesvogel auszuschauen.

Zuerst schaute sie hinauf ins Takelwerk. Sie hatte sich gedacht, er müsse mindestens so groß sein wie ein Truthahn, und so könne es nicht schwer sein, ihn zu finden.

Aber als kein Vogel zu erblicken war, wandte sie sich an Kapitän Bergströms Kajütenjungen, der in der Nähe stand, und fragte ihn, wo denn der Paradiesvogel sei.

„Komm mit, dann darfst du ihn sehen“, sagte der Junge. Er reichte ihr die Hand, damit sie nicht in den

Laderaum hinabstürzte. Dann ging er rückwärts nach der Kajütentreppe, und sie folgte ihm.

Unten in der Kajüte war es riesig fein. Möbel und Wände ringsum waren aus glänzendem Mahagoni, und da war auch richtig der Paradiesvogel.

O dieser Vogel! Er war noch wunderbarer als Selma sich's hatte träumen lassen. Er lebte zwar nicht, stand aber doch in ganzer Größe und Pracht mit allen seinen Federn vor ihr.

Sie kletterte auf einen Stuhl und von diesem auf den Tisch. Und da setzte sie sich neben den Paradiesvogel und betrachtete seine Schönheit. Der Kajütenjunge stand daneben und zeigte ihr die langen, glänzenden, hängenden Federn. Dann bemerkte er: „Siehst du, man könnte meinen, er käme aus dem Paradies. Er hat gar keine Füße."

Das paßte sehr gut in die Vorstellung des Kindes vom Paradies, daß man dort nicht gehen müsse, sondern sich mit zwei Flügeln fortbewege, und sie betrachtete den Vogel in tiefer Andacht. Dann faltete sie die Hände, wie wenn sie ihr Abendgebet sprechen wollte. Alsdann überlegte sie, ob der Kajütenjunge wohl wisse, daß es der Vogel sei, der den Kapitän Bergström beschützte. Aber sie wagte nicht zu fragen.

Den ganzen Tag hätte sie voll übergroßer Bewunderung so sitzen können, aber jetzt wurde sie durch lautes Rufen auf Deck aufgescheucht. Es klang, als riefe man: „Selma, Selma!"

Gleich darauf kamen die andern eilig und eifrig in die Kajüte gelaufen, der Leutnant Lagerlöf, Back-Kajsa, Frau Lagerlöf und Mamsell Lovisa, Kapitän Bergström, Johann und Anna. Es waren ihrer so viele, daß die ganze Kajüte voll war.

„Wie bist du hierhergekommen?“ fragten sie und sahen ganz bestürzt und verdutzt aus.

Und nun kam es auch ihr selbst zum Bewußtsein, daß sie über das Deck *gegangen,* die Treppe heruntergegangen, in die Kajüte *gegangen* war, und daß niemand sie getragen hatte.

„Komm herunter auf den Boden“, sagten sie, „damit wir sehen, ob du wirklich gehen kannst.“

Sie kroch vom Tisch auf den Stuhl und vom Stuhl auf den Boden, und als sie auf dem Boden angelangt war, konnte sie stehen und gehen.

Ach, was war das für ein Glück! Nun war der Zweck der Reise erreicht, das kostspielige Unternehmen war nicht vergeblich gewesen! Das Kind würde kein hilfloser, unglücklicher Krüppel bleiben, sondern ein richtiger Mensch werden.

Da standen nun die Großen mit Tränen in den Augen um die Kleine herum und sagten, das herrliche Bad in Strömstadt habe die Heilung bewirkt. Sie priesen die Luft und das Meer und die ganze Stadt und waren glücklich, hierhergekommen zu sein.

Das kleine Mäden aber hatte seine eigenen Gedanken. Sie fragte sich, ob es wirklich der Paradiesvogel sei, der ihr geholfen habe. War es das kleine Wunder mit den wehenden Schwingen, das aus dem Lande gekommen war, in dem man keiner Füße bedurfte, das sie gelehrt hatte, auf dieser Erde zu gehen, wo Füße doch etwas so sehr Notwendiges waren?

Sie hatten Frau Bergström Lebewohl gesagt und Abschied von Klein-Mårbacka genommen. Die Kinder hatten ihre kostbaren Muscheln eingepackt und die Großen ihre Koffer verschnürt. Nun waren sie im Begriff, sich auf das Dampfschiff zu begeben, das sie von Strömstadt wegführen sollte.

Am Bollwerk stand eine Menge Leute. Nicht nur Kapitän Bergström und seine Mannschaft, auch sonstige bekannte Badegäste und viele andere.

„Ich glaube, alle Lotsen und Seekapitäne und Fischer aus der Stadt sind hier versammelt", sagte einer der Herren, der mit ihnen zu segeln pflegte.

„Ja, und überdies noch alle Badefrauen und Fischermadamen", bemerkte ein anderer.

„Sie sind wohl gekommen, um Gustav Lebewohl zu sagen", sagte Frau Lagerlöf, „er ist mit Gott und der Welt bekannt."

Leutnant Lagerlöf mußte sich von so vielen verabschieden, daß er fast nicht mehr mit aufs Schiff gekommen wäre. Alle ringsumher wußten, warum er nach Strömstadt gekommen war: nämlich um Heilung zu suchen für ein Kind, das nicht gehen konnte, und jetzt wollten ihn alle noch beglückwünschen.

„Welch eine Freude ist es doch, das kleine Mädchen da auf Deck neben den andern stehen zu sehen!" sagte ein Fischer.

„Sicherlich sind es deine Weißfische, die sie gesund gemacht haben", erwiderte der Leutnant schlagfertig.

„Ja, Weißfische sind ein gutes Essen", versetzte der alte Fischer.

Der Leutnant hatte sich schon zu einer Gruppe von Badefrauen gewandt.

„Nehmt alle unsern herzlichen Dank!“ sagte er. „Ihr habt auch teilgehabt an dem guten Werk.“

„Du mußt jetzt rasch an Bord kommen, Gustav!“ rief Frau Lagerlöf vom Deck herab. „Es hat schon zum drittenmal gepfiffen.“

Im allerletzten Augenblick kamen zwei hübsch gekleidete Mädchen über die Landungsbrücke gelaufen. Sie eilten auf die Lagerlöfschen Kinder zu, knixten, reichten ihnen die Hand, wünschten glückliche Reise, übergaben jeder ein kleines Päckchen und sprangen an Land zurück.

Das waren die beiden Zuckerbäckertöchter, mit denen Anna den ganzen Sommer verkehrt hatte, die aber das kleine kranke Mädchen kaum kannten. Dieses war ganz überwältigt, daß die beiden Mädchen auch ihr eine Abschiedsgabe geschenkt hatten.

Als sie das Papier auseinanderwickelte, sah sie etwas sehr Schönes: ein rotseidenes Band, auf dem ein Stück Papierstramin mit einigen in schwarzer Seide gestickten Buchstaben darauf festgeklebt war. „Das ist ein Buchzeichen“, sagte Back-Kajsa, „das kannst du in dein Gesangbuch legen.“

„*Zum Andenken* steht darauf“, sagte die Mutter; „damit du das kleine Mädchen nicht vergißt, das für dich das Band gestickt hat.“

Das rote Seidenband mit dem Papierstraminstreifen und den schwarzen Buchstaben lag auch viele Jahre in dem Gesangbuch der Kleinen. Und wenn sie das Buch später in der Kirche aufschlug und das Zeichen darin liegen sah, wanderten ihre Gedanken immer gern in die alten Zeiten zurück.

Sie atmete wieder die Seeluft, sie sah vor sich Schiffe und Schiffsvolk, das Meer selbst zwar am wenigsten, aber dafür alle Arten von Muscheln, Quallen, Krabben, Seesternen, Weißfischen und Makrelen.

Zugleich stieg das hellrote Häuschen in der Karlstraße aus der Vergessenheit empor. Sie sah den Paradiesvogel, die Frau Kapitän Bergström, das Schiff „Jakob", Holmen Grå, die Osthafenstraße, das Dampfboot „Uddeholm" und die drei Pferde, die den schweren Kutschwagen zogen.

Zum Schluß sah sie auch noch den Wagen an einem großen grünen Grasplatz vorbeifahren, der von niedrigen roten Gebäuden umgeben und von einem weißen Lattenzaun umfriedigt war. Sie hielten vor einem langen roten Wohnhaus mit kleinen Fenstern und einer kleinen Veranda, und sie hörte alle, die mitgekommen waren, aus einem Mund rufen: „Gottlob, daß wir wieder daheim sind!"

Dies war Mårbacka, das merkten alle außer ihr sofort. Wenn sie allein gewesen wäre, hätte sie nicht gewußt, wo sie sich befand. Daß sie eine Heimat hatte, das wußte sie wohl, aber sie hatte noch nie zuvor gesehen, wie sie aussah.

Auf der Veranda stand eine kleine, gebeugte, weißhaarige, schöne alte Frau in einem gestreiften Kleid und einer schwarzen Jacke. Es war die Großmutter. An sie erinnerte sich das kleine Mädchen auch sehr gut, wußte aber durchaus nicht, daß sie so aussah.

Und ebenso war es mit dem Bruder Daniel und dem Kleinsten und der Haushälterin und Othello. Alle waren etwas ganz Neues für sie. Sie erinnerte sich ihrer, aber gesehen hatte sie sie noch nie.

Sie wurde zur Großmutter hingeführt und mußte zeigen, daß sie jetzt gehen konnte. Später, wenn sie in der Kirche von Ost-Ämtervik über das Buchzeichen gebeugt dasaß, wurde ihr eines klar: während der Reise nach Strömstadt hatte sie nicht nur gehen, sondern auch sehen gelernt.

Dank der Reise wußte sie nun, wie alle ihre Lieben aussahen, zu der Zeit, wo sie noch in der Blüte ihrer Jahre standen und sich ihres Lebens freuten. Wäre die Reise nicht gewesen, so wäre alles aus jener Zeit ihrem Gedächtnis entschwunden.

Aber dank dem roten Band lebten alle die andern auch immer weiter. „Laß nicht das Gras der Vergessenheit über all dies wachsen!" sagte es zu ihr. „Erinnere dich deiner Eltern und wie es ihnen am Herzen lag, daß ihr kleines Mädchen frisch und gesund und ein ganzer Mensch werden sollte, und wie sie sich keine Ruhe gönnten, ehe sie es erreicht hatten. Denk an Back-Kajsa und ihre große Liebe und Geduld und an all das Schreckliche zu Wasser und zu Lande, das sie um deinetwillen durchmachen mußte!"

DIE GESCHICHTEN DER ALTEN HAUSHÄLTERIN

Großmutter

Ein Jahr nach der großen Reise nach Strömstadt erlebten die Kinder auf Mårbacka einen großen Kummer.

Ihre Großmutter starb. Bis dahin hatte sie Tag für Tag auf dem Ecksofa im Kinderzimmer gesessen und ihnen vorgesungen oder Geschichten erzählt.

Die Kinder wußten es nicht anders, als daß sie von morgens bis abends mit ihnen sang und ihnen erzählte, und daß sie bei ihr saßen und zuhörten. Das war wunderschön gewesen. Kein anderes Kind hatte es so gut gehabt wie sie.

Woher Großmutter alle die Geschichten und Lieder hatte, das wußten sie nicht, aber Großmutter glaubte selber jedes Wort, was sie erzählte. Wenn sie etwas gar zu Merkwürdiges berichtete, pflegte sie den Kindern tief in die Augen zu schauen und in ihrem überzeugendsten Tone zu sagen: „Alles dieses ist so wahr, wie ich euch sehe und wie ihr mich seht."

Eines Morgens, als sie zum Frühstück heruntergekommen waren, durften sie nicht in Großmutters Zimmer gehen und ihr guten Morgen sagen, wie sie sonst zu tun pflegten, denn Großmutter war krank. Dann war das Ecksofa im Schlafzimmer tagelang leer geblieben, und die Kinder wußten nicht, wie sie die langen Stunden herumbringen sollten.

Nach einigen weiteren Tagen sagte man den Kindern, die Großmutter sei gestorben. Und als diese aufgebahrt in ihrem Sarge lag, wurden sie hineingeführt, und sie sollten ihr die Hand küssen. Aber sie fürchteten sich davor, bis ihnen jemand sagte, dies sei das letztemal, daß sie ihrer Großmutter für alle Freude, die sie ihnen gemacht hatte, danken könnten.

Dann kam ein Tag, an dem man die Märchen und Lieder vom Hofe wegfuhr, eingeschlossen in einen langen, schwarzen Sarg, und sie kehrten nimmermehr zurück.

Das war eine Zeit schmerzlichsten Vermissens für die Kleinen. Es war, wie wenn die Tür zu einer schönen Zauberwelt, durch die sie zuvor hatten frei aus- und eingehen können, verschlossen worden wäre. Und niemand war da, der sie wieder hätte öffnen können.

Nach und nach lernten sie wie andre Kinder mit Puppen und Spielsachen spielen, und man hätte meinen können, sie vermißten ihre Großmutter nicht mehr oder hätten sie gar vergessen. Aber dem war nicht so; sie lebte immerfort in ihren Herzen. Und sie wurden nie müde, den Geschichtchen zu lauschen, die ihnen die alte Haushälterin von ihrer Großmutter erzählte. Diese bewahrten sie in ihrem Herzen wie Schätze, die ihnen nicht verloren gehen konnten.

Das Gespenst am Villarsteinhügel

Die alte Haushälterin pflegte zu sagen, es könne noch nicht gar so lange her sein, seit Mårbacka unter den Pflug genommen worden sei und seßhafte Bewohner bekommen habe, denn ihre alte Herrin habe ihr erzählt, in ihrer Jugend hätten sich die Leute wohl noch daran erinnert, daß Mårbacka einstmals eine Sennerei von einem der großen Bauernhöfe gewesen sei, die auf der westlichen Talseite in der Nähe des Frykensees lagen. Aber die alte Herrin hatte gesagt, jetzt sei es verlorene Mühe nachzuforschen, wann die erste Herde dahin getrieben und der erste Schafstall da errichtet worden sei. Denn Hirten könnten tausend Jahre auf einm Fleck wohnen, ohne eine Spur zu hinterlassen. Und es war wahrlich nicht viel, was aus ihrer Zeit noch in Mårbacka zurückgeblieben war.

Die alte Herrin meinte, es sei jedenfalls ein Hirt gewesen, der der hügeligen Landstraße vor dem Åsberg, wo er sein Vieh und seine Pferde weidete, den Namen Mårbacka gegeben habe. Und außerdem sagte sie, ohne Zweifel hätten die Hirten und ihre Herden die Wege festgetreten.

Jawohl, die Hirten hatten den Weg von Süden her längs des Åsberges genommen, das stand fest; denn von dieser Seite mußten sie mit ihren Herden hergezogen sein. Und der Weg, der von Osten kam und steil am Berge abfiel, der war auch ihr Werk. Diesen Weg nahmen sie, wenn sie die Schafhirten auf der anderen Seite des Åsbergs besuchen wollten. Der Weg aber nach Nordwesten, Sunne zu, war furchtbar schlecht, jetzt noch konnte man erkennen, daß es ein alter Ziegensteig war. Dagegen habe es direkt nach Westen keinen Weg gegeben, meinte die alte Herrin.

Nach Westen zu war alter Seeboden mit moorigen Wiesen und Sumpfland, durch das sich ein Fluß schlängelte. Wenn der Hirt auf der Steinschwelle vor seiner Hütte stand, konnte er den Hof, zu dem er gehörte, drüben auf der andern Talseite liegen sehen; aber um ihn zu erreichen, mußte er weite Umwege nach Norden oder Süden machen.

Häufig mußten die Hirten von Süden her gekommen sein, denn der „Ruhestein", wo sie auf ihrer Wanderung zu rasten pflegten, lag noch am Wegrand, etwas südlich vom Hofe. Aber die Hirten wagten sich des Nachts, nach Einbruch der Dunkelheit, nicht dort aufzuhalten, das war die Schattenseite.

Seht, zu der Zeit, als Mårbacka noch eine Sennhütte war, befand sich in der Gemeinde Sunne ein Pfarrer, der so hart und böse war, daß sich ein Bursche, der als Knecht bei ihm diente, nach ein paar Monaten erhängt hatte. Als der Pfarrer Kunde von dem Geschehenen erhielt, besann er sich nicht lange, sondern beeilte sich, den Toten abzuschneiden und ihn aus dem Hofe fortzutragen. Und die alte Herrin hatte gesagt, er habe aus keinem andern Grunde für entweiht und unrein gegolten, als weil er einen Selbstmörder berührt hatte. In Sunne ließ ihn die Gemeinde nicht mehr die Kirche betreten; diese wurde zugeschlossen, bis ein anderer Pfarrer ernannt und in Sunne eingezogen war.

Aber dieser Pfarrer war auch nach Ämtervik gefahren, um dort Gottesdienst zu halten, denn dort war auch eine Kirche und ein kleines Pfarrhaus, aber kein Geistlicher. Und nun hatte wohl der Pfarrer von Sunne gedacht, Ämtervik liege allzuweit aus der Welt draußen, da könne man noch nicht wissen, daß er unrein war. So könne er sich wohl noch dorthin begeben und Gottesdienst halten.

Er ritt auch nach Ämtervik zur Kirche; aber das böse Gerücht war da gleichzeitig mit ihm eingetroffen, und während er am Altar betete, erzählten die Leute in der Kirche sich flüsternd, was er getan hatte, und daß er deshalb unwürdig sei, ein Gotteshaus zu betreten.

Und damit nicht genug: die Bauern in Ämtervik hatten das Gefühl, er habe ihnen große Mißachtung bewiesen. Sie besprachen sich untereinander, sagten, sie seien geradezu rechtschaffene Leute wie die in Sunne, und sie wollten nicht mit einem Pfarrer vorlieb nehmen, den diese verschmähten.

Einige junge Burschen verabredeten sich, ihm einen Denkzettel zu verabfolgen. Aber da sie wußten, daß es gefährlich sei, Hand an einen Pfarrer zu legen, beschlossen sie zu warten, bis er wieder auf dem Heimweg wäre. Er ritt ja allein, und zwischen Ämtervik und Sunne war manche einsame Stelle, an der er vorbei mußte, wo man ihm in einem Hinterhalt auflauern konnte.

Doch der Geistliche mußte wohl Unrat gewittert haben, denn er kehrte nicht auf dem gewöhnlichen Weg auf der Westseite des Tales nach Sunne zurück, sondern bog in die Sennenpfade ein, die sich auf der Ostseite hinzogen, und dachte, er werde den Weg nach Hause auch auf diese Weise finden.

Und die alte Herrin hatte gesagt, denen, die an der Westseite vergeblich auf ihn gelauert hatten, sei es plötzlich klar geworden, daß er sich weggestohlen habe und sie unverrichteter Dinge wieder heimziehen könnten. Es war aber einer unter ihnen, ein Bruder des durch den Pfarrer in den Tod Getriebenen, der ihn sich nicht so einfach entwischen lassen wollte. Er ergriff eine lange Stange, die noch vom Heuverladen her auf der Wiese lag, und mit dieser in der Hand schwang er sich über den Sumpf im Tale. Die andern machten es ihm nach, und mit Laufen und Springen kamen sie wirklich ohne besonders große Schwierigkeit auf die andere Talseite hinüber. Dicht unterhalb des Schafstalls von Mårbacka fanden sie wieder festen Boden. Sie eilten südwärts weiter, um dem Reiter den Weg abzuschneiden, und an dem Hügel unter dem Ruhestein trafen sie mit ihm zusammen.

Es war nur ihre Absicht gewesen, dem Pfarrer eine gehörige Tracht Prügel zu verabfolgen, aber unglücklicherweise war jetzt der Mann bei ihnen, der einen Bruder zu rächen hatte. Er trug ein Schwert unter dem Mantel, und als die andern den Pfarrer vom Pferde heruntergerissen und ihn zu Boden geworfen hatten, zog er das Schwert hervor und hieb ihm den Kopf ab.

Als die Tat vollbracht war, entsetzten sich alle und jetzt dachten sie nur daran, wie sie es anfangen sollten, unentdeckt zu bleiben. Sie ließen das Pferd laufen und die Leiche am Wegrande liegen, damit es aussah, als ob der Mord von wilden Räubern begangen worden sei. Sie selbst machten sich schleunigst auf den Heimweg, und zwar wieder zurück über die Sumpfwiesen. Sie hofften, es sei kein Zeuge vorhanden, der sie auf der andern Talseite gesehen hatte. Auf dem gebahnten Wege hatte sie niemand gesehen, und daß sie sich über den Sumpf gewagt hatten, das würde ja niemand auch nur ahnen.

Es ging besser, als sie erwarten konnten. Da sich der Geistliche zur Zeit seines Todes in seinen Gemeinden mißliebig gemacht hatte, wurde gar nicht weiter nach ihm gesucht, und als er endlich gefunden wurde, gab man Räubern und Waldläufern die Schuld an der Missetat. Noch im Tode wurde er als unrein angesehen. Niemand wollte die Leiche berühren, und da man der Ansicht war, er dürfe nicht in geweihter Erde ruhen, ließ man ihn lieber gleich liegen, wo er lag. Man bedeckte ihn nur mit Rasenstükken und wälzte einen Haufen großer Steine darüber, damit ihn die wilden Tiere nicht herausscharren könnten.

Doch die alte Herrin hatte gesagt, der tote Pfarrer habe in dem Grab, das ihm auf diese Weise bereitet worden war, keine Ruhe gefunden, und in hellen Mondnächten habe man ihn an dem Hügel unterhalb des Ruhesteins gesehen, im langen Talar und den Kopf in den Händen. Die Pferde sahen ihn besser als die Menschen. Sie scheuten und stiegen, so daß die Reisenden oft zu Umwegen durch wilde Wälder gezwungen wurden.

Solange nur Hirten in Mårbacka wohnten, hatte der Spuk nicht allzuviel zu bedeuten gehabt. Als sich aber neue Ansiedler einfanden und zuletzt ein richtiger Bauernhof erstand, wurde es schon bedenklicher. Niemand wußte, auf welche Weise man das Gespenst zwingen könnte, ruhig in seinem Grabe zu bleiben, und jahraus, jahrein mußte man sich hüten, gegen Mitternacht am Ruhestein vorbeizufahren.

Aber die alte Herrin hatte der Haushälterin versichert, jetzt brauche niemand mehr vor dem Pfarrer ohne Kopf Angst zu haben, denn eine Bauernfrau von Mårbacka, die ein vernünftiges und entschlossenes Weib war und ein wenig mehr verstand als andre Leute, habe ihm Ruhe verschafft.

Das war so zugegangen: jene Bäuerin kam eines Abends spät am Ruhestein vorbeigeritten. Es war heller Mondschein, und wie sie erwartet hatte, stand das Gespenst auf dem Weg unterhalb des Steinhaufens, wie wenn es ihr den Weg versperren wollte.

Aber die Bäuerin hatte keine Angst, und sie ritt ein Pferd, das ebenso ruhig und furchtlos war wie sie selber. Sie ritt dicht zu dem Gespenst hin und ermahnte es, sich zur Ruhe in sein Grab zu legen.

„Wie kommt es, daß du an dem Ort, wo du hingehörst, nicht stille liegen bleiben kannst?" fragte sie. „Du weißt, daß du kein besseres Grab bekommen kannst. Nimmermehr darfst du in geweihter Erde ruhen, du, der du befleckt und unrein warst, als du starbst."

Dieses sagte sie mit voller Überzeugung, denn der Pfarrer war ja ein böser Mensch gewesen, und sie selber sah ihn für völlig unwürdig an, in Kirchhofserde zu ruhen.

„Und du brauchst auch nicht aus deinem Grab zu steigen, um dich zu rächen", fuhr sie fort; „denn du liegst hier um deiner eigenen Taten willen und weil du den Lohn empfangen hast, den du verdienst, das weißt du selber recht wohl."

Während sie so sprach, schien das Gespenst vor ihr dunkler zu werden, und die Gestalt schien an Deutlichkeit zuzunehmen, schließlich sah es aus, als wolle es sich auf sie stürzen. Aber sie fürchtete sich nicht, sondern redete noch einmal zu ihm, um endlich einmal diesem Jammer ein Ende zu machen.

„Wenn du aber still und ruhig in deinem Grabe liegen bleiben willst, so gelobe ich dir, jedesmal ein

Vaterunser für dich zu beten, so oft ich hier vorüberkomme", sagte sie.

Zugleich fing sie an zu beten, und kaum hatte sie die ersten Worte gesprochen, so sah sie, wie das Gespenst sich wie in einem Nebel auflöste und im Mondschein dahinschwand. Es blieb nur noch ein lichtes Schattenbild, und ehe die Bäuerin Amen sagte, war auch dieses entschwunden.

Von der Zeit an ließ sich das Gespenst am Ruhesteinhügel nicht mehr sehen, und nachdem diese Plage zu Ende war, blühte das Glück in Mårbacka neu auf. Es wurde ein ebenso guter Hof mit stattlichen Gebäuden wie irgendeiner im Bezirk, und die Eigentümer lebten in Wohlstand und brauchten um ihr Fortkommen keine Sorge zu haben.

Die alte Herrin hatte gesagt, was am besten zeige, welch ein bedeutender Hof Mårbacka geworden, sei die Tatsache, daß im Anfange des siebzehnten Jahrhunderts ein junger Bursche von dort auf die Hochschule geschickt worden sei. Er hatte es bis zum Pfarrer gebracht, nannte sich nach dem Hofe seiner Väter Morell und wurde später zum Diakonus von Ämtervik gewählt. Er ließ sich auf seinem Erbgut Mårbacka nieder und ist der erste Geistliche gewesen, der im Kirchspiel wohnte. Alle seine Vorgänger hatten ihren Sitz in Sunne gehabt und waren nur an den Predigtsonntagen nach Mårbacka herausgekommen.

Die Bauern in Ämtervik waren es sehr zufrieden, nun ihren eigenen Pfarrer zu haben, und vor allem gefiel es ihnen, daß er seinen eigenen Hof hatte, auf dem er wohnte, und sie ihm somit kein Pfarrhaus zu bauen brauchten. Freilich lag der Hof Mårbacka weit entfernt von der Kirche, aber dieser Mißstand wurde reichlich aufgewogen, denn durch seinen Besitz war der Pfarrer ein wohlhabender, unabhängiger Mann.

Das Pfarrersgehalt war nur klein, und der größte Teil davon fiel an den Probst in Sunne, und der Diakonus wäre ein richtiger Hungerleider gewesen, wenn er Mårbacka nicht besessen hätte.

Um nun diesen Zustand, der für Gemeinde und Pfarrer der vorteilhafteste war, auch in Zukunft zu erhalten, verheiratete der erste Hilfsprediger in Mårbacka eine seiner Töchter mit einem Pfarrer namens Lyselius und richtete es so ein, daß er Hof und Amt zugleich als Erbe empfing.

Ebenso machte es Lyselius. Er gab eine seiner Töchter dem Pastor Erik Wennervik zur Ehefrau, und auch dieser bekam Hof und Amt als rechtmäßiges Erbe.

Und die alte Herrin hatte gesagt, alle seien darüber einig gewesen, daß diese Angelegenheit aufs beste geordnet sei und daß sie so weiterbestehen müsse. Sie meinte, auch die Pfarrtöchter seien stets zufrieden und glücklich dadurch geworden.

Pastor Wennervik

Die alte Herrin hatte der Haushälterin auch erzählt, eigentlich hätten die drei Pfarrer Morell, Lyselius und Wennervik den Hof Mårbacka gebaut.

In noch früherer Zeit, sagte sie, sei Mårbacka nur ein gewöhnlicher Bauernhof gewesen, und obwohl es ein großes und reiches Gut war, habe es doch dort ausgesehen wie auf allen andern Bauernhöfen. Wenn man Platz hatte für zehn Kühe und einen Stall für zwei Pferde, so war das alles, was man erwarten konnte. Das Wohnhaus umfaßte nur eine große Stube, in der alle Hausbewohner lebten und Tag und Nacht aus- und eingingen, sowie eine kleine düstere Küche, die „kåve" genannt wurde. Es befanden sich wohl noch andere Gebäude auf dem Hofe: Vorratshaus und Badestube, Schreinerei und Schmiede, Scheunen und Tennen und mehrere Schuppen; aber sie waren alle klein und konnten wohl auch nicht anders sein, da der Hof damals ebenfalls viel kleiner war. Nur die allernächste Umgebung war urbar gemacht.

Die alte Herrin pflegte zu sagen, es sei gar nicht leicht sich klar zu machen, wie es die drei Pfarrer angefangen hätten, Ställe für zehn Pferde und dreißig Kühe zu bauen, außer all den geräumigen Scheunen und Vorratshäusern und Schuppen, deren sie zu bedürfen vermeinten. Das Brauhaus und die Brauhauskammer, die als Geschäftszimmer verwendet wurde, stammten auch aus jener Zeit, desgleichen auch die Milchkammer, die Webstube und die Verwalterwohnung.

Zu allerletzt — erst etwa um siebzehnhundertneunzig — hatte Pastor Wennervik, der Vater der alten Herrin, ein neues Wohnhaus gebaut. Dieses war in bescheidenerem Maße gehalten als alle die andern Gebäude. Er hatte sich mit einem einstöckigen Hause begnügt, mit Küche und vier Zimmern im Erdgeschoß und zwei Giebelzimmern. Aber sowohl Küche wie Wohnräume waren hell und geräumig und so schön in den Ausmaßen, daß einen das Behagen mit offenen Armen empfing, sobald man nur den Flur betrat.

Pastor Wennervik hatte auch den großen Küchengarten angelegt, mit Gewürzkräuterbeeten und Obstbäumen nördlich vom Wohnhaus, und mit dem kleinen Rosengärtchen an der westlichen Giebelseite. Er soll der Sohn eines Gärtners und im Gartenbau sehr bewandert gewesen sein. Viele kleine Rosenbüsche und veredelte Apfelbäume, die noch jetzt in den Bauernhöfen von Ämtervik stehen, habe er pflanzen helfen.

Er war Hauslehrer auf einem großen Herrenhof gewesen, und die alte Herrin hatte gesagt, er habe dort seine Vorliebe für Zäune und Gattertüren gefaßt. Ein schmuckes weißes Staket mit schönen Türen war rund um den Küchengarten gezogen, und ein andres um das Rosenbeet. Wenn man den Alleeweg hinunterfahren wollte, mußte man zuvor ein stattliches Gatter öffnen. Der ganze hintere Hof, über den man dann mußte, war von Wirtschaftsgebäuden und Lattenzaun umgeben, mit Gattertüren an den verschiedensten Stellen, und ebenso war es auch auf dem Vorderhofe.

Die Kinder hörten gern von Pastor Wennervik erzählen. Sie hatten in einem Wandschrank in der Rumpelkammer lateinische und griechische Bücher gefunden, die seinen Namenszug trugen, und sogar Gedichte von Bellman und Leopold, die er mit eigener Hand abgeschrieben hatte. Auch das Klavier und die Gitarre waren zu seiner Zeit auf den Hof gekommen, und so hatten sich die Kinder ein ganz besonders schönes Bild von Pastor Wennervik gemacht. Nicht nur die alte Haushälterin hatte mit ihm gesprochen, nein, auch ihr Vater und seine Schwestern. Es war ein vornehmer, liebenswürdiger Herr gewesen, der gern gut gekleidet ging. Er liebte nicht nur Blumen und Obst, auch Vögel mußte er gern gehabt haben. Denn von ihm stammte der achteckige Taubenschlag, der auf dem Rasenplatz vor dem Küchenfenster stand. Ja, es war leicht zu merken, daß er alles gut einrichten und ordnen und Mårbacka hatte verschönern wollen. Die Pfarrer, die vor seiner Zeit hier ansässig gewesen waren, hatten meist wie die Bauern gelebt; er aber hatte mit der großen Einfachheit gebrochen und herrschaftliche Sitten eingeführt, die das Leben leichter und angenehmer machten.

Mårbacka besaß noch ein altes großes Ölbild aus seiner Zeit. Es stellt seine Jugendliebe dar, ein reiches, vornehmes Fräulein aus Västergötland. Er war der Hauslehrer ihres Bruders gewesen, und da er schöner und einnehmender war als irgendein anderer Mann, den das Fräulein bis dahin kennengelernt hatte, so hatte sie sich in ihn verliebt, und er liebte sie natürlich wieder. Sie pflegten sich heimlich im Schloßpark zu treffen, um von ihrer Liebe zu reden und sich ewige Treue zu geloben. Aber eines schönen Tages wurden sie entdeckt, und der junge Hauslehrer bekam seinen Abschied.

Alles, was ihm von seinen ersten Jugendträumen blieb, war das Bild der Geliebten, und das war im Grunde recht wenig. Das junge Fräulein hatte es auch mit dem Maler nicht gut getroffen. Sie saß auf dem Bild mit einem überaus faden und ausdruckslosen Gesicht unter dem gepuderten Haar; man hätte dieses Gesicht ebensogut für eine schöne Maske halten können, wie für ein menschliches Antlitz.

Aber ein edles Gepräge trugen Haupt und Antlitz dennoch, und für den, der selbst gesehen hatte, wie diese Augen strahlen und diese Lippen lachen konnten, war das Bild trotz allem schön. Und Pastor Wennervik wurde vielleicht wie einst das Herz warm, wenn er den Blick auf das Bild richtete.

Vielleicht strömte auch von diesem Bilde die Kraft aus, die bewirkte, daß der unbedeutende Landpfarrer sein Heim mit Blumen und Vögeln umgab und sein Leben mit Musik und alten Liedern zu verschönern strebte.

Der Gänserich

Eines aber hatten die Kinder doch an Pastor Wennervik auszusetzen: Er hatte in seinen alten Tagen noch Jungfer Raklitz, seine alte Haushälterin, geheiratet. Diese war von Hof zu Hof gegangen und solange von harten Hausmüttern gehetzt und gedemütigt worden, bis sie dem Gelüste nicht mehr widerstehen konnte, nun auch ihrerseits zu hetzen und zu demütigen.

Wenn Pastor Wennervik nun doch einmal heiraten wollte, so hätte er jedenfalls daran denken müssen, sein liebes junges Töchterlein vor der Stiefmutter zu schützen. Daß es dieser hatte erlaubt sein sollen, ihrem Stiefkind zu befehlen, wie es ihr gerade paßte, sie zu strafen, sie zu schlagen und ihr eine ganz unangemessene Arbeitslast aufzubürden, das konnten die Kinder ganz und gar nicht begreifen.

Sie hatten einen ungeheuren Spaß an dem Bock, der sich einstens betrunken hatte und in diesem Zustand die Frau Raklitz samt ihrem Branntweinkrug umstieß.

Und ebenso nahmen sie Partei für die Marktleute, die ihr auf dem Markt von Ombergshed ihr Obst stahlen und ihr dann noch zuriefen, der Pfarrer von Mårbacka sei ein viel zu guter Mann, um sich von armen Leuten seine Äpfel bezahlen zu lassen.

Und die Kinder waren ganz entzückt von dem Meisterdieb, der die Türe von Frau Raklitz' Vorratshaus öffnete, obgleich sie ein neues Schloß davor hatte legen lassen, das groß und schwer genug für ein Gefängnis gewesen wäre.

Und um den großen Gänserich gab es beinahe Tränen.

Zu Frau Raklitzens Zeit hatte man an einem schönen Apriltage die ganze Gänseherde von Mårbacka auf den Hügel beim Hofe hinausfliegen lassen. Zur selben Zeit waren Wildgänse hoch in der Luft herangeflogen gekommen und hatten nach ihrer Art gerufen und geschrien. Die zahmen Gänse hatten geantwortet und mit den Flügeln geschlagen, wie sie in jedem Frühjahr taten, und niemand hatte je gedacht, man müsse sie einsperren.

Eine Wildgansherde folgte der andern, und die zahmen Gänse wurden immer aufgeregter. Und ehe man sich's versah, flog ein großer Gänserich hinauf in die Luft und vereinigte sich mit den Wildgänsen.

Auf Mårbacka dachte man nicht anders, als daß er schon nach einer kleinen Weile wieder zurückkehren werde; aber man wartete vergeblich, er kam nicht wieder. Er war und blieb weg. Und als er auch in den nächsten vierundzwanzig Stunden nicht wiederkehrte, glaubte man, man werde ihn nie wieder zu

Gesicht bekommen. Gewiß war er eine Beute der Füchse oder der Adler geworden, wenn er nicht gar von hoch oben mit zersprengter Lunge abgestürzt war. Es war ja ganz undenkbar, daß eine zahme Gans mit den wilden Gänsen hinauf zum hohen Norden fliegen könne.

Den ganzen Sommer hörte man nichts von ihm; aber dann wurde es wieder Herbst, und eine Schar Wildgänse nach der andern kam dahergeflogen. Sie riefen und schrien, wie es ihr Brauch war, und die zahmen Gänse auf dem Hügel beim Hof schlugen mit den Flügeln und gaben Antwort.

Frau Raklitz sah, wie die Gänse unruhig wurden, und wollte nun gescheiter sein als das letztemal. Sie befahl ihrer Stieftochter Lisa Maja, hinzulaufen und die Gänse einzusperren.

Lisa Maja tat, wie ihr befohlen, aber sie war noch nicht an dem Hügel angelangt, als sie ein starkes Sausen in der Luft gerade über sich vernahm. Und ehe sie sich noch besinnen konnte, ließ sich eine große Schar Gänse gerade vor ihr auf dem Boden nieder. Ein stattlicher weißer Gänserich ging an der Spitze der Schar, ihm folgte eine große graue Wildgans mit neun gesprenkelten Jungen. Die Pfarrerstochter wagte nicht, sich zu rühren, aus Furcht, sie zu verscheuchen. Sie öffnete nur ganz sachte das Hoftor und verbarg sich dahinter.

Der Gänserich marschierte geradeswegs in den Hof hinein, und die ganze Familie folgte ihm. Sie verschwanden alle, und Lisa Maja schlich sachte hinterher, um zu sehen, was da vor sich ging. Und siehe, der weiße Gänserich schritt unentwegt zum Gänsestall und rief und lockte, bis sein ganzes Gefolge mit hineinging. Dann zeigte er ihnen den Weg zum Futtertrog, der mit Hafer und Wasser versehen war, und begann zu fressen.

„Seht, an so etwas bin ich gewöhnt. So hab' ich es meiner Lebtage gehabt, keine Nahrungssorgen, immer einen gefüllten Futtertrog", schien er den Seinen zu sagen.

Aber Lisa Maja Wennervik schlich herzu, und kaum waren sie alle im Gänsestall, so machte sie die Türe hinter ihnen zu. Dann eilte sie zu Frau Raklitz.

„Liebe Mutter!" rief sie, „komm und sieh! Der Gänserich, der im Frühjahr fortflog, ist wiedergekommen mit einer Wildgans und neun Jungen."

Aber sie bereute es ihr ganzes Leben lang, daß sie den Gänserich eingesperrt und seine Rückkehr verkündet hatte. Denn Frau Raklitz suchte wortlos nach dem kleinen Messer, das sie beim Gänseschlachten benutzte, und ehe der Abend kam, waren der prächtige weiße Gänserich, die graue Wildgans und alle die niedlichen kleinen Gänschen tot und gerupft.

„Du hast es dem Gänserich schlecht gelohnt, daß er mit so vielen schönen Gänsen zu uns zurückgekehrt ist", sagte Lisa Maja. Mehr wagte sie nicht zu sagen.

„So wird es allen Gänsen hier auf dem Hofe gehen, wenn sie sich gegen meinen Willen auflehnen und ihre eigenen Wege gehen", versetzte Frau Raklitz mit einem bösen Lächeln um den strengen Mund.

Frau Raklitz war schon schwierig für Lisa Maja gewesen, als deren Vater noch lebte, aber nach seinem Tode im Jahre 1801, als sie die Alleinherrscherin war, wurde sie natürlich noch viel härter und herrschsüchtiger. Die Stieftochter befand sich ohne jeden Schutz und Schirm ganz in ihrer Gewalt. Sie war erst siebzehn Jahre alt und viel zu jung, um sich mit der messen zu können, die alt und klug war. Wohl hatte sie einen Bruder, aber der war das ganze Jahr in Uppsala auf der Universität, von ihm war keine Hilfe zu erwarten.

Maja Lisa und ihre Stiefmutter waren denn auch bald in offener Fehde. Frau Raklitz wollte ihre Tochter dem alten Brauche gemäß mit dem Hilfsprediger, der an Stelle ihres Vaters gekommen war, verheiraten. Aber davon wollte Lisa Maja nichts wissen. Sie widerstand jedem Überredungsversuch sowohl von seiten ihrer Mutter als von der Gemeinde, die den alten Brauch für das einzig richtige hielt. Die Pfarrerstochter jedoch hatte ihre eigenen sonderbaren Ansichten. Sie wollte keinen Mann heiraten, nur weil er Pfarrer von Ämtervik war, sondern sie wollte ihn auch lieben können.

Der neue Prediger wollte seine Werbung mit Gewalt durchsetzen und steckte sich hinter die Stiefmutter, die ihm mit Zucker und Peitsche helfen sollte. Aber die Pfarrerstochter blieb bei ihrem Nein, und nun war Frau Raklitz auf den Gedanken gekommen, nach Öjervik zu Landrat Sandelin, Lisas Vormund, zu fahren und mit ihm die Sache zu besprechen.

Jawohl, das tat sie auch, und sie fand selbstverständlich sowohl bei dem Landrat wie bei seiner Frau die gewünschte Zustimmung. Die beiden kannten Frau Raklitz gut. Sie hatte lange Jahre in Öjervik als Haushälterin gedient, und so wußten sie, welche kluge und überlegte Person sie stets gewesen war. Wahrlich, sie hatte ganz recht, wenn sie die Pfarrerstochter auf Mårbacka mit dem Hilfsprediger verheiraten und auf diese Weise die alte Ordnung aufrechterhalten wollte. Etwas anderes konnte ihrer Meinung nach gar nicht in Frage kommen.

Frau Raklitz war, wie gesagt, wohlbekannt auf Öjervik. Man lud sie zum Abendessen ein, und dann setzte sich der Landrat zu ihr und besprach die Sache bis tief in den Abend hinein. Es war elf Uhr vorüber, als sich Frau Raklitz endlich auf den Heimweg machte. Aber die Luft war klar und der Mond hell, man brauchte also nicht zu fürchten, daß sie nicht wohlbehalten heimkäme.

Frau Raklitz war sehr zufrieden mit ihrer Reise, als sie von Öjervik abfuhr. Bei Landrats war sie gut aufgenommen worden, der Vormund hatte vollständig mit ihr übereingestimmt, Lisa Maja müsse den Hilfsprediger heiraten, das sei das einzig richtige.

Während der Wagen mit großer Geschwindigkeit auf dem Weg dahinrollte, der vom Ufer des Frykensees nach Sunne führt, überlegte Frau Raklitz eifrig, wie sie ihre arme Stieftochter quälen und peinigen wolle, bis sie deren Willen gebrochen habe. Es war ja nur zu Lisa Majas eigenem Besten, wenn diese es auch jetzt noch nicht einsah, und ihre Stiefmutter brauchte sich also deshalb keinerlei Gewissensbisse zu machen.

Auf einmal fuhr der Rappe zusammen und wich so jählings zur Seite, daß der Wagen beinahe umgefallen wäre. Das Pferd schien plötzlich ganz scheu geworden und am Durchgehen zu sein. Es rannte vom Weg ab, setzte über den Grabenrand und landete auf einem Acker, ehe der lange Bengt es zum Stehen bringen konnte. Als der Knecht das Tier endlich wieder in die Gewalt bekam, zitterte es wie Espenlaub. Obwohl es auf demselben Fleck stille stand, hob es doch immerfort die Beine auf, eins nach dem andern, und dabei schrie es, wie man selten ein Pferd schreien hört, bisweilen sprang es auch gerade in die Höhe. Es war nicht um die Welt auf die Straße zurückzubringen. Als der lange Bengt versuchte, es vorwärts zu treiben, schlug es nach hinten aus, daß der Wagen Gefahr lief, zertrümmert zu werden.

„Was gibt's? Was ist denn los, Bengt? Kannst du mir nicht sagen, was los ist?" keuchte Frau Raklitz, und in ihrem Schrecken kniff sie den Knecht fest in den Arm. „Ist das Pferd verrückt geworden?"

„Der Gaul hat mehr Verstand als wir beide", sagte der lange Bengt. „Nein, er ist nicht verrückt. Aber er sieht etwas, was wir mit wachen Augen nicht wahrnehmen können."

Und jetzt trieb der Rappe mit aller Gewalt rückwärts. Er hielt die Nase am Boden und schnaubte und wich zurück, ohne zu fragen, was aus dem Gefährt und seinen Insassen werden würde. Glücklicherweise befand man sich auf einem Felde, das im Sommer Roggen getragen hatte und nun abgeerntet und eben dalag. Noch hielt sich der Wagen auf seinen Rädern, aber er näherte sich immer mehr einem breiten, tiefen Graben.

Gerade als der Wagen am Grabenrand angelangt war, hielt der Rappe an. Es war, als fühle er sich der schlimmsten Gefahr entronnen. Er stand still, ohne noch weitere Sprünge zu machen, aber er schnaubte immer wieder aufs neue.

„Es wäre am besten, wenn die gnädige Frau ausstiege“, sagte der lange Bengt zu Frau Raklitz; „dann will ich sehen, ob ich das Pferd zwingen kann, an dem vorüberzufahren, was es sieht, was es auch immer sein mag.“

Die Pfarrfrau öffnete den Fußsack, aber als sie den Fuß auf die Erde setzen wollte, zog sie ihn mit einem Schrei zurück und sprang eiligst wieder in den Wagen.

„Ich kann nicht aussteigen“, sagte sie zu dem langen Bengt, „er bewegt sich.“

„Ich glaube, Ihr seid ebenso verrückt geworden wie das Pferd“, sagte der lange Bengt. „Was bewegt sich denn?“

„Der ganze Acker bewegt sich, der ganze Boden bewegt sich!“ rief Frau Raklitz; ihre Stimme bebte, und sie war dem Weinen nahe.

„Ach was!“ versetzte der lange Bengt, indem er rasch vom Wagen heruntersprang. Er glaubte, es sei ein Geist, der ihnen im Wege stehe und das Pferd erschrecke; aber Geister pflegen doch aus der Luft zu kommen, daß sie am Boden hinkröchen, das hatte er noch nie gehört.

Aber der lange Bengt sprang auch eiligst auf den Wagen zurück und dachte nicht mehr daran, auszusteigen, denn die Pfarrfrau hatte wahr gesprochen — der Boden bewegte sich.

Er zitterte nicht wie bei einem Erdbeben, glitt auch

nicht dahin wie bei einem Erdrutsch, nein, es war, als ob jede einzelne Erdscholle Beine bekommen hätte und nun auf dem Weg nach dem Frykensee unterwegs sei.

Frau Raklitz und der lange Bengt saßen im Wagen und starrten auf den Boden, und da sahen sie schließlich, daß es eine Menge kleiner Tiere war, die über den Acker hinliefen; aber das verminderte ihr Entsetzen nicht. Mit natürlichen Dingen konnte das nicht zugehen. Wo sollte denn diese Masse von Tieren hergekommen sein? Auf dem ganzen Roggenfelde war auch nicht ein Fleckchen Erde, das nicht in Bewegung gewesen wäre.

Alle diese Tiere, oder was es nun sein mochte, liefen über den Graben auf die Landstraße, und von dort stürzten sie sich über eine Böschung geradenwegs in den See. Und es gab sicherlich keine Zahl, die ihre Menge auszudrücken vermocht hätte.

Der Rappe war nun ruhiger geworden. Nur wenn die Tiere ihm zwischen den Hufen durchliefen, schnaubte er und bäumte sich zurück. Wer sich aber nicht beruhigen konnte, das war Frau Raklitz. Ihre Zähne klapperten vor Entsetzen, und sie murmelte und redete mit sich selbst.

Immerhin blieb sie still sitzen, solange der Wagen noch auf dem Acker war. Der Rappe aber wollte nicht die ganze Nacht hier draußen stehen, sondern setzte sich nun aus eigenem Antrieb sachte in Bewegung. Langsam hob er Fuß um Fuß, mit größter Vorsicht, aber ging es doch vorwärts.

Die sonderbaren Tiere wichen dem Pferd und dem Gefährt nicht aus. Es knirschte unter den Rädern, wenn die Körper zermalmt wurden.

Als die Pfarrfrau das Knirschen hörte, geriet sie außer sich. Mit wildem, unheimlichem Schreien fuhr sie in die Höhe.

Der lange Bengt schlang den Arm um sie, damit sie nicht aus dem Wagen springen konnte. „Sie holen mich!“ schrie sie, „sie holen mich! Sie sind auf dem Rad, sie sind auf dem Trittbrett, sie sind im Wagen!“

Das Pferd lief jetzt schneller. Der Wagen rollte ungleichmäßig, aber sicher dahin, und es knirschte und knackte immerfort, während die Räder über die kleinen Tiere wegrollten.

„Sie sind im Wagen, sie sind im Wagen!“ schrie Frau Raklitz. Damit sprang sie auf und stand nun aufrecht auf dem Sitz. „Sie ziehen mich am Rock, die wollen mit mir in den See!“

Der lange Bengt mußte aufstehen und sie festhalten. „Es geschähe dir recht, wenn ich dich für all deine Schlechtigkeit hinunterfallen ließe“, murmelte er; aber er hielt sie doch fest an den Armen.

Endlich kamen sie wieder auf die Straße und fuhren da auch über eine Unzahl der wandernden Tiere. Aber schließlich blieb der Rappe stehen und wieherte vergnügt.

„So, jetzt ist's überstanden. Setzt Euch, Frau Raklitz! Kommt, setzt Euch doch wieder!“

Aber Frau Raklitz war weit entfernt, sich zu beruhigen. „Sie *sind* im Wagen, sie ziehen mich am Rock, sie wollen in den See mit mir!“ rief sie.

Der lange Bengt mußte sie mit Gewalt vom Sitz herunterheben und niedersetzen. Sie sträubte sich, und er wagte nicht sie loszulassen.

„Vorwärts, mein Rappe! Du findest deinen Weg, auch ohne daß ich die Zügel halte.“

Der Rappe setzte sich in Bewegung, während Frau Raklitz vor Schluchzen bebte und lange Geschichten erzählte von Tieren, die auf Räder kletterten und in den Wagen wollten.

„Jetzt lauf, Rappe!“ befahl der lange Bengt, „sonst wird sie mir noch ganz verrückt, ehe ich sie heimbringe.“

Der Rappe verstand ihn wohl. Jedenfalls wollte er selber gern heim an seine Krippe kommen. Er lief bergauf, bergab, ohne die Fahrt zu verlangsamen.

Dem langen Bengt perlte der kalte Schweiß auf der Stirne. Er versuchte, der Pfarrfrau einzureden, daß die Gefahr vorüber sei; aber sie glaubte ihm nicht.

„Du bist lieb, guter Bengt“, sagte sie weinend, „aber du wirst mir nicht weismachen, daß wir gerettet sind. Ich höre sie, ich sehe sie, sie springen uns nach, sie wollen in den See mit mir.“

Als sie endlich vor der Veranda von Mårbacka hielten und eines der Dienstmädchen herzukam, um der Pfarrfrau aus dem Wagen zu helfen, wagte diese nicht auszusteigen.

„Nein, nicht du“, sagte sie, „du hast keine Macht. Du kannst mich nicht vor ihnen retten.“

Das Mädchen wich erschrocken zurück, denn Frau Raklitz sprach plötzlich ganz anders als sonst.

„Hol die Pfarrtochter!“ befahl Frau Raklitz. „Hol Lisa Maja! Sie ist die einzige, die Macht über die Bösen hat!“

„Mamsell Lisa Maja ist schon zu Bett gegangen“, entgegnete das Mädchen.

„Geh nur und bitte sie, so schnell wie möglich zu kommen!“ sagte der lange Bengt. „Sag ihr, die Frau

Pfarrer habe unterwegs einen großen Schrecken gehabt."

Frau Raklitz saß noch immer im Wagen und schauderte und bebte, bis ihre Stieftochter sich angekleidet hatte und auf der Treppe erschien.

„Ach, Gott segne dich!" rief Frau Raklitz und streckte die Arme nach ihr aus. „Komm und hilf mir! Sei mir nicht böse! Ich will auch niemals wieder häßlich gegen dich sein!"

„Was ist dir denn, liebe Mutter?" fragte die Pfarrtochter und trat an den Wagen.

„Komm und gib mir die Hand!" sagte die Stiefmutter. „Ach, du Liebe du, halte sie fern, solang ich aussteige! Laß sie mich nicht fassen! Gegen dich können sie nichts ausrichten. Du hast Macht über sie."

Als sie endlich aus dem Wagen gestiegen war, fiel sie der Stieftochter um den Hals. „Geh niemals von mir!" flehte sie. „Sei mir nicht böse! Du sollst auch heiraten dürfen, wen du willst, ich werde kein Wort dagegen sagen."

„Sie hat unterwegs eine Erscheinung gehabt", erklärte der lange Bengt. „Alle kleinen Tiere der Hölle waren unterwegs, und sie meint, sie seien noch hinter ihr her und wollten sie in den Frykensee hineinzerren."

Die Pfarrtochter schlang die Arme um ihre Stiefmutter. „Komm, liebe Mutter", sagte sie. „Nun bist du in Mårbacka. Hier kann meiner lieben Mutter nichts Übles widerfahren."

Frau Raklitz war so verschüchtert und erschüttert, daß die Pfarrtochter mit ihr scherzen mußte, wie mit einem Kind, um sie zu bewegen, in ihr Zimmer und zu Bett zu gehen. Sie durfte die Stiefmutter nicht verlassen, sondern mußte bei ihr sitzen, ihr die Hand halten und ihr Gejammer anhören, bis es Tag wurde.

Aber von dieser Nacht an wagte es Frau Raklitz nicht mehr häßlich gegen ihre Stieftochter zu sein. Sie wurde niemals wieder, wie sie gewesen war, hielt sich am liebsten in ihrem Zimmer auf und überließ Lisa Maja das Hauswesen. Sie half wohl bei vermehrter Arbeit vor einem Feiertag oder einem Festessen, aber niemals mehr außerhalb des Hauses.

So lebte sie bis zum Jahre 1835. Man weiß nicht, ob sie ihrer Stieftochter aufrichtig zugetan war, aber als sich Lisa Maja endlich verheiratete und kleine Kinder ins Haus kamen, hatte sie diese sehr lieb. Jeden Tag kamen die Kleinen zu ihr in das Zimmer auf der Westseite des Hauses und sagten ihr guten Tag. Sie trank sehr gern Kaffee und wollte immer Feuer im Ofen haben, um sich Kaffee kochen zu können. Auch die Kinder wurden häufig mit Kaffee bewirtet, aber die Mutter hielt das nicht für zuträglich für die Kleinen. Sie verbot ihnen, sich bei der Großmutter zum Kaffee einladen zu lassen.

Am nächsten Tage waren die beiden Jüngsten, Nana und Lovisa, wie gewöhnlich zu Besuch im Westzimmer, und als sie wieder herauskamen, rochen sie schon von weitem nach Kaffee.

„Nun, was habt ihr heute bei der Großmutter bekommen?“ fragte die Mutter.

„Suppe, Mütterchen“, antworteten beide wie aus einem Mund und ohne Zaudern.

„Und worin hat denn die Großmutter die Suppe gekocht?“ fragte die Mutter.

„Im Kaffeetopf, Mütterchen“, erwiderten die Kleinen ebenso prompt wie vorher.

Das klang aber so überaus drollig, und die Kinderlein waren so klein und dumm, daß man nichts tun konnte als laut lachen.

Der Neck

Im südlichen Teil des Kirchspiels gibt es Gegenden, in denen sich die Natur viel schöner und reicher darbietet als im Norden bei Mårbacka.

Dort schneidet der Frykensee tiefe Buchten ins Land hinein, eine nach der andern, und an jeder Bucht liegen Strandwiesen mit gutem Ackerboden, Laubwälder und meistens auch drei oder vier vortreffliche Bauernhöfe der alten Art. Zwischen den Buchten strecken sich Landzungen weit ins Wasser vor, bergig und waldig und so wild und ungastlich, daß kein Mensch daran denkt, sie urbar zu machen oder sich dort anzubauen.

An einem Sommertag war Lisa Maja Wennervik nach Bößviken geritten, der südlichsten der Buchten, um von den herrlichen Birnen zu bestellen, die dort unter dem Schutz der Berge wuchsen. Von den Bewohnern in Bößviken war sie gut aufgenommen worden, hatte auch noch in mehreren Hütten guten Tag sagen müssen, und so war es recht spät geworden, ehe sie den Heimweg antrat.

Aber sie ritt furchtlos durch die helle Sommernacht dahin, obwohl sie ganz allein war. Lisa Maja ließ das Pferd im Schritt gehen, denn die Nacht war herrlich, und sie konnte sich nicht satt sehen daran. Einmal ritt sie hoch auf dem Berg im wildesten Wald, in dem es so dunkel war, daß sie sich vorstellte, wie es wäre, wenn plötzlich Räuber oder wilde Tiere aus dem Dickicht hervorbrechen und sie vom Pferd herunterreißen würden. Dann wieder ging es hinab durch lichte Täler mit tauigen Wiesen, schönen Birkenhainen und weißglänzendem Wasser. Am Himmel stand noch ein farbiger Schein vom Sonnenuntergang, und die Röte spiegelte sich im See. Lisa Maja hatte noch nie etwas Lieblicheres gesehen als diese Sommernacht.

An einer der Buchten sah Lisa Maja einen großen prächtigen Hengst auf der Strandwiese weiden. Es war ein Apfelschimmel mit einer Mähne, so lang, daß sie am Boden schleifte, und auch sein Schwanz reichte beinahe bis zur Erde und war so dicht wie eine Roggengarbe. Der Hengst war breit in den Lenden mit hohem Widerrist, helläugig, mit schlanken Beinen und kleinem Kopf. Die Hufe waren weiß und glänzten wie Silber, wenn er sie aus dem Grase hob. Er war nicht beschlagen und trug an seinem Körper keine Spuren von Sattel- oder Zaumzeug.

Lisa Maja war langsam einen Hügel herabgeritten, und der Rappe ging im Schritt weiter der Wiese zu, auf der der Hengst weidete. Sie kamen ihm so nahe, daß nur noch ein Zaun zwischen ihnen war. Lisa Maja brauchte nur die Hand auszustrecken, um dem schönen Tier den Rücken zu streicheln.

Der Hengst hatte sich bis jetzt nicht um sie gekümmert. Nun endlich hob er den Kopf und betrachtete das junge Mädchen.

Und Lisa Maja Wennervik war wunderschön; wenn sie ausritt, warfen die jungen Burschen Axt oder Sense oder was sie gerade in der Hand hatten, weg, um nach der Straße zu eilen und sich über die Zäune zu beugen, bis sie vorüber war.

Aber siehe, als jetzt der prächtige Apfelschimmel die Augen zu ihr erhob, da war ihr, als sei in seinem Blick ebenso viel Bewunderung zu lesen, wie in dem der Bauernburschen, wenn sie sich über den Zaun beugten.

Einen Augenblick sah der Hengst Lisa Maja an, dann warf er sich heftig herum und rannte im Galopp davon mit wild wehender Mähne und waagrecht hinausstehendem Schwanze. Er brauste über die ganze Wiese dahin und stürzte sich zum Schrecken des jungen Mädchens in den See. Das Ufer war seicht in der Bucht, und als er ins Wasser sprang, spritzte es um ihn auf wie der Schaum eines Wasserfalls. Plötzlich war er verschwunden.

Lisa Maja glaubte, es sei ein Unglück geschehen, und der Hengst, der in seiner wilden Hast zu rasch ins tiefe Wasser geraten sei, müsse ertrinken. Sie wartete einen Augenblick, ob er wieder an die Oberfläche schwimme, aber er kam nicht mehr zum Vorschein. Ruhig wie ein Spiegel lag der See.

Da fühlte Lisa Maja ein heißes Verlangen, an den See hinunterzureiten und wenn möglich das prächtige Tier vom Tode zu retten. Wie sie das angreifen wollte, wußte sie allerdings nicht; aber der Hengst war das schönste Pferd, das sie je gesehen hatte, und sie konnte sich nicht dabei beruhigen, hier müßig an der Landstraße zu halten und keinen Versuch zu machen, ihm zu helfen.

Sie ergriff die Zügel ihres Pferdes, wendete es dem Zaune zu und gab ihm einen Schlag mit der Reitgerte, damit es hinübersetze. Aber der Rappe war ein Pferd, das mehr als Menschenverstand hatte, und anstatt über den Zaun zu springen, zog er vor, sich in größter Eile auf den Heimweg zu begeben. Das junge Mädchen in seinem hohen Stuhlsattel hatte keine Gewalt über das Reitpferd und merkte auch bald, daß es keinen Zweck hätte zu versuchen, es zum Gehorsam zu zwingen. Der Rappe wußte, was er wollte. Er wußte auch, was das für ein Hengst war, den seine Reiterin retten wollte.

Und als Lisa Maja auf dem nächsten Hügel ins Waldesdunkel eintauchte, war auch ihr klar geworden, wen sie gesehen hatte. Von dem silbergrauen unbeschlagenen Hengst mit der schleppenden Mähne hatte sie schon viele, viele Male reden hören. Es konnte niemand anders sein als der Neck.

Als sie heimgekehrt war und ihr Abenteuer erzählte, stimmten alle mit ihr überein, daß sie den Neck gesehen hatte und niemand sonst, und daß sie und alle auf ihrem Hofe sich wohl in acht nehmen müßten, denn gewiß werde nun bald eines von ihnen ertrinken.

Aber in Mårbacka gab's keinen See, und der alte Seeboden westlich vom Hofe war nunmehr ganz ausgetrocknet, da fand sich keine Spur von Sumpf oder Moor mehr. Sogar der Fluß, der früher breit und gefahrdrohend dagelegen, war klein geworden und konnte im Sommer nur noch als gewöhnlicher Bach gelten.

Im August jedoch, als die Nächte dunkler wurden und die Nebel über Fluß und Wiesen schwebten, da geschah es, daß ein alter Mann von Mårbacka gen Westen seiner Heimat zuwanderte. Was ihm begegnet war oder was er im Nebel gesehen haben mag, hat niemand erfahren, aber heim kam er nicht in dieser Nacht, und am andern Tag fand man ihn ertrunken in dem Flüßchen, dessen Wasser ihn kaum bedeckte. Er war alt und gebrechlich, und die Trauer um ihn war vielleicht nicht allzu groß; aber jetzt war man auf Mårbacka seiner Sache auch vollkommen sicher, daß Lisa Maja den Neck gesehen hatte und keinen anderen. Wäre sie ihm an jenem Abend hinab zum Frykensee gefolgt, dann hätte er sie unbarmherzig mit in die blaue Tiefe gezogen.

Der Regimentsschreiber

Es mußte mit der Bekehrung der Frau Raklitz doch nicht gar so weit hergewesen sein, denn die alte Haushälterin konnte den Kindern nicht genug einprägen, welch ein Glück es für Lisa Maja gewesen war, einen so vorzüglichen Mann wie den Regimentsschreiber Daniel Lagerlöf bekommen zu haben. Er war zwar nicht vermögend, aber gut und klug und ehrenhaft. An ihm bekam sie gerade das, was sie für ihr Leben brauchte.

Freilich, ein Pfarrer war er nicht, aber sein Vater, Großvater und Urgroßvater waren Geistliche und samt und sonders mit Pfarrerstöchtern verheiratet gewesen, so daß er mit allen alten Pfarrfamilien in Wermland verwandt war. Ein großes Talent zum Predigen oder Reden hatte er allerdings nicht von seinen Ahnen geerbt, aber die Freude am Leiten und Ordnen ganzer Versammlungen lag ihm im Blute, und die Leute in Ämtervik, die ihn erst mit scheelen

Augen betrachtet hatten, weil er eine Pfarrerstochter geheiratet und dadurch mit der alten Ordnung gebrochen hatte, gewöhnten sich rasch daran, ihn in allen Gemeindeangelegenheiten schalten und walten zu lassen.

Die Kinder waren sehr erstaunt, die alte Haushälterin in dieser Weise reden zu hören. Sie hatten Geschichten von ihrem Großvater gehört, wie sie unter dem Volke im Schwange gingen. Er sollte ein großer Geigenkünstler und wenigstens in jungen Jahren so schwermütig gewesen sein, daß er das Leben daheim nicht ertragen konnte und man ihn deshalb seine eigenen Wege gehen lassen mußte.

Aber das bestritt die alte Haushälterin auf das entschiedenste. Dem Regimentsschreiber hatte nie etwas gefehlt. Was für eine Einbildung! Sie begriff nicht, wer den Kindern so etwas vorgeredet hatte. Nein, das einzige war, daß er oft auf Reisen ging; aber das waren stets Reisen gewesen, die er von Amts wegen machen mußte. Da er ja Regimentsschreiber war, mußte er einmal im Jahr durch ganz Wermland reisen, um die Kriegssteuer zu erheben. Und er war ja auch nicht nur Regimentsschreiber, sondern zugleich auch Verwalter des Kymsberghammers ganz oben an der nördlichen Grenze. Dort mußte er auch alle Augenblicke hinreisen, und zum dritten und letzten stand er so hoch in Ansehen, daß er auch als Vormund und Vermögensverwalter in Anspruch genommen wurde. Am meisten Last hatte er mit der Vormundschaft der Frau des Landrats Sundelin auf Öjervik gehabt, die von dem Hüttenbesitzer Antonsson sieben Eisenhämmer geerbt hatte. Monatelang hatte er sich in den vielen Hammerwerken westlich vom Frykensee aufhalten müssen, um dort die verworrenen Dinge wieder in Ordnung zu bringen.

Aber sobald er nur abkommen konnte, eilte er heim nach Mårbacka, und wenn er zufällig frühmorgens unbemerkt dort ankam, da legte er wohl seine Geige an die Wange, stellte sich unter das Schlafzimmerfenster und weckte seine Frau mit seinem Spiel.

Soviel konnte ja Wahres an der Sache sein; aber wenn es hieß, er sei von Hause fortgelaufen und lange fortgeblieben, ohne daß jemand wußte, wo er war, so bildeten sich die Leute das nur ein, weil sie sahen, daß auf Mårbacka gewöhnlich die Frau alles leitete und anordnete.

Die Kinder waren ganz betrübt, als sie hörten, welch ein ernster, nüchterner Verstandesmensch der Großvater gewesen sein sollte. Aber sie konnten doch nicht anders, als der alten Haushälterin Glauben schenken.

Eines Abends jedoch, als die Eltern auswärts eingeladen waren, hatte das Stubenmädchen, das aufbleiben und die Herrschaft erwarten sollte, das neue Kindermädchen Maja, die Nachfolgerin von Back-Kajsa, überredet, ihr während des Aufbleibens Gesellschaft zu leisten.

Sie machten in der Kinderstube ein großes Feuer im Ofen, zogen die kleinen roten Stühlchen der Kinder herbei, setzten sich darauf und flüsterten ganz leise miteinander, damit die kleinen Mädchen, die drüben in ihren Bettchen schliefen, nicht im Schlafe gestört würden.

Plötzlich ging die Tür auf, und die Haushälterin trat herein. Sie hatte sich gewundert, wohin denn das

Stubenmädchen gegangen sein mochte, und sie im ganzen Hause gesucht.

Nun setzte auch sie sich an den warmen Ofen. Sie konnte ja doch nicht schlafen, ehe sie ihre Herrschaft wieder wohlbehalten daheim wußte.

Als nun diese drei so recht gemütlich beim Feuer saßen, nahmen die beiden Dienstmädchen die Gelegenheit wahr, die alte Haushälterin in einer wichtigen Sache um Rat zu fragen.

„Lisa und ich, wir beide möchten uns gern Traumgrütze kochen", sagte die Kinder-Maja, „aber wir wissen nicht, ob es irgendeinen Zweck hat."

Auf diese Weise verlockten sie die alte Haushälterin, ihnen zu erzählen, wie es damals zugegangen war, als Mamsell Lisa Maja Wennervik einen Traumpfannkuchen gebacken hatte.

In der letzten Weihnachtszeit, die Pastor Wennervik noch erlebte, hatte Mamsell Lisa Maja sich damit vergnügt, in der Neujahrsnacht einen Traumpfannkuchen zu backen. Sie war damals siebzehn Jahre alt, und so war die Zeit für sie herangekommen, wo ein junges Mädchen ans Heiraten zu denken pflegt. Lisa Maja rührte drei Löffel Wasser, drei Löffel Mehl und drei Löffel Salz zusammen, goß die Mischung in die Pfanne, aß dann soviel davon, als sie vermochte, und legte sich schlafen. Aber sie fand lange keinen Schlaf, denn sie fühlte nach dem salzigen Pfannkuchen einen brennenden Durst, und es war natürlich streng verboten, vor dem Einschlafen etwas zu trinken.

Als sie am anderen Morgen erwachte, konnte sie sich nicht erinnern, etwas geträumt zu haben. Später am Tage trat sie zufällig auf die Veranda hinaus, und da blieb sie plötzlich ganz erfreut stehen. Jetzt fiel ihr ein, daß sie letzte Nacht im Traum genau auf derselben Stelle gestanden hatte. Und wie sie so dastand, waren zwei fremde Herren, ein alter und ein junger, auf sie zugekommen. Der alte Herr hatte gesagt, er sei der Propst Lagerlöf von Arvika, und er komme mit seinem Sohn, um Lisa Maja zu fragen, ob sie durstig sei und einen Trunk Wasser haben möchte?

Und sofort war der junge Herr mit einem Glase frischen Wassers zu ihr getreten und hatte es ihr angeboten. Sie war so froh, als sie das klare frische Wasser sah, denn noch im Traume fühlte sie den Durst in ihrem Halse brennen.

Damit war der Traum zu Ende; aber von Stund an wußte Lisa Maja, wer ihr Gatte werden würde, weil man den, der einem im Traume Wasser zu trinken anbietet, wenn man vorher einen Traumpfannkuchen gegessen hat, heiraten wird.

Mamsell Lisa Maja wunderte sich sehr, wie das zugehn sollte, denn damals kannte sie niemand, der Lagerlöf hieß; aber siehe, gleich nach Neujahr kam ein Schlitten auf den Hof gefahren. Lisa Maja stand eben am Fenster, und als sie den erblickte, der im Schlitten saß, hatte sie einen lauten Schrei ausgestoßen und die Haushälterin in den Arm gekniffen.

„Da kommt der, den ich im Traume gesehen habe", sagte sie. „Du wirst sehen, er heißt Lagerlöf."

Und so war es auch. Der da in dem Schlitten angefahren kam, hieß Daniel Lagerlöf. Er war der Verwalter des Hüttenwerks auf Kymsberg und ausgefahren, Heu zu kaufen.

Zuerst erschrak Lisa Maja, als sie ihn sah. Er war nicht gerade schön, und er sah sehr schwermütig und düster aus; sie konnte sich gar nicht vorstellen, daß sie diesen Mann je lieb gewinnen könnte.

Aber er war über Nacht in Mårbacka geblieben, und am nächsten Morgen hatte der Knecht eine gar merkwürdige Kunde gebracht. Zwei Wölfe und ein Fuchs waren in die Wolfsgrube gefallen. Und da vom Hofgesinde niemand gewußt hatte, wie man die Gefangenen aus der Grube herausbringen könnte, war der Verwalter von Kymsberg ohne irgendeine andere Waffe als einen Knotenstock in die Grube hinuntergesprungen, hatte die Wölfe mit einem Hieb über den Schädel betäubt und ihnen dann eine Schlinge um den Hals gelegt, damit man sie hinaufziehen konnte.

Aber Mamsell Lisa Maja war vollständig überwältigt von dieser Tapferkeit, und nun wendete sich ihr Herz dem Verwalter zu. Jetzt war sie ganz mit sich im reinen, daß sie diesen und keinen anderen zum Manne haben wolle.

Er seinerseits verliebte sich wohl bei dieser ersten Begegnung in Lisa Maja, ließ sich aber nichts anmerken. Er war nämlich schon einmal verlobt gewesen, und obwohl seine Braut tot war, wollte er ihr doch die Treue halten und an keine andere denken.

Jedenfalls aber kam er diesen Winter noch öfter nach Mårbacka, um Heu zu kaufen, und da fand er gar bald heraus, wie schwer Lisa Maja es bei ihrer Stiefmutter hatte. Das Mädchen tat ihm von Herzen leid, und er hätte ihr sehr gern geholfen, aber er konnte ja um seiner Braut willen durchaus nicht um sie werben. Dafür aber kam er auf den Gedanken, sein Bruder, der droben in den finnischen Wäldern irgendwo Pfarrer war, solle sie heiraten.

Wirklich brachte er auch eine Begegnung zwischen seinem Bruder und Lisa Maja zustande; aber damit richtete er das größte Unheil an. Der Pfarrer verliebte sich so heftig in Mamsell Lisa Maja, daß er sein Leben lang an keine andre mehr denken konnte, sie aber liebte den Verwalter von Kymsberg und wollte den andern durchaus nicht haben.

Pastor Lagerlöf brachte es jedenfalls nicht bis zu einer Verlobung. Er erhielt den Befehl vom Bischof, eine Person zu heiraten, die er jahrelang im Hause gehabt und der er die Ehe versprochen hatte. Frau Raklitz hatte dabei die Hand im Spiele, und es entstand nichts als großes Unglück aus der ganzen Sache, denn als Pastor Elof Mamsell Lisa Maja nicht bekam, ergab er sich dem Trunk und war bald ebenso heruntergekommen, wie er zuvor prächtig und ausgezeichnet gewesen war.

Danach aber hatte Daniel Lagerlöf niemand mehr, den er hätte an seine Stelle setzen können, und wenn er der Pfarrtochter auf Mårbacka helfen wollte, so mußte er es schon selber tun. Und da meinte er wohl, es habe mehr Sinn, einer Lebenden beizustehen, als eine Tote zu betrauern, und so faßte er Mut und warb um Lisa Maja.

Diese war überglücklich und glaubte, nun sei aller Kummer zu Ende; aber gar bald merkte sie, daß ihr Verlobter sehr eigentümlich und verschlossen war. Er kam nur selten auf Besuch, und wenn er kam, konnte er stundenlang still dasitzen und sie immer nur ansehen. Oder er legte die Geige ans Kinn und spielte ununterbrochen, von dem Augenblick an, wo er kam, bis er wieder fortging.

Schließlich kam er nur noch ganz selten nach Mårbacka, es konnte ein ganzes Jahr vergehen, ohne daß er seine Braut sah.

Wenn sie ihn gelegentlich einmal fragte, wann die Hochzeit sein solle, kam er immer mit neuen Ausflüchten. Zuerst sagte er, sie müßten warten, bis er soviel verdient habe, daß er Mårbacka erwerben und die Miterben ausbezahlen könne. Ein andermal mußte er seine Brüder unterstützen, die in Lund studierten, und wieder ein andermal mußte die Hochzeit aufgeschoben werden, weil er versuchen wollte, als Regimentsschreiber angestellt zu werden.

Er schob auf und schob auf. Bald hatte er zuviel zu schreiben, bald mußte er zuviel umherreisen.

Zum Schlusse glaubte außer Lisa Maja kein Mensch mehr, daß es noch zu einer Hochzeit käme. Das schlimmste dabei war für Lisa Maja, daß nun die jungen Herren von Sunne und Ämtervik wieder auf Freiersfüßen nach Mårbacka kamen. Lisa Maja gab ihnen zwar zu verstehen, wie vergeblich ihre Bemühungen waren, aber einige von diesen Freiern waren überaus hartnäckig. Sie kamen nach wie vor, und als Lisa Maja ihnen die Besuche auf Mårbacka untersagte, legten sie sich am Waldrand auf die Lauer und paßten ihr auf, wenn sie des Wegs daherkam.

Alles Schlechte, was sie von Daniel Lagerlöf wußten, kramten sie vor ihr aus. Einmal bekam sie zu hören, er sei der Genosse aller der nichtsnutzigen und dem Trunke ergebenen Kavaliere, die in der Gegend umherfuhren, die Höfe aussogen und der Schrecken aller ordentlichen Menschen waren; dann wieder behaupteten sie, er laufe im Walde umher wie ein wildes Tier.

Einige ärgerten Lisa Maja auch mit der Nachricht, Daniel Lagerlöf sei jetzt Regimentsschreiber geworden und könne nun wohl heiraten, wenn er der Sache nicht überdrüssig geworden wäre; und andre erschreckten sie mit der Behauptung, er laufe der Tochter des Finnen Erik nach, der der Reichste im Lande sein sollte.

Aber nichts von alledem berührte Mamsell Lisa Maja auch nur im geringsten. Sie blieb gleich vergnügt und vertraute fest auf ihren Traum; o ja, es kam sicher so, wie ihr da offenbart worden war.

Eines Tages jedoch drang ein Gerücht zu ihr, wonach ihr Verlobter gesagt haben sollte, wenn er nur seine Verlobung los wäre, so ginge er ins Ausland und lernte ordentlich Geige spielen.

Das ergriff sie, wie noch nichts sie ergriffen hatte, und sie ging hinaus, um mit dem langen Bengt zu sprechen.

„Hör' einmal, Bengt", sagte sie. „Du mußt die Kutsche anspannen und gleich nach Kymsberg hinauffahren, um den Regimentsschreiber zu holen, denn jetzt will ich mit ihm reden."

„Ja, ich will's wohl versuchen", erwiderte der lange Bengt; „aber was soll ich tun, wenn er nicht gutwillig mitkommt?"

„Sag' ihm, du dürftest nicht allein zurückkommen", sagte sie; und dann fuhr der lange Bengt nach Kymsberg.

Es ist eine ganze Tagreise hinauf nach Kymsberg, und der lange Bengt kam auch erst am folgenden Abend wieder. Aber da hatte er auch wirklich den Regimentsschreiber bei sich im Wagen.

Mamsell Lisa Maja empfing ihn freundlich wie immer. Sie führte ihn in den Saal und bat ihn, sich zu setzen und sich von der langen Reise auszuruhen, auch sagte sie, das Abendessen würde schnell bereitet werden, denn er müsse sicherlich hungrig sein.

Der Regimentsschreiber ging im Zimmer auf und ab und sah finster und ungeduldig aus. Er schien nur auf den Augenblick zu warten, wo er wieder seiner Wege gehen könnte.

Als sie dann beim Abendbrot saßen, das Brautpaar ganz allein, wendete sich Lisa Maja in dem Augenblick, wo gerade Maja Perstochter mit dem Essen hereinkam, an den Regimentsschreiber, gerade als ob sie bis dahin gewartet hätte, und fragte ihn, ob es wahr sei, daß er seine Verlobung mit ihr lösen wolle.

„Ach ja“, sagte er und sah ebenso trübsinnig drein wie die ganze Zeit vorher. Das täte er am allerliebsten, und sie müsse das eigentlich schon lange gemerkt haben.

Da stieg Lisa Maja das Blut ins Gesicht, und sie sagte, wenn sie ihn bis jetzt nicht darüber gefragt habe, so sei das nur aus dem Grunde geschehen, weil sie es für ganz gewiß ansehe, daß sie beide füreinander bestimmt seien.

Doch da brach er in ein häßliches Lachen aus und fragte, was sie damit sagen wolle.

Sie wurde noch röter, und dann berichtete sie ihm mit wenigen Worten, wie sie in der Neujahrsnacht den Traumpfannkuchen gebacken und ihn mit seinem Vater im Traume gesehen und was sein Vater zu ihr gesagt habe.

Er legte Messer und Gabel nieder und sah sie mit großen Augen an.

„Das hast du dir hinterher ausgedacht“, sagte er.

„Du kannst Maja Perstochter fragen, ob ich nicht schon, ehe du aus dem Schlitten stiegst, gewußt habe, wer du bist, ja, gleich bei jenem ersten Male, wo du hierherkamst, um Heu zu kaufen“, versetzte Mamsell Lisa Maja und wendete sich an die Haushälterin, die eben um den Tisch herumging und die Schüsseln reichte.

„Ja, aber warum hast du früher nie davon gesprochen?“ fragte er.

„Weil kein andres Band zwischen uns sein sollte, als dein eigner Wunsch, das kannst du dir wohl denken“, antwortete sie.

Nun saß er wieder ganz still da, aber er schien von dem, was er gehört hatte, tief ergriffen.

„Kannst du mir sagen, wie der Mann aussah, der sagte, er sei der Propst Lagerlöf in Arvika?“ fragte er nach einer kleinen Weile.

„Jawohl“, antwortete sie und fing gleich an, den Propst zu beschreiben. Und sie mußte ihn wohl auch Zug um Zug getroffen haben, denn der Sohn wurde so verdutzt, daß er vom Tisch aufstand.

„Aber mein Vater starb ja in dem Jahr, wo du geboren wurdest“, sagte er. „Du hast doch wohl von ihm erzählen hören.“

„Ich hatte vorher nie einen Menschen namens Lagerlöf gesehen und habe auch, ehe ich von euch geträumt habe, niemals weder von dir noch von deinem Vater reden hören“, erwiderte Mamsell Lisa Maja. „Frag' doch Maja Perstochter, die hier neben uns steht, ob sie mich nicht oftmals deinen Vater genau so hat beschreiben hören.“

Da blieb Daniel Lagerlöf dicht vor Lisa Maja stehen. „Wenn ich es doch glauben dürfte!“ sagte er. Und noch einmal wanderte er durchs ganze Zimmer. Dann trat er wieder zu ihr. „Dann wärst du ja das Mädchen, das mein lieber Vater mir bestimmt hat“, sagte er.

Aber was Mamsell Lisa Maja darauf erwiderte, das hat die alte Haushälterin nie erfahren, denn sie begriff, daß es nun an der Zeit für sie sei, sich zu entfernen.

Jedenfalls saß das Brautpaar noch stundenlang beisammen und sprach miteinander, und am nächsten Tag war die Versöhnung geschlossen, und kurz darauf wurde Hochzeit gefeiert.

Und Mamsell Lisa Maja hat der alten Haushälterin erzählt, daß nichts im Wege gestanden habe, als seine Schwermut und seine Grillen. Einmal hatte er gedacht, er wolle seiner ersten Braut kein Unrecht tun; dann wieder hatte er an seinen Bruder Elof gedacht, und daß er doch selber nicht glücklich werden dürfe, weil der Bruder durch seine Veranlassung so unglücklich geworden war.

Aber durch Lisa Majas Traum hatte er nun etwas Festes und Sicheres, wonach er sich richten konnte, und nun fand er auch den Mut, das zu tun, was sein größter Wunsch war.

Und von seinem Hochzeitstag an wurde er ein ganz andrer Mensch. In den ersten Jahren bekam zwar die Schwermut noch hin und wieder Macht über ihn; aber später wurde er ruhig und gleichmäßig in seiner Stimmung. Sein Bruder ertrank ein Jahr, nachdem die Hochzeit auf Mårbacka stattgefunden hatte;

und danach brach wieder eine lange schwere Zeit über ihn herein; aber auch diese ging vorüber.

Er und die alte Herrin waren dann sechsundvierzig Jahre lang verheiratet, und während der letzten dreißig Jahre war alles überwunden; es gab keine glücklicheren Menschen auf der ganzen Welt.

Die Kinder aber lagen in ihren Bettchen und lauschten und staunten, und zugleich wurden sie von Herzen froh; denn ihr Großvater war bis jetzt nur ein lebloses Bild für sie gewesen, jetzt aber war er zu einem Menschen von Fleisch und Blut geworden.

Die Landwehrmänner

Im Jahr 1810, als Großmutter mehrere Jahre verheiratet war und schon zwei Kinderchen hatte, saß sie eines Abends am östlichen Fenster der Küche. Die Dämmerung war hereingebrochen, und da der März schon weit vorgeschritten war und sie kein Licht anstecken wollte, hatte sie zu ihrem Strickstrumpf gegriffen, denn stricken konnte sie auch in der tiefsten Dunkelheit.

Wie sie so bei ihrer Arbeit saß, hob sie ganz unwillkürlich den Kopf und sah durchs Fenster hinaus. Doch da wollte sie kaum ihren Augen trauen. Noch vor ganz kurzem war es draußen still und klar gewesen, und nun herrschte dichtes Schneegestöber. Der Schnee fiel so dicht, daß sie kaum den Lichtschein des gerade gegenüberliegenden Fensters der Gesindestube unterscheiden konnte. Der Wind fegte in heftigen Stößen daher, der Schnee prasselte gegen die Wände, und in der kurzen Zeit, die Frau Lagerlöf dagesessen hatte, waren von dem immer dichter fallenden Schnee schon die Büsche und der Lattenzaun ganz bedeckt.

Die Dunkelheit war seit dem Ausbruch des Unwetters rasch tiefer geworden, aber Frau Lagerlöf konnte doch sehen, daß mehrere große Tiere durch die Schneewehen nach dem hinteren Hofe jagten. „Hoffentlich nehmen sich die Mädchen in acht und gehen nicht hinaus, um Holz zu holen“, dachte sie, „denn die Graubeine sind heut abend unterwegs.“

Gleich danach hörte sie einen Schrei und sah einen Wolf vom hintern Hof herkommend an ihrem Fenster vorbeilaufen. Er trug etwas im Rachen, das sich wehrte und Widerstand leistete. Frau Lagerlöf meinte auch, es sei ein Kind; aber was für ein Kind hätte das sein sollen? Ihre eigenen waren an ihrer Seite, und andre Kinder gab es nicht auf dem Hofe.

Aber siehe, dicht hinter dem ersten Wolfe kam auch sofort ein zweiter dahergekeucht, und auch dieser trug ein Kind im Rachen.

Da litt es die Großmutter nicht länger auf ihrem Stuhle. Sie fuhr so schnell empor, daß der Stuhl umfiel, eilte in die Küche und durch die Küchentüre hinaus ins Freie. Aber dort blieb sie stehen. Vor ihr lag die klare, stille, liebliche Frühlingsnacht. Nirgends eine Spur eines Schneegestöbers und nirgends ein Wolf. Sie mußte über ihrem Strickstrumpf eingenickt sein, und was sie gesehen hatte, war nur ein Traum gewesen.

Doch dahinter mußte etwas Ernsthaftes verborgen liegen, das verstand die Großmutter. „Wir müssen jedenfalls gut auf die Kinder achtgeben“, sagte sie zu den Dienstleuten, „das war kein leerer Traum, sondern eine Warnung."

Doch den Kindern stieß nichts Gefährliches zu; sie wuchsen und gediehen, und das Gesicht oder der Traum, oder was es nun war, geriet in Vergessenheit, wie so vieles andre dieser Art.

Im August desselben Jahres kam eine Schar armer Kriegsleute durch Mårbacka gezogen. Sie waren zerlumpt, ausgehungert und krank, die Leiber zum Gerippe abgemagert und die Augen gierig wie die wilder Tiere. Alle sahen aus wie vom Tode gezeichnet.

Sie erzählten, sie kämen vom oberen Ende des Frykensees und aus dem Bezirk im nördlichen Teil des Frykentals. Jetzt jedoch, wo sie sich ihrer Heimat näherten, seien sie nicht froh, denn sie fürchteten, ihre Angehörigen würden sie nicht wieder erkennen wollen.

Vor zwei Jahren waren sie als frische, starke Burschen ausgezogen. Was würden die Leute daheim sagen, wenn man sie so elend wiedersah? Sie taugten zu nichts anderm mehr, als in die Kirchhofserde gelegt zu werden.

Die Armen waren gar nicht im Krieg gewesen, sie waren nur hin und her marschiert in Hunger und Kälte. Sie hatten kein Gefecht gesehen, sondern nur mit Krankheiten und Verwahrlosung gekämpft.

Viele Tausende waren sie gewesen, als sie auszogen, aber ein Tausend nach dem andern war umgekommen. Sie berichteten, viele von ihnen seien in offene Prahme gesetzt und gezwungen worden, mitten im Winter über das wilde Meer zu rudern. Wie es auf der Fahrt zugegangen, das wußte niemand; aber als die Prahme an Land trieben, da hatte die Besatzung an den Rudern gesessen, tot, mit Eis überzogen und erfroren.

Die wenigen, die noch am Leben geblieben waren, suchten nun den Heimweg auf eigene Faust. Aber auf ihrer Wanderung war es ihnen oft begegnet, daß sie, sobald sie sich Ortschaften und Höfen genähert hatten, mit Steinwürfen fortgejagt worden waren.

Ein Kummer aber nagte am meisten an ihnen: daß sie nicht in den Krieg gekommen und totgeschossen worden waren, sondern sich in unendlicher Qual nun weiter durchs Leben schleppen mußten!

Sie wußten nur zu gut, in welchem Zustande sie sich befanden, voller Ungeziefer, stinkend vor Schmutz und unheimlich anzusehen. Als sie nach Mårbacka kamen, begehrten sie kein Bett und kein Dach; sie baten nur um ein paar Bündel Stroh und ein trockenes Plätzchen, auf dem sie sich niederlegen könnten.

Auf Mårbacka empfing man die armen Kriegsleute nicht mit Steinwürfen. Der Regimentsschreiber war auswärts, aber seine Frau erlaubte ihnen, ein Lager im hinteren Hofe dicht am Zaun aufzuschlagen. Grütze und Suppe kochte man für sie in großen Kesseln, und was an Kleidern erforderlich war, wurde ihnen gegeben.

Die Leute vom Hofe standen in hellen Haufen unaufhörlich an dem Lagerplatz, um den Berichten dieser armen Menschen zuzuhören. Allerdings konnten nicht alle reden. Manche gaben auf keine Anrede eine Antwort, so stumpf waren sie. Sie schienen gar nicht mehr zu wissen, wer sie waren und woher sie kamen.

Es war etwas so Außerordentliches, wie manche dieser Männer verwandelt waren, daß die Kunde davon durchs Land ging und die Leute von weit hergewandert kamen, um sich selbst zu überzeugen.

„Der dort“, sagte ein Fremder, der die bemitleidenswerten Reisekameraden lange betrachtet hatte, „ja, der dort drüben soll der Sohn von Jörgen Persa in Torsby sein! Aber ich kenne Jörgen Persas Sohn. Der war ein feiner Bursch. Da ist keine Spur von Ähnlichkeit vorhanden.“

Eines Tages kam eine arme Witwe des Wegs daher. Sie stammte aus einem kleinen Walddörfchen ganz im Norden, wo sie ihr Leben in hartem Kampf mit Hunger und Not fristete.

„Ist einer unter euch, der Börje Knutsson heißt?“ fragte sie, nachdem sie die kranken Landwehrleute eine Weile betrachtet hatte.

Keiner aus der ganzen Schar gab Antwort. Die Leute kauerten mit hochgezogenen Beinen auf dem Boden und stützten das Kinn auf die Knie. So saßen sie oft stundenlang, ohne sich zu rühren.

„Wenn einer von euch Börje Knutsson heißt, so soll er sich zu erkennen geben, denn er ist mein Sohn“, sagte die Frau.

Keiner der armen Elenden sagte ein Wort oder machte eine Bewegung. Sie hoben nicht einmal den Blick zu ihr auf.

„Seit er fortgezogen ist, hab' ich jeden Tag geweint“, fuhr die arme Witwe fort. „Wenn er unter euch ist, könnte er doch wohl aufstehen und es mir sagen, denn ich selbst erkenne ihn nicht wieder.“

Aber alle blieben stumm, und die Frau ging langsam wieder fort.

Dem ersten Menschen, dem sie begegnete, berichtete sie, was ihr geschehen war. Und dabei war sie ruhig und beinahe froh.

„Bis jetzt hab' ich gemeint, ich müßte verrückt werden, wenn mein Sohn nicht zurückkäme", sagte sie. „Aber jetzt danke ich Gott, daß er nicht unter diesen Gerippen ist."

Die Landwehrmänner rasteten eine ganze Woche in Mårbacka. Dann setzen sie etwas gestärkt und erquickt ihren Weg nach Norden fort.

Aber sie hatten die Ruhr zurückgelassen. Alle Leute auf dem Hofe erkrankten schwer, aber es starb niemand außer den beiden Kinderchen der Großmutter. Sie waren noch zu zart, um dieser Krankheit widerstehen zu können.

Als die beiden Kinder in ihren Särgen lagen, da dachte die Großmutter: „Wenn ich getan hätte wie die andern, wenn ich das fremde Volk nicht aufgenommen, sondern sie mit Steinwürfen fortgejagt hätte, dann wären meine Kinder noch am Leben."

Aber als sie das dachte, fiel ihr wieder das Gesicht von jenem Frühlingsabend ein, nämlich die Wölfe und die Kinder, die jene fortgeschleppt hatten.

„Unser Herrgott trägt keine Schuld", sagte sie, „er hatte mich gewarnt."

Die Kinder waren ja nicht gestorben, weil man barmherzig gewesen war, sondern weil man sie nicht mit der nötigen Vorsicht vor Ansteckung behütet hatte.

Als die Großmutter einsah, wieviel sie selbst Schuld hatte, daß ihre Kinderchen nun tot und begraben waren, wollte sie der Schmerz fast überwältigen. „Das kann ich nie verwinden", dachte sie. „Ich werde nie wieder ein ganzer Mensch werden."

Was ihre Verzweiflung noch vermehrte, war der Gedanke, wie ihr Mann den Verlust der beiden Kleinen aufnehmen werde. Er war seit mehreren Monaten nicht mehr daheim gewesen. Die Schwermut hatte wohl die Oberhand gewonnen, und nun wagte er sich nicht zurück in sein Haus. Wo er jetzt war, wußte sie nicht. Sie konnte ihm nicht einmal Nachricht von dem Vorgefallenen geben.

Nun würde er gewiß denken, es sei die Strafe Gottes, weil sie geheiratet hatten. Vielleicht würde er überhaupt nicht mehr zu ihr zurückkehren.

Die arme Frau war sich jetzt nicht mehr klar darüber, ob er nicht doch am Ende recht hätte. Vielleicht war es das beste, wenn sie sich nie wiedersahen.

Alle Leute auf dem Hofe waren tief betrübt über den schweren Kummer der Großmutter, und sie wußten nicht, wie sie ihr helfen sollten. Aber der lange Bengt, der älteste Knecht von allen, war nicht bange, auch einmal auf eigene Faust zu Werke gehen, und so begab er sich zum zweitenmal nach Kymsberg, um zu versuchen, den Hausherrn herbeizuschaffen.

Dieses Mal dauerte es keine zwei ganzen Tage, bis der lange Bengt zurückkam. Er hatte den Regimentsschreiber richtig gefunden und sein Anliegen vorgebracht; aber kaum war er fertig mit seiner Rede, da ließ der Hausherr auch schon ein frisches Pferd vor den Wagen spannen. Ohne anzuhalten, fuhr er die ganze Nacht hindurch, so daß er schon am andern Morgen in Mårbacka war.

Und als er ankam, war er nicht steif und rauh. Er

schloß seine Frau sanft in die Arme, wischte ihr die Tränen ab und tröstete sie mit den mildesten Worten.

Es war, als vermöge er ihr erst jetzt, wo er sie vernichtet und schmerzerfüllt sah, die ganze Größe seiner Liebe zu zeigen.

Sie empfand es wie ein Wunder.

„Und ich glaubte, ich müsse auch dich noch verlieren“, sagte sie.

„Ich bin nicht der, den man im Leid verliert“, erwiderte er. „Dachtest du, ich könne dich verlassen, weil du zu barmherzig gewesen bist?“

In dieser Stunde tat sie einen tiefen Blick in sein Herz; nun verstand sie ihn besser als je zuvor.

Ja, nun wußte sie es: in frohen, guten Tagen, da mußte sie auf eignen Füßen stehen, und dazu war sie auch imstande. Aber im Leid, im Kampf und in ernsten Zeiten, da würde er allezeit an ihrer Seite stehen als ihr Schirm und Schutz.

ALTE GEBÄUDE UND ALTE LEUTE

Die aus Stein gebauten Häuser

Die weißen Gebäude, die zur Zeit, da Leutnant Lagerlöf den Hof übernahm, auf Mårbacka standen, waren sehr alt, aber das Gesindehaus und das Schafhaus galten als die allerältesten von allen. Man konnte das freilich nicht mit Bestimmtheit behaupten, denn die alte Pfahlhütte, die als Vorratshaus benützt wurde, und der Stall, der eine niedrige Galerie unter dem Dach hatte, sowie die Badestube, in der man das Fleisch räucherte, und die Darre, wo das Korn gemälzt wurde, waren auch keine Neulinge in dieser Welt.

Das Gesindehaus und das Schafhaus dagegen waren aus Feldsteinen aufgemauert, aus runden und glatten, großen und kleinen, wie man sie von den Feldern hereingeholt hatte. Die Wände waren zwei Ellen dick und standen in dem Rufe, eine Belagerung aushalten zu können. Eine solche Bauart war nicht von gestern und heute, und so schienen diese Gebäude, was das Alter betraf, den Preis davonzutragen.

Man vermutete, daß die ersten Menschen, die sich in Mårbacka niedergelassen hatten, aus irgendeiner Ortschaft in der Nähe gekommen waren, wo es zwar mehr als genug Menschen in alten Häusern gab, aber nicht ausreichend urbares Land, weswegen es ums tägliche Brot übel bestellt war. Es war wohl ein junges Paar gewesen, das gern zusammenkommen wollte, aber eben gar nichts besaß, so daß die Leutchen sich keinen andern Rat wußten, denn als Ansiedler in die Wildnis hinauszuziehen. Sie hatten ein gutes Auge gehabt für die Viehweide unterhalb des Åsbergs, so waren sie dorthin gezogen und hatten sich wohl zuerst in den kleinen Hütten niedergelassen, in denen früher die Sennerinnen wohnten. Aber nach einiger Zeit hatten sie sich vielleicht nicht mehr sicher dort gefühlt. Niemand wohnte in der Nähe, ab und zu statteten Bären einen Besuch im Viehstall ab, und sie selber bekamen Zuspruch von wildem Köhlervolk.

Unter diesen Umständen war es nur natürlich, daß sie sich ein paar Hütten aus Stein mauerten, eine für sich selber und eine für ihr Vieh.

Das Haus, in dem die Tiere untergebracht werden sollten, war das größere von den beiden. Es hatte keine Fenster, nur Öffnungen mit selbstgeschmiedetem Eisengitter, damit sich weder Bären noch Diebe einschleichen könnten. Der Fußboden bestand nur aus festgestampfter Erde, aber der Raum war durch eine starke Balkenwand in zwei Teile abgeteilt, damit die Tiere, die nicht gut zusammen auskommen, getrennt werden konnten. Pferde und Schafe, die stets gute Freunde sind, wohnten somit in in der einen Hälfte, während Kühe und Ziegen in der andern untergebracht waren.

Die Steinhütte, die als menschliche Wohnung benützt werden sollte, war kleiner und hatte nur einen Raum. Aber dieser war mit einem Fußboden von eingerammten Holzblöcken, mit zwei Fenstern an der einen Längswand, sowie mit Herd und Schornstein versehen. An der Ostseite, der Fensterwand gegenüber, hatten die Ansiedler einen geräumigen Bettschrank eingebaut. Dieser faßte zwei breite Betten, die auf dem Boden standen, und zwei gleich breite darüber unter der Stubendecke. Sie waren so groß im Ausmaß, daß in einem jeden drei Personen gut nebeneinander liegen konnten. Der Fensterwand entlang stand eine Bank und vor dieser ein großmächtiger Tisch aus Tannenholz. Der Herd befand sich an der einen Schmalwand, der Eingang gerade gegenüber an der andern.

Zu Leutnant Lagerlöfs Zeit, wo der Bau, der früher das Hauptgebäude gewesen war, als Gesindehaus diente, war darin beinahe noch alles unverändert. Der Bettschrank war noch da, auch der runde, offene Herd und die Fenster mit den kleinen Scheiben und den Eisengittern davor. Dagegen waren die lange Holzbank und der Tisch weggenommen und durch eine Hobelbank mit gefülltem Werkzeugschrank ersetzt worden. Zwei kleine runde, dreibeinige Stühle waren auch noch vorhanden, die wohl aus der Zeit der ersten Ansiedler stammen konnten, ebenso wie der abgenützte Hackblock, der neben dem Herde stand.

Hier wohnten der Stallknecht und der Stalljunge; hier herein kamen in den Ruhestunden die Arbeitsleute, um zu essen und zu rasten, und hier herein wies man später arme Wanderer, die um eine Nachtherberge baten.

Hier genoß auch Klein-Bengt, der zur Zeit des Regimentsschreibers Stallknecht gewesen war, das Gnadenbrot. Er hatte solange im Dienste des Hauses gestanden, daß Leutnant Lagerlöf ihn für die Medaille eingereicht hatte.

Noch eine andre Person auf dem Hofe sollte dieses Ehrenzeichen bekommen, nämlich die alte Haushälterin. Sie war zwar bei weitem nicht so alt wie Klein-Bengt, versah auch noch ihren Dienst und war flink und gesund. Sie durfte in der Herrschaftskutsche zur Kirche fahren, als ihr die Medaille dort im Chor übergeben wurde.

Aber Klein-Bengt lag an diesem Tage an Hexenschuß und Gliederreißen zu Bett und war nicht imstande, in einen Wagen zu steigen, sondern mußte zu Hause bleiben.

Die Medaille bekam er zwar auf jeden Fall, aber da er nicht in die Kirche konnte, ging er eben doch der großen Feierlichkeit verlustig. Es hieß auch, der Propst von Sunne werde selbst nach Ämtervik kommen, um eine Ansprache an die treuen Diener zu halten und ihnen eigenhändig das blanke Silberstück um den Hals zu hängen.

Man kann sich vorstellen, wie betrübt Klein-Bengt war! Da mußte er nun in Schweiß und Schmerzen zu Bett liegen, während der größte Augenblick, den das Leben ihm zu bieten hatte, an ihm vorüberging.

Leutnant Lagerlöf sprach natürlich mit dem Propst darüber, daß Klein-Bengt krank sei und deshalb nicht zur Kirche hätte kommen können.

Nun aber gab es auf der Welt niemand, der einen treuen Diener, der sein Leben lang nur auf der einen Stelle gedient und mit seiner Herrschaft Freud und Leid geteilt hatte, so gern ehrte, wie der Propst von Ämtervik. Und als er vernahm, wie die Sache sich verhielt, sagte er sofort, er werde gleich nach dem Gottesdienst nach Mårbacka fahren, um dem Knechte die Medaille selbst zu übergeben.

Der Leutnant freute sich ja gewiß, als er dies vernahm, aber bedenklich erschien es ihm doch. Er verließ die Kirche, sobald er es anständigerweise nur immer tun konnte, und fuhr wie der Blitz nach Hause, um einige Zeit vor dem Propst dort anzukommen.

Nun wurde Klein-Bengt eiligst gewaschen und gekämmt und ihm sein Sonntagshemd angezogen. Er bekam reine Bettücher und eine schöne gestickte Decke anstelle des gewöhnlichen Schaffells. Die ganze Gesindestube wurde gekehrt, die Hobelspäne wurden fortgeschafft und die staubigen Spinngewebe unter der Decke heruntergeholt. Man streute Wacholderzweige auf den Fußboden, legte frisches Tannenreis vor die Tür, und ein großer Busch Birkenlaub und Flieder wurde in den Herd gesteckt.

Der damalige Propst in Sunne war niemand geringeres als Andreas Fryxell. Er war stattlich, ernst und ehrfurchtgebietend, aber nicht hochmütig, sondern sobald er in Mårbacka angekommen war, ging er in die Gesindestube zu Klein-Bengt, um ihm die Medaille umzuhängen.

Der Leutnant und Frau Lagerlöf und Mamsell Lovisa und die Haushälterin und was sich an Leuten auf dem Hofe befand, folgten ihm. Sie erwarteten natürlich, daß der Propst Klein-Bengt eine kleine Rede halten werde, und stellten sich still und andächtig an den Wänden der Stube auf.

Und anfangs ging auch alles, wie es sollte. Der Propst begann mit dem Lesen einiger Bibelsprüche, und Klein-Bengt lag ganz still und feierlich da und hörte zu.

„Du Bengt", fuhr der Propst fort, „du bist ein solcher guter und getreuer Knecht gewesen, von denen der Herr Jesus spricht."

„Ja", sagte Klein-Bengt aus seinem Bett heraus, „ja, das kann man wohl sagen. Das bin ich gewißlich gewesen."

„Du hast dein eigen Wohl nie vor das deiner Herrschaft gesetzt, und du hast gewacht über dem, das dir anvertraut war."

„Ja", sagte Klein-Bengt, „das alles stimmt. Ich danke dem Herrn Propst, daß er es sagt."

Es sah aus, als fühle sich der Probst unangenehm berührt von den beständigen Unterbrechungen. Er war ja ein vornehmer Herr und gewohnt, mit vornehmen Leuten zu verkehren, und wußte sich überall richtig zu benehmen. Es kam wohl vor, daß die Leute ihm gegenüber verlegen wurden, er aber war sonst immer der Überlegene und behielt das letzte Wort.

Nun hatte er sich aber auf diese Rede nicht richtig vorbereiten können, denn die Fahrt nach Mårbacka war so plötzlich gekommen, und die Ansprache, die er in der Kirche gehalten hatte, paßte nicht so recht in die Gesindestube. Er räusperte sich ein paarmal, und dann begann er von neuem:

„Du Bengt, bist ein guter und getreuer Knecht gewesen."

„Ja, das bin ich gewesen", erwiderte Klein-Bengt. Doch nun stieg dem großen, geistreichen Propst Fryxell das Blut ins Gesicht.

„Du mußt schweigen, wenn ich spreche, Bengt", sagte er.

„Ja gewiß, das weiß ich", stimmte der alte Mann bei. „Ich widerspreche ja dem Herrn Propst nicht. Es ist auch alles ganz richtig, was der Herr Propst sagt."

Der Propst wurde noch röter. Er räusperte sich wieder und versuchte sein Heil aufs neue.

„Bengt, du bist ein guter und getreuer Knecht gewesen, aber du hast auch eine gute Herrschaft gehabt."

Der Alte war glückselig über das, was er hörte. Da konnte er doch unmöglich schweigen.

„Das will ich meinen, lieber Herr Propst, das will ich meinen. Alle meine Herrschaften sind riesig vorzügliche Leute gewesen, der Herr Wennervik und der Herr Regimentsschreiber und jetzt hier auch der Herr Erik Gustav."

Damit streckte er die Hand aus, legte sie Leutnant Lagerlöf auf die Schulter und streichelte seinen Arm. Der ganze Mann strahlte vor Seligkeit.

Aufs neue erhob der Propst seine Stimme.

„Du sollst schweigen, Bengt, solange ich rede", ermahnte er.

„Ja, ja", sagte der Alte. „Sie haben ganz recht, Herr Propst, es ist ja auch alles wahr, was der Herr Propst sagt, jedes einzige Wort."

Nun mußte aber doch auch der Propst den Mund verziehen.

„Mit dir ist nichts zu machen, Bengt", sagte er. „Ich will dir die Rede schenken. Hier hast du deine Medaille, trage sie noch lange Jahre in Ehren und Wohlergehen!"

Damit trat er vor und legte die Medaille auf des Alten Sonntagshemd.

Während des Mittagessens auf Mårbacka zeigte sich der Propst etwas nachdenklich.

„Das ist mir doch noch nie passiert, daß ich steckengeblieben bin“, sagte er. „Aber man muß ja alles einmal durchmachen.“

Die Geldkassette

Klein-Bengt war jedenfalls hochbefriedigt von der Rede, die ihm gehalten worden war. Das Wort, er sei ein guter und getreuer Knecht gewesen, die Medaille, die Anwesenheit des Propstes in der Gesindestube und alle die Ehrenbeweise hatten die Kraft gehabt, das Gliederweh und den Hexenschuß zu vertreiben. Nachmittags saß der Alte aufrecht im Bett und erzählte allen, die es hören wollten, immer wieder die große Begebenheit, wie er dem Regimentsschreiber die Geldkasse gerettet hatte.

Zur Winterszeit war er einmal mit dem Regimentsschreiber auf einer Reise gewesen, um Gelder einzukassieren. Sie hatten schon alle östlichen Bezirke besucht und wollten nun zu den westlichen übergehen. Aber ehe der Regimentsschreiber damit begann, wollte er einen Tag nach Hause fahren, weil er sich nach Weib und Kind sehnte.

Das sagte er aber Klein-Bengt nicht. Er schützte vor, das Pferd bedürfe einiger Ruhetage und der Mundvorrat notwendig der Auffüllung. Außerdem sei die Kasse auch übervoll, und so wolle er sie erst leeren und die Gelder nach Karlstadt schicken, anstatt damit weiter im Lande umherzufahren.

Aber an dem Tage, an dem er die Richtung nach der Heimat einschlug, brach ein entsetzliches Schneegestöber aus. Die Wege waren schon nach kurzem so hoch mit Schnee bedeckt, daß man nur im Schritt fahren konnte. Es dämmerte schon, als sie bei Ölsäter über den Klarelf fuhren, und als der Regimentsschreiber gleich darauf am Herrenhof von Nordsjö vorbeifuhr meinte er, es wäre am Ende doch besser, wenn sie den kleinen Umweg machten und dort um eine Nachtherberge bäten. Aber wie gesagt, er sehnte sich heim, und es waren nur noch zwei Meilen bis Mårbacka, und so kam er denn mit Klein-Bengt überein, daß es doch das beste wäre, im eigenen Bett zu schlafen, wenn sie deshalb auch noch bis zehn oder elf Uhr unterwegs sein müßten.

Als sie in den dichten Wald zwischen Nordsjö und Sandviken einfuhren, waren die Wege schon grundlos, und der Schlitten ging so schwer, daß dem Braunen die Kräfte versagten. Er blieb nach jedem Schritt stehen, und weder Schläge noch gute Worte brachten ihn vorwärts.

„Das ist eine ärgerliche Sache, Bengt", sagte der Regimentsschreiber. „Aber sag' mal, gibt es denn nicht eine kleine Kate hier in der Nähe?"

„Jawohl, Herr Regimentsschreiber. Nicht weit von hier ist eine Hütte. Aber da können wir nicht hingehen."

„Ich kann mir denken, was du meinst, Bengt", erwiderte der Regimentsschreiber. „Die Kate ist gewiß ein Unterschlupf für Spitzbuben und Landstreicher, und ehrliche Leute hüten sich, hineinzugehen. Aber nun haben wir drei Stunden von Nordsjö bis hierher gebraucht, und der Gaul ist halbtot vor Müdigkeit.

Wir müssen ihn unter Dach bringen, damit er sich ausruhen kann."

„Ja, Herr Regimentsschreiber, tun Sie, was Sie wollen", sagte Klein-Bengt.

Als der Knecht auf diese Weise redete, wußte sein Herr, daß er seine guten Gründe hatte, nicht in die Kate zu gehen, und so beschloß er, noch einen Versuch zu machen, auf die Landstraße hinauszukommen.

Beide stiegen aus dem Schlitten und begannen einen Weg für das Pferd zu treten, das ihnen langsam nachfolgte. Es war eine harte Arbeit. Schon für Klein-Bengt war es schwer, und da der Regimentsschreiber hohe, bis über die Knie reichende Stiefel, Wolfspelz und Reisegurt trug, kam er völlig außer Atem.

„Nein, Bengt, es geht nicht", sagte er, als sie die Kate beinahe erreicht hatten. „Mir geht es wie dem Braunen. Du mußt hineingehen und um Herberge bitten."

Klein-Bengt blieb nichts übrig, als zu gehorchen. Aber seiner Ansicht nach wären sie besser die ganze Nacht im Schlitten geblieben, als sich mit Krongeldern in solch eine Räuberhöhle hineinzuwagen. Es würde sicherlich ein Unglück geben, das ahnte er deutlich.

Er trat in die Hütte und fand Mann und Frau friedlich am Herde sitzen. Daß sie die Reisenden mit Freuden aufgenommen hätten, konnte man nicht behaupten. Sie machten tausend Einwendungen: die Kammer sei ungeheizt, auch hätten sie weder Betten noch Bettücher für Herrenleute.

Schließlich mußten sie aber doch nachgeben. Das Weib trug Holz in die Kammer und heizte ein. Der Mann ergriff einen Spaten und half Klein-Bengt den

Schnee wegzuschaufeln, damit das Pferd den Schlitten bis ans Haus fahren konnte.

Als Klein-Bengt an den Schlitten trat, fand er den Regimentsschreiber vor Übermüdung eingeschlafen.

„Na, der wacht auch nicht allzusehr über die Krongelder“, sagte der Kätner grinsend.

„O, bis heute hat er die Krone noch nie auch nur um einen Schilling gebracht!“ schnauzte Klein-Bengt zurück.

Wenn der Regimentsschreiber und Klein-Bengt irgendwo einkehrten, pflegte stets der Herr die Geldkasse ins Haus zu tragen, während Klein-Bengt den Koffer mit dem Mundvorrat nachtrug.

Als nun Klein-Bengt sah, wie müde sein Herr war, sagte er zu ihm, als er den Schlitten nach dem elenden Schuppen gefahren hatte, in dem das Pferd untergebracht werden sollte: „Gehen Sie zu Bett, Herr! Ich komme mit den beiden Koffern nach.“

„Ach nein, du brauchst nur den einen zu bringen“, sagte der Regimentsschreiber. Er dachte dabei nur an den Geldkasten, denn der Mundvorrat war ja zu Ende. Aber das verstand Klein-Bengt nicht.

Er spannte das Pferd aus und führte es in den Schuppen. Als er von dort zurückkam, war sein Herr ins Haus gegangen, und auch der Kätner war verschwunden. Die Kasse stand nicht mehr im Schlitten, aber das war ganz in der Ordnung.

Als Klein-Bengt eintrat, saß der Regimentsschreiber in einer armseligen Kammer am Fenster. Er hörte den Knecht einen Kasten neben die Tür stellen, war aber zu müde, den Kopf zu drehen. „Schließ die Tür, Bengt, und zieh den Schlüssel ab!“ sagte er.

„Das hatte auch keinen Wert, die Speisekiste mit hereinzunehmen“, sagte Klein-Bengt. „Sie ist ja leer.“

„Ja, das dacht' ich auch“, versetzte sein Herr, „aber ich glaube, wir werden heut nacht auch ohne Abendbrot schlafen.“

Damit streckte er sich auf einer Holzbank aus in Stiefeln und Pelz, wie er war. Er schob sich nur ein paar Holzscheite unter den Kopf und schlief sofort ein.

Länger als bis vier oder fünf Uhr pflegte er indes nie zu schlafen, aber jetzt wachte er ausgeschlafen und ausgeruht schon um zwei Uhr auf.

„Auf, Bengt“ rief er. „Nun wollen wir in Gottes Namen weiter, daß wir zum Frühstück in Mårbacka sind.“

Klein-Bengt sprang sofort auf. Licht hatten sie keines, aber die Winternacht war nicht ganz finster. Sie sahen genug, um sich aus der Kammer zu tasten.

„Nimm du den Koffer, Bengt, und spann an!“ sagte der Regimentsschreiber. „Ich will noch in die Stube gehen und das Nachtlager bezahlen.“

Kurz darauf war alles bereit, und sie fuhren ab. Das Schneetreiben hatte aufgehört, und obwohl kein Weg gebahnt war, ging es doch verhältnismäßig rasch voran.

„Es war doch ganz schlau, daß wir dort übernachtet haben“, sagte der Regimentsschreiber.

„Es ging besser als ich dachte“, erwiderte Klein-Bengt. „Aber ich habe solch böse Träume gehabt und habe sehr viel Radau gehört. Es kam mir vor, als klopfte und hämmerte man drin bei den Kätnerleuten. Und ich weiß zur Stunde noch nicht, ob sie wirklich auf waren und arbeiteten, oder ob ich geträumt habe."

„Du hast gewiß geträumt, sie hätten meine Kasse gestohlen", sagte der Herr.

„Ja, aber wo haben Sie denn Ihre Kasse, Herr?" rief der Knecht, indem er unter dem Fußsack nachsah.

„Die Kasse?" fragte der Regimentsschreiber. „Die hast du doch hinausgetragen."

„Ich? Ich hab' doch nur den Speisekoffer getragen."

„Aber ich sagte dir doch gestern, du solltest nur die Kasse hereinbringen, und das andre draußen lassen."

Das war wohl der schlimmste Augenblick seines ganzen Lebens, als der Regimentsschreiber Lagerlöf entdeckte, daß die Geldkasse durch ein Mißverständnis nicht aus dem Schlitten genommen und in die Hütte gebracht worden war. O, der Kätner hatte sie gestohlen, das war klar! Aber was hatte er damit gemacht? War es ihm gelungen, sie zu öffnen? Es war zwar eine richtige Staatskasse mit Kunstschloß und starken Beschlägen, aber die Möglichkeit, sie aufzubrechen, war doch nicht ausgeschlossen.

Sie ließen das Pferd auf dem Wege stehen und eilten in die Hütte zurück.

Der Mann, das Weib und noch vier weitere Personen saßen um den Herd, als die Reisenden hereinstürmten. Niemand zeigte die geringste Überraschung; aber Klein-Bengt sah mit einem Blick, daß die vier Neugekommenen die gefährlichsten Halunken der ganzen Gegend waren.

„Ich hab' es ja gesagt, daß es nicht möglich für Sie sei, heimzukehren, ehe der Schneepflug durch den Schnee gegangen ist", sagte das Weib.

„Gewiß kann ich heimkommen", versetzte der Regimentsschreiber. „Aber meine Geldkasse ist hier im Hause stehen geblieben, und die muß ich auch mitnehmen."

„Aber das ist doch kaum möglich! Ist der Herr ohne seine Geldkasse weggefahren? Dann steht sie wohl auch noch in der Kammer. Es ist noch niemand drin gewesen, seit der Herr weggefahren ist."

„Die Kasse ist nicht vergessen worden", sagte der Regimentsschreiber streng. „Und nun heraus damit! Ihr wißt, wie es dem geht, der Krongelder stiehlt."

„Wo sollten wir denn einen so großen Kasten verbergen?" entgegnete das Weib. „Der Herr sieht ja, was hier in der Stube ist, und er kann auch das ganze Haus durchsuchen."

Das hatte Klein-Bengt inzwischen schon getan. Er hatte jeden Winkel durchstöbert und durchsucht, aber nichts gefunden.

„Wenn ihr die Kasse nicht gutwillig herausgebt", sagte der Regimentsschreiber, „dann bleibt nichts andres übrig, als daß ich meinen Knecht hier Wache halten lasse. Keiner darf das Haus verlassen, bis ich mit dem Gendarmen zurückkomme."

„Soll der dort etwa hier bleiben und uns bewachen?" fragte das Weib, und es klang, als ob sie lachen wollte. Es war auch wirklich wenig Aussicht für Klein-Bengt, allein die sechs Menschen in der Stube zurückhalten zu können, während der Regimentsschreiber die Polizei holte.

Klein-Bengt hatte indes schon die ganze Zeit her über etwas nachgegrübelt. Er hörte, wie es im Backofen knisterte und brannte, aber er sah keinerlei Anzeichen, daß die Hausfrau etwas zum Backen hergerichtet hatte.

Ohne ein Wort zu sagen, schlich er sich hin und riß den Backofen auf.

„Kommen Sie, Herr, und sehen Sie, was für ein Brot in diesem Backofen gebacken wird!" rief er.

Ja, da drinnen im Backofen, mitten auf einer Schicht brennenden Holzes, stand die Geldkassette.

Der Mann und das Weib wollten sich auf Klein-Bengt stürzen, aber der Regimentsschreiber Lagerlöf war ein starker Mann. Er stieß das Diebespack zurück, und als die Landstreicher, die auch anfingen, sich zu regen, sahen, was für Püffe er austeilen konnte, verhielten sie sich ruhig.

Klein-Bengt faßte in den Ofen und zog den Kasten mit einem Griff auf den Herd heraus. Er konnte sich nicht einen Augenblick gedulden. Selbst auf die Gefahr hin, sich die Finger zu verbrennen, mußte er wissen, welchen Schaden der Kasten gelitten hatte.

„Das seh' ich, geöffnet ist er nicht worden!" rief er.

Und so war es auch. Das gute Eichenholz hatte widerstanden. Die Diebe hatten die ganze Nacht daran gehämmert und gefeilt, aber weder dem Kunstschloß noch dem Eisenbeschlag etwas anhaben können. Als letzten Ausweg hatten sie den Kasten in den Backofen gestellt. Aber Klein-Bengt war ihnen zu schnell gewesen. Nur ein kleines Eckchen war angekohlt.

Die Pfahlhütte

Alle alten Leute auf dem Hofe erklärten einstimmig, das Haus, das den Steinhäusern an Alter am nächsten komme, sei der alte Pfahlbau. Der aber stammte nicht aus der Zeit der ersten Ansiedler, sondern war etwa hundert Jahre später hergestellt worden, als Mårbacka in einen richtigen Bauernhof verwandelt worden war.

Die Bauersleute, die damals dort wohnten, hatten sich wohl beeilt, eine Pfahlhütte aufzustellen, denn eine solche gehörte auf jeden Hof, der von einiger Bedeutung war.

Jedenfalls wurde diese Pfahlhütte auf die einfachste Weise hergestellt. Sie stand auf ziemlich niederen Pflöcken und war ohne jede Verzierung. Die Tür war so niedrig, daß man sich bücken mußte, um hineinzukommen. Aber das Schloß und der Schlüssel waren dafür um so größer, sie hätten für ein Gefängnis ausgereicht.

Fenster hatte die Hütte nicht, nur kleine Öffnungen, die mit Läden geschlossen wurden. Wenn man im Sommer die Luken offenhalten wollte, setzte man eine Art Fliegengitter ein, die aus Spänen gemacht waren. Man flocht dünne Späne zu einem Schachbrettmuster zusammen, bis man eine Scheibe hatte, die groß genug war, die Öffnung zu verschließen. Viel Licht kam ja nicht durch die Ritzen, aber es war doch nicht vollständig dunkel in dem Raum.

Die Pfahlhütte hatte zwei Stockwerke, von denen das obere viel sorgfältiger eingerichtet war als das untere. Dort hatten die Bauern seinerzeit ihr kostbarstes Eigentum verwahrt.

Vermutlich sah die Pfahlhütte zu Leutnant Lagerlöfs Zeit noch ganz so aus, wie sie zu allererst gewesen war. Das äußere Dach war vielleicht erneuert worden, im übrigen aber war alles beim alten geblieben. Auch an der Treppe war nichts geändert worden, obwohl die Stufen so dicht aufeinander lagen, daß man keinen Fuß dazwischensetzen konnte. Auch kam nie eine Glasscheibe in die Fensterluken.

Im Herbst sah das Innere sehr stattlich aus. Im unteren Stockwerk standen große Kasten voll frisch gemahlenen Mehls, daneben zwei weite Kufen, bis zum Rande gefüllt mit Rind- und Schweinefleischstücken, die in einer Salzlake lagen. Neben diesen standen beieinander Bottiche und Eimer mit Würsten aller Art und Gattung, so wie sie beim Herbstschlachtfest zubereitet worden waren. Ganz hinten in der Ecke befand sich eine Heringstonne, ein Fäßchen mit gesalzenen Felchen, oft sogar mit Lachsstücken, außerdem noch Fässer mit eingesalzenen Bohnen, eingesalzenem Spinat und Behälter mit grünen und gelben Erbsen.

Im oberen Stockwerk standen große Butterfässer, die im Sommer gefüllt und für den Winter verwahrt wurden. Auf Regalen über den Luken lagen lange Reihen Käse, an der Decke hingen geräucherte Schinken vom vorigen Jahre. Der selbstgebaute Hopfen wurde in Säcken aufbewahrt, die dick wie Federbetten strotzten, und wieder in andern war das gemälzte Korn. Ein ganzer Jahresvorrat war hier angehäuft.

Hier im Vorratshause herrschte die Haushälterin. Das Vorratshaus war ihre Domäne, und der Schlüssel dazu kam selten aus ihrer Hand. Mamsell Lovisa Lagerlöf konnte in der Speisekammer schalten und walten, aber in das Vorratshaus ging die Haushälterin am liebsten selber.

Ebenso herrschte die Haushälterin auch über die Zubereitung der eigentlichen Mahlzeiten in der Küche. Saft einkochen, Heringe einlegen und kleine Kuchen backen, das mochte ja Mamsell Lovisa tun; aber wenn es einen Braten zu schmoren, Käse zu bereiten oder Hartbrot zu backen gab, dann übernahm die Haushälterin die Oberleitung.

Die Kinder in Mårbacka hegten eine große Liebe und ein unbegrenztes Vertrauen zu ihr. Es fehlte nicht viel, daß sie sie für die wichtigste Person auf dem ganzen Hofe hielten.

Sie sahen ja auch immer, daß alle Verwandten, die auf Besuch kamen, sofort in die Küche gingen, um die Haushälterin zu begrüßen, und wenn irgendein wichtiges Familienereignis eintrat, so rief Leutnant Lagerlöf sie herein und besprach es mit ihr. Und wenn Daniel und Johann nach Neujahr oder Ostern wieder in ihre Schule zurückreisten, bekamen sie strenge Anweisung, sich auch von der Haushälterin zu verabschieden.

Die Kinder hörten auch alle Gäste sagen, es sei für Frau Lagerlöf das größte Glück, eine so treue Dienerin in der Küche zu haben. Unter ihren Händen verkomme nicht das geringste.

Außerdem bekam man nirgends solches Winterbier, solches Hartbrot oder so vorzüglich zubereitete Speisen wie auf Mårbacka, und das war ganz allein das Verdienst der alten Haushälterin, das wußten alle miteinander.

So war es nicht zu verwundern, daß die Kinder sie für den Grundpfeiler hielten, auf dem alles ruhte. Sie glaubten steif und fest, ohne die Haushälterin würde auf Mårbacka alles drunter und drüber gehen.

Aber eines Tages war die kleine Anna Lagerlöf hinter ein Geheimnis gekommen, das sie ganz entsetzte. Sie konnte es auch nicht allein tragen, sondern mußte es gleich ihrer Schwester Selma anvertrauen: sie hatte eines von den Mädchen sagen hören, die Haushälterin sei verheiratet und habe einen Mann.

Die beiden kleinen Mädchen befanden sich in unglaublicher Aufregung. Wenn die Haushälterin verheiratet war und einen Mann hatte, dann war es ja gar nicht sicher, ob man sie für immer auf Mårbacka festhalten könnte.

Und was sollte dann aus ihrer Mama werden, die jetzt eine so gute Hilfe an ihr hatte? Wie würde es ihnen selber gehen, ihnen, den Kindern, denen sie einen Leckerbissen zusteckte, so oft sie in die Küche kamen? Und wie sollte der ganze Hof weiterbestehen ohne die Haushälterin?

Die beiden kleinen Mädchen mußten unbedingt ergründen, wie die Sache sich eigentlich verhielt. So beschlossen sie, die Kinder-Maja, ihr neues Kindermädchen, zu fragen, ob es denn wirklich möglich sein könne, daß die Haushälterin verheiratet sei.

Ja, die Kinder-Maja wußte die ganze Geschichte. Sie hatte ihre Mutter davon erzählen hören, die gerade zu der Zeit, als sich die Sache abspielte, auf Mårbacka diente.

So war also alles wahr und keine Lüge, obwohl die Kinder bis jetzt keine Ahnung gehabt hatten, daß die Haushälterin verheiratet sei. Und der Mann lebte noch und wohnte in Karlstadt und war ein Schreiner. Wäre er doch nur tot gewesen!

Das Ganze aber war so zugegangen: Als Leutnant Lagerlöf und sein Bruder nach Karlstadt zur Schule gingen, hatte die alte Frau Lagerlöf ihre treue Haushälterin Maja Perstochter mit ihnen geschickt. Sie sollte für die Jungen sorgen und kochen; aber dort hatte Maja Perstochter den Schreiner kennen gelernt, und er hatte um sie geworben.

Und die Mutter der Kinder-Maja hatte gesagt, in dem Frühling, als die Haushälterin heimgekommen sei und berichtet habe, daß sie heiraten wolle, da sei die alte Herrin tief bekümmert und entsetzt gewesen, denn darüber habe sie sich nicht hinwegtäuschen können, daß sie mit der Haushälterin ihren größten Schatz verliere. „Und was ist es denn für ein Mann, den du heiraten willst, Maja?" hatte sie gefragt. „Weißt du auch, ob er ein braver Mensch ist?"

Ja, dessen sei sie sicher. Er sei Schreinermeister mit einer eigenen Werkstatt und eigenem Anwesen. Alles bei ihm sei in bester Ordnung, sie könnten jeden Augenblick heiraten, und einen besseren Mann könne sie gar nicht bekommen.

„Aber wie wirst du es aushalten, wenn du jahraus, jahrein in den kahlen Straßen einer Stadt sitzen sollst, du, die du lebenslang auf dem Lande gewohnt hast?" fragte Frau Lagerlöf.

O, davor war der Haushälterin gar nicht bange. Sie würde es ja wunderschön bekommen. Sie würde ein höchst bequemes Leben haben, brauchte nicht zu backen und nicht zu brauen, sondern nur auf den Markt zu gehen und alles einzukaufen, was sie für den Haushalt nötig hatte.

Als Frau Lagerlöf Maja Perstochter so reden hörte, wurde ihr eines vollkommen klar: ihre Haushälterin war von der Heiratslust erfaßt worden, und es blieb ihr selbst nichts andres übrig, als die Hochzeit zuzurüsten. Die Hochzeit fand auch auf Mårbacka statt, der Bräutigam traf ein und sah aus wie ein verständiger, tüchtiger Mann, und am Tage nach der Hochzeit fuhr er mit seiner Frau nach Karlstadt.

Aber vierzehn Tage später, ja vielleicht war es noch nicht einmal ganz so lange, hatte Frau Lagerlöf eines Abends eben die Schlüssel zum Vorratshause in die Hand genommen und ging hinaus, um Schinken zum Abendbrot abzuschneiden. Aber niemals konnte sie den Schlüssel in die Hand nehmen, ohne an Maja Perstochter zu denken und sich zu fragen, wie es ihr wohl gehen mochte.

„Hätte ich sie doch nicht nach Karlstadt geschickt!" dachte sie. „Dann hätte ich noch meine gute Stütze und brauchte nicht zwanzigmal am Tage ins Vorratshaus zu laufen, wie ich es jetzt tun muß."

Als sie eben in das Vorratshaus hineingehen wollte, warf sie noch einen Blick die Allee hinunter nach der Landstraße, denn die Aussicht dahin war damals noch frei. Und da blieb sie wie angewurzelt stehen, denn unter den Birken tauchte die Gestalt einer Frau auf, die gerade so aussah wie Maja Perstochter, ihre treue Magd und Stütze von Kindesbeinen an, und der Schlüssel fiel ihr aus der Hand.

Je näher die Fremde kam, desto mehr schwanden alle Zweifel. Und als diese vor sie hintrat und: „Guten Abend, gnädige Frau", sagte, mußte sie ja schließlich ihren Augen trauen.

„Aber bist du es denn wirklich, Maja Perstochter?" fragte sie. „Was führt dich her? Hast du keinen guten Mann?"

„Er trinkt den ganzen Tag“, versetzte die Haushälterin. „Solange wir nun verheiratet sind, ist er jeden Tag betrunken gewesen. Er trinkt den reinen Spiritus, den er zu seinem Handwerk braucht. Mit solch einem Schweinekerl kann ich nicht leben.“

„Aber du brauchtest ja nur auf den Markt zu gehen und einzukaufen und keine Arbeit zu tun“, sagte die alte Frau Lagerlöf.

„Ich will für Sie arbeiten, gnädige Frau, und Sie auf Händen tragen, wenn ich nur wiederkommen darf“, beteuerte die Haushälterin. „Tag und Nacht hab' ich mich nach Mårbacka zurückgesehnt.“

„Komm herein, wir wollen mit dem Herrn Regimentsschreiber darüber reden“, sagte die alte Herrin; sie freute sich so, daß ihr die hellen Tränen in den Augen standen. „Und wenn es Gottes Wille ist, so wollen wir uns in diesem Leben nie mehr trennen“, fügte sie hinzu.

Und so kam es auch. Die Haushälterin blieb auf Mårbacka. Ihr Mann schien zu verstehen, daß es sich nicht lohnte, seine Frau zurückzufordern. Er kam nie, sie zu holen, so konnte sie bleiben, wo sie war. Sie nahm ihren Trauring vom Finger und legte ihn in ihre Kleidertruhe, und dann wurde nie mehr über diese Angelegenheit gesprochen.

Die kleinen Töchter des Leutnants Lagerlöf hätten sich ja nun, nachdem sie dies gehört hatten, beruhigen können, aber sie ängstigten sich noch lange Zeit nachher. Solange der Schreiner noch lebte, könnte er doch eines schönen Tages auf den Gedanken kommen, seine Frau zurückzufordern. Und wenn sie am Vorratshaus standen, das die Aussicht auf die Landstraße hatte, erwarteten sie immer, ihn daherkommen zu sehen. Ja, und die Kinder-Maja hatte gesagt, wenn er käme und seine Frau zurückverlangte, müßte sie mit ihm gehen.

Sie wußten nicht genau, wie alt die Haushälterin war. Sie selbst hatte ihr Geburtsjahr vergessen, und was im Kirchenbuche stand, soll nicht richtig gewesen sein. Sie war wohl über siebzig, aber der Schreiner hätte sie, ein so ausgezeichnetes Wesen, wie sie nun einmal war, doch immer noch zurückverlangen können.

Und was sollte dann aus Mårbacka werden?

Die Gesindestube

In alter Zeit, wo ein Dienstbote auf einem Hofe noch seine Kleider von der Herrschaft erhielt, hatte natürlich das weibliche Gesinde das ganze Jahr hindurch alle Hände voll zu tun. Während der langen dunklen Winterabende und der langen dunklen Wintermorgen mußten sie am Spinnrad sitzen und Vorrat für den Webstuhl schaffen. Die Weberei selber aber konnten sie vor dem Frühjahr, ehe die Tage lang wurden, nicht beginnen, denn diese Arbeit kann nicht im Halbdunkel verrichtet werden.

Wenn man mit dem groben Wollzeug, der Leinwand, den Baumwollstoffen und den dünneren Wollzeugen fertig werden wollte, ehe der Dorfschneider ins Haus kam, galt es, sich am Webstuhl tüchtig zu regen. Aber nie ging es damit richtig vorwärts, wenn der Webstuhl in der Küche stand. Nein, die Weberinnen saßen am besten allein, jede für sich in einer Stube, wo sie ganz ungestört waren.

Darum hatte man früher auch auf jedem ordentlichen Hofe eine besondere Webkammer, und eine solche befand sich auch auf Mårbacka. Sie stammte aus der Zeit der alten Pastoren. Über der Gesindestube hatte man noch einen Stock aufgezimmert, der aus zwei niederen Stuben bestand, mit Kachelöfen aus Ziegelsteinen, wenn man so sagen darf, aus Lehmwänden und einer Balkendecke. In der inneren Kammer wohnte der Großknecht, in der äußeren standen zwei Webstühle, an jedem Fenster einer.

Die Webstube war noch zu Leutnant Lagerlöfs Zeit in Betrieb, obwohl man den Dienstboten ihren Lohn nicht mehr in Kleidern gab, sondern in Geld. Es war Frau Lagerlöfs größte Freude, weben zu lassen, und Handtücher, Bettücher, Tischtücher, Matten, Gardinen, Möbel- und Kleiderstoffe, kurz alles, was man im Haushalt brauchte, wurde daheim angefertigt. Den ganzen Sommer hindurch hatte sie ihre Webstühle im Gang.

Aber im Herbst stellte man die Webstühle beiseite, und an ihre Stelle kam ein langer, niedriger Tisch, der über und über mit Pechflecken bedeckt war, und die runden dreibeinigen Schemel aus der Gesindestube. Das war das Zeichen, daß man den Gemeindeschuster erwartete, den Soldaten Svens.

Der Schuster und seine Lehrjungen kamen auch bald daher mit großen Ranzen, die ganz vollgestopft waren mit Ahlen, Hämmern, Leisten, Pechdraht, Borstenbündeln, Absatzeisen, Schnürringen und Stiften, was alles auf dem niedern Tisch ausgebreitet wurde.

Der Schuster war lang und mager mit schwarzem Haar und Vollbart, und wer ihn zum ersten Male sah, hielt ihn für einen selbstbewußten, gefährlichen Kerl, der am besten in den Krieg paßte. Aber wenn er sprach, hörte man eine weiche, schüchterne Stimme. Die Augen waren blau und sanft, und seine ganze Haltung war ein wenig linkisch. Alles in allem war er nichts weniger als gefährlich.

Die Kinder auf Mårbacka waren überglücklich, wenn der Schuhmacher eintraf. Sobald sie eine freie Stunde hatten, stürmten sie die schwierige Treppe hinauf in die Webkammer. Sie kamen weniger, um zu schwatzen, denn der Soldat Svens war ein fleißiger und wenig redseliger Mensch, als um bei der Arbeit zuzusehen und zu beobachten, wie ein Stiefel entstand, vom Aufspannen des Leders auf den Leisten an bis zum Ausschneiden der Schnürriemen.

Meist saß der Schuhmacher still mit gesenktem Kopfe da, aber er lebte ganz auf, wenn er Leutnant Lagerlöfs Schritt auf der Treppe, die zu der Knechtkammer führte, hörte.

Er und der Leutnant waren alte Regimentskameraden, und wenn sie eine Zeitlang über Stiefel und Sohlleder und Wichse verhandelt hatten, so fingen sie an, von den alten Geschichten aus dem Lager bei Trosnäs zu reden. Wenn sie so recht im Zuge waren, konnte der Leutnant den Schuhmacher dazu bringen, ein altes Soldatenlied anzustimmen, das recht verschieden war von allen anderen Kriegsgesängen, denn es begann: „Wir Helden all von Schweden, wir schlagen uns nicht gern.“ Dieses Lied hatten die Soldaten selber gedichtet, als sie im Jahre 1848 nach Dänemark hinabzogen, in den Feldzug, der der „Butterbrotkrieg“ genannt wurde.

Es war sehr sonderbar, daß der Schuhmacher Svens so gern Geschichten von dem Schneider Lager erzählte, der zur Zeit des Regimentschreibers so manches liebe Mal in der gleichen Stube gesessen und genäht hatte, und der ebenso munter und spaßig gewesen war, wie der Schuhmacher düster und tiefsinnig.

„Der Herr Leutnant haben doch gewiß gehört, wie es zuging, als der Schneider Lager seinen Namen bekam?“ sagte der Schuhmacher.

Der Leutnant kannte die Geschichte zwar so genau wie sein Vaterunser, aber er antwortete trotzdem: „Vielleicht hab' ich es schon einmal gehört, aber Ihr könnt es ja erzählen, Svens, wie Ihr es wißt.“

„Na also: Lager war ja Soldat wie ich, obwohl vor meiner Zeit. Sie sagten im Regiment, er habe Lars Andersson geheißen. Aber dann kam die Verordnung, die Soldaten sollten sich neue Namen wählen, weil es gar zu viele gab, die Andersson und Johannsson hießen.

Eines Tages bei einem Appell in Trosnäs wurde von der Mannschaft einer nach dem andern zum Regimentsschreiber Lagerlöf, dem Vater des Herrn Leutnant hereingerufen, um sich darüber zu äußern, unter welchem Namen man ihn in die Stammrolle eintragen solle. Lars Andersson kam dann auch mit den andern herein, und der Herr Regimentsschreiber kannte ihn recht wohl; er wußte, welch ein Spaßvogel dieser Schneider war, denn er hatte ja Jahr für Jahr wochenlang in Mårbacka gehockt und Anzüge für ihn selber und die Leute genäht. Von seinem Kommen bis zum Gehen gab es da nichts als Possen und Gelächter. Er konnte alle Leute auf jedem Hofe im ganzen Kirchspiel nachahmen, er ließ Gegenstände verschwinden wie ein Taschenspieler und konnte auf einem Stock blasen, daß man glaubte, ein ganzes Regiment anmarschieren zu hören. Aber er war auch gefährlich, denn er log allerhand Geschichten zusammen und hetzte die Leute auf den Höfen gegeneinander auf.

‚Nun, Lars Andersson, wie willst du heißen?' fragte der Regimentsschreiber, und er setzte seine ernsthafteste Miene auf, damit ihm der andere nicht mit irgend welchen Possen kommen solle.

‚Ei der Tausend, Herr Regimentsschreiber!' erwiderte der Schneider. ‚Darf ich mich nennen, wie ich will?' Und er legte seine Stirne in Falten, damit es aussehen sollte, als dächte er angestrengt darüber nach, welchen Namen er sich zulegen könnte.

‚Ja, Lars Andersson, das darfst du', antwortete der Regimentsschreiber. Aber er kannte seinen Mann, und deshalb fügte er hinzu, es müsse ein ordentlicher, anständiger Name und nicht irgendein Unsinn sein.

Können sich der Herr Leutnant noch erinnern, wie Ihr Herr Vater aussah? Er war gewiß ein guter Mann, aber es gab doch viele, die sich vor ihm fürchteten, nur weil er so groß und stattlich war und schwarze buschige Augenbrauen hatte.

Aber der Schneider fürchtete sich nicht, o nein!

‚Nun, dann will ich Lagerlöf heißen', sagte er, ‚denn das ist ein ehrlicher und geachteter Name. Ich kenne keinen zweiten in ganz Wermland, der einen so guten Klang hätte.'

Als der Regimentsschreiber hörte, daß der Schelm sich Lagerlöf heißen wollte, stieg ihm das Blut in den Kopf.

‚Nein, das geht nicht', sagte er. ‚Zwei gleiche Namen sollen nicht in demselben Regimente sein."

‚Es sind aber mindestens drei da, die sich Uggla, und vier, die sich Liliehöök heißen', erwiderte der Schneider. ‚Da wird wohl niemand an mir und dem Herrn Regimentsschreiber Anstoß nehmen', setzte er hinzu.

‚Aber begreifst du denn nicht, Lars Andersson, daß dies nicht angeht?' fragte der Regimentsschreiber.

‚Ich hätte den Namen gar nicht gewählt, wenn der Herr Regimentsschreiber mir nicht selber erlaubt hätte, mich zu heißen, wie ich will', sagte der Schneider und stellte sich recht ernsthaft und demütig. ‚Ich weiß ja, wenn der Herr Regimentsschreiber etwas sagt, so kann man sich darauf verlassen.'

Damit schwieg er; aber der Regimentsschreiber saß in tiefe Gedanken versunken da, wie er sich wohl aus dieser schwierigen Lage ziehen könne. Denn er wußte nicht nur, daß er zum Gespött des ganzen Regiments werden würde, sondern er wollte auch um keinen Preis, daß so ein Schlingel wie dieser Schneider Lagerlöf heißen sollte.

‚Hör mal, Lars', begann er, ‚es wäre ja vielleicht möglich, daß wir beide denselben Namen innerhalb des Regiments führten; aber siehst du, daheim auf Mårbacka ist dies ganz ausgeschlossen. Du mußt also darauf gefaßt sein, nie wieder in Mårbacka nähen zu dürfen, wenn du auf dieser Sache beharrst.'

Nun war die Reihe des Erschreckens an dem Schneider, denn die Wochen, die er auf Mårbacka verbrachte, waren die schönsten des ganzen Jahres. Nirgends wurde er so gut aufgenommen, und nirgends freute man sich so über seine Geschichten und Späße wie dort.

‚Vielleicht begnügst du dich damit, Lager zu heißen', fuhr der Regimentsschreiber fort, als er bei dem andern ein Schwanken zu bemerken glaubte.

So mußte sich also der Schneider für den Namen Lager entschließen, und so hieß er denn auch sein ganzes Leben lang."

Das Dienstmädchen

Sie war eine alte Jungfer, die mehrere Jahre bei Frau Lagerlöfs Eltern in Filipstadt gedient und ihre spätere Herrin schon als Kind gekannt hatte. Jetzt, auf ihre alten Tage, wohnte sie in Ämtervik, aber ein paarmal im Jahre kam sie nach Mårbacka zu Besuch.

Sie war groß, ansehnlich und hatte schneeweißes Haar, einen strengen Mund, eine energische Nase und ein ernsthaftes Wesen. Für die Geistlichkeit und für Kolporteure hatte sie sehr viel übrig und besuchte gern Betstunden und Nähvereine. Von Tanzvergnügen oder Romanen und Liebschaften durfte man nicht mit ihr reden, das konnte sie nicht ausstehen.

Auch durfte man in ihrer Gegenwart weder üble Nachreden führen noch von schönen Kleidern sprechen, und von dem sündhaften Treiben der Welt wollte sie gar nichts wissen.

Es war gar nicht leicht, etwas zu finden, worüber man mit ihr sprechen durfte. Da blieben fast keine anderen Gesprächsgegenstände als das Wetter und das Kochen. Das tat ja eine Weile den Dienst, aber schließlich erschöpfte es sich auch, denn das Mädchen war nicht redselig und gab auf alle Fragen nur kurze und wohlerwogene Antworten.

Immerhin gab es ein Mittel, das Mädchen zum Sprechen zu bringen, aber auch das war ein Wagestück. Sie war nämlich eine Zeitlang Haushälterin in einer großen Propstei gewesen, und Propstens hatten zwanzig Kinder gehabt, die noch alle am Leben und schon in reifen Jahren waren. Mit dieser Familie stand das Mädchen noch immer in Verbindung, und es war ihre größte Freude, von ihr zu sprechen.

Eines Nachmittags saß man in Mårbacka im Eßzimmer und trank Kaffee. Das Auftragebrett stand auf dem Eßtisch mit Tassen und Untertassen, Zuckerdose, Rahmkännchen und Brötchenkorb, und daneben stand die Kaffeemaschine, denn nur bei feierlichem Besuch wurde der Kaffee in die Kanne gegossen.

Jeder einzelne holte sich der Reihe nach seinen Kaffee. Keiner nahm mehr als ein Stückchen Zucker, einen Weizenzwieback und einen Roggenzwieback. Ebensowenig nahm man mehr als eine Bretzel oder einen Pfefferkuchen oder ein Stückchen Backwerk, wenn welches aufgetragen wurde. Wer seine Tasse gefüllt hatte, setzte sich wieder auf seinen Platz und trank. Frau Luise Lagerlöf saß in einer Sofaecke, Mamsell Lovisa in der anderen und Leutnant Lagerlöf in seinem Schaukelstuhl, der sein ausschließliches Eigentum war, und in den sich sonst niemand zu setzen wagte. Herr Tyberg, Johanns Hauslehrer, saß auf einem Rohrstuhl, und zwischen diesen Vieren stand ein runder Tisch aus Erlenholz. Johann Lagerlöf hatte seinen Platz an einem der kleinen Fenstertischchen, an dem andern saß Anna, und an ihrem Spieltischchen im Ofenwinkel saßen die beiden Kleinsten, Selma und Gerda, die übrigens, weil sie noch zu klein waren, keinen Kaffee bekamen, sondern sich mit einem Glas Milch zufrieden geben mußten.

An diesem Tage war das Mädchen zu Besuch gekommen und beim Kaffee zugegen. Sie hatte auf einem der schwarzen Rohrstühle, die gewöhnlich unter den Eßtisch geschoben waren, Platz genommen und saß ungefähr mitten im Zimmer, wo alle sie sehen und sich mit ihr unterhalten konnten.

Während man Kaffee trank, hatte man schon alle unverfänglichen Gesprächsgegenstände abgehandelt, jetzt waren diese zu Ende, und so begann Leutnant Lagerlöf, der keine Pause in der Unterhaltung leiden konnte, das Mädchen nach den Missionen, den Kolporteuren, den Betstunden und Nähvereinen zu fragen.

Wenn man wußte, wie sie war und wie er war, so wußte man auch, daß das nicht lange gut tun würde.

Frau Lagerlöf versuchte zwar, dem Gespräch eine andre Wendung zu geben, Mamsell Lovisa versetzte ihrem Bruder einen kleinen Stoß mit dem Ellbogen, und Herr Tyberg warf eine Bemerkung über den besonders gut geratenen Kaffee dazwischen. Aber der Leutnant und das Mädchen ließen sich nicht irre machen, und jetzt bekamen sie auch schon heiße Köpfe.

Nun wußte aber Frau Lagerlöf eines ganz bestimmt: wenn das Mädchen an irgendeiner Äußerung des Leutnants über die Mission Anstand nahm, so kam sie mindestens ein Jahr lang nicht wieder. Aber das Mädchen war darauf angewiesen, sich wenigstens alle halben Jahre in Mårbacka einzufinden, da ein paar gute Mahlzeiten zu halten und einen tüchtigen Vorrat Mehl mitzubekommen.

Nun wußte sich Frau Lagerlöf in ihrer Angst keinen andern Rat mehr, als das Mädchen zu fragen, was aus den zwanzig Kindern des Propstes geworden sei.

Und sofort vergaß das Mädchen sowohl die äußere wie die innere Mission und alle Kolporteure und Heidenkinder und sogar den gottlosen Leutnant Lagerlöf. Sie strahlte wie eine Sonne und fing sofort an zu berichten:

„Ja, das ist das merkwürdigste, was ich je im Leben mitgemacht habe. Dort auf dem Hofe mußten wir alle vierzehn Tage große Wäsche halten, und die Bütten waren immer übervoll mit Kleidungsstücken. Niemand durfte je allein essen, man mußte immer auf jeder Seite ein Kind sitzen haben, für das man Essen zurichten und das man füttern mußte. Und wenn man Weißzeug nähte, bekam man immer ganze Stücke Wäschetuch mit nach Hause. Und der Schuhmacher, der Schneider und die Näherin kamen nie in ein andres Haus im Kirchspiel, sie hatten in diesem einen ausreichend zu tun."

„Aber, liebe Anna, wie konnten Propstens nur eine solche Schar Kinder aufziehen?" sagte Frau Lagerlöf, um das Gespräch richtig in Gang zu bringen.

„Ja, wissen Sie, das ging, und sie sind allesamt vortreffliche Menschen geworden", versetzte das Mädchen. „Bessere Kinder hat es auch nie gegeben. Bedenken Sie doch nur, was die älteste Tochter, die

Eva, für eine Arbeit hatte, die Kinderkleider zu nähen und die Kleinen zu hüten! Sie hat sich aber auch schon mit siebzehn Jahren mit dem Diakonus Jansson in Skilanda verheiratet, und als dieser starb, bekam sie einen Propst in Westergötland. Sie selbst bekam auch eine Menge Kinder, aber seit ihrer ersten Hochzeit ist sie nie wieder in ihr Elternhaus heimgekommen."

„Sie dachte wohl, es sei dort ohnedies schon voll genug", bemerkte Leutnant Lagerlöf trocken.

Bei diesen Worten kicherten die Kleinen im Ofenwinkel ein wenig; da traf sie aber ein so strenger Blick des Mädchens, daß sie sofort verstummten.

„Der zweite in der Reihe war ein Knabe, der Adam hieß", fuhr das Mädchen fort. „Er war der ärgste Schreihals, der mir je vorgekommen ist. Als er dann Pfarrer geworden war, sang er beim Gottesdienst prachtvoll, und so wurde er zum Hofprediger ernannt. Er hätte heiraten können, wen er wollte, aber er blieb sein Leben lang Junggeselle, warum weiß ich nicht."

„Ei, was Sie sagen!" rief Herr Tyberg; und wieder fingen die Kleinen an zu kichern, aber es traf sie und Herrn Tyberg ein Blick, bei dem sie entsetzt verstummten.

„Der nächste in der Reihe war ein Junge, namens Noah", berichtete das Mädchen. „Und wissen Sie, meine Herschaften, der war ein wahrer Meister beim Fischfang und schaffte auch sonst Nahrung ins Haus, ja, dem waren wir von Herzen dankbar, ich und seine Mutter. Er wurde Pfarrer in Halland, und solang er lebte, schickte er seinen Eltern jedes Jahr eine große Tonne gesalzenen Lachs."

„A propos, Lachs!“ rief Leutnant Lagerlöf, und er hatte die Absicht, zu sagen, sie wollten doch auch einen neuen Vorrat Lachs kommen lassen; aber es war nicht möglich, das Mädchen zu unterbrechen.

„Dann kam wieder ein Junge, der Sem hieß“, fuhr sie fort, „und er war ein ebenso großer Jäger wie Noah ein Fischer. Die Herrschaften sollten nur die Auerhähne und die Hasen gesehen haben, die er heimtrug! Er wurde auch Pfarrer und bekam eine große Pfründe unten in Schonen. Und jeden Winter schickte er ein selbstgeschossenes Reh heim.“

Als das Mädchen mit Sem fertig war, schöpfte sie tief Atem und blickte umher. Aber alle saßen schweigend und ergeben da, und niemand dachte daran, sie zu unterbrechen.

„Nach den drei Jungen kam wieder ein Mädchen, das Sara hieß, und ich kann vor Gott und den Menschen beschwören, daß ich in meinem Leben niemand gesehen habe, der ein solches Genie im Gurkeneinlegen und im Einmachen von Heringen war. Immerhin ist sie ledig geblieben. Sie ging nach Stockholm und hielt ihrem Bruder, dem Hofprediger, Haus.“

„Die nächste war auch eine Tochter, und ihr Name war Rebekka“, erzählte das Mädchen weiter. „Ich muß sagen, von allen Kindern kam ich mit ihr am wenigsten zurecht. Sie hatte einen so guten Lernkopf, daß sie hätte Pfarrer werden können wie die Brüder. Außerdem verstand sie sich aufs Versemachen. Die Leute sagten, es gebe im ganzen Lande niemand, der so geschickt im Dichten von Wiegenliedern sei. Jedenfalls hat sie geheiratet, aber nur einen Schulmeister.“

In diesem Augenblick wurde das Mädchen aber doch unterbrochen, denn das Stubenmädchen trat herein und brachte frischgekochten Kaffee zur zweiten Tasse.

„Es soll mich wundern, ob in der ganzen Gesellschaft dort eines war, das einen anständigen Kaffee kochen konnte", meinte Leutnant Lagerlöf.

„Der Herr Leutnant nimmt mir das Wort aus dem Munde", sagte das Mädchen. „Es klingt wohl komisch, allein von all den vielen Kindern hatte der vierte Junge ein ganz besonderes Talent fürs Kochen. Er hieß Isaak, und er zeigte sich so anstellig im Saucenrühren und Bratenbräunen, daß man an ihm wirklich eine große Hilfe in der Küche hatte."

„Na, er war wohl am geübtesten im Kochen von Kinderbrei" warf Herr Tyberg ein.

Nun ertönte ringsum im Zimmer ein Kichern, und zwar nicht nur aus der Ofenecke; doch Frau Lagerlöf blieb auch jetzt noch ernsthaft.

„Es ist wunderbar, was Sie für ein Gedächtnis haben, Anna, und wie gut Sie sich an alles erinnern können", lobte sie, damit die Alte die gute Laune nicht verlieren sollte.

Das Mädchen war sonst äußerst empfindlich, aber nie, wenn sie von ihren geliebten Propstkindern erzählen durfte. Dann blieb sie unbewegt. Aber Herr Tyberg hatte die Anwesenden jedenfalls von dem Isaak befreit. Sie bekamen nicht zu hören, welchen Gebrauch er von seinen Talenten machte.

„Die beiden nächsten waren Zwillinge und hießen Esau und Jakob", fuhr das Mädchen unentwegt fort. „Sie glichen einander aufs Haar, und ich habe sie nie unterscheiden können. Ich habe nie geschicktere Kinder im Reiten, Springen und Schlittschuhlaufen gesehen. Aber auch diese beiden wurden Pfarrer."

„Ich dachte, sie wären Seiltänzer geworden", warf Leutnant Lagerlöf ein.

„Pfarrer sind sie geworden wie die anderen", stellte das Mädchen fest, ohne sich stören zu lassen. „Esau kam nach Jämtland und konnte da in den Bergen herumklettern. Jakob war in Bohuslän angestellt, und da konnte er sich nach Herzenslust in Booten und Schiffen herumtreiben. Sie kamen beide an den rechten Platz und hatten Gelegenheit, die Gaben zu verwerten, die Gott ihnen so gut wie ihren Geschwistern gegeben hatte."

„Aber wie ging es dann dem Josef?" fragte der Leutnant.

„Zuerst kamen zwei Mädchen, Herr Leutnant, die Rahel und Lea hießen", stellte das Mädchen fest, ohne sich aus der Ruhe bringen zu lassen. „Die waren anstellig im Garten, die eine pflanzte, die andre jätete. Als der Bischof zur Visitation kam, sagte er, er habe noch nirgends so gute Erbsen und so herrliche Erdbeeren vorgesetzt bekommen. Das war Rahels und Leas Verdienst. Alle beide heirateten Hüttenbesitzer. Und nun komme ich zu Josef."

„Der wurde wohl Landmann", bemerkte der Leutnant.

„Ja, er wurde Verwalter bei seinem Vater", sagte das Mädchen. „Er verstand sich gut auf Ackerbau und Viehzucht und schaffte seinen Eltern und Geschwistern Brot ins Haus."

„Dachte ich mir's doch!" sagte der Leutnant, und damit stand er auf, ging zur Tür, wo sein Hut und sein Stock hingen, und machte sich ohne weiteres Wort auf und davon.

„Der dreizehnte war der Daniel“, berichtete das Mädchen weiter. „Er war dreimal verheiratet, und von jeder Frau hatte er drei Kinder. Wenn die Herrschaften wünschen, kann ich Ihnen gleich sagen, wie die Frauen und die Kinder hießen. Aber vorerst ist es wohl besser, wenn ich mich an die zwanzig Geschwister halte.“

Ja, das erschien ihnen allen am rätlichsten; aber Frau Lagerlöf wurde es angst und bange bei diesen Aussichten. „Ich will mir eine Handarbeit holen“, sagte sie, „dann kann ich besser zuhören.“ Aber es dauerte eine recht gute Weile, bis sie mit dieser Arbeit wieder erschien.

„Die vierzehnte war ein Mädchen und hieß Deborah. Sie ging mir beim Brotbacken außerordentlich geschickt zur Hand. Aber sie hat sich nicht verheiratet, sondern ist daheim geblieben und hat ihrer Mutter geholfen, die kleinen Geschwister aufzuziehen. Zuweilen wurde sie ganz sonderbar, dann sagte sie, sie liebe die katholische Religion, weil sie ihren Geistlichen das Heiraten verbiete.“

Als das Mädchen so weit gediehen war, hörte man ein kleines Geräusch an der Tür. Herr Tyberg hatte sich so leise hinausgeschlichen, daß niemand es merkte, ehe er draußen war.

„Die fünfzehnte war ein Mädchen, das Martha hieß. Sie war die größte Schönheit, die man sehen konnte, aber sie war auch ein wenig sonderbar. Mit siebzehn Jahren heiratete sie einen zweiundsechzigjährigen Propst, nur um von daheim fortzukommen.“

Nun standen Johann und Anna auf. Sie sagten, sie wollten hinausgehen und Licht holen, denn es werde nachgerade dunkel. Aber es zog sich sehr in die Länge, bis sie das Licht zustande brachten.

„Die sechzehnte hieß Mara", fuhr das Mädchen fort. „Sie war häßlich und sagte, sie bekomme doch keinen Pfarrer oder sonst einen Herrn; aber weil sie sobald wie möglich von daheim fort wollte, ging sie hin und heiratete einen Bauernknecht."

Mamsell Lovisa saß die ganze Zeit treulich still in ihrer Sofaecke. Sie schlief sanft und selig, aber das merkte die Erzählerin nicht.

„Die siebzehnte war kaum achtzehn Jahre alt, als ich aus der Propstei wegging. Sie blieb zu Hause und half ihrer Mutter beim Briefschreiben an alle die Geschwister, denn das war mehr, als ein einziger Mensch bewältigen konnte."

Jetzt machte sich jemand an der Türklinke zu schaffen, und die Tür ging ein wenig auf. Aber sie schloß sich auch sofort wieder.

„Die achtzehnte", fuhr das Mädchen unentwegt fort", „war erst fünfzehn Jahre alt, aber sie sagte, sie gehe nach Amerika, denn sie hielte es nicht aus mit all der Verwandtschaft, mit der sie sich schleppen müsse. Und Numero Neunzehn und zwanzig waren erst dreizehn und vierzehn Jahr alt, als ich sie das letztemal sah."

In dem Augenblick, wo sie das gasagt hatte, kam Frau Lagerlöf mit ihrem Strickzeug, Johann und Anna kamen mit der Lampe, und Mamsell Lovisa wachte auf.

„Danke, danke, liebe Anna", sagte Frau Lagerlöf. „Wir werden nie vergessen, was Sie uns erzählt haben.

Das ist sehr lehrreich gewesen für mich und meine Kinder."

Die Brautkrone

Mamsell Lovisa Lagerlöf pflegte Bräute anzukleiden. Nun darf man aber nicht glauben, es seien alle, die in der Gemeinde heirateten, zu ihr gekommen, um sich von ihr schmücken zu lassen. O nein, das taten nur die Töchter aus den angesehensten Bauernhäusern. Zuweilen waren es zwei oder drei im Jahre, zuweilen überhaupt keine.

In früheren Jahren, als die Pfarrer noch auf Mårbacka wohnten, hatte es wahrscheinlich zu den Pflichten einer Pfarrfrau gehört, die Bräute zu schmücken, besonders solche, die in der Kirche getraut wurden. Mamsell Lovisas Mutter und Großmutter und Urgroßmutter und Ur-Urgroßmutter hatten sicherlich auch schon dasselbe getan. Es war einfach ein alter Brauch, dessen Erbschaft Mamsell Lovisa angetreten hatte.

Zugleich war sie auch die Erbin all des Brautschmucks geworden, der sich im Laufe der Zeiten in Mårbacka angesammelt hatte. Sie besaß einen alten, großen Schrank, der in einer seiner Schubladen lange Halsketten aus Glasperlen, Korallen und Bernstein barg. Ebenso hatte sie eine Sammlung alter Schildpattkämme, die den Kopf eine Viertelelle überragten, sowie auch einige kleine, steife, runde Pappformen, die entweder mit Blumen bemalt oder mit weißer Seide überzogen und zu jener Zeit in Gebrauch waren, wo eine Braut in Mieder und Mütze der Volkstracht gekleidet sein mußte. Sie besaß auch eine hohe Brautkrone aus Pappe, deren Zacken teils mit Goldpapier, teils mit grünem oder rosa Taft überzogen waren. Wiederum hatte sie Kränze aus künstlichen Rosen und viele Ellen eines grünseidenen Bandes mit aufgenähten Blumen aus rosa Seide. Die gleiche Schublade enthielt auch Jenny-Lind-Locken, die auf die Stirne niederfallen mußten, Haarnadeln mit wippenden Knöpfen, Ohrringe aus langen, unechten Perlen, alle Arten von Broschen, Armbändern und messingnen Schuhschnallen, die mit falschen Rubinen, Amethysten oder Saphiren besetzt waren.

In der Zeit, wo diese Dinge gebraucht wurden, war es ebenso mühsam wie verantwortungsvoll, eine Braut anzukleiden. Da mußte man vor der Hochzeit tagelang sitzen und bunte Seidenbänder um den Rock und die Ärmel des Brautkleides nähen, zuweilen auch neues Goldpapier um die Brautkrone kleben, neue Blumen anfertigen und alle Messingsachen blank putzen, damit sie wie Gold glänzten.

Und obwohl all der Schmuck unechtes Zeug war, kann man sich doch denken, daß ein Bauernmädchen mit großer hoher Krone und einem üppigen Blumenkranz auf dem Kopfe, mit einem Gewinde vielfarbiger Perlenketten um den Hals, mit bunter Seidenschärpe und bunten Bändern am Rock, mit Armbändern und Schuhschnallen der großartigste Anblick war, dessen man teilhaftig werden konnte.

Es war auch die passendste Tracht für ein hochgewachsenes, helläugiges und rotwangiges Bauernmädchen, dessen Körper durch harte Arbeit entwikkelt und dessen Gesicht von dem vielen Aufenthalt im

Freien gebräunt war. In dieser Pracht bewegte sie sich stolz und würdevoll, als ob sie sich emporgehoben fühle über ihresgleichen. Dem Bräutigam erschien sie am Hochzeitstage wie eine Königin, eine Göttin des Reichtums. Sie war schöner als alle Rosen des Feldes und strahlte in seinen Augen wie ein vergoldeter Schrein.

Zu der Zeit jedoch, wo Mamsell Lovisa Bräute schmückte, durfte sie den alten Brautschmuck nicht mehr verwenden. Nun wurde eine kleine, dünne Krone aus Myrtenzweiglein und ein kleiner, dünner Kranz, gleichfalls aus Myrtenzweiglein, verlangt, dazu ein großer weißer Schleier — das war alles. Zuweilen durfte sie ein rotes Seidenband um die Mitte des schlichten schwarzen Wollkleides schlingen, auch pflegte sie ihren Bräuten eine goldene Brosche, goldne Ketten, goldne Armbänder und eine goldne Uhr zu leihen, um die einfache Kleidung damit etwas zu beleben.

Jedenfalls seufzte Mamsell Lovisa den alten Zeiten nach. Sie sagte, es sei eine Torheit, so sparsam mit Schmuck und Farben zu sein und die kräftigen, wenn auch vielleicht etwas groben Gesichtszüge mit einem zarten, weißen Schleier zu verhüllen. Das sei eine Mode, die recht gut für blasse Stadtfräulein passe, die ihrem Bräutigam wie ein Traumbild und unberührt erscheinen wollten. Jawohl, das sei ebenfalls ganz schön, das wollte Mamsell Lovisa gerne zugeben, aber die Bauernmädchen hätten sich in dem alten Brautstaat doch weit besser ausgenommen.

Und wie beschwerlich war es, sich so weit auf dem Lande draußen zu Kranz und Krone Myrten zu verschaffen! Mamsell Lovisa zog selber Myrtenbäumchen groß, aber die wollten bei ihr nicht recht gedeihen, und die Bräute waren oft gar nicht in der Lage, ihr behilflich zu sein.

Einmal ging es Mamsell Lovisa ganz schlecht. Ein Mädchen, schon in etwas vorgeschrittenen Jahren, Kajsa Nilstochter, kam zu ihr und bat sie, ihr doch den Brautstaat anzulegen. Kajsa stammte zwar aus keiner besonders vornehmen Bauernfamilie, aber der Mann, den sie heiraten wollte, war der Schullehrer, und so war sie der Meinung, bei einer so guten Partie dürfe niemand geringeres als Mamsell Lagerlöf sie für die Trauung zurechtmachen.

Und Mamsell Lagerlöf wollte es auch tun, aber nur unter der Bedingung, daß die Braut helfe, die Myrtenzweige herbeizuschaffen.

„Mein Myrtenbäumchen ist am Eingehen, und ich weiß nicht, wo ich andre hernehmen soll“, sagte sie.

Die Braut versprach, sich Myrtenzweige zu Krone und Kranz zu verschaffen, aber sie hielt dies Versprechen nur ganz obenhin. Am Tag vor der Hochzeit schickte sie ein paar Zweiglein nach Mårbacka mit ganz schwarzen und verkümmerten Blättchen, die zu einer Brautkrone kaum verwendet werden konnten.

Das war ein Jammer! Mamsell Lovisa beraubte zwar ihr eigenes Myrtenbäumchen aller grünen Zweige, aber auch diese reichten nicht weit. Die Dienstmädchen liefen auf die großen Höfe, um dort Hilfe zu finden, kamen aber auch mit leeren Händen oder nur mit einigen ärmlichen Zweigen zurück. Es war, als seien dieses Jahr alle Myrten krank; die Blättchen waren schwarz und fielen ab, sobald man sie berührte.

Aber etwas anderes als Myrten in die Brautkrone zu flechten, das ging nicht an. Feine, frisch ausgeschlagene Preißelbeerzweigchen sehen ja genau wie Myrten aus; aber eine Brautkrone aus Preißelbeerzweiglein zu tragen, das wäre geradezu entehrend gewesen. Die Braut würde sich vorkommen, als sei sie nicht richtig verheiratet.

Mamsell Lovisa legte die kümmerlichen Zweiglein ins Wasser und arbeitete dann bis tief in die Nacht hinein an Krone und Kranz; sie tat, was sie konnte, aber es sah hoffnungslos genug aus.

Am nächsten Morgen ging sie still und unbemerkt die Allee hinauf und in den nahen Wald. Sie trug nichts in den Händen, als sie ging, und auch nichts, als sie wiederkam.

Als sie durch die Küche in ihr Zimmer ging, sagte sie seufzend, es sei ihr noch nie so sauer geworden, eine schöne Brautkrone zu binden, wie dieses Mal. Sie tat den Mädchen so leid, daß diese sich erboten, noch weitere Höfe abzusuchen und um Myrten zu bitten.

„Nein, ich danke euch", wehrte Mamsell Lovisa ab, „jetzt ist es zu spät, das Brautpaar kann jeden Augenblick ankommen."

Damit ging sie in ihr Zimmer und steckte noch einige Zweiglein in Krone und Kranz, wo sie noch am dünnsten waren. Dann zeigte sie der Haushälterin und den Mädchen ihr Werk.

„Aber wie in aller Welt haben Sie das zustande gebracht, Mamsell Lovisa?" fragten diese. „Diese Krone und dieser Kranz sind so schön wie alle die andern, die Sie gebunden haben. Und Sie hatten doch nur kahle Zweige und schwarze Blätter."

Mamsell Lovisa sagte, die Myrtenzweige hätten sich in dem Wasser, in dem sie lagen, erholt. Und sie fügte hinzu, was die Blätter so schwarz gemacht habe, sei größtenteils Rauch und Staub gewesen.

Gleich darauf traf auch richtig das Brautpaar ein, und die Braut wurde in Mamsell Lovisas Zimmer angekleidet. Sie war gar nicht mehr jung, sah aber gut und stattlich aus. Als sie fertig war, wurde sie in das vordere Zimmer geführt, damit sie sich in dem großen Spiegel betrachten konnte, und da war sie hochbefriedigt.

„Ich hätte gar nicht gedacht, daß ich so aussehen könnte", sagte sie.

Dann nahm sie ein Fläschchen Kölnisch Wasser und ein hübsches Kästchen, eine Gabe des Bräutigams, in die Hand. Das Kästchen war mit Rosinen und Zuckerwerk aller Art gefüllt; die Braut ging nun herum und bot erst Mamsell Lovisa und dann auch allen den andern davon an. Man bekam etwas von dem duftenden Wasser, und jedes nahm sich ein Stückchen aus dem Kästchen. Die Braut sah froher und zufriedener aus als die jungen Bräute zu tun pflegten, und alle sagten ihr, sie sei schön und gut angezogen.

Gleich darauf gingen Braut und Bräutigam ins Pfarrhaus zur Trauung, und von da ins Elternhaus der Braut, wo die Hochzeit gefeiert wurde.

In der ersten Zeit nach der Hochzeit war Kajsa Nilstochter vollkommen glücklich. Ihr Mann war viel älter als sie, aber sie hatte eine solche Hochachtung vor seiner Gelehrsamkeit, daß sie ihre Ehre dareinsetzte, ihn gut zu pflegen und ihm ein behagliches Heim zu schaffen.

Aber dann drang ein Gerücht an ihr Ohr. Es mußte von irgend jemand in Mårbacka ausgegangen sein, aber niemand konnte sagen, wer es in Umlauf gesetzt hatte. In der ganzen Gemeinde sprach man davon, und schließlich fand sich auch irgendeine befreundete Seele, die es Kajsa Nilstochter ins Ohr flüsterte.

„Mamsell Lovisa Lagerlöf hat deine Brautkrone aus Preißelbeerzweigen gebunden“, tat sie kund.

Als Kajsa das zum erstenmal hörte, wollte sie es nicht glauben. Es konnte ja einfach nicht möglich sein. Aber dann dachte sie über die Sache nach. Ihre Brautkrone war ebenso schön gewesen wie irgendeine andre; sie hatte in frischem Grün auf ihrem Haupte geschimmert. Und Kajsa dachte daran, wie stolz sie gewesen war, daß eine feine Dame sie ihr aufgesetzt hatte.

Aber war denn nicht die Krone eigentlich zu grün gewesen? In dem Frühjahr, als sie heiratete, hatten alle Myrten gekränkelt, das wußte sie selber nur zu gut. Sie hatte sich viele Mühe gegeben, sich schöne Myrtenzweige zu verschaffen, es war ihr aber nicht geglückt.

Mamsell Lovisa hatte wohl gedacht, bei ihr, einem armen Mädchen, brauche man es nicht so genau zu nehmen. Sicherlich hätte sie niemals gewagt, einer Großbauerntochter Preißelbeerzweige in die Brautkrone zu binden!

Nun grübelte Kajsa immerfort darüber nach, und sie besprach es auch mit ihrem Manne. Sie meinte, sie sei nicht richtig verheiratet, wenn ihre Krone tatsächlich aus Preißelbeerzweigen gebunden worden wäre.

Ihr Mann wußte sich keinen Rat mit ihr. Sie weinte und war unglücklich. Sie fühlte sich entehrt und gedemütigt. Mamsell Lovisa hatte sie nicht für vornehm genug gehalten, um von ihr zur Hochzeit gekleidet zu werden, deshalb hatte sie ihr die Krone aus Preißelbeerzweigen geflochten. Ja, jetzt lachte Mamsell Lovisa über sie, und die ganze Gemeinde lachte mit!

Da riet ihr der Mann, nach Mårbacka zu gehen und Mamsell Lovisa zu fragen, wie sich die Sache verhalte. Und das tat sie auch.

Kajsa kam so ungelegen wie nur irgend möglich in Mårbacka an. Dort war an jenem Tag eine große Festlichkeit, und als sie in die Küche trat, hatte man kaum Zeit, sie zu begrüßen. Sie fragte nach Mamsell Lovisa; aber diese war bei den Gästen und konnte nicht herausgerufen werden. Kajsa müsse entschuldigen, aber es sei heute ein ganz besonderer Festtag. Sie wurde gebeten, sich in das Küchenzimmer, Mamsell Lovisas eigenes Zimmer, zu setzen und dort auf sie zu warten.

Kajsa trat in das Zimmer. Ja, hier hatte man ihr die Preißelbeerkrone auf den Kopf gesetzt! Sie dachte daran, wie glücklich sie an jenem Tage gewesen war. Als sie jetzt in diesem Zimmer stand, kam es ihr auch ganz unmöglich vor, daß sie so betrogen worden sein könnte.

Nach einer Weile kamen zwei Mädchen aus der Küche heraus, jede mit einem Tablett mit gefüllten Weingläsern, die sie in das Gesellschaftszimmer trugen. Die Tür blieb halb offen stehen, und so konnte Kajsa in den Saal und das Wohnzimmer hineinsehen, die beide voller Menschen waren. Ja, das war wirklich ein großes Fest! Nicht nur die Herrschaften von

Ämtervik waren anwesend, Kajsa erkannte auch Propstens und Doktors von Sunne und den Magister Hammargren von Karlstadt, der Mamsell Lovisas Schwester zur Frau hatte.

Kajsa war es höchst unbehaglich zumut, und sie wollte eben die Tür schließen, als sie einige Worte vernahm, die sie veranlaßten, sich zu verbergen und zu lauschen. Ein Weinglas in der Hand, stand Leutnant Lagerlöf mitten im Zimmer und verkündigte mit wenigen Worten die Verlobung seiner Schwester Lovisa mit dem Hilfsgeistlichen in Ämtervik, Pastor Milén.

Dann erhob sich in dem Zimmer drinnen fröhliches Gratulieren und Hochlebenlassen! Alle sahen vergnügt und befriedigt aus, und das war auch nicht weiter verwunderlich. Mamsell Lovisa war vierzig Jahre alt, und ihre Verwandten hatten wohl die Hoffnung, sie verheiratet zu sehen, aufgegeben. Pastor Milén war Witwer und hatte vier kleine Kinder, die der Aufsicht und Pflege bedurften. Da war diese Verlobung ganz das Richtige.

Kajsa Nilstochter hatte sagen hören, in ihrer Jugend habe Mamsell Lovisa nie heiraten wollen, weil sie es nicht übers Herz gebracht, ihre Eltern zu verlassen. Jetzt aber, wo beide Eltern tot waren, freute sie sich wohl, ein eigenes Heim zu bekommen.

Desgleichen hatte Kajsa gehört, Mamsell Lovisa wolle nicht von Mårbacka fort. Nun fügte sich auch das sehr schön, das Pfarrhaus lag nur fünf Minuten vom Hofe entfernt.

Kajsa Nilstochter ging es wie ein Stich durchs Herz, daß Mamsell Lovisa es nun so gut haben sollte, sie, die ihr eine Preißelbeerkrone gebunden hatte, und sie trat rasch von der Türe zurück.

Da sah sie die alte Haushälterin hinter sich stehen. Diese hatte ja gewußt, was im Werke war und nur die Bekanntmachung der Verlobung mit anhören wollen.

Kajsa legte ihre Hand schwer auf die Schulter der Haushälterin.

„Ich bin hierhergekommen, um zu erfahren, ob Mamsell Lovisa meine Brautkrone aus Preißelbeerzweigen gebunden hat“, sagte sie. „Aber es schickt sich wohl nicht, an einem solchen Tage danach zu fragen.“

Die Haushälterin erschrak, aber sie war nicht so leicht außer Fassung zu bringen.

„Wie könnt Ihr so dumm daherreden, Kajsa!“ sagte sie. „Alle hier im Hause wissen, was für eine Mühe Mamsell Lovisa mit Eurer Brautkrone hatte. Auf allen Höfen sind wir herumgelaufen und haben um Myrtenzweiglein gebettelt.“

Kajsa starrte die Haushälterin an, als wolle sie ihr in die tiefste Seele blicken, um die Wahrheit zu ergründen.

„Man sagt es aber überall in der ganzen Gemeinde.“

Die alte Haushälterin war nur darauf bedacht, Kajsa zu beruhigen und aus dem Hause zu bringen, damit sie Mamsell Lovisas Freudentag nicht verderbe.

„Ich sage Euch, Kajsa“, sagte sie, „so gewiß Mamsell Lovisas Brautkrone aus Myrten gebunden werden wird, so gewiß ist Eure auch aus Myrten und nichts andrem gebunden worden.“

„Ich will an diese Worte denken“, sagte die Lehrersfrau. „Wenn ich sehe, woraus Mamsell Lovisas Brautkrone gebunden ist, so werde ich wissen, wie es mit meiner beschaffen war.“

„Das könnt Ihr ruhig tun“, versetzte die Haushälterin.

Darauf gingen die beiden zusammen hinaus in die Küche. Dort reichte Kajsa Nilstochter der Haushälterin die Hand.

„Es ist am besten, ich gehe“, sagte sie und sah ganz ruhig aus. „Heute kann ich Mamsell Lovisa doch nicht sprechen.“

Damit ging sie ihrer Wege, und die Haushälterin kehrte an ihren Herd und zu ihrer Kocherei zurück. Über all der Arbeit für das Verlobungsmahl vergaß sie den Besuch vollständig. Erst einige Tage später erzählte sie Mamsell Lovisa, was Kajsa Nilstochter gefragt und was sie ihr geantwortet hatte.

Mamsell Lovisa erblaßte, als sie es hörte. „Ach Maja, wie konntest du nur so sprechen? Es wäre doch besser gewesen, einzugestehen, daß ich zwei oder drei Preißelbeerzweiglein mit in die Krone hineingebunden habe. Mehr war es ja nicht.“

„Ich mußte sie beruhigen, damit sie ihrer Wege ging“, entschuldigte sich die Haushältern.

„Und nun hast du gesagt, meine eigene Brautkrone werde aus Myrtenzweiglein gebunden, ebenso gewiß als Kajsas aus Myrten gebunden war. O Maja, du wirst sehen, ich werde überhaupt keine Brautkrone bekommen!“

„Ach was, Mamsell Lovisa, Sie werden sicherlich heiraten, Pastor Milén wird Sie nicht sitzen lassen.“

„Da kann auch noch andres dazwischenkommen, Maja, da kann auch noch andres dazwischenkommen.“

Mamsell Lovisa grübelte noch ein paar Tage über diese Sache nach, dann dachte sie wohl nicht mehr daran. Sie hatte ja jetzt so vieles zu überlegen. In einem halben Jahr sollte die Hochzeit sein, und sie fing mit Eifer an ihrer Aussteuer zu arbeiten an. Sie kaufte Garn und setzte ihren Webstuhl in Gang, sie säumte und stickte ihren Namen ein. Schließlich fuhr sie nach Karlstadt und machte Einkäufe. Sie brachte Stoff zu ihrem Brautkleid mit nach Hause und eine kleine Krone aus Draht, an die die Myrtenzweiglein gebunden werden sollten. Sie wollte ihre eigene Brautkrone tragen, nicht die gewöhnliche Form, die schon von so vielen Bräuten benützt worden war.

Aber kaum waren alle diese Dinge eingekauft, als wirklich ein Hindernis eintrat. Pastor Milén erkrankte und mußte zu Bett liegen. Als er wieder etwas besser war und Besuche außer Bett empfangen konnte, war er ganz verändert. Man merkte, daß er jeder Unterredung mit seiner Braut aus dem Wege ging und nie die kleine Strecke Wegs nach Mårbacka zurücklegte, um sie zu besuchen. Sobald der Sommer kam, reiste er in ein Bad. Man hoffte, er würde dort ganz hergestellt und wieder der Alte werden, und das gelang vielleicht auch; aber während der ganzen Zeit seiner Abwesenheit schrieb er nicht ein einziges Mal an Mamsell Lovisa.

Diese hatte eine entsetzliche Zeit voll Bangen und Sorgen durchlebt; aber dann hielt sie es für ausgemacht, daß er mit ihr zu brechen wünschte, und so schickte sie ihm den Ring zurück.

An dem Tag, wo dies geschah, sagte sie zu der alten Haushälterin: „Nun, siehst du, Maja, meine Brautkrone wird auch nicht aus Myrten gebunden, nein, die auch nicht."

— — — — — — — — — — — —

Viele Jahre später bat eine der jungen Töchter des Leutnants Lagerlöf ihre Tante, ihr den Brautschmuck zu leihen, mit dem sie sich verkleiden wollte, und Mamsell Lovisa gab ihr den Schlüssel zu dem Schrank, in dem die alten Herrlichkeiten verwahrt wurden. Der Schrank stand nicht im Zimmer der Tante, sondern droben in einer Bodenkammer. Das junge Mädchen stieg hinauf, steckte den Schlüssel ins Schloß des Schrankes und zog eine Schublade heraus.

Ganz verblüfft starrte sie hinein. Vor ihr lag nicht der gewohnte bunte Hochzeitsschmuck — in der ganzen Schublade lag nur ein Päckchen Tüll, daneben farbiger Seidenstoff und eine kleine Brautkrone aus Draht.

Das junge Mädchen merkte sofort, daß sie an die verkehrte Schublade geraten war. Der Brautschmuck lag in dem linken Fach dicht daneben. Aber sie blieb doch einen Augenblick stehen und schaute gedankenverloren in die Schublade. Es schnitt ihr ins Herz, daß ihre arme Tante die Dinge, die hier lagen, nicht hatte tragen dürfen. Sie wußte, wie unglücklich die Tante jahrelang gewesen war, und daß sie jeden Trost zurückgewiesen hatte. Ja, man hatte sogar für ihren Verstand gefürchtet.

Eine Erinnerung tauchte im Herzen des jungen Mädchens auf. In der Zeit des schwersten Unglücks und tiefsten Kummers war sie eines Tages in das Zimmer der Tante getreten. Da sah sie diese am Tisch sitzen mit einem Haufen Preißelbeerreiser vor sich und der kleinen Drahtkrone in der Hand. Sie hatte ein paar Zweiglein zurechtgeschnitten und angefangen, die Krone damit zu bekleiden.

Doch zugleich war auch Frau Lagerlöf ins Zimmer getreten.

„Aber Lovisa, was machst du denn da?" hatte sie gesagt und dabei schrecklich angstvoll ausgesehen.

„Ich dachte —" sagte Mamsell Lovisa, „wenn ich mich mit einer Krone von Preißelbeeren begnügte — — Ja, das ist nun eine dumme Sache."

Sie sprang hastig auf und stieß Krone und Preißelbeerzweiglein weg.

„Ja, ich weiß, es ist alles aus", klagte sie und ging händeringend hin und her. „Jetzt hilft nichts mehr."

„Liebe Lovisa", hatte Frau Lagerlöf gesagt, „die Krankheit ist ja an allem schuld."

Aber Mamsell Lovisa setzte ihre Wanderung fort, hin und her, hin und her in größter Seelenangst und Qual. „Hätte ich doch keine Preißelbeerzweige in Kajsa Nilstochters Brautkrone gebunden!" sagte sie.

„Nein, nein, Lovisa, so mußt du nicht denken", fing Frau Lagerlöf wieder an. Doch jetzt erblickte sie ihr Kind, das mit weit offenen Augen dastand.

„Geh hinaus in den Saal, Selma", sagte sie. „Tante Lovisa ist traurig, da dürft ihr Kinder nicht hereinkommen und sie stören."

Ein Silberglöckchen erklingt auf der Landstraße. Der Fahnenjunker Karl von Wachenfeldt kommt angefahren.

Der Fahnenjunker Karl von Wachenfeldt — war er es nicht, der vorzeiten für den schönsten Mann in Wermland, ja in ganz Schweden galt? War nicht er der Günstling der Stockholmer Damen gewesen, im Jahre 1820 den ganzen Winter hindurch, den er in Stockholm zubrachte, um irgendein Examen in der Landesvermessung zu machen? War er es nicht, der Schlittenfahrten arrangierte und Kotillone aufführte, so schneidig, daß er die Ballkavaliere der höchsten Gesellschaft ganz in den Schatten stellte? War er es nicht, der so entzückend Walzer tanzte und so bezaubernd plauderte, daß seine vornehmen Verwandten, die zuerst nichts von dem armen Wermländer Unteroffizier wissen wollten, ihm die untertänigsten Einladungsbriefe schrieben, weil die jungen Damen keine Freude an einem Ball hatten, wenn er nicht dabei war?

Und war er es denn nicht, der ein solch unglaubliches Glück im Spiele hatte, daß er sich damit die Mittel verschaffte, während seines ganzen Aufenthaltes in Stockholm so flott wie ein Gardeleutnant zu leben? War er es nicht, der mit Grafen und Baronen auf du und du stand und sie dabei alle an Eleganz und Ritterlichkeit überstrahlte? War er es nicht, der eines Abends in einem Liebhabertheater bei Admiral Wachtmeister den ersten Liebhaber spielte und seine Couplets so feurig sang, daß er am andern Morgen zwanzig Liebesbriefe in seinem Briefkasten fand?

War er nicht der erste, der durch die Straßen Stockholms mit einem Geschirr fuhr, das mit einer Unzahl von silbernen Glöckchen besetzt war? War er es nicht, der in ganz Stockholm so bekannt war, daß überall, wo man ihn erblickte, im Hofgarten sowohl wie am blauen Tor, im Opernsaal wie im dichtesten Straßengewimmel, hinter ihm her geflüstert wurde: „Seht, da kommt Wachenfeldt! Ach, ach, ach, seht, da kommt Wachenfeldt!"

War er es nicht, der nach dem einen wunderbaren Winter in Stockholm das gleiche Leben in Karlstadt führte, ja überhaupt überall, wo er auftauchte? War er es nicht, der mit Fahnenjunker Sellblad als Gefährten und dem Trommler Tyberg als Bedienten nach Göteborg reiste, sich da für einen finnländischen Baron ausgab, vierzehn Tage lang finnisch sprach und für die lebenslustigen Söhne der reichen Kaufherren eine Spielbank hielt? War er nicht der einzige Unteroffizier, der jemals mit der stolzen Gräfin Apertin tanzen durfte, und war er es nicht, der sich sterblich in die schöne Mamsell Widerström verliebte, als sie die Preziosa im Karlstädter Theater sang, sie dann entführte und mit ihr nach Norwegen geflohen wäre, hätte nicht unglücklicherweise in Arvika ihr Theaterdirektor ihn wieder eingefangen?

Jawohl, und war er es schließlich nicht auch, der als eine Art von Adjutant zu Hauptmann Wästfelt auf Angersby in Sunne versetzt worden war und nun Leben in die Jugend Frykentals brachte? Wann hatte es je dort so glänzende Kirchweihbälle oder so rauschende Weihnachtsfeste gegeben, oder so lustige Ausflüge zum Krebsessen, oder so romantische Wanderungen zu schönen Aussichtspunkten? Sah denn nicht die schwärmerische Frau des Hauptmanns auf Angersby, die nie etwas anderes tat, als auf dem Sofa liegen und Romane lesen, in ihm einen verkörperten Romanhelden, und war er nicht der Gegenstand des ersten Liebestraums ihrer jungen Töchter? Und wie ging es auf dem Nachbargute in Mårbacka, wo das Haus voll schöner Töchter war? Konnte man einem Kavalier widerstehen, der die Brennschere genau so kunstgerecht handhabte wie die Gitarre, und dem ein aus Liebesabenteuern gewobener Glorienschein um das lockige blonde Haar strahlte?

Fahnenjunker von Wachenfeldt fährt bergauf und bergab, und sein einziges Silberglöckchen klingelt schwach, fast jämmerlich. In alten Zeiten, in den Tagen seines Glanzes, hatten die sechzig Silberglöckchen, die am Zaumzeug und an den Zügeln hingen, unbeschreiblich lustig und schneidig geklungen. Sie hatten sozusagen seine Triumphe eingeläutet, hatten verkündet, daß ein Sieger nahte. Aber jetzt verkündet das übrig gebliebene einzige Glöckchen nur noch, daß ein Mann angefahren kommt, dessen Glück und Glanz dahin sind.

Der Fahnenjunker fährt mit seinem alten Pferd Kalle, einem ganz merkwürdig kleinen Tier, nach dem sich alle, die im begegnen, umwenden, um ihm nachzusehen. Aber nach seinem Eigentümer, nein, nach ihm dreht auch nicht einer mehr den Kopf.

Wie er am Gasthof von Gunnarsby vorbeifährt, stehen ein paar junge Mädchen am Brunnen und winden Wasser herauf. Der Fahnenjunker grüßt sie mit der Peitsche und spendet ihnen nach alter Gewohnheit sein verführerisches Lächeln, aber sie streifen ihn nur mit gleichgültigen Blicken. Nein, sie lassen nicht vor Staunen den Brunneneimer fallen und sehen ihm nicht mit glühenden Wangen nach.

Fahnenjunker von Wachenfeldt versetzt dem Pferd einen Schlag mit der Peitsche. Er ist doch kein Dummkopf, sondern weiß genau, wie es steht: sein Haar ist ergraut und sein Gesicht voller Falten, sein Schnurrbart ist dünn und struppig und sein eines Auge starr und grau vom Star, während das andre, schon operierte, durch eine stark vergrößernde Starbrille verunstaltet wird. Ja, er weiß es wohl, er ist alt und kein schöner Anblick mehr, aber er meint, man brauche deshalb doch nicht ganz zu vergessen, wie und was er einstens war.

Ach ja, er weiß, er besitzt keine andre Heimat mehr als ein paar Zimmer, die er in einem Bauernhause in der Gemeinde Kila gemietet hat. Ein Pferd, ein Wagen, ein Schlitten und ein paar Möbel sind sein ganzes Eigentum. Und er weiß noch mehr: er hat keine andern Untergebenen als eine alte, treue, unausstehliche Magd, aber er meint, man sollte doch nicht vergessen, daß er einstens der Wachenfeldt gewesen ist, der in ganz Wermland berühmte Wachenfeldt!

Da sitzt er nun in seinem schäbigen Pelz und seiner noch schäbigeren Seehundsfellmütze! Er trägt dicke Handschuhe, um seine kranken Hände zu schützen; aber die Gichtknoten, die sich über seine Knöchel hinziehen, werden dennoch sichtbar. Denoch aber ist er es, der so viele schöne Frauen in seinen Armen gehalten hat. Dieses Bewußtsein kann ihm niemand rauben. Wer in aller Welt hat ein Leben geführt wie er? Wer ist geliebt worden wie er?

Er beißt die Zähne zusammen und sagt sich, daß er nichts zu bereuen habe. Wenn er sein Leben noch einmal leben sollte, er würde es nicht anders führen. Alles, was Jugend, Schönheit und Kraft einem Manne bieten können, das hat er genossen. Abenteuer und Liebe im reichsten Maße.

Eine einzige Tat vielleicht, ja eine einzige, möchte Fahnenjunker von Wachenfeldt doch ungeschehen machen. Er hätte Anna Lagerlöf, die edelste aller Frauen, die er je gekannt hatte, nicht heiraten dürfen. Er hatte sie namenlos geliebt, aber er hätte sie niemals heiraten dürfen.

Paßte denn das für einen Wachenfeldt, still zu sitzen und seinem Hauswesen klug und umsichtig vorzustehen, wenn er auf eine leichtere und lustigere Art Geld einheimsen konnte? Wenn auch seine Frau noch so anbetungswürdig war, sollte er sie darum für die allein anbetungswürdige halten? Konnte er seine Natur umgestalten, weil er verheiratet war? Hatte er sich denn nicht gerade durch sein Glück im Spiel und in der Liebe seine Berühmtheit erworben?

Ja, er bereute seine Ehe. Seine Frau paßte nicht zu ihm, sie war in der Tat viel zu gut für ihn, das will er gerne zugeben. Sie wollte Fleiß, Ordnung, Ruhe und Behagen. Sie hatte sich abgearbeitet, um sich und ihm ein Heim zu schaffen gleich dem ihrer Eltern in Mårbacka.

Andre würden vielleicht sagen, er brauche weniger zu bereuen, daß er sich verheiratet hatte, als daß er seiner Frau fortwährende Enttäuschungen und Kummer nicht hatte ersparen können. Deshalb hatte ihn auch jede Art von Unglück getroffen, als Anna von Wachenfeldt sich nach einer siebzehnjährigen unglücklichen Ehe am Rande ihrer Kräfte zum Sterben niedergelegt hatte. Da hatten die Gläubiger keine Schonung mehr für ihn gehabt, sondern ihm die Heimat genommen. Er mußte aufhören zu spielen, denn jetzt verlor er, sobald er nur eine Karte anrührte. Die Gicht kam, es kam der graue Star. Ehe er sechzig Jahre zählte, war sein Haar weiß, er war steif, hilflos, halbblind und bettelarm. O welch ein Glück wäre es nun für ihn gewesen, wenn er seine gute, liebevolle Frau noch gehabt hätte!

Durch ihren Tod war er auch von allem Verkehr ausgeschlossen worden. Niemand fragte danach, ob er lebte oder starb. Niemand lud ihn ein. Es sah aus, als ob alle Leute nur um seiner guten Frau willen Umgang mit ihm gepflogen hätten! Wenn er sich nun nach Scherzen und Lachen sehnte, wenn er gern einmal eine gut zubereitete Speise gegessen und sich gern mit gebildeten Menschen unterhalten hätte, so wußte er nicht, wohin er sich wenden oder wen er aufsuchen könnte.

Tatsächlich gibt es nur einen Ort auf der Welt, wohin er fahren kann, um wieder einmal einigermaßen das alte Leben zu kosten, und das ist jenes Mårbacka, von wo er einst seine Frau geholt hat. Er weiß wohl, was man dort denkt und sagt: er habe seine Frau ins tiefste Unglück gestürzt, ja, er habe sie einfach zu Tode gequält; aber nichtsdestoweniger reist er zwei- oder dreimal im Jahre dorthin, zu den großen Festtagen, denn sonst könnte er sein Leben nicht mehr ertragen.

Das Silberglöckchen klingt schrill und klagend. Fahnenjunker von Wachenfeldt hat seinem Pferdchen einen kräftigen Peitschenhieb versetzt. Das Leben trägt viele bittre Früchte, mit denen man sich abfinden muß. Und da ist es nur in der Ordnung, daß das Pferd mit seinem Herrn leidet.

Wenn die Kinder von Mårbacka aus keinem Anzeichen sonst hätten schließen können, daß Weihnachten herannahe, so hätten sie es doch gemerkt, wenn Fahnenjunker von Wachenfeldt angefahren kam.

Daher waren sie auch so überaus vergnügt, wenn sein Wurstschlitten oben in der Allee auftauchte. Sie sprangen durchs ganze Haus und verkündeten die Neuigkeit, sie standen auf der Treppe, um den Ankömmling in Empfang zu nehmen und zu begrüßen, sie holten Brot für das Pferdchen, und sie trugen die dünne Reisetasche, die mit Blättern und Blumen in Kreuzstich verziert war, in das Zimmer, in dem der Fahnenjunker wohnen sollte.

Es war eigentlich sonderbar, daß die Kinder den Fahnenjunker von Wachenfeldt immer so fröhlich begrüßten. Er brachte ihnen keine Zuckersachen und keine Geschenke mit; aber sie müssen wohl gedacht haben, er gehöre eben mit zu Weihnachten, und das war schon Grund genug zur Freude. Jedenfalls war es gut, daß sie ihn freundlich begrüßten, denn die Erwachsenen machten nicht viel Aufhebens von ihm. Frau Lagerlöf und Mamsell Lovisa kamen zu seinem Empfang nicht einmal auf die Veranda heraus, und Leutnant Lagerlöf legte nur mit einem tiefen Seufzer die Wermlandszeitung weg und erhob sich aus dem Schaukelstuhl, um den Angekommenen zu begrüßen.

„So so, bist du wieder da, Wachenfeldt", sagte er, wenn er an der Treppe auftauchte. Dann stellte er einige Fragen über die Reise und den Zustand der

Wege und führte hierauf den Schwager in das Kontor. Er machte eine Schublade in der Kommode leer und sah nach, ob im Kleiderschrank noch Platz sei. Dann zog er mit den Kindern ab und überließ seinen Gast sich selbst.

So oft der Fahnenjunker von Wachenfeldt nach Mårbacka kam, wurde in Leutnant Lagerlöfs Herz die Erinnerung an seine verstorbene Schwester wieder lebendig. Sie war die älteste gewesen, hatte ihn großziehen helfen und sich in jeder Weise seiner angenommen. Keine seiner Schwestern hatte er so lieb gehabt, auf keine war er so stolz gewesen. Und da mußte sie sich in diesen Nichtsnutz von Wachenfeldt verlieben! Sie war schön und stattlich gewesen und ebenso gut und vortrefflich, wie sie schön war. Selbst immer fröhlichen Herzens, suchte sie auch allen, die um sie waren, das Leben leicht zu machen. Sie hatte bis zum äußersten gekämpft, ihr Heimwesen zusammenzuhalten. Ihr Mann hatte nur verjubelt und verschwendet. Sie hatte auch ihre Lieben daheim in Mårbacka nie wissen lassen wollen, wie schlecht es ihr ging, damit man ihr nicht zu Hilfe gekommen wäre. Deshalb ging es auch so plötzlich zu Ende mit ihr, als sie kaum in den Vierzigern war.

Das war eine traurige, aufregende Geschichte, und der Leutnant konnte nicht gleich freundlich zu Wachenfeldt sein, solange das alles noch in ihm gärte. Er mußte stets einen längeren Spaziergang machen, bis er die Bitterkeit etwas überwunden hatte.

Dasselbe empfanden auch Frau Lagerlöf und Mamsell Lovisa. Anna von Wachenfeldt war Frau Lagerlöf die liebste von allen ihren Schwägerinnen gewesen und sie hatte mit wirklicher Verehrung zu ihr aufgesehen. Keine von all den Verwandten hatte sie aber auch so freundlich in der Familie willkommen geheißen wie die verstorbene Schwägerin. Frau Lagerlöf konnte es dem Fahnenjunker von Wachenfeldt nie verzeihen, daß er dies geliebte Menschenkind so unglücklich gemacht hatte.

Mamsell Lovisa war als Kind oftmals in Välsäter zu Besuch gewesen, auf dem Hofe, wo ihre Schwester und ihr Schwager gewohnt hatten, und sie wußte besser als alle andern, welch schweres Leben ihre Schwester gehabt hatte. Sie konnte Wachenfeldts Namen nie nennen hören, ohne an einen Morgen denken zu müssen, an dem zwei Knechte nach Välsäter kamen und die beiden besten Kühe aus dem Stalle holten. Die Schwester war hinausgestürzt und hatte gefragt, was das heißen solle; aber die Knechte hatten ihr ganz ruhig geantwortet, der Fahnenjunker habe die beiden Kühe in der letzten Nacht an ihren Herrn verspielt. Mamsell Lovisa sah noch heute, wie verzweifelt ihre Schwester gewesen war.

„Er kommt nicht zur Vernunft, bis er mich unter den Boden gebracht hat“, hatte sie gesagt.

Immerhin aber war Mamsell Lovisa die erste, die sich an ihre Pflichten als Gastgeberin erinnerte. Sie stand von ihrem Nähtisch auf, an dem sie mit einer Stickerei gesessen hatte, was sie aber nicht hinderte, nebenher noch einen Blick in einen Roman zu werfen, der aufgeschlagen im Nähkorb lag, und öffnete die Küchentür ein wenig.

„Liebe Maja“, sagte sie halb entschuldigend, „nun ist Wachenfeldt wieder gekommen.“

„Ich begreife wirklich nicht, daß der Mensch, der seine Frau so schändlich behandelt hat, zu jedem Fest hierherkommen darf", sagte die Haushälterin sehr ärgerlich.

„Aber man kann ihn doch nicht hinauswerfen", entgegnete Mamsell Lovisa. „Und nun sei so gut, liebe Maja, und sorge für Kaffee; er muß doch nach der Reise etwas Warmes haben."

„Natürlich muß er auch gerade immer dann kommen, wenn die Herrschaften schon Kaffee getrunken haben und der Herd kalt ist!" brummte die Haushälterin und sah aus, als ob sie nicht gedächte, sich vom Fleck zu rühren.

Der Kaffee mußte aber doch zustandegekommen sein, denn nach einem Weilchen wurde das Zimmermädchen zu Fahnenjunker von Wachenfeldt geschickt, um ihn zum Kaffee zu bitten.

Als der Fahnenjunker über den Hof ging, stützte er sich auf einen Stock, den er aber im Vorzimmer ablegte, und dann trat er mit ziemlich guter Haltung in den Salon. Mamsell Lovisa, die im Zimmer stand, um ihn zu begrüßen, sah jedenfalls, wie sauer ihm das Gehen wurde, sie fühlte, wie gichtgeschwollen seine Hände waren, als sie ihn begrüßte, und als sie zu ihm aufsah, starrte das operierte Auge sie unheimlich vergrößert an. Da verflog ein gut Teil ihres Grolls. Sie dachte, die Strafe habe ihn schon ereilt, und so wollte sie ihm nicht noch eine weitere Last aufbürden.

„Das ist ja schön, Wachenfeldt, daß du auch in dieser Weihnachtszeit zu uns kommen konntest", zwang sie sich zu sagen.

Dann schenkte sie ihm Kaffee ein, und er setzte sich an seinen gewohnten Platz in der Ecke zwischen dem Ofen und dem zusammengeklappten Spieltisch. Es war ein bescheidenes Plätzchen, aber es war das wärmste im ganzen Zimmer. Fahnenjunker von Wachenfeldt wußte, was er tat, als er sich dahin setzte.

Er fing auch sofort an, mit Mamsell Lovisa über seine Magd zu sprechen und erzählte von ihrem ewigen Schimpfen und Streiten mit den Bauersleuten, bei denen er sich eingemietet hatte. Er wußte, seiner Schwägerin behagte eine solche Unterhaltung über alltägliche Dinge, und es entging ihm auch keineswegs, daß sie sich nach einer Weile selber ein Täßchen Kaffee einschenkte und ihm beim Trinken Gesellschaft leistete.

Während sie noch zusammen beim Kaffee saßen, dämmerte es bereits, die Lampe wurde hereingebracht und auf den runden Tisch vor dem Sofa gestellt. Gleich darauf kam auch Frau Lagerlöf herein.

Sie hatte das erste Gefühl des Widerwillens noch nicht ganz überwunden, und ihre Begrüßung war auch danach: sie gab dem Fahnenjunker nur eben die Hand, ohne ein Wort zu sagen. Dann setzte sie sich mit ihrer Arbeit nieder.

Der Fahnenjunker fuhr ganz ruhig im Gespräch mit Mamsell Lovisa fort, aber gleichzeitig änderte er den Gegenstand. Er berichtete von einigen sonderbaren Krankheitsfällen bei Menschen und Tieren auf dem Hofe, wo er wohnte, und deren Heilung ihm merkwürdigerweise geglückt sei.

Dem konnte Frau Lagerlöf nicht widerstehen, das war ihr Fall, und ehe sie es selber wußte, war auch sie in die Unterhaltung mit hineingezogen.

Zuletzt kam auch noch Leutnant Lagerlöf und setzte sich in seinen Schaukelstuhl. Er war auch verstimmt und wortkarg, als er eintrat. Aber nun glitt die Unterhaltung ganz unmerklich wieder in eine andre Bahn hinein. Man sprach von Karlstadt, wo der Fahnenjunker geboren und der Leutnant zur Schule gegangen war, und darüber unterhielt sich Leutnant Lagerlöf jederzeit gerne. Das Gespräch verstieg sich sogar bis Stockholm; man sprach über Emilie Högquist und über Jenny Lind und manches andre Schöne und Erinnerungswerte aus alten Zeiten. Schließlich kam man noch auf allerlei Geschichten aus Wermland, und der Abend verging so schnell, daß alle ganz erstaunt waren, als das Mädchen kam, um den Tisch zu decken.

Aber das Merkwürdigste war doch noch etwas anderes: Wenn der Fahnenjunker von Wachenfeldt von seinen eigenen Erlebnissen erzählte, dann stand er selber immer als der klügste und vorsichtigste Mensch da, den man sich nur denken konnte. Allerdings hatte er einige abenteuerliche Erlebnisse gehabt, das war nicht zu leugnen; aber er hatte immer die Rolle des ratgebenden Freundes dabei gespielt und törichten Menschen aus der Patsche geholfen.

Wenn man zum Beispiel nur an Wästfelts auf Angersby dachte! Welche Stütze war er doch diesen liebenswürdigen, kindlichen Menschen gewesen, besonders damals, als die Braut des Sohnes diesen aufgab und einen andern heiratete!

Man konnte niemand mit größerer Verehrung von seiner Mutter und von seiner Frau reden hören. Einen solch edlen Sohn, einen so liebevollen Gatten hätte sich jedermann nur wünschen mögen!

Er war es auch gewesen, der den jungen Damen stets überaus vernünftig zugeredet, Braut und Bräutigam versöhnt und Ehen wieder befestigt hatte, die im Begriff gewesen waren, auseinanderzugehen.

Alle Unglücklichen hatten ihn zum Vertrauensmann erwählt, und er hatte sie nicht im Stich gelassen. Ja, er hatte sogar Menschen gerettet, die der Spielwut verfallen waren, hatte ihnen die Meinung gesagt und sie an ihre Pflichten erinnert.

Nach dem Abendessen, als Fahnenjunker von Wachenfeldt in seine Kammer hinuntergehinkt war, saßen Leutnant Lagerlöf, seine Frau und seine Schwester stumm beieinander und schauten sich an.

„Ja, der Wachenfeldt", sagte der Leutnant, „das ist ein sonderbarer Kauz. Er ist klüger, als wir alle zusammen."

„Es war immer nett, sich mit Wachenfeldt zu unterhalten", sagte Mamsell Lovisa.

„Wenn es wahr wäre, daß er allen andern solch eine Stütze gewesen ist, wie wäre es dann möglich, daß er für sich selber so schlecht gewirtschaftet hat?" warf Frau Lagerlöf trocken ein.

„Na ja, solche Leute gibt es nun mal!" sagte der Leutnant.

*

Von da an lebte der Fahnenjunker die ganzen Weihnachtstage hindurch auf Mårbacka „wie unser Herrgott in Frankreich", und immer behielt er die Rolle eines weisen und erfahrenen alten Mannes bei. Man konnte ihn über alles um Rat fragen, er wußte Mittel gegen Finnen und gegen Schnupfen, konnte Ratschläge geben in Toilettenangelegenheiten, über Kochrezepte und Anleitung zum Färben sowie über die Feldbestellung mitreden, er gab die besten und weisesten Urteile über Menschen ab.

Man pflegte sich in schwierigen Fragen an ihn zu wenden.

„Kommt es dir nicht sonderbar vor, Wachenfeldt, daß dies Kind nicht dazu gebracht werden kann, gedämpfte Möhren zu essen?“ sagte eines Tages Mamsell Lovisa. „Möhren sind doch so gut.“

Und Fahnenjunker von Wachenfeldt enttäuschte ihre Erwartungen nicht.

„Weckt mich mitten in der Nacht und bietet mir Möhren an, so werde ich sie essen!“

Es war geradezu unnatürlich, wie weise und mäßig und vernünftig er war. Von dem alten Kavalier Wachenfeldt, dem Triumphator mit den sechzig Silberglöckchen, war rein nichts mehr zu spüren.

Aber eines Tages begab es sich, daß Leutnant Lagerlöf mit seinen Damen in Streit geriet wegen eines jungen Mädchens aus der Umgegend. Frau Luise sowohl wie Mamsell Lovisa erklärten sie für reizend und süß, der Leutnant dagegen behauptete, es sei nichts Schönes an ihr zu finden. Und so rief er, wie es jetzt Brauch im Hause war, Wachenfeldt als Schiedsrichter auf.

„Sag mal, Wachenfeldt, du verstehst dich ja auf Frauenzimmer“, sagte Leutnant Lagerlöf. „Möchtest du so einen kleinen Grasaffen küssen?“

Man konnte den Aufruhr wohl bemerken, der sich bei diesen Worten in Wachenfeldts Gemüt erhob. Er errötete, so alt er war, schlug mit der Faust auf den Tisch, stand halb vom Stuhle auf und donnerte los:

„Mir eine solche Frage! Ich habe nie und nimmer ein häßliches Weib geküßt!“

Das gottlose Volk an seiner Seite brach in ein schallendes Gelächter aus. Nun hatte er sich die ganze Zeit über bemüht, ja recht weise zu sein, hatte den Alltagsmenschen spielen wollen, und diese einzige Frage hatte ihn entlarvt. Auf dem Grunde seines Herzens war der alte Kavalier eben noch immer lebendig. Elend und krank, alt und hinfällig war er, aber das sollte doch niemand glauben, niemand annehmen, daß er jemals ein häßliches Weib geküßt hätte.

Ach Wachenfeldt, Wachenfeldt!

Das Orchester

Der Major Ehrenkrona, ein geborener Finnländer, hatte früher in einem prächtigen Hause gewohnt und war ein vornehmer Herr gewesen, aber auf seine alten Tage hatte er sich in einem Bauernhause eingemietet und lebte ungefähr ebenso arm und eintönig wie der Fahnenjunker von Wachenfeldt. Es ging zwar das Gerücht, er sei ein Meister auf dem Waldhorn, aber seitdem er arm und verlassen war, hatte ihn nie jemand spielen hören.

Und da war auch der Herr Tyberg, der seine Laufbahn als Trommler bei dem Wermländischen Regiment begonnen hatte, aber am Suff zugrunde gegangen wäre, wenn nicht Leutnant Lagerlöf auf Mårbacka sein großes Talent, kleinen Kindern Lesen und Schreiben beizubringen, entdeckt und ihn zuerst zum Lehrer seiner eigenen Kinder gemacht hätte.

Und später hatte er ihm eine Stelle an einer Vorschule in Ost-Ämtervik verschafft.

Und da war Jan Asker, der auch Musikant im Wermländischen Regiment gewesen war und nun die Stelle als Küster und Totengräber in Ost-Ämtervik bekleidete. Dieser Mann stammte aus einer alten Musikantenfamilie und blies die Klarinette bei allen Hochzeiten und Tanzereien. Er war trübselig und verbittert, und nur allein die Musik söhnte ihn etwas mit dem Leben aus.

Der Buchhalter Gejer wohnte in einer Bodenkammer im Schulhaus und führte sich selber die Wirtschaft. Er liebte Musik über alles in der Welt, war aber bettelarm und konnte sich deshalb keinerlei Instrument halten. So hatte er sich auf seinem Holztisch eine Klaviatur eingerichtet, und darauf spielte er.

Und schließlich war da auch der Kantor Melanoz, den der Propst Fryxell in eigener Person unterrichtet hatte, und der Gedichte und Stiefel machen, Möbel schreinern und Landwirtschaft treiben konnte. Er war der Festordner bei allen Hochzeiten und bei allen Begräbnissen, außerdem war er aber auch der beste Schullehrer im ganzen Frykentale. Jeden Sonntagvormittag mußte er auf der schauderhaften Orgel in der Ost-Ämterviker Kirche spielen. Da er aber von Grund auf musikalisch war, wäre ihm das unerträglich gewesen, hätte er nicht seine eigene Geige gehabt, auf der er dann am Sonntagnachmittag zu seinem Troste spielte.

Alle diese Leute beschlossen, sich in den Weihnachtsfeiertagen auf Mårbacka zu treffen, solange dort noch was übrig war vom Weihnachtsbier, Weihnachtsschinken und Gewürzbrot.

Als der erste von ihnen in Mårbacka eintraf, ging er nicht gleich ins Haus, sondern wartete, bis alle beisammen waren, der Major Ehrenkrona und Herr Tyberg, der Küster Jan Asker, der Buchhalter Gejer und der Kantor Melanoz.

Dann marschierten sie, der Major an der Spitze, nach der großen Treppe, indem sie sangen: *„Portugal, Spanien und Großbritannien."*

Leutnant Lagerlöf hatte wohl etwas Wind bekommen, was im Werke war, aber er war nicht hinausgegangen, um den Gästen nicht ihre Freude zu verderben. Als er aber den Gesang hörte, stand er sofort auf und eilte hinaus, ihnen entgegen. Und wer diesmal auch nicht faul war, das war der Fahnenjunker von Wachenfeldt, der natürlich auch noch auf Mårbacka saß, da ja die Feiertage noch nicht vorüber waren.

Aber während die Gäste in die Kammer gingen, um ihre Pelze und Überschuhe abzulegen, schickte Leutnant Lagerlöf seine beiden Jungen Daniel und Johann auf die Bodenkammer und ließ sie Gitarre, Waldhorn, Flöte und Triangel holen, die dort hingen. Er selber eilte ins Schlafzimmer und zog unter dem Bett einen starken Geigenkasten hervor. Er stellte ihn auf einen Stuhl, steckte den Schlüssel ins Schloß und hob andächtig die in ein rotseidenes Taschentuch gewickelte Geige heraus.

Und obgleich er selber nie rauchte oder duldete, daß im Hause geraucht wurde, schickte er doch die Jungen fort, um eine alte Tabakspfeife mit langem Rohr, die noch aus Pastor Wennerviks Zeit stammte, zu holen, sowie einen viereckigen Holzkasten, der voll Knaster war, damit der Major Ehrenkrona seine gewohnte Pfeife schmauchen konnte und nicht in üble Laune geriet.

Als dann die fünf Gäste mit dem Fahnenjunker von Wachenfeldt und Leutnant Lagerlöf in den Saal getreten waren, wurde ein Servierbrett mit den gefüllten Punschgläsern hereingebracht, und der heiße Punsch wurde von allen — mit Ausnahme von Herrn Tyberg, der dem Alkohol für immer und ewig abgeschworen hatte — mit Behagen geschlürft. Wenn dann des Majors Pfeife auch noch in Zug gebracht war, dann kamen alle miteinander zu dem einmütigen Entschlusse, lieber Musik zu machen, als die Zeit mit Klatsch oder Kartenspiel totzuschlagen, dazu seien sie sich wirklich zu gut.

Darauf hatte der Leutnant nur gewartet, und nun beeilte er sich, die Instrumente herbeizuholen, die er so rasch hatte zusammensuchen lassen.

Seine eigene Geige reichte er dem Kantor Melanoz, der zwar erst Komplimente machte, weil die Geige die Königin der Instrumente sei und sich hier in diesem Zimmer noch andre befänden, die würdiger seien als er, sie zu spielen. Als aber niemand Anspruch darauf erhob, war er so selig, als hätte er einen Schatz gefunden, und fing sofort an zu stimmen und zu schrauben.

Natürlich sollte Herr Tyberg die Flöte haben. Die war sein Instrument beim Regiment gewesen, als er über die Trommel hinausgewachsen war. Er kannte auch gar wohl die alte Flöte auf Mårbacka und wußte, daß sie undicht und ausgetrocknet war. Er eilte daher in die Küche, um die Flöte in Dünnbier zu tauchen und die Sprünge mit Werg zu umwickeln, damit sie zusammenhielten.

Die Gitarre gab der Leutnant dem Buchhalter Gejer. Der Buchhalter hatte ein langes, schmales Gesicht und einen langen, dünnen Hals, wasserblaue Augen und lange, dünne Finger, in seinem ganzen Wesen war etwas Zierliches und Schmachtendes. Er hängte sich das breite, buntseidene Gitarrenband mit dem Gelächter eines Backfisches um den Hals und drückte die Gitarre so innig an sich, als wäre sie seine Geliebte. Er sah zwar wohl, daß sie nur noch drei Saiten hatte, aber die waren ihm auch genug, ihm, der gewohnt war, auf einem Holztische Klavier zu spielen.

Der Küster Asker war weitsichtig genug gewesen, seine eigene Klarinette mitzubringen. Er hatte sie in seiner Manteltasche und brauchte nur in die Kammer zu gehen und sie zu holen.

Fahnenjunker von Wachenfeldt saß in seinem gewohnten Ofenwinkel und machte alle Anstrengungen, vergnügt auszusehen, obwohl er wußte, daß er mit seinen steifen Händen kein Instrument mehr spielen konnte. Aber da trat der Leutnant zu ihm mit dem Triangel, denn diesen konnte er doch noch handhaben, und da wurde auch er höchst aufgeräumt.

Major Ehrenkrona saß mit seiner Pfeife ruhig da und blies Rauchwolken durch seinen starken weißen Schnurrbart. Er sah, wie einer nach dem andern ein Instrument bekam, aber er schien es nicht zu merken.

„Gib mir ein paar Topfdeckel", sagte er zu Leutnant Lagerlöf, „dann kann ich auch Lärm machen. Ich weiß ja, daß das Instrument, das ich spielen kann, hier im Hause nicht zu finden ist."

Der Leutnant schoß wie ein Pfeil ins Nebenzimmer und kam zurück mit einem blitzblank geputzten

Waldhorn an grüner Seidentroddel, das für den Major beschaffen zu können, er so glücklich gewesen war.

„Was sagst du dazu, Bruderherz?“ fragte er.

Der alte Mann strahlte. „Du bist doch ein famoser Kerl, Bruder Erik Gustav“, sagte er.

Dann legte er die Pfeife weg und begann in das Waldhorn zu tuten, entsetzlich laut und gewaltig.

Nun waren alle versehen, aber jetzt merkten sie auch, daß der Leutnant allein kein Instrument hatte.

Der aber zog eine kleine Holzpfeife hervor, die man zur Hälfte in Wasser stecken mußte, wenn man darauf blasen wollte. Wenn man nur ein bißchen achtgab, konnte man Triller damit hervorbringen, deren sich keine Nachtigall zu schämen brauchte.

Zu guter Letzt baten sie noch Frau Lagerlöf, hereinzukommen und sie auf dem Klavier zu begleiten.

Dem Major zu Ehren versuchten sie zuerst den „Björnebürgermarsch“. Frau Lagerlöf spielte vor, und sieben Instrumente fielen ein, so gut sie konnten. Das war ein geradezu verblüffendes Getöse.

Alle taten ihr Bestes. Der Kantor Melanoz und Jan Asker und Herr Tyberg waren die sicheren Stützen. Aber der Major kam nicht immer mit, und der Leutnant brachte seine Triller an den verschiedensten Stellen an, teils weil seine Wasserpfeife ihre Launen hatte, teils weil er die andern gern aus dem Takt bringen wollte.

Als sie den Marsch glücklich zu Ende gebracht hatten, waren sie alle hochbefriedigt und beschlossen, ihn noch einmal zu spielen, damit er ganz tadellos gehen sollte. Gut, der Major tutete und blies, daß er rote Augen bekam und seine Backen zu platzen drohten. Aber ein so großer Meister auf dem Waldhorn, wie er selbst vermeinte, war er doch nicht, denn auch jetzt wollte es ihm nicht glücken, Takt zu halten.

Aber mit einem Male fuhr er heftig auf und schleuderte sein Waldhorn gegen den Ofenwinkel, so daß er fast des Fahnenjunkers schmerzhafteste Zehe zerschmettert hätte.

„Hols der Teufel!“ schrie er. „Ich will euch doch den Björnebürgermarsch nicht verhunzen. Spielt ihr ihn allein, denn ihr könnt ihn!“

Die anderen waren erst etwas bestürzt, begannen aber zum drittenmal, und da fing der Major an mitzusingen: *„Söhne eines Volkes, das blutete und litt!“*

Er begleitete das Spiel mit seinem schönen, kräftigen Baß, der das ganze Haus erfüllte. Und die menschliche Stimme floß dahin wie ein starker Strom und riß das klapprige Klavier und die wimmernde Klarinette mit fort, ebenso die Geige, die der Kantor nach alter Spielmannsart handhabte, Herrn Tybergs zersprungene Flöte und die dreisaitige Gitarre mitsamt der von dem Fahnenjunker mit steifen Händen geschlagenen Triangel und des Leutnants launenhafte Nachtigall.

Allen wurde warm ums Herz dabei, denn es brannte ihnen noch in der Seele, daß wir Finnland verloren hatten, und nun war es ihnen, als zögen sie mit den tapfern Björnebürgerjungen, um das verlorene Land den Russen wieder zu entreißen.

Als der Marsch beendet war, machte Leutnant Lagerlöf seiner Frau ein Zeichen, und sie fing an zu spielen: *„Edle Schatten würd'ger Ahnen“* aus der Oper Gustav Vasa, des Majors Leibstück.

Der Major sang das Lied mit kräftiger Stimme, und die anderen Instrumente schienen beinahe auch zu singen.

Aber auf dem steifbeinigen Sofa zwischen den Saalfenstern hatten sich alle Kinder des Hauses eingenistet, Daniel und Johann, Anna und Selma und Gerda. Sie saßen mäuschenstille und waren ganz Ohr.

Es war wohl an ihnen, sich still zu verhalten, wenn die Alten spielten und sich belustigten, als wären sie Kinder. Als der Major sang: „*Edle Schatten würd'ger Ahnen*", da glaubten sie, er meine sich selbst damit sowie die andern Mitspielenden im Saal. Denn für die Kinder waren sie doch wie Geister der Entschwundenen, Schatten aus einer reichen, glänzenden Zeit, von der nur dieser schwache Widerschein zurückgeblieben war.

DAS NEUE MÅRBACKA

Die siebzehn Katzen

In den letzten Jahren des Regimentsschreibers war eine Stallmagd auf dem Hofe, die Britta Lambert hieß. Sie war klein und häßlich, braun wie Leder im Gesicht und hatte nur ein Auge. Sie war herb und sauer mit anderen Menschen, aber eine vorzügliche Stallmagd, denn sie liebte das Vieh. Wenn sie glaubte, eine Kuh werde zur Nachtzeit kalben, schlug sie ihr Bett im Stall auf und schlief dort. Jeden Tag wärmte sie Wasser im Brauhaus und schleppte es in großen Eimern in den Kuhstall, damit die Kühe den Häcksel warm bekämen; und wenn das Viehfutter im Laufe des April zur Neige ging und die Kühe anfangen mußten, Roggenstroh zu fressen, verschmähte sie nicht, in den Pferdestall zu schleichen und den Gäulen von ihrem Heu zu stehlen.

Der Viehstall, den sie unter sich hatte, war alt und so dunkel, daß man beim Eintritt kaum die Hand vor dem Auge sah. Die Gänge waren schmal und hatten viele Löcher im Boden; die Kühe standen in kleinen engen Ständen, und mit ihrer Reinlichkeit nahm es Britta Lambert keineswegs genau. Aber es gedieh immer alles in dem alten Stall. Nie hörte man von einer Kuh, die sich überfressen hätte oder ans Schilfrohr geraten wäre oder schwer gekalbt hätte.

Immer gab es viel Milch und viele Kälber, die Hausfrau auf Mårbacka brauchte sich nie um den Viehstall zu kümmern oder zu sorgen.

Aber eine Tiergattung liebte Britta Lambert noch mehr als Kühe, und das waren Katzen. Sie schien zu glauben, diese Tiere hätten eine gewisse Macht, sie selber und das Vieh zu beschützen, und das schlimmste, das man ihr antun konnte, war der Befehl, ab und zu ein junges Kätzchen zu ertränken, als hätte sie nicht genug Katzen und Kühe zum Versorgen bekommen können. Wenn man in den Stall kam, so sah man auf allen Seiten grüne Katzenaugen aus der Dunkelheit hervorleuchten. Katzen sprangen einem zwischen die Füße, ja einige sprangen einem sogar mit kühnem Satz auf die Schulter, denn dazu hatte Britta Lambert sie abgerichtet.

Als Leutnant Lagerlöf nach seinem Vater das Regiment auf Mårbacka übernahm, befanden sich im Kuhstall nicht weniger als siebzehn Katzen. Alle waren rot gestreift, keine einzige war weiß, keine schwarz und keine grau, denn Britta glaubte felsenfest, nur allein die rotgestreiften brächten Glück.

Nun war ja Leutnant Lagerlöf gewiß ein Tierfreund und er hatte auch keinerlei Widerwillen gegen Katzen; aber siebzehn Katzen in seinem Kuhstall zu füttern und zu beherbergen, das schien ihm doch des Guten etwas zu viel. Sie tranken ja eine solche Menge Milch, daß sie gut für drei Kälber gereicht hätte. Freilich, auf Ratten und Mäuse machten sie gute Jagd, aber sie machten auch gute Jagd auf Vögelchen, und auf Mårbacka war kaum noch ein Sperling zu finden.

Nun ist es allerdings kein besonderer Spaß, Katzen umbringen zu müssen, und damit weder Britta Lambert noch die andern weiblichen Dienstboten auf dem Hofe sich darüber aufregen sollten, sagte der Leutnant kein Wort von seinen Absichten. Er gab nur dem früheren Stallknecht Klein-Bengt, der noch auf dem Hofe wohnte und sich bald mit diesem, bald mit jenem in den Haaren lag, einen kleinen Wink.

Von diesem Tag an begannen die Stallkatzen auf höchst merkwürdige Weise zu verschwinden. Nicht rasch, o nein, nur ganz nach und nach. Britta Lambert kam es vor, als bekäme sie eine nach der andern, und zwar gerade solche, auf die sie den meisten Wert legte, nicht mehr zu Gesicht; aber es war nicht leicht für sie, das mit Sicherheit zu behaupten, denn die Katzen waren sich viel zu ähnlich in Farbe und Zeichnung. Britta versuchte nun, die Katzen zu zählen, wenn sie kamen, um Milch zu trinken; aber dies war auch keine so einfache Sache, denn sie liefen durcheinander um die Milchschüssel herum, auch herrschte fast kohlrabenschwarze Nacht im Stalle.

Sie klagte ihr Leid sowohl der alten Haushälterin als auch der jungen Herrin.

„Es ist mir ja nur Ihretwegen angst und bange, denn wenn die roten Katzen verschwinden, so verschwindet auch das Glück aus dem Stalle", sagte sie. „Das ist keine gute Regierung, die damit anfängt, undankbar gegen die zu sein, die uns bis jetzt geholfen haben."

Aber sowohl Frau Lagerlöf als auch die Haushälterin beteuerten, sie hätten ganz gewiß nichts Böses gegen die Katzen unternommen, und sie glaubten bestimmt, Britta werde bald wieder alle ihre siebzehn Lieblinge beisammen haben.

Aber Britta merkte nur zu gut, daß die Katzen weniger und weniger wurden. Sie hatte bald diesen, bald jenen im Verdacht, doch niemand bekannte sich schuldig. Der einzige, dem sie nie etwas so Frevelhaftes zutrauen konnte wie ein Attentat auf ihre Katzen, das war der Leutnant. Sie wußte, daß ihm von seiner Mutter etwas Besseres gelehrt worden war.

„Das nimmt kein gutes Ende, Herr Leutnant", sagte sie zu ihm, so oft er in den Stall kam. „Die Katzen gehen von mir fort. Ich kann gar nicht sagen, wie mich das schmerzt."

„Mir aber kommt es vor, als ob sie mir noch geradeso vor den Füßen herumsprängen wie immer", entgegnete der Leutnant.

„Wenn es noch dreizehn sind, will das viel heißen", erwiderte die Magd. „Ich möchte nicht in dessen Haut stecken, der sie auf dem Gewissen hat. Und das schlimmste ist, daß ganz gewiß der Hof darunter leiden wird."

Nun war Leutnant Lagerlöf damals ein junger kräftiger Mann und ein eifriger Landwirt. Er hatte große Pläne mit Mårbacka vor. Der Hof war zwar nicht besonders groß, aber er hatte guten Boden, das wußte Leutnant Lagerlöf, und die Äcker lagen nebeneinander eben und steinfrei da. Seine Schuld sollte es also nicht sein, wenn sein Hof nicht einer der hervorragendsten im ganzen Frykental wurde.

Er hatte auch Geld, mit dem er sich regen konnte, denn sein Schwiegervater, der Grubenbesitzer Wallroth in Filipstadt war ein vermögender Mann. Es freute ihn, daß sein Schwiegersohn so tüchtig und strebsam war, und so unterstützte er ihn in allen seinen Bestrebungen.

Der Leutnant gab sich also alle Mühe, auf seinem Hofe eine richtige Wechselwirtschaft einzuführen. Er grub klaftertiefe Deiche und baute Klee und Timotheegras auf die Triften, damit diese in Zukunft nicht nur Wiesenblumen trügen. Er kaufte eine Dreschmaschine, so daß man nicht mehr den ganzen Winter in der Scheune zu stehen und mit dem Dreschflegel dreinzuschlagen brauchte. Er verschaffte sich auch eine große Viehsorte aus den Herrenhöfen unten bei Näset, ließ die Kühe nicht mehr in den Wald laufen und vom Frühjahr bis zum Herbst Hunger leiden, sondern gab ihnen eine gute Weide auf offenem Feld.

Alles, was er nur ausfindig machen konnte, den Hof emporzubringen, setzte Leutnant Lagerlöf in Gang. Er stand in steten Unterhandlungen mit den Bauern auf der westlichen Talseite, um ihnen Land abzukaufen und so sein Eigentum zu arrondieren. Er baute und sorgte für seine Arbeiter, damit sie ordentliche Wohnhäuser mit Nebengebäuden und einem Stück Land dazu bekamen, und auch eine Kuh und ein Schwein halten konnten.

Und er schaffte auch nicht vergebens. Nach wenigen Jahren gab der Hof alles zurück, was er hineingesteckt hatte. Schon nach kurzer Zeit wußte Leutnant Lagerlöf nicht mehr, wo er den Winter über all sein Heu unterbringen sollte. Als er Erbsen baute, erntete er zwanzig Tonnen statt der einen, die er ausgesät hatte, und als er Rüben steckte, kam ein solcher Gottessegen aus dem Erdboden heraus, daß seine eigenen Leute nicht ausreichten, ihn zu bergen und er den Nachbarn sagen lassen mußte, sie sollten mit Pferd und Wagen kommen und sich so viel Rüben holen, wie sie unterbringen könnten.

Aber etwas stand ihm bei der Arbeit für die Verbesserung seines Hofes doch sehr im Wege: das war das Flüßchen Ämt, das in vielen schönen Windungen und Kehren in den Talgrund hinabfloß, wo die Äcker des Leutnants lagen. Für gewöhnlich war dieser Fluß nicht größer als ein Waldbach, aber nach jedem starken Regenguß trat er über seine Ufer und verwandelte die Kleeäcker und Haferfelder in kleine Seen.

Der Leutnant gönnte sich keine Ruhe, bevor er nicht mit dem Flüßchen fertig geworden war. So weit es durch sein Eigentum lief, grub er ihm ein gerades und tiefes Bett, in dem es nun ruhig dahinfloß. Aber an diesem Vorgehen erlebte er nicht viel Freude. Die Bauern, die unterhalb Mårbackas saßen, ließen den Fluß auch ferner in dem alten gewundenen und seichten Bette fließen, in dem das Wasser kaum in Bewegung kam, und wenn es stark geregnet hatte, stieg er unentwegt über seine Ufer, bei dem Leutnant so gut wie bei den Bauern.

Aber dieser Zustand war dem Leutnant geradezu unerträglich. Was hatte denn alles Arbeiten für einen Wert, wenn der Ämt jeden Augenblick seinen Heuschober und seine Roggengarben fortschwemmen konnte? Nein, ehe er nicht Herr über den Fluß geworden war, konnte er sein Eigentum unmöglich auf die erstrebte Höhe bringen, das war dem Leutnant vollständig klar.

Er redete mit den Nachbarn, und diese schienen einer ordentlichen Ausgrabung des Flußbettes nicht abgeneigt. Ein Landmesser wurde zugezogen, der Zeichnung und Kostenanschlag machte, und als alles fertig vorbereitet war, wurden alle, die an der Sache beteiligt waren, zu einer Abstimmung aufs Rathaus berufen.

Viele Hindernisse und Bedenken waren zu überwinden gewesen, ehe die Angelegenheit so weit gediehen war, und an dem Morgen, als der Leutnant zur Abstimmung fuhr, war er von Herzen froh, denn nun schien die Hauptarbeit getan.

Aber siehe, als er sich in den Wagen setzte, hockte eine der roten Stallkatzen mitten auf dem Sitz und starrte ihn schweigend an.

Das war nun nichts Merkwürdiges, denn alle die Stallkatzen fuhren für ihr Leben gern in einem Wagen. Britta Lambert pflegte sie von klein auf in ihre Schubkarre zu setzen und sie zu schieben; auf diese Weise waren die roten Katzen geradeso aufs Fahren erpicht wie alle kleinen Kinder, und so sprangen sie ohne weiteres auf alle Arbeitswagen hinauf. Aber in die herrschaftlichen Wagen hatten sie sich doch noch nie gewagt.

„So so, du willst auch mit zur Abstimmung", sagte der Leutnant zu der Katze und warf sie aus dem Wagen hinaus. Sie geruhte auch, sich zu entfernen, aber vorher warf sie dem Leutnant noch einen Blick zu, einen sehr klugen, boshaften Blick, bei dem ihm ganz unbehaglich zumute ward.

Ehe der Leutnant auf die Straße kam, mußte er durch drei Gattertore fahren, und an jenem Morgen saß auf jedem Türpfosten eine der rotgestreiften Katzen. Auch das war nichts besonders Merkwürdiges, denn die Katzen saßen mit Vorliebe auf den Pfosten, um sich zu sonnen und auf alles, was sich unten auf der Wiese bewegte, aufzupassen. Aber der Leutnant hatte das Gefühl, als hätten alle Katzen an diesem Tage ein ganz besonderes Aussehen. Sie blickten ihn so höhnisch und boshaft an, als ob sie besser als er selbst wüßten, wie seine Reise ablaufen würde. Er fing fast an zu glauben, Britta Lambert habe recht, und es seien Zwerge und Kobolde, die Katzengestalt angenommen hätten.

Es gilt ja nicht als gutes Zeichen, so vielen Katzen zu begegnen, wenn man eine Reise antritt, aber der Leutnant spuckte dreimal vor jeder Katze aus, wie seine Mutter ihn gelehrt hatte, und dann dachte er während der Fahrt nicht mehr an die rotgestreiften Tiere. Er überlegte noch einmal den Plan der Ausgrabung des Flusses und die Art, wie er ihn darlegen wollte, damit er allen recht deutlich und einleuchtend vorkäme.

Als er in die Ratsstube trat, mußte er indes unwillkürlich an die Katzen denken. Denn dort schlug ihm eine Atmosphäre von Bedenklichkeit und Vorsicht entgegen. Alle Bauern saßen mit unbeweglichen, gleichsam verschlossenen Gesichtern da.

Nun wurde er mißtrauisch: die hier saßen, waren wohl anderen Sinnes geworden — und so war es auch. Alle seine Vorstellungen wurden zurückgewiesen.

„O ja, diese Ausgrabungen würden recht nützlich für Mårbacka sein, das verstehen wir sehr gut," sagten sie, „aber uns ist das ganz gleichgültig."

Eine andre Antwort war nicht aus ihnen herauszubringen.

Als Leutnant Lagerlöf von der Abstimmung zurückkehrte, war er ganz mutlos. Nun war diese Sache für lange Zeit abgetan, und der Fluß konnte weiterhin sein Unwesen treiben. Wenn eine fremde Viehherde auf seine Felder kam, so konnte er sie hinausjagen, aber das Flußwasser sollte die Freiheit haben, ihn zu schädigen und sein Eigentum zu zerstören!

Wie er so dasaß und über seine fehlgeschlagenen Hoffnungen grübelte, fuhr er plötzlich in die Höhe und ging in die Gesindestube zu Klein-Bengt.

„Ich habe das mit dem Fluß nicht durchgesetzt, Bengt", sagte er.

„Das ist schade, Herr Leutnant", entgegnete der Alte. „Der Herr Regimentsschreiber sagte immer, der Hof wäre doppelt so viel wert, wenn man Herr über den Ämt würde."

„Hör' mal Bengt", sagte der Leutnant, und seine Stimme sank zu einem Flüstern herab, „jetzt sind gewiß nicht mehr viele Katzen im Stall übrig. Es wäre vielleicht am besten, wir ließen Britta die behalten, die noch da sind."

„Wie der Herr Leutnant befehlen", erwiderte Klein-Bengt.

Der Leutnant dämpfte seine Stimme noch mehr, wie wenn er fürchtete, die alten Wände der Gesindestube könnten hören, was er sagte.

„Wo hast du sie denn immer ertränkt, Bengt?"

„Ich bin mit ihnen an den Fluß", antwortete Klein-Bengt, „denn ich hatte Angst, sie könnten wieder an die Oberfläche kommen und gesehen werden, wenn ich sie hier im Ententeich ersäufte."

„Soso, im Fluß", sagte der Leutnant, „ja, das hab' ich mir gedacht." Er überlegte eine gute Weile, dann brach er in die Worte aus: „Ja ja, es gibt viel Sonderbares auf der Welt!"

„Ei freilich, das ist sicher, Herr Leutnant", stimmte der Alte bei.

Solange er lebte, mußte Leutnant Lagerlöf dulden, daß der Fluß mit seinen schönen Feldern umsprang, wie es ihm behagte. Jedes Jahr mußte der Herr von Mårbacka zusehen, wie das Wasser über die Ufer stieg und sich in einer Reihe von Seen von Mårbacka aus durch das ganze Tal hinunter ausbreitete.

Und so oft der Leutnant dies sah, fing er an, von den roten Katzen zu reden, die auf den Türpfosten gesessen hatten, als er zur Abstimmung fahren wollte. Wäre es möglich, daß sie wußten, wie es ihm an jenem Tage ergehen würde? Und konnte es wahr sein, daß bestraft wird, wer sich an Katzen vergreift? Darüber mußte er immer wieder grübeln, so alt er auch wurde.

Der neue Stall

Leutnant Lagerlöf genügte es nicht, Mårbacka zu einem fruchtbaren und wohlbestellten Hofe zu machen, er wollte auch, daß es ein schöner, stattlicher Sitz wurde mit großen Gartenanlagen rings um das Wohnhaus her.

Aber nun lag der alte, häßliche Kuhstall mit seinem eingesunkenen Strohdach, seinen kleinen Fensteröffnungen und seinen grauen Bretterwänden auf der andern Seite des Hofes, dem Hauptgebäude gerade gegenüber. Es stand zwar eine Reihe hundertjähriger Ahornbäume mit flechtenbedeckten Stämmen und reichen Laubkronen vor dem Stall und verbarg ihn, so daß der Hof immerhin nicht gar zu schlimm aussah; aber der Leutnant meinte, Mårbacka würde nie den Anstrich eines Herrenhofes bekommen, solange der Viehstall dort stehe.

In den ersten Jahren, in denen er in Mårbacka wohnte, hatte er aber alle Hände voll zu tun mit Feldarbeiten, und so reifte erst nach der Reise nach Strömstadt und nach dem Tode der alten Frau Lagerlöf der Plan in ihm, einen neuen Stall zu bauen, denn das mußte geschehen, bevor er den alten niederreißen lassen konnte.

Damit der Stall so wenig wie möglich vom Wohnhause aus gesehen werden könne, beschloß er, ihn unten bei den ebenen Äckern dicht unterhalb des Sandhügels zu bauen, wo auch alle die andern Wirtschaftsgebäude von Mårbacka standen. Aber was für ein Gejammer gab es doch unter dem weiblichen Gesinde, als es von diesem Plane hörte! Einen so weiten Weg sollte man künftig gehen, um nach den Kühen im Stall zu sehen! Und man solle doch bedenken, welche Mühe es für die beiden Stallmägde sein würde, dreimal am Tage die Milch den steilen Abhang hinauf in die Milchkammer zu tragen! Von alledem wollte der Leutnant indes nichts hören. Er wollte sämtliche Nebengebäude, auch die Milchkammer, den Abhang hinunter verlegen, und wenn dann dort alles beisammen läge, würde es eine ungeheure Entlastung für das Gesinde wie für das Vieh sein.

Aber obwohl der Viehstall abseits stehen würde, sollte er doch stattlicher werden als irgendein Kuhstall im ganzen Bezirk. In Kreuzform sollte er errichtet werden mit Backsteinmauern bis unters Dach und geräumig genug für fünfzig Kühe. Es fehlte nur das Gewölbe, sonst würde der Stall aussehen wie eine Kirche.

Der Leutnant besprach seine Baupläne mit seinem Schwiegervater; der Grubenbesitzer Wallroth kannte auch den alten Stall zur Genüge und begriff deshalb sehr gut, daß man ihn gern durch einen neuen ersetzen wollte. Er rückte daher mit einer beträchtlichen Geldsumme für den Bau heraus. Darauf begann der Leutnant seine Vorbereitungen. Einige Winter lang brach er am Åsberg die Steine aus, die er zur Untermauerung brauchte. Einige Sommer lang stand ein Lehmkran neben dem Ententeich in Mårbacka, und die Arbeiter formten Backsteine, die in der Sonne trocknen mußten, bis sie fest und hart wurden. Einige Jahre lang schickte er im Herbst seine Leute hinaus und ließ in seinem Walde Holz schlagen, damit er genug Querbalken und Dachstuhlgerüste bekam.

Schließlich war der Leutnant so weit, daß er den Bauplatz abstecken und ausschachten lassen konnte. Das war ein großer Augenblick für ihn, als die Bauarbeiter zum ersten Spatenstich ansetzten, um die oberste Erdschicht abzuheben.

Man begann mit dem Graben und der Untermauerung auf der Ostseite, die dem Hof am nächsten lag. Alles ging hier vortrefflich. Der Boden war fest, und die Grundsteine blieben liegen, wo man sie hinlegte.

Als der Grund auf der Ostseite und der westlichen Giebelwand gelegt war, fing man an, auch die westliche Langseite, die den Feldern zunächst lag, zu untermauern. Und nun kam die große Enttäuschung. Sowie die oberste Erdschicht abgehoben war, stieß man auf weichen, lockeren Ton, in dem kein Grundstein liegen blieb. Alle miteinander sanken in die Tiefe und verschwanden.

Es war ein großer Fehler gewesen, daß der Leutnant den Boden nicht auch auf dieser Seite hatte untersuchen lassen, ehe er den Bau begann. Nun, da der Grund auf einer Seite schon gelegt war, glaubte er auf dem einmal ausgewählten Platze weiterbauen zu müssen. Ein alter Maurer riet ihm zwar, das Haus weiter den Hügel hinauf zu verlegen, denn mit dem Lehm sich zu befassen, wäre nicht ratsam; aber der Leutnant wollte davon nichts wissen. Es müßten doch Mittel und Wege gefunden werden, auch in Lehmboden zu bauen. Einmal müßte man doch auch darin auf den Grund kommen, und es seien genug Steine zum Aufschütten vorhanden.

So wurde eine Steinlast nach der andern in den Lehmboden versenkt, und bald war ein breiter Steindamm vorhanden, der nun fest und ruhig lag, und auf den man es wagen konnte, die Grundsteine zu legen. Aber dann kamen einige starke Regengüsse, und alsbald zeigten sich Sprünge und Risse in dem Steindamm. Am andern Morgen hatte er sich teilweise gesenkt, und nach ein paar Tagen war er ganz verschwunden.

Nun rieten die Maurer und andre Leute dem Leutnant, den Stall zu verlegen, aber er wollte nicht nachgeben; es steckte nun schon eine so große Masse Arbeit in diesem Platze, und es mußte ganz von neuem begonnen werden, wenn der Bau verlegt wurde. Außerdem wollte es Leutnant Lagerlöf nun einmal durchsetzen, daß der Stall an der Stelle liegen sollte, die er dafür bestimmt hatte. Er wußte keinen anderen Platz, an dem der Stall so verborgen und doch so bequem bei der Hand sein würde.

Nun mußte er sich auch den ganzen Sommer daranhalten und Steine in den Lehmboden versenken, aber als der Herbst kam, konnte man immer noch nicht damit rechnen, daß der Untergrund halten würde. So beschloß man, mit der Aufmauerung bis zum nächsten Jahre zu warten, damit man sehen könne, wie der Lehm sich nach Beginn der Schneeschmelze weiter verhalten würde.

Im Frühjahr, sobald der Schnee auf den Wiesen geschmolzen war, ging der Leutnant nach seinem Bauplatz, um nach seiner Mauer zu sehen. Vorläufig stand sie noch fest und ohne Risse, aber der Boden war ja auch noch nicht völlig aufgetaut.

Jeden Tag, ja oft mehrmals am Tage ging Leutnant Lagerlöf hinunter. Die Mauer stand fest. Endlich meinte man auch, der Boden sei nun völlig aufgetaut. Die Grundmauer stand noch immer unbeweglich fest, und so wagte der Leutnant dem Maurermeister und seinen Gesellen seinen Gruß zu entbieten, und sie möchten wieder mit der Arbeit beginnen.

Sie kamen und fingen an, die Hausmauern an der Ost- und Nordseite zu errichten, damit der unsichere Boden auf der Westseite noch länger Zeit hätte, sich zu setzen.

Im Hochsommer begann man auch auf der gefährlichen Seite zu mauern, und alles schien gut zu gehen. Mitte Juli war man allmählich bis zur Mauerkrönung vorgerückt, denn Maurer sind ja emsige Leute, aber da bemerkte man plötzlich Risse an den Wänden. Und mit einem Male begann sich der ganze Bau zu senken. Nun mußte man in aller Eile die Mauern wieder abbauen, bis die Senkung zum Stillstand kam.

Gerade als man mit dem Mauern aufhören mußte, war auch die Geldsumme verbraucht, die der Schwiegervater zu dem Stallbau bewilligt hatte. Aber Wallroth war ja ein freigebiger und verständiger Mann; hätte nun der Leutnant ein paar Tage früher geschrieben und ihm erklärt, warum der Bau teurer wurde, als veranschlagt worden war, und hätte er da um weitere Hilfe zur Fertigstellung gebeten, so wäre sie ihm gewiß gewährt worden. Aber jetzt, nach der abermaligen Senkung, zögerte der Leutnant, an den Schwiegervater zu schreiben. Er mußte ja jetzt zugeben, daß der Stall weder Dach noch Fußboden hatte; nicht einmal die Wände waren fertig und man mußte sogar die Untermauerungsarbeiten ganz neu beginnen.

Der Schwiegervater würde gewiß denken, er habe seine Sache verkehrt angefangen, und deshalb alles Vertrauen zu ihm verlieren.

Der Leutnant hatte eigentlich die größte Lust, den ganzen Bau aufzugeben. Aber das war ihm auch zuwider. Alle seine Pläne wurden vereitelt. Außerdem war der Zustand des alten Stalles ganz hoffnungslos.

Schon viel früher hätte der Neubau an eine andre Stelle verlegt werden müssen. Sollte er das jetzt tun, wo die Mauern halb fertig waren? Da handelte es sich nun in erster Linie darum, was am meisten kostete: am alten Platze fortfahren oder den Bau verlegen.

In Ost-Ämtervik ist ein kleines Hammerwerk, Gårdsjö, das nur etwa eine halbe Meile von Mårbacka entfernt liegt. Dort wohnte damals der Hüttenbesitzer Karl Wallroth, ein Bruder von Frau Lagerlöf, ein kluger und vorsichtiger Mann, den Leutnant Lagerlöf höher schätzte als sonst jemand auf der Welt. Zu ihm fuhr er auch jetzt, um ihm seine Not zu klagen und seinen Rat zu erbitten.

Der Hüttenbesitzer riet ihm aufs bestimmteste, sich die ganze Sache aus dem Sinn zu schlagen.

„Du tust nicht klug daran, Vater für diese Bauerei um noch mehr Geld zu bitten“, sagte er. „Er hilft ja wohl gern, aber er will auch sehen, daß sein Geld gut angewendet wird. Ich würde dir auch nicht raten, Geld aufzunehmen, um deinen Stall fertig zu bauen, denn man kann ja gar nicht wissen, wie oft man das Haus noch neu aufmauern muß. Du kannst ja noch zum Bettler daran werden.“

Hierauf saß der Leutnant noch den ganzen Abend in Gårdsjö und plauderte mit Schwager und Schwägerin. Er durfte unter keinen Umständen vor dem Abendbrot heimfahren. Er gab sich auch alle Mühe, zu sein wie immer und Schwager und Schwägerin mit lustigen Reden zu unterhalten, aber im Innern fühlte er sich wie zerschlagen. Er sah wohl ein, daß sein Schwager recht hatte, und war ihm auch gar nicht böse; aber für sein Selbstgefühl war es doch eine entsetzliche Niederlage, nicht einmal einen angefangenen Stall fertig bauen zu können.

Auf dem Heimweg kamen sonderbare, düstere Gedanken über ihn. War er vielleicht einer jener Menschen, die in allem Pech haben, was sie auch anfassen?

Früher hatte er sich für ein Schoßkind des Glücks gehalten. Das war damals gewesen, als er sich seine Frau geholt und Mårbacka in Besitz genommen hatte. Seither aber hatte er viel Unglück gehabt.

Er hatte seinen Abschied vom Militär genommen, nur um eines Rüffels willen, den er wegen eines versäumten Grußes von seinem Vorgesetzten erhalten hatte. Das war eine Übereilung gewesen, aber darüber grämte er sich nicht. Was ihn jedoch sehr verdroß, war, daß man ihn nicht wie seinen Vater zum Regimentsschreiber gemacht hatte.

Statt dessen hatte man das Amt unter vier Schreiber verteilt. Einen Teil davon hatte er erhalten, das war indes nur eine unbedeutende Arbeit und ein ebenso unbedeutendes Gehalt.

Dann kam der Versuch, den Ämt zu regulieren, aber auch das war ihm mißlungen.

Halbwegs zwischen Mårbacka und Gårdsjö lag die „Åsquelle", eine alte Badeanstalt, die er zu modernisieren unternommen hatte. Er hatte ein neues Badehaus gebaut, hatte Badepersonal angestellt und gehofft, die Kranken würden in Scharen herbeiströmen; aber auch das schlug fehl. Der eine oder andre Sieche kam wohl an, aber es lohnte sich kaum, die Badeanstalt offen zu halten.

Und nun mißglückte ihm auch noch sein großer Bauplan. Irgendwie mußte der Fehler an ihm liegen. Er war weniger tüchtig als andre. Für ihn war es das beste, sich still zu verhalten, von seinen Plänen abzustehen, in seinem Schaukelstuhle zu sitzen, die Zeitung zu lesen und alles seinen gewohnten Gang gehen zu lassen.

Als er endlich heimkam, saß seine Frau auf der Veranda und wartete auf ihn.

Sie glich ihrem Bruder in Gårdsjö. Es war dasselbe kluge Gesicht, derselbe helle Kopf, dasselbe ernsthafte Wesen, dieselbe Arbeitslust, dieselbe Gleichgültigkeit gegen Vergnügungen und dieselbe Abneigung gegen alles Unsichere und Abenteuerliche.

Der Leutnant liebte sie und hatte außerdem vor ihr ebenso große Achtung wie vor ihrem Bruder. Aber am heutigen Abend wäre es ihm lieber gewesen, sie wäre nicht aufgeblieben, um ihn zu erwarten. Sie stand ja in dieser Sache ebensowenig auf seiner Seite wie ihr Bruder.

„Was meinte Kalle?“ fragte Frau Lagerlöf, als sie zusammen ins Schlafzimmer gingen.

„Er meinte, gerade wie du und ihr alle, ich solle die Arbeit ruhen lassen“, sagte der Leutnant.

Frau Lagerlöf erwiderte nichts. Sie hatte sich an ihren gewohnten Platz am Nähtisch gesetzt und blickte hinaus in die helle Sommernacht, ohne daran zu denken, sich auszukleiden.

Der Leutnant hatte seinen Rock abgeworfen.

„Willst du nicht zu Bett gehen?“ fragte er. Und man hörte dem Tonfall seiner Stimme wohl an, wie gereizt und verstimmt er war.

„Ich meine“, sagte seine Frau leise und tonlos und sah geradeaus in die Nacht hinaus, „du solltest den Bau zu Ende führen.“

„Was sagst du?“ versetzte der Leutnant ungeduldig. Er hatte wohl gehört, was sie sagte, konnte es indes nur für ein Mißverständnis halten.

„Ich meine“, sagte sie noch einmal, „du solltest den Bau fertigstellen.“

„Sprichst du von dem Stall?“ fragte der Leutnant und trat auf sie zu. Ihre Worte hatten eine schwache Hoffnung in ihm erweckt, aber er wußte nicht, ob er sie recht verstanden habe.

Ach, Frau Lagerlöf hatte den ganzen Abend über diese Frage nachgedacht. Sie hatte sich gesagt, daß ihrem Manne nicht noch ein weiteres Vorhaben vereitelt werden dürfe. Das würde er nicht ertragen können. Es wäre ja vielleicht klüger, den Bau liegen zu lassen, aber das würde er sich zu sehr zu Herzen nehmen. Ihr Vater und ihr Bruder konnten das nicht verstehen, aber sie, seine Frau, wußte es.

In dem Herzen ihres Mannes, den sie liebte, zu lesen, war für Frau Lagerlöf ebenso leicht wie in einem Buche zu lesen; aber ihre eigenen Gedanken in Augenblicken der Erregung auszusprechen, war ihr ebenso unmöglich wie Hebräisch zu reden.

„Ich bin nicht derselben Ansicht wie Kalle“, bemerkte sie, und dann schwieg sie.

„Aber was willst du, wovon sprichst du überhaupt?“ erwiderte der Leutnant, und er bebte vor Ungeduld. Er wagte noch nicht zu glauben, daß sie anderen Sinnes geworden und auf seine Seite übergegangen sei.

„Ich bin andrer Ansicht als Kalle“, wiederholte sie. „Ich meine, du solltest den Stall fertig bauen, und er soll da stehen, wo du ihn gern haben willst. Und ich meine, wir sollten eine Hypothek auf unser Gut aufnehmen, so daß wir uns selbst helfen können und meinen Vater nicht um weitere Summen bitten müssen.“

Nun verstand der Leutnant. Und in seinem Herzen wurde es hell. Wenn seine Frau wollte wie er, dann gab es keine Schwierigkeiten mehr. Dann war der Grund fest, und die Mauern stiegen empor.

„Gott segne dich für dieses Wort, Luise!“ sagte er.

Nach dieser Unterredung schien es, als schlössen sich die beiden mit noch größerer Liebe aneinander an. Und in allem, was den Stallbau betraf, wurde die Hausfrau von nun an um Rat gefragt.

Als dann endlich die Türen des neuen Stalles weit offenstanden und die Kühe feierlich eine nach der andern hineingeführt und angebunden wurden, als Hühner und Gänse und Truthühner und Enten in ihre Käfige und die Kälber in ihre Verschläge gebracht waren, als das Licht durch hohe Fenster hereinschien und Herr und Frau Lagerlöf selbst auf glatten, reinlichen Gängen schreiten konnten, da fühlten sie, hier war eine gute Arbeit getan, und sie freuten sich, daß sie beide Anteil daran hatten.

Der Garten

Mamsell Lovisa Lagerlöf liebte und bewunderte ihren Bruder, den Leutnant, das war eine ausgemachte Sache; aber sie begriff nicht, warum er so viele Veränderungen und neumodische Dinge einführte. Sie meinte, Mårbacka hätte so bleiben können, wie es zur Zeit ihrer Eltern gewesen war.

Und was ihr am wenigsten einleuchtete, das waren die Gartenanlagen, die er rings um das Wohnhaus herumführen wollte.

Sie war ganz bekümmert gewesen, als er den Ämt tiefer graben wollte, und fühlte sich höchlich erleichtert, als nichts daraus wurde. Es war ja so hübsch, wenn das Flüßchen über seine Ufer trat und drunten auf den Wiesen eine ganze Anzahl Seen bildete.

Und sie jammerte, als ihr Bruder die Blumen von den alten Wiesen verschwinden ließ. Das war eine richtige Augenweide gewesen, wenn die eine voll Wucherblumen stand, die zweite violett schimmerte von lauter Stiefmütterchen und die dritte gelb von Butterblumen.

Daß die Kühe nicht mehr im Walde weiden durften, das war ein wirkliches Unglück, denn eines wußte jedermann: solch dicken Rahm und so goldgelbe Butter, wie die Kühe sie bei der Waldweide lieferten, bekam man nie, wenn das Vieh drunten auf den Wiesen zur Weide ging.

Zur Zeit ihres Vaters und gewiß viele hundert Jahre vor ihm war es Brauch gewesen, den jungen Wald zu schlagen, ihn liegen zu lassen, bis er genügend ausgetrocknet war, und ihn dann zu verbrennen; dann hatte man im ersten Jahr Roggen in die Asche gesät, und später war eine Fülle von Erdbeeren und Himbeeren auf so einem abgebrannten Feld gewachsen.

Mamsell Lovisa nahm es daher sehr übel auf, als sie merkte, daß ihr Bruder solche Schläge nicht mehr verbrennen ließ.

„Denk' an mich!" warnte sie ihn. „Bald wird es mit allen Beeren im Walde aus sein. Wo sollen sie denn wachsen, wenn der Wald nicht mehr abgebrannt wird? Wohin sollte es führen, wenn es jedermann so machen wollte wie du? Dann werden wir auch an den Sommerabenden die Freude nicht mehr haben, die hübschen Feuer rundum im Bergwald brennen zu sehen."

Und der neue Stall war auch nicht nach ihrem Sinn. Sie verstehe ja nicht viel davon, meinte sie, aber das habe sie immer gehört, in einem Stall mit Steinwänden sei kein Gedeihen. Und dann war sie entsetzlich böse gewesen, als ihr Bruder sich in den Gedanken verrannt hatte.

Als aber der Leutnant mit seinem neuen Stall fertig und der alte eingerissen war und er dann von dem neuen Garten sprach, den er anlegen wollte, da geriet Mamsell Lovisa ganz außer sich.

„Ich hoffe, du weißt, was du tust", sagte sie. „Ein großer Garten erfordert viel Pflege. Da kannst du dir nun auch gleich einen Gärtner halten. Wenn ein Garten nicht gut gehalten und gepflegt wird, wäre es besser, man hätte gar keinen."

Dem Leutnant gingen ihre Warnungen zu einem Ohr hinein und zum andern wieder hinaus. Im Herbst ließ er zuerst alle die weißen Lattenzäune, die noch von Pastor Wennerviks Zeit dastanden, herausziehen, nicht nur die um den Küchengarten und das Rosenbeet, sondern auch die um den vorderen und hinteren Hof.

„Ja, nun ist's aus mit allem Behagen hier", sagte Mamsell Lovisa. „Wie sicher fühlte man sich doch immer, wenn man hinter den vielen weißen Zäunen war! Und wie lustig war es für die Kinder, wenn sie den ankommenden Besuchern eiligst die Zauntüren öffnen konnten!"

„Genau so vergnüglich wie für den, der immer dieses ganze Zaunwerk instand halten mußte", erwiderte Leutnant Lagerlöf.

Und wie er angefangen hatte, so fuhr er fort. Als die Zäune weg waren, ließ er den alten Küchengarten und das Rosengärtchen sowie den zertrampelten Grasplatz und den Ort, wo der alte Stall gestanden hatte, mitsamt dem Viehanger umpflügen, damit der ganze Platz frei und offen daliege, wenn im Frühjahr die Gartenanlagen begännen.

„Denkst du wirklich daran, die Küchenbeete zu verlegen?“ fragte Mamsell Lovisa. „Ich verstehe ja nichts davon, aber ich habe doch immer sagen hören, so lange die Apfelbäume zwischen den Kräuterbeeten stünden, trügen sie sehr gut; setze man sie aber in Wiesen, dann könne man sehen, woher man Obst bekomme.“

„Mein liebes Lovischen“, entgegnete der Leutnant, „ich glaubte, du würdest dich freuen einen schönen Garten zu bekommen.“

„Freuen?“ rief Mamsell Lovisa. „Soll ich mich darüber freuen, wenn du alles Alte zerstörst? Bald weiß man ja auf Mårbacka nicht mehr ein noch aus.“

Dem Leutnant kam die Schwester in dieser Sache ganz entsetzlich widerspenstig vor, und er verwunderte sich um so mehr darüber, als sie immer eine so große Blumenfreundin gewesen war und im Hause eine Menge Topfpflanzen pflegte. Aber er wollte sich nicht mit ihr zanken, denn kurz zuvor war ihre Verlobung zurückgegangen, und sie hatte den Schmerz darüber noch nicht verwunden. Tagelang lief sie im Küchenzimmer hin und her, und er hörte ihre ruhelosen Schritte bis in den Saal, wo er las. Er sah auch wohl ein, daß sie nur deshalb so verstimmt war, weil sie sich selbst noch nicht wieder in der Gewalt hatte. Er glaubte fast, es sei ein gutes Zeichen, daß sie überhaupt wieder für etwas Sinn hatte, außer für ihr Unglück. Es war besser, sie mißbilligte seine Gartenanlagen, als sie grübelte darüber nach, ob sie ihre Verlobung voreilig rückgängig gemacht habe, oder ob ihr Verlobter ihrer überdrüssig geworden sei, weil sie

Preißelbeerzweige in Kajsa Nilstochters Brautkrone geflochten hatte.

Damals lebte im Frykental ein alter Gärtnermeister, der in seiner Jugend die Gärten auf mehreren großen Höfen angelegt hatte. Jetzt auf seine alten Tage arbeitete er eigentlich nicht mehr für andre, aber er galt in Gartenangelegenheiten als richtiges Orakel, und sobald irgend jemand einen Garten anlegen wollte, beeilte man sich, seine Hilfe zu erbitten.

So hatte ihn auch der Leutnant gebeten, nach Mårbacka zu kommen, und im Frühjahr, sobald der Boden völlig aufgetaut war, erschien der alte Mann mit seinen Plänen und Zeichnungen. Er bekam einen ganzen Stab Arbeiter, denen er Anweisungen geben sollte. Ein ganzer Haufen Buschwerk und Bäume, die man beim Gartenbauverein in Göteborg bestellt hatte, war schon angekommen, und die Arbeiten begannen.

Als der Boden ganz eingeebnet war, gingen der Leutnant und der Gärtnermeister den ganzen Tag umher und steckten Wege und Grasplätze ab.

Der Gärtnermeister erklärte dem Leutnant, der strenge französische Stil sei nicht mehr Mode; jetzt sollten alle Wege gewunden und alle Grasmatten und Blumenbeete in leicht abgerundeten Formen gehalten sein. Und was er sich für Mårbacka ausgedacht hatte, das nannte er englischen Stil. Der Leutnant aber hatte den Verdacht, es sei des alten Mannes persönlicher Stil und keineswegs ausländischen Ursprungs.

In der Mitte des Gartens wurde ein großer runder Grasplatz angelegt, auf dem rechts ein eirundes Boskett, links ein ebensolches in Form eines Füllhorns gepflanzt ward. Ganz in die Mitte kam eine Traueresche, gegen die Veranda hin wurde ein Blumenbeet in Gestalt eines Sterns ausgesteckt, und ringsum, gleichsam als Wache, wurden vier Rosenbäumchen auf kleine Rondellchen gestellt.

Auf dem Kiesplatz vor dem Küchenfenster ward bald auch ein großes Dreieck abgestochen, das mit Buschrosen aus dem alten Rosengärtchen gefüllt wurde. Rosen konnte man ja nie zuviel haben. An die Langseite des Wohnhauses kam eine Hecke von niedrigen Rosen, und zwei großen Büschen weißer Dornrosen gab man Ehrenplätze vor dem Schlafzimmerfenster und dem Salon.

Den Leutnant freute diese Arbeit über die Maßen, er war den ganzen Tag mit dem Gärtnermeister draußen, und auch Frau Lagerlöf stahl sich stundenlang von ihrem Nähtisch fort, um sich anzusehen, was gemacht wurde. Aber Mamsell Lovisa verließ ihr Zimmer nicht. Diese fröhliche Frühlingsarbeit erhöhte nur ihre Verstimmung. Der alte, zertretene Grasplatz mit den paar Schneebeerenbüschen vor den Küchenfenstern wäre ihr lieber gewesen. Diese Neuerungen waren doch ganz unnötig.

Allerdings, das wußte sie, es war ganz einerlei, was sie dachte oder sagte, aber es hatte sich doch auch vorher auf Mårbacka leben lassen. Diese neuen Geschichten würden nur Arbeit und Mühe und große Kosten verursachen.

Aber was sie auch denken oder sagen mochte, die Arbeiten schritten voran. Vor den Pferdestall setzte der Gärtner einen Syringenbusch, vor den Flügel eine Hecke von Spiräen, und an die Nord-, West- und Ostseite des Wohnhauses wieder eine Syringenhecke.

Dann machten sich der Leutnant und der Gärtner an Pastor Wennerviks alten Obstgarten. Die guten Apfelbäume blieben auf ihrem Platz, aber der Boden darunter wurde nach des alten Mannes englischem Stil in gewundenen Sandwegen und Grasrabatten mit runden oder dreieckigen oder eirunden Beeten verziert, in die man lauter Gewächse setzte, die jedes Jahr wiederkamen. Da faßte gelber Goldlack violette Schwertlilien ein, goldne Kaiserkronen bekamen eine Umrandung von dunkelblauem Ysop, und um rote Studentennelken schlang sich ein Kranz von hellrosa Tausendschönchen.

Blumenbeete umgaben das ganze Wohnhaus. Weiter entfernt, auf der nördlichen und südlichen Seite des Gartens, wurde ein Platz für Stachelbeeren und Johannisbeeren, für Erdbeeren, Birnen, Pflaumen und eine Unmenge Kirschen hergerichtet. Aber am weitesten hinten nach Süden zu, ganz abgelegen und versteckt, lag der Küchengarten.

Ganz weit draußen nach Norden zu stand ein kleines Gehölz mit dünnen, dichtstehenden Birken in der Mitte und an den Seiten Ahorn- und Faulbeerbäumen. Diese zog der Gärtnermeister auch in den Bereich seiner Anlagen, um damit wenigstens die Andeutung eines Parks zu schaffen. Er durchzog das Gehölz mit einer ganzen Anzahl von schmalen, kunstvoll zugeschnittenen Kieswegen, und an drei Stellen wurden alle Bäume weggeräumt, um Platz für Bänke und Tische zu schaffen. Der vorderste dieser Plätze war länglich und auf allen Seiten mit bequemen Sitzgelegenheiten umstellt. Dort sollte die Hausfrau ihre Gäste empfangen, und darum sollte er auch die Teeecke heißen. Der andre Platz war viereckig, mit vier

Bänken und einem runden Tisch. Dieser war für den Hausherrn und seine Besuche bestimmt, und der witzige alte Gärtner nannte ihn deshalb die Punschecke. Der dritte Platz war etwas stiefmütterlich behandelt, mit nur einer schmalen Bank. Er sollte das Eigentum der Kinder sein und die Kinderecke heißen.

Alle diese Pflanzungen ließen Mamsell Lovisa gleichgültig, ja, man kann fast sagen, sie haßte und verachtete die ganze Neuschöpfung. Sie hatte noch keinen Fuß in den jungen Garten gesetzt.

Bald schon fingen lichtgrüne Keime an, aus der Erde hervorzutreiben, die neugepflanzten Büsche schlugen mit zarten, zögernden Blättchen aus, die ausdauernden Gewächse schossen auf den Beeten empor; Eichen, Kastanien und Pyramidenpappeln, die auf dem Platz des alten Kuhstalls standen, standen mit schwellenden Knospen und zeigten, daß noch Leben in ihnen war.

Aber mitten in der eifrigsten Arbeit trat eine unerwartete Störung ein. Der alte Gärtnermeister mußte für einige Tage nach Hause, um seinen eigenen Garten in Ordnung zu bringen. Das hätte an sich nichts ausgemacht, wenn er nicht gerade ein Mistbeet angelegt hätte, in dem er Astern und Levkojen für die Blumenbeete ziehen wollte.

„Wer wird das Mistbeet versorgen, solange ich weg bin?“ fragte der alte Mann. „Sie wissen ja, Herr Leutnant, daß ein Mistbeet einer pünktlichen Pflege bedarf.“

„Das tu ich selber“, sagte der Leutnant, denn er fühlte sich schon halb als Gärtnermeister, und so ließ er sich von dem Alten zeigen, wie er lüften und begießen mußte.

An dem Tag jedoch, wo der Gärtner abreiste, schien die Sonne hell und heiß, und mitten am Vormittag kam der Leutnant aufgeregt ins Haus gelaufen und fragte nach seiner Frau.

Diese war nirgends zu finden, und so stürzte er ins Küchenzimmer zu Mamsell Lovisa.

„Du mußt mit mir kommen, Lovisa, und mir bei dem Mistbeet helfen!“ rief er.

In dem Augenblick aber fiel ihm ein, daß ja Mamsell Lovisa nichts von seinem Garten wissen und auch nicht darin arbeiten wollte. Aber gesagt war gesagt, und mehr als nein sagen konnte sie auch nicht.

Aber wider Erwarten stand sie ganz eifrig auf und ging mit ihm. Kaum hatte sie einen Blick auf das Mistbeet geworfen, in dem die Pflänzchen ganz matt und welk standen, als sie ausrief: „Die Sonne ist viel zu heiß für sie. Wir müssen sie zudecken!“

Dann schaffte sie ihnen Schutz gegen die Sonne und rettete sie für dieses Mal.

Am andern Tag mußte der Leutnant zu einem Schulexamen fahren, und als er schon eine Weile unterwegs war, fiel ihm sein Mistbeet ein. Die Sonne schien ebenso stechend heiß wie am Tage zuvor; nun würden die kleinen Pflänzchen wohl vollends verdursten.

Sobald er heimkam, eilte er an das Mistbeet. Da fand er alles in bester Ordnung. Die Pflänzchen standen frisch und aufrecht da.

Aufs höchste überrascht und äußerst nachdenklich blieb der Leutnant vor dem Mistbeet stehen. Also hatte seine Schwester an die armen Pflänzchen gedacht, die er vergessen hatte! Er beschloß sofort, auch an diesem Abend zu vergessen, das Frühbeet zu begießen und zu schließen.

Eine gute Weile nach dem Abendessen fuhr er ganz bestürzt in die Höhe.

„Mein Gott, ich habe schon wieder das Mistbeet vergessen!“ rief er. „Das hätte ja schon lange zugemacht werden müssen.“

Mamsell Lovisa sagte nichts, sondern ließ ihn gehen und nachsehen. Als aber der Leutnant an das Mistbeet kam, fand er die Fenster geschlossen und die Matten aufgelegt.

Am folgenden Tage sah der Leutnant nicht einmal nach dem Mistbeet. Er hatte es ganz vergessen. Aber die Pflänzchen litten darum doch keine Not. Mamsell Lovisa sorgte für sie, lockerte die Erde, begoß und pflegte sie.

Es war ganz sonderbar. Alle außer ihr vergaßen das Mistbeet vollständig, niemand sprach davon, niemand kümmerte sich darum. Wenn sie nicht gewesen wäre, so würde alles, was darin war, zugrunde gegangen sein.

Natürlich sehnte sie sich sehr nach der Rückkehr des alten Gärtners, damit sie dieser Arbeit enthoben wäre; aber solange er fort war, mußte sie wohl für alles sorgen.

Es dauerte indes viel länger, als man gemeint hatte, bis der Gärtner wiederkam, und die Pflanzen begannen auszuwachsen. Da blieb Mamsell Lovisa nichts anderes übrig, als die Pflänzchen in die Rabatten zu setzen.

Und als sie schließlich so viel getan hatte, blieb ihr nichts anderes übrig, als weiter zu jäten und zu gießen den ganzen Sommer hindurch, bis die Levkojen und Petunien und Astern und Löwenmäulchen in voller Blüte standen.

Aber als der so sorgfältig angelegte Stern vor der Haustreppe in Mårbacka in seinem Farbenglanze prangte, war auch auf ganz wunderbare Weise der quälendste Schmerz aus Mamsell Lovisas krankem Herzen verschwunden. Die kleinen Pflänzchen hatten ihr die Pflege vergolten, die sie ihnen hatte angedeihen lassen. Sie hatten ihr einen neuen Lebensinhalt, ein neues Feld der Tätigkeit geschenkt.

Und Leutnant Lagerlöf brauchte später niemals einen Obergärtner auf Mårbacka anzustellen. Mamsell Lovisa hatte das Wennerviksche Talent geerbt, und sie übernahm die Pflege des Gartens. Die Blumen waren ihre vertrauten Freunde. Sie liebten ihre Pflegerin, wie diese sie liebte. Die Menschen wunderten sich, wie sie es machte, daß ihre Blumen blühten und glühten wie nirgends sonst im weiten Umkreis. Keiner wußte, daß sie sich ihre Farben von Mamsell Lovisas entschwundenem Glückstraum borgten.

Der Dachstuhl

Wenn Leutnant Lagerlöf mit seinen kleinen Töchtern durch den Garten oder draußen durch die Felder wanderte, pflegten sie sich oft auszumalen, wie es sein würde, sollte der König einmal nach Mårbacka kommen.

Das war zu der Zeit, als der König auf dem Wege nach Norwegen mehrmals im Jahre im Wagen durch Wermland zu fahren pflegte und immer irgendwo einkehren mußte, um zu essen und zu schlafen. Meistens tat er das beim Bezirkshauptmann in Karlstadt, aber es war für ihn auch nichts Außergewöhnliches, die großen Herrenhöfe, die bequem lagen und ihn aufnehmen konnten, hin und wieder mit seinem Besuch zu beehren.

Nun war zwar nicht die allergeringste Aussicht vorhanden, daß der König in einem so kleinen und unbekannten Hofe wie Mårbacka, der noch zum Überfluß weit von der großen Landstraße ablag, einkehren würde. Aber das hinderte den Leutnant und seine kleinen Mädchen in keiner Weise. Vielleicht wäre es gar nicht so lustig gewesen, diese Luftschlösser zu bauen, wenn die Aussicht bestanden hätte, sie zu verwirklichen.

So vergnügten sie sich nur damit, sich auszudenken, wie der König, wenn er auf Mårbacka zugefahren käme, schnell die Augen mit der Hand beschatten würde, gleichsam um besser sehen zu können.

„Ja, was seh' ich denn da?" würde der König sagen. „Was ist das für ein großes weißes Haus dort auf der Wiese? Haben sie denn in dieser Gemeinde zwei Kirchen?"

„Nein, Majestät", würde Leutnant Lagerlöf antworten, denn er würde dem König gerade gegenüber in dessen Wagen auf dem Rücksitz mit angefahren kommen, „dieses weiße Haus ist keine Kirche, sondern es ist mein Hof."

Dann würde der König den Leutnant mit großen Augen ansehen und sagen:

„Du bist ein Tausendsassa, Erik Gustav, daß du solch einen Hof gebaut hast."

Wie man den König und sein ganzes Gefolge in dem kleinen einstöckigen Haus auf Mårbacka unterbringen würde, das war eine nahezu unlösbare Frage. Aber der Leutnant hatte ja schon oft davon gesprochen, auf das Haus ein Stockwerk aufzusetzen, und so meinten sie, wenn dies nur getan sei, dann hätte es keine weitere Schwierigkeit, den König zu empfangen.

Ein wenig eng würde es wohl auf jeden Fall werden. Herr und Frau Leutnant Lagerlöf müßten wohl die Nacht auf dem Heuboden schlafen, und die Kinder kämen in den Kaninchenstall.

Das wäre ungemein lustig, das mit dem Kaninchenstall! Von dieser Vorstellung waren die kleinen Mädchen geradezu begeistert.

Und was der König wohl zu ihrem Garten sagen würde?

Ja, er wäre jedenfalls nicht wenig erstaunt, so weit draußen auf dem Lande eine Gartenanlage in echt englischem Stil zu finden.

Wenn er sich darüber äußern sollte, so würde der Leutnant unverzüglich den alten Gärtnermeister holen lassen und ihm die freudige Mitteilung machen, daß der König seine Wege und Beete gelobt habe.

Und wenn der König von Mårbacka abfuhr, dann würde er Frau Lagerlöf eine goldene Brosche verehren, Mamsell Lovisa ein goldenes Armband und der alten Haushälterin eine große silberne Schalnadel.

Aber ehe der König in seinen Wagen stieg, um weiterzufahren, würde er dem Leutnant die Hand schütteln und sagen: „Dank und Ehre sollst du haben, Erik Gustav Lagerlöf. Es ist ein großer Teil meines Reiches, den du besitzest, aber ich sehe, daß er bei dir in guten Händen ist.“

Und über dieses Wort würde der Leutnant sich freuen bis ans Ende seiner Tage.

Der Leutnant und die Kinder hatten unendlichen Spaß daran, sich auf diese Weise ein Fest zu bereiten, wenn auch nur in Gedanken.

Vielleicht war es wirklich schade, daß der Besuch des Königs nicht stattfinden konnte, aber er war ja ganz undenkbar, ehe der Oberstock gebaut war.

Und wahrhaftig, ganz am Schluß des Jahres 1860 glaubte der Leutnant tatsächlich so weit mit allen anderen Arbeiten fertig zu sein, daß er anfangen konnte, das Wohnhaus umzubauen. Ganz abgesehen von dem Besuch des Königs wohnte die Familie selbst äußerst eng in dem kleinen einstöckigen Haus aus der Zeit des Pastors Wennervik, und er wollte es gern durch einen Aufbau vergrößern.

Zwar hatte das Haus nicht mehr ganz seine alte Gestalt. Schon vor acht oder zehn Jahren hatte der Leutnant größere Fenster aushauen und die alten Fenster mit den kleinen Scheiben entfernen lassen. Er hatte auch neue Öfen setzen und das Wohnzimmer und den Saal tapezieren lassen, außerdem war an Stelle des alten Treppenvorbaus eine große, geräumige Veranda gebaut worden.

Aber jetzt handelte es sich um weit größere Umwälzungen. Das ganze Dach sollte abgerissen, der Dachstuhl erweitert und die Wände erhöht werden.

Im Jahre, bevor das Dach abgenommen werden sollte, hatte der Leutnant ein paar Zimmerleute nach Mårbacka kommen lassen, die das Dachstuhlgebälk fertigstellten, so daß das Dach so rasch wie möglich aufgesetzt und gedeckt werden konnte.

Sie waren gerade damit fertig geworden, als Leutnant Lagerlöf die Nachricht vom Tode seines Schwiegervaters erhielt.

Das war ein großer Schmerz und außerdem ein schwerer Schlag, denn der Leutnant wußte wohl, daß er mit dem Schwiegervater seine beste Stütze verloren hatte. Von jetzt an war er einzig und allein auf sich selbst angewiesen. Nun mußte er von seinem Erbe seine Schulden bezahlen. Seine Söhne waren herangewachsen und sollten bald nach Upsala. Da hielt er es für das Klügste, den Umbau einige Jahre zu verschieben.

Aber aufgeschoben ist häufig aufgehoben. Es kamen immer neue Hindernisse, die sich dem Bau entgegenstellten. In einem Jahre wurde der Leutnant krank, im andern mußte er einem seiner Schwäger beispringen, der bisher ein reicher Mann gewesen war und nun regelmäßig unterstützt werden mußte. Während der Leutnant auf seinem Hof gearbeitet und alles in Ordnung gebracht hatte, waren die Jahre dahingegangen, fast ohne daß er es gemerktt hatte. Er war nun in den Fünfzigern, und der einstige Schaffensdrang war vielleicht etwas gedämpft.

Aber er stand nicht leichten Herzens von dem Plane ab, Mårbacka umzubauen. Das hätte seine ganze Arbeit krönen sollen. Sein ganzes Leben lang hatte er davon geträumt, ein richtiges Herrenhaus auf seinem geliebten Heimathof erstehen zu sehen.

Die großen Stapel mit dem fertigen Dachstuhlgebälk lagen jahrelang auf dem hinteren Hof. Aber der Leutnant vermied es, sie anzusehen. Er wendete das Gesicht ab, wenn er daran vorbei mußte.

Seine kleinen Töchter waren so sehr vergnügt gewesen, als er anfing, den Dachstuhl herrichten zu lassen, und zwar nicht allein wegen des königlichen Besuchs. Weit wichtiger als dieser war die Aussicht, ein Besuchszimmer zu bekommen, in dem man tanzen konnte, und ein Haus mit zwei Stockwerken, das geradeso stattlich aussah wie das des Hüttenbesitzers Wallroth auf Gårdsjö oder das des Ingenieurs Noreen auf Herrestadt.

Es beunruhigte sie zu sehen, daß der Bau von Jahr zu Jahr verschoben wurde, und endlich faßte eine von ihnen Mut und fragte den Vater, wann er denn anfange, den Dachstuhl aufzurichten.

„Das wird wohl niemals geschehen, meine Kinder", sagte der Leutnant, und dabei zuckte es in seinem Gesicht und seine Stimme zitterte, als ob ihm das Weinen nahestände. Aber er beherrschte sich bald wieder. „Das macht aber nichts", setzte er scherzend hinzu, „man baut ja jetzt in Norwegen eine Eisenbahn. Da wird der König keine Nachtherberge mehr begehren, weder in Mårbacka noch auf einem andern Herrenhofe in Wermland."

WERKTAG UND FEST

Mittagsschlaf

Leutnant Lagerlöf war der festen Überzeugung, daß Kinder vor allem andern lernen müßten, einen guten Mittagsschlaf zu halten, wenn ihnen ihr ganzes Leben lang Gesundheit und Kräfte erhalten bleiben und sie zu nützlichen, tüchtigen Menschen heranwachsen sollten.

Dies wurde den Kindern fest eingeprägt, und zu diesem Zweck nahm der Leutnant jeden Tag, gleich wenn gegessen war, die beiden Jüngsten mit auf sein „Kontor", das sich in einem kleinen Flügel rechts vom Hofplatze befand.

Dieses Kontor war ein recht geräumiges Zimmer, und es sah darin gewiß noch genau so aus, wie zur Zeit der alten Pastoren, als es diesen noch als Amtsstube diente. In der Querwand, der Tür gerade gegenüber, war ein Fenster, und unter diesem stand ein großes lederbezogenes Sofa mit einem ovalen Tisch davor. Die nördliche Wand entlang stand zuerst ein Bett, dann ein mit schwarzem Leder bezogener Lehnstuhl, dann kam der große schwarze Schreibtisch und ein hoher Schrank mit vielen Schubladen, Chiffonière genannt. An der südlichen langen Wand befand sich ebenfalls ein Bett und ein mit schwarzem Leder bezogener Stuhl. Dann kam der Ofen, und neben diesem hingen drei Jagdflinten, zwei Jagdtaschen aus Seehundsleder, eine große Reiterpistole und zwei Pulverhörner. Ein Florett kreuzte einen abgebrochenen Säbel, und mitten in dem Waffenkranz prangte ein großes Elchhorn.

An der östlichen Querwand befand sich die Eingangstür mit einem wandfesten Kleiderschrank auf der einen Seite und einem Bücherspind auf der anderen. Unten in dem Kleiderschrank stand des Leutnants schöner Geldschrein mit Kunstschloß und dichten Beschlägen, dieselbe Geldkassette, die der Regimentsschreiber einst benützt hatte und die an der einen Ecke etwas verkohlt war, weil sie einmal nahe daran gewesen war, verbrannt zu werden.

In dem Bücherschrank verwahrte Leutnant Lagerlöf seine großen Rechnungsbücher, und außerdem fanden sich da sämtliche Schulbücher zweier Generationen. Viele Jahrgänge des „Europäischen Feuilleton“ standen da in enger Gemeinschaft mit Homer, Cicero und Livius zsammen. Die Biographien Peters des Großen und Friedrichs II. waren hierher verwiesen worden, weil sie in einfachen grauen Pappdeckel gebunden waren, und desgleichen auch Wilhelm von Brauns Werke, diese aber nicht ihres Einbandes wegen, sondern aus anderen Gründen. Auf dem Boden des Schranks lagen Feldmeßgeräte, die aus der Zeit stammten, da Leutnant Lagerlöf bei der Flurbereinigung tätig war, und außerdem standen da auch noch Kästen mit Angelgeräten, Grundleinen und vielem anderen.

Wenn nun der Leutnant und seine beiden Töchterchen das Zimmer betreten hatten, so war das erste, was sie taten, die Fliegen hinauszujagen. Fenster und

Türen wurden sperrangelweit aufgemacht, und Leutnant Lagerlöf nahm ein Handtuch, mit dem er die Fliegen jagte, die beiden Kleinen aber nahmen ihre Schürzen ab und schwangen sie eifrig hin und her. Sie wedelten und jagten, sie kletterten auf Tische und Stühle. Die Fliegen flogen umher und surrten und wollten nicht hinaus, schließlich mußten sie doch nachgeben.

Wenn alle Fliegen verschwunden waren, hängte Leutnant Lagerlöf das Handtuch wieder an die Wand, die Kinder banden die Schürzen wieder um, und Fenster und Türen wurden geschlossen. Aber eine Fliege war trotzdem noch da, „die alte Kontorfliege", wie sie genannt wurde. Sie war diese tägliche Jagd gewöhnt und verstand es, sich zu verstecken, solange sie vor sich ging. Aber sobald es wieder still und ruhig geworden war, kam sie hervor und setzte sich an die Zimmerdecke.

Es wurde indes nicht mehr Jagd auf sie gemacht, denn diese Fliege war ihnen zu schlau, diese Fliege konnten sie nicht loswerden, das wußten der Leutnant und die Kinder recht wohl. Deshalb gingen sie nun an das nächste, was vor dem Mittagsschlaf besorgt werden mußte.

Auf das Ledersofa wurden zwei lederbezogene Kissen und ein Federkissen als Kopfunterlage für Leutnant Lagerlöf gelegt; auf diese streckte er sich aus, schloß die Augen und tat, als ob er schliefe.

Aber dann kamen die kleinen Mädchen auf ihn zugestürzt und warfen sich über ihn mit lautem Geschrei. Wie kleine Bälle wurden sie weit ins Zimmer hinein zurückgestoßen, kamen aber sofort wieder heran, wie eigensinnige junge Hündlein. Sie zerrten den Leutnant am Bart, zupften ihn am Haar, kletterten auf das Sofa und trieben allen möglichen Unfug. Wenn dann alle drei sich recht toll vergnügt hatten, klatschte Leutnant Lagerlöf in die Hände und sagte: „Jetzt ist's genug."

Aber das half kein bißchen, die Kinder machten lustig weiter. Sie krochen auf das Sofa, wurden wie Bälle auf den Boden geworfen, kamen abermals herbei und schrien und lärmten.

Wenn es noch eine Weile so weitergegangen war, klatschte Leutnant Lagerlöf zweimal in die Hände und sagte: „Jetzt ist's aber wirklich genug."

Doch auch das half nicht das geringste, die Kinder kamen unter Schreien und Lachen herbeigestürzt, wurden weit zurückgeschleudert, ließen sich aber nicht abwehren.

Doch jetzt dauerte es nicht mehr lange, bis Leutnant Lagerlöf dreimal in die Hände klatschte und sagte, nun sei es zu Ende, wirklich zu Ende.

Und dann krochen die beiden Kinder sofort in ihr Bett. Sie zogen ihr Kopfkissen hervor, legten es unter den Kopf und streckten sich aus, um zu schlafen.

Doch siehe, nach einer kleinen Weile fing Leutnant Lagerlöf an zu schnarchen. Er schnarchte nicht gerade durchdringend, aber doch immer laut genug, daß die beiden Kinder, die sich daran gewöhnen sollten, nach Tisch zu schlafen, wach gehalten wurden.

Sie durften nicht aufstehen, durften sich nicht bewegen oder miteinander plaudern, sondern mußten ganz still auf einem Fleck liegen bleiben.

Sie betrachteten die Flickenteppiche auf dem Fußboden und erkannten an den Flicken Frau Lagerlöfs und Mamsell Lovisas alte Kleider wieder, die in

Streifen geschnitten zu Läufern gewebt worden waren. Sie richteten ihre Blicke auf General Malmbergs Porträt, das zwischen zwei Schlachtenbildern an der Wand hing, sie besahen sich das Tintenfaß und die Schreibfeder, das Elchhorn und die Jagdtaschen, das Florett und die weitberühmte Flinte, die Hasentöter genannt wurde. Auch verfolgten sie die Verzierungen an der Decke und zählten die Sterne auf der Tapete, die Nagelköpfe im Fußboden und die Vierecke der Vorhänge. Wahrlich, die Zeit wurde den Kleinen sehr lang!

Draußen vor dem Fenster hörten sie die lustigen Stimmen der größeren Kinder, die keinen Mittagsschlaf mehr zu halten brauchten. Ach, da draußen aßen die andern jetzt Kirschen und Stachelbeeren und unreife Äpfel — sie waren frei und glücklich!

Die einzige Hoffnung der Kleinen war die Kontorfliege. Denn diese summte und summte um Leutnant Lagerlöfs Gesicht herum und machte sich so lästig bemerkbar, wie nur möglich. Und wenn sie nur aushielt, dann mußte es ihr schließlich doch gelingen, den schlafenden Vater aufzuwecken.

Mamsell Broström

Es war nicht in unsrer Zeit, als sich ereignete, was im folgenden erzählt wird. Es lag weit zurück, bis in die dreißiger Jahre des neunzehnten Jahrhunderts. Die Gymnasiasten in Karlstadt hatten sich im Anfang des Herbstsemesters ungewöhnlich ruhig verhalten. Sie hatten weder Schlägereien mit den Gassenjungen angezettelt noch irgendeinen andern Unfug getrieben. Die ganze Stadt verwunderte sich darüber und war froh und dankbar, obgleich man immerhin eine gewisse Leere empfand.

Als aber der Herbstjahrmarkt herannahte, wo Leute aus ganz Wermland in der Kreisstadt erwartet wurden, fühlten die Gymnasiasten, daß es jetzt an der Zeit sei, ihr Ansehen aufrechtzuerhalten. Jetzt handelte es sich ja nicht allein um Karlstadt, sondern um die ganze Provinz. Nach gründlicher Überlegung und als die verschiedensten Vorschläge gemacht und verworfen worden waren, wurde ein Schuljunge namens Friedrich Sandberg zu den Gymnasiasten befohlen.

Natürlich folgte er dem Rufe, denn zu jener Zeit hätte man keinem Schuljungen raten können, sich gegen die Gymnasiasten aufzulehnen. Sie waren die Obrigkeit, und es wäre keinem gut gegangen, der versucht hätte, einem Befehl von ihrer Seite nicht nachzukommen.

Als Friedrich Sandberg vor den Gymnasiasten erschien, wurde ihm ein Hemd mit steifgestärktem Kragen und Jabot angezogen, ferner eine großgeblümte seidene Weste, graue Beinkleider mit Spannriemen, ein blauer Rock mit glänzenden Knöpfen und feine Lackschuhe. Dann wurden ihm die Haare gekräuselt und toupiert, Handschuhe und Spazierstock ihm in die Hand gedrückt und zu guter Letzt wurde ihm ein hoher Zylinderhut mit geschwungenem Rand auf den Kopf gesetzt. Wäre Friedrich Sandberg nur nicht gar so klein gewesen, daß die Hosen Falten schlugen, die Rockschöße fast auf dem Boden schleiften und ihm der Hut bis über die Ohren herunterhing, dann hätte er einen so flotten Kavalier vorgestellt, wie nur je einer auf den Straßen der Stadt dahingewandert war.

Sobald Friedrich Sandberg fertig angezogen war, wurde ihm befohlen, zu Mamsell Broström zu gehen.

Und als er die Bodenkammer, wo Mamsell Broström wohnte, erstiegen hatte, stand sie eben vor dem Ofen und buk Hippen. Sie war gerade nicht besonders sorgfältig angezogen. Im Mieder und Unterrock stand sie vor dem Ofen, und der kleine Schuljunge meinte, er habe noch niemals solche Arme und Beine, solche Hände und Füße und einen Körper von solchem Umfange gesehen.

„Mein Name ist Friedrich Sandberg", begann er, „und ich soll untertänigst fragen, ob ich wohl Mamsell Broström zum Jahrmarktsball in der Freimaurerloge einladen dürfte?"

Mamsell Broström gehörte nicht gerade zu der guten Gesellschaft und hatte wahrscheinlich nicht die Absicht gehabt, auf den Jahrmarktsball zu gehen. Als sie nun aber von einem so flotten Kavalier eingeladen wurde, dachte sie keinen Augenblick daran, nein zu sagen, sondern sie verneigte sich vor Friedrich Sandberg und sagte, sie sei überaus dankbar und fühle sich sehr geehrt, sie werde sich mit dem größten Vergnügen in der Freimaurerloge einfinden.

Friedrich Sandberg war über den freundlichen Empfang sehr erfreut, denn es hätte ebensogut auch anders gehen können; sobald es anging, verabschiedete er sich und lief eilends zu den Gymnasiasten und berichtete ihnen, wie alles abgelaufen war.

Acht Tage nachher wurde Friedrich Sandberg abermals zu den Gymnasiasten befohlen. Wieder wurden ihm ein Herrenhemd mit gestärkter Hemdenbrust, Kragen und Jabot, Halsbinde, seidne Weste, graue Beinkleider mit Spannriemen, ein blauer Frack mit glänzenden Knöpfen und Lackschuhe angetan. Die Haare wurden ihm gekräuselt und toupiert, Handschuhe und Spazierstock in seine Hand gegeben und ihm obendrein ein hoher Zylinderhut mit geschweiftem Rand aufgesetzt. Als er ganz fertig angezogen war, wurde er noch einmal zu Mamsell Broström geschickt.

Als er diesmal in die Bodenkammer trat, stand Mamsell Broström vor dem Spiegel und probierte ein rotes Tüllkleid an. Das Kleid ließ Hals und Arme frei. Und Mamsell Broström drehte und wendete sich ungeduldig vor dem Spiegel hin und her und schien entsetzlich schlechter Laune zu sein.

Friedrich Sandberg betrachtete die dicken Arme, die da aus dem roten Tüll herausquollen, sowie die unter dem kurzen Gewand sichtbaren dicken Beine. Er betrachtete diese mächtige Person, die zweimal so groß und zweimal so breit und zweimal so dick war wie er. Sein Blick richtete sich auf die groben Wangen, die kupferrot geworden waren, weil Mamsell Broström beständig vor dem Ofen stand und Hippen buk. Er betrachtete auch das üppige schwarze Haar, das struppig ihr Gesicht umgab, er begegnete dem scharfen Blick der rotunterlaufenen Augen, er hörte die grollende Stimme, und da bekam er Angst. Am liebsten wäre er davongelaufen; aber er war von den Gymnasiasten ausgeschickt und wußte, was diese sagen würden, wenn er der Obrigkeit nicht gehorchen würde.

So verbeugte er sich denn vor Mamsell Broström und sagte:

„Ich möchte untertänigst fragen, ob ich am Jahrmarktsball Mamsell Broström um den ersten Walzer bitten darf?“

Mamsell Broström war gerade an diesem Morgen recht bedenklich gewesen; sie hatte bereut, ihr Jawort gegeben zu haben und sich gefragt, ob sie hingehen solle oder nicht. Möglicherweise hätte sie sich auch den ganzen Ball aus dem Sinne geschlagen, wenn jetzt nicht Friedrich Sandberg erschienen wäre und sie um den ersten Walzer gebeten hätte.

Nun aber, wo sie eines Kavaliers sicher sein konnte, wurde sie rasch wieder guter Laune, und sie antwortete Friedrich Sandberg, sie fühle sich geehrt und geschmeichelt und werde mit dem größten Vergnügen mit ihm tanzen.

An demselben Tage war der Jahrmarktsball, und Mamsell Broström begab sich in die Freimaurerloge mitten unter die Bewohner von Karlstadt und die Jahrmarktsreisenden. Sie ging durch den Damensalon und trat in den Ballsaal. Da ließ sie sich auf einer der kleinen gepolsterten Bänke nieder, die an den Wänden entlang liefen.

Mamsell Broström trug ein Kleid aus rotem Tüll; das war für sie das schönste, was es gab, und sie war höchst zufrieden mit sich selbst. Die Leute starrten sie zwar an, das sah sie wohl, aber sie kümmerte sich nicht darum; da sie nun einmal eingeladen war, hatte sie ebensogut das Recht, hier auf dem Jahrmarktsball zu tanzen wie alle die andern. Sie sah, daß die andern Damen Bekannte hatten, mit denen sie sich unterhielten; aber auch das machte ihr nichts aus, denn sobald die Musik zum Tanze anstimmte, würde man schon sehen, daß sie einen Kavalier hatte, und zwar einen ebenso feinen, wie irgendeine der anderen Damen.

Als die Regimentskapelle zum ersten Tanz aufspielte, sah sie, wie die Buchhalter vom Hüttenwerk die Töchter der Hüttenbesitzer, die Offiziere die Damen des Regiments und die Verkäufer die Mädchen aus den Kreisen der Kaufleute engagierten. Jeder nahm seine Dame und manche wandten sich auch an andre, aber alle traten vor und drehten und schwangen sich, nur allein Mamsell Broström nicht, die an der Wand saß und auf Friedrich Sandberg wartete.

Die Gymnasiasten saßen droben auf der Galerie bei der Musik und sahen von da Mamsell Broström im roten Tüllgewand an der einen langen Saalwand sitzen, damit der, den sie erwartete, sie auch leicht entdecken könne.

Die Gemahlin des Landeshauptmanns sah durch ihre Lorgnette und fragte, wer denn dort so geputzt und groß mitten auf der Langseite des Saales sitze. Die Hüttenbesitzerstöchter rümpften die Nase über sie, die adeligen Fräulein fragten, wie denn eine solche Person hier auf den Jahrmarktsball habe kommen können; aber Mamsell Broström blieb immerfort in einsamer Größe auf ihrem Platze sitzen. Friedrich Sandberg zeigte sich nicht, und kein andrer Herr sah nach ihr hin.

Dann kam das Abendessen und danach wurde wieder getanzt; dann brachen die vornehmen Familien allmählich auf, die Herren fingen an, etwas erhitzt auszusehen, aber Mamsell Broström saß noch immer auf demselben Platz.

Schließlich kam aber doch der Gerber Grunder zu ihr hin und forderte sie zu einer Polka auf.

„Es ist wahrhaftig Zeit", sagte Mamsell Broström.

Das sagte sie so laut, daß man es im ganzen Saale hörte, und dieser Ausspruch wurde in Wermland zu einem geflügelten Wort.

Der Gerber hatte die ganze Zeit beim Kartenspiel in den Nebenzimmern gesessen und keine andre Absicht gehabt, als nun auch ein Tänzchen zu machen; und da er sonst keine Dame sah, die frei gewesen wäre, merkte er nicht, in welcher Gemütsstimmung Mamsell Broström war.

Als sie nun aufstand, um sich in das Gewimmel der Tanzenden zu stürzen, wollte sich der Gerber höflich und verbindlich zeigen, und so fragte er:

„Sollen wir vorwärts oder rückwärts tanzen, Mamsell Broström?"

„Das ist mir einerlei, wenn es nur losgeht", erwiderte Mamsell Broström.

Auch dies sagte sie so laut, daß man es im ganzen Saale hörte, und auch dies wurde zu einem geflügelten Wort in Wermland.

Am Tage nach dem Jahrmarktsball wurde Friedrich Sandberg aufs neue vor die Gymnasiasten geladen. Er wurde mit dem gestärkten Herrenhemd, mit Kragen und Jabot, Halsbinde und seidener Weste, grauen Beinkleidern mit Spannriemen, blauem Frack mit blanken Knöpfen und Lacklederschuhen bekleidet. Seine Haare wurden gekräuselt und toupiert, Handschuhe und Spazierstock wurden ihm in die Hand gegeben und obendrein bekam er einen hohen Zylinderhut mit geschweiftem Rand aufgesetzt. Alsdann wurde er noch einmal zu Mamsell Broström geschickt.

Als er bei ihr in die Bodenkammer trat, stand sie wie bei seinem ersten Besuch vor dem Ofen und buk Hippen. Diesmal trug sie kein rotes Tüllgewand, sondern stand in Mieder und Unterrock da wie zuvor, und der Schuljunge dachte, er habe noch niemals solche Hände und Füße, solche Arme und Beine, so ein bärbeißiges Gesicht, so borstiges Haar und eine so gewaltige, kraftstrotzende Gestalt gesehen.

Die Worte wollten ihm im Halse steckenbleiben, aber drei der allergefährlichsten Gymnasiasten standen horchend vor der Tür, und Friedrich Sandberg wußte, was das bedeutete, bei der Obrigkeit in Ungnade zu fallen.

„Ich möchte mich untertänigst erkundigen, ob Mamsell Broström gestern auf dem Jahrmarktsballe vergnügt gewesen ist", sagte Friedrich Sandberg, indem er sich verbeugte.

Mehr gibt es nicht zu berichten, denn wie Friedrich Sandberg aus der Stube hinaus, durch den Bodenraum, die Treppe hinunter und auf die Straße kam, das wußte er selbst nicht, und genauso erging es auch den Gymnasiasten, die vor der Tür auf der Lauer gestanden hatten. Auch sie wußten nicht, wer ihnen die Treppe hinuntergeholfen hatte. Aber es war recht gut, daß sie dabei waren, da war Friedrich doch nicht allein bei der Bewirtung. Sie reichte reichlich hin für ihn und für die andern.

— — — — — — — — — — — —

Aber Leutnant Lagerlöf, der zu jener Zeit die Karlstädter Schule besuchte, war dies Abenteuer unauslöschlich ins Gedächtnis geschrieben, und wenn er abends im Schaukelstuhle saß, erzählte er dieses Ereignis gerne seinen Kindern. Wohl war er selbst ein überaus guter und ungefährlicher Mann, aber an einem echten Spitzbubenstreich konnte er sich immer und immer wieder erfreuen.

Die Reise auf den Blocksberg

Zu Großmutters Zeiten lebte eine alte Taglöhnerin auf Mårbacka, die das Unkraut jätete. Im Winter schlief sie meist in der Küchenkammer, aber sie dachte wohl, hier sei es schon voll genug durch die Haushälterin und fünf Dienstmädchen. Deshalb zog sie lieber, sobald es Sommer wurde, hinunter in den Stall und schlief da.

Hier hatte sie ein prächtiges, gutes Bett gefunden, nämlich einen abgedankten eisernen Schlitten, der viele Winter hindurch Roheisen von den Hütten im Bergwerksdistrikt geholt und nach dem Werk auf Kymsberg gefahren hatte.

Da schlief das alte Weib ruhig und gut mehrere Wochen lang; eines Nachts jedoch fuhr sie jäh vom Schlaf auf, denn der Schlitten unter ihr bewegte sich. Sie setzte sich auf und sah sich um. Aber sie lag ja nicht in der Scheune, die jetzt auf Mårbacka steht, sondern in der alten, noch aus der Zeit der Pastoren stammenden, und diese wurde nur durch ein paar enge Luken erhellt. Draußen war helle Sommernacht, aber das arme Weib lag in fast vollkommener Dunkelheit und konnte nichts unterscheiden.

Sie glaubte, sie habe nur geträumt, und legte sich wieder nieder. Ringsum war alles ruhig, und es dauerte nicht lange, da war sie auch schon wieder eingeschlafen.

Aber war es nicht sonderbar? Kaum hatte der Schlaf sich eingestellt, als sie auch schon wieder aufwachte, denn der Schlitten hatte sich abermals bewegt. Diesmal war es indes nicht nur ein kurzer Ruck, sondern der Schlitten bewegte sich auf dem Boden hin. Zwar glitt er ganz sachte und vorsichtig vorwärts, aber Leben war in ihn gekommen, darüber konnte kein Zweifel herrschen.

Das Weib richtete sich auf und hielt sich mit beiden Händen am Schlittenrand fest. Die Haare standen ihr zu Berge, ihre Zähne schlugen gegeneinander.

„Barmherziger Gott!“ jammerte sie. „Barmherziger Gott, der Schlitten fährt davon!“

Wie konnte das nur zusammenhängen? Möglicherweise konnte so ein alter Schlitten, der Winter um Winter mit Roheisen beladen zwischen Kymsberg und dem Bergwerksdistrikt hin und her gefahren war, nun bei Nacht keine Ruhe finden, sondern mußte sich ab und zu etwas bewegen.

Doch nun fuhr der Schlitten schneller. Er holperte auf den unebenen Steinplatten dahin und sprang mit einem Satz über Heu- und Strohhaufen weg, wie wenn er über Schluchten und steile Hügel hinfahren müßte.

„Barmherziger Gott!“ jammerte das alte Weib. „Barmherziger Gott!“

Aber es half nichts, wenn sie auch noch so flehentlich den Namen Gottes anrief, der Schlitten wurde deshalb nicht ruhiger, er fuhr unentwegt durch die ganze lange Scheune hin, es stand ihm nichts im Wege, denn es war ja Sommer und fast kein Heu in der Scheune.

Schließlich stieß der Schlitten gegen eine Wand, und da hielt er jählings an.

Hier würde er nun doch wohl stehen bleiben! Aber nein, das tat er nicht! Nachdem er sich ein paar Augenblicke verschnauft hatte, zog er sich wieder in die Ecke zurück, wo er vorher gestanden hatte.

Die Frau sagte später, wenn sie nicht gerade in diesem Augenblick herausgebracht hätte, was mit dem Schlitten los war, dann hätte sie sicherlich den Verstand verloren.

Denn es seien nicht die alten Reisen im Bergwerksdistrikt gewesen, die in dem Roheisenschlitten spukten, nein, ganz gewiß habe irgend jemand ihn mit etwas geschmiert.

Irgendeine alte Hexe auf dem Hofe oder in der Umgegend — einen Namen wolle sie weder nennen noch vermuten — habe gedacht, sie könne ihre Reise auf den Blocksberg besser und bequemer in diesem Schlitten als auf einem Besenstiel oder auf einer Stubentür machen.

Die verdammte Hexe habe wohl nicht gewußt, daß sie, die Taglöhnerin, nachts in dem Schlitten schlafe. Ja, wie alles hätte kommen können, das auszudenken sei ihr in der Eile nicht möglich gewesen, aber sicherlich habe der Schlitten hinaus ins Freie und davonfahren wollen. Und da hätte er dann sie, die Taglöhnerin, auf den Blocksberg mitgenommen anstatt der richtigen Hexe.

Barmherziger Gott, wenn nun die Scheunenwand nicht im Wege gestanden hätte, dann wäre sie schon weit über die Dorfwiesen weg nach der Kirche zu unterwegs gewesen!

Der Schlitten zog sich immer weiter zurück; aber nun begriff die gute Alte, daß er nur zu einem neuen Satz ausholte, um sich doch einen Weg ins Freie zu schaffen. Wenn er nur auf irgendeine Weise hinauskommen konnte, dann sollte es über Baumwipfel und Bergkuppen hurtig hinweggehen. Hoch droben in der Luft würde sie ohne die geringste Angst über spiegelblanke Seen hinfliegen und die Kirchtürme wie eine Dohle umkreisen. Sie würde über Groß-Kil und den Grab-Bezirk hinfahren, aber wo sie schließlich landen würde, daran wollte sie gar nicht denken.

Barmherziger Gott, jetzt stürmte der Schlitten abermals vorwärts! Jawohl, dieser Schlitten würde schließlich fliegen, wenn er nur hinaus ins Freie gelangte. Und jetzt fuhr er in wilder Fahrt gegen die Wand, einem solchen Ansturm konnte diese sicher nicht standhalten. Die Alte legte sich weit zurück, damit sie nicht in der Mitte durchgerissen würde, wenn der Schlitten durch die Bretterwand fuhr.

Nun kam ein furchtbarer Stoß und Krach; aber siehe, die Wand widerstand wahrhaftig noch einmal! Wenn jetzt doch wenigstens der Schlitten merken würde, daß er nicht hinauskommen konnte, und stillhalten wollte!

Aber man glaube das ja nicht! Jetzt fuhr er wieder rückwärts. Ja, ja, dieser Schlitten, in dem sie lag, der war schon mit einer richtigen Salbe eingeschmiert. Und wenn er es jetzt zum drittenmal versuchte, dann würde es ihm sicherlich gelingen.

Was sollte sie nur anfangen, wenn sie mitten unter das Hexenpack und das ganze Heer der Finsternis hineinkam?

Gar oft hatte sie von dergleichen reden hören, aber sie hatte nie daran glauben wollen. Es gibt vieles, an das man nicht glauben will, bis man selbst zu sehen bekommt, daß es wahr ist.

Barmherziger Gott, führe uns nicht in Versuchung! Sie hatte doch ihr ganzes Leben lang in Armut und Mißachtung verbracht, ohne je zu klagen. Aber sollten ihr jetzt Macht und Gold angeboten werden, würde sie da wohl widerstehen können? Ach, möchte ihr doch nur die Kraft verliehen werden, die Versuchung zu überwinden und ihr Seelenheil zu bewahren!

Jawohl, jetzt machte der Schlitten zum drittenmal einen Satz; er fuhr vorwärts, daß dem armen Weibe Hören und Sehen verging. Sie schloß die Augen, damit ihr nicht schwindlig wurde. O, sie wußte recht wohl, im nächsten Augenblick würde sie nun im Freien sein und ebenso hoch droben wie die Lerchen und Schwalben über die Erde hinfliegen!

Jetzt kam ein furchtbarer Krach, und ein schreckliches Getöse erhob sich. Nun war jedenfalls die Wand durchgebrochen.

Aber Gott sei Lob und Dank! Die gute Bretterwand hatte widerstanden. Nur der Schlitten, der war entzwei gegangen. Und in demselben Augenblick mußte er die Reiselust verloren haben, denn jetzt blieb er bombenfest liegen, so daß das alte Weib herauskrabbeln konnte, um sich auf einem Strohhaufen von der Reise auszuruhen.

Als die Alte am nächsten Morgen all dies erzählte

und es schließlich auch Großmutters Ohren erreichte, kam der alten Dame die ganze Geschichte höchst merkwürdig vor. Allerdings glaubte sie fest an übernatürliche Vorkommnisse, aber irgendeinen Sinn mußten diese doch haben. Daß man mitten im hellen Sommer auf den Blocksberg fahren könne und überdies in einem Schlitten, davon hatte sie doch noch nie etwas gehört. Die Großmutter ging also hinunter nach der Scheune und betrachtete den Schlitten, und da fand sie, daß zwei lange Stricke an ihn angebunden waren.

Da besann sie sich nicht lange, sondern rief den Stalljungen und zwei seiner Kameraden herbei, ging tüchtig ins Verhör mit ihnen und las ihnen ordentlich die Leviten.

— — — — — — — — — — — —

Das war auch eine von Leutnant Lagerlöfs Spitzbubengeschichten. O, er wußte noch viele, viele; aber wenn er diese und weiter die von Mamsell Broström erzählt hatte, pflegte Frau Lagerlöf immer zu sagen, jetzt sei es für diesen Abend genug, die Kinder sollten gute Nacht sagen und zu Bett gehen.

Bellmanlieder

Morgens um halb sieben Uhr zündete das Kindermädchen auf Mårbacka in der Kinderstube ein lustiges Feuer im Ofen an, und um sieben Uhr mußten die Kinder aus den Betten heraus und sich ankleiden.

Wenn sie dann ungefähr um halb acht Uhr fertig und die Betten in aller Eile gemacht waren, wurde aus der Küche ein Servierbrett hereingebracht, auf dem sich die Teller voll Morgensuppe mit Sahnerosen darauf und dazu große Butterbrote aus Hartbrot befanden. Das war die erste Mahlzeit des Tages.

Bis acht saßen die Kinder dann an einem großen schwarzen Tisch, der am Fenster stand, und gingen ihre Aufgaben durch. Sie blieben da noch immer im Kinderzimmer, das auch als Schulstube dienen mußte, weil kein andrer Raum zu diesem Zweck zur Verfügung stand.

Sobald es acht Uhr schlug, klappten die Kinder ihre Bücher zu, die Überkleider wurden angezogen und es ging hinaus in den dämmerigen Wintermorgen. Wie das Wetter war, danach wurde gar nicht gefragt. Sie eilten nur hinaus, um nachzusehen, ob das Eis auf dem Teich zum Schlittschuhlaufen tauge oder ob das Schlittenfahren in der Allee nicht noch besser gehe. Wenn sich keine andre Zerstreuung darbot, gingen sie in den Stall hinunter, um nach den Kaninchen zu sehen und mit dem Schäferhund herumzutollen.

Kurz vor neun Uhr gab es ein Frühstück, das aus Eiern oder Pfannkuchen oder aus gebackenen Heringen mit gedämpften Kartoffeln oder aus Blutpudding mit Speck oder Tunke bestand. Beim Frühstück setzte man sich nicht um den Tisch. Man ging hin, holte sich der Reihe nach sein Essen, ließ sich dann an kleinen Tischchen nieder und aß, was man auf dem Teller hatte.

Um neun Uhr mußte das Frühstück beendet sein und dann begann der Unterricht. Dazu ging man wieder hinauf in die Kinderstube, und nun wurde an dem großen schwarzen Tisch gelesen, geschrieben und gerechnet bis mittags zwölf Uhr. Die kleinen Mädchen lernten nicht mehr bei Herrn Tyberg, sondern hatten nun eine Erzieherin, Ida Melanoz, die älteste Tochter des Schullehrers, die seinen guten Kopf und sein Lehrtalent geerbt hatte.

Um zwölf Uhr aß man zu Mittag an dem großen runden Tisch im „Saal". Eines der kleinen Mädchen sprach das Tischgebet vor dem Essen, ein anderes das zum Schluß der Mahlzeit. Wenn diese zu Ende war, küßten die Kinder Vater und Mutter die Hand und sagten gesegnete Mahlzeit. Bei Tische ging es nie schweigsam zu, denn Leutnant Lagerlöf ließ die Unterhaltung durchaus nicht ins Stocken geraten. Es war merkwürdig, wie er immer wieder einen neuen Gesprächsstoff fand. Und wenn er auch auf seinem Morgenspaziergang nichts anderes erlebt hatte als vielleicht eine Begegnung mit einem alten Weibe, so konnte er daraus doch eine ganz große Geschichte machen.

Von zwei bis drei Uhr sollten die Kinder wieder im Freien sein, aber oft kamen sie schon vor zwei Uhr atemlos dahergelaufen, um mit ihren Aufgaben fertig zu werden, ehe der Nachmittagsunterricht begann.

Von zwei bis vier Uhr saßen sie am Schultisch, und nach vier Uhr lernten sie gleich die Aufgaben für den nächsten Tag.

Aber länger als bis fünf Uhr durften sie mit dem Lernen nicht fortfahren. Im Saal war geheizt, und auf dem aufgeschlagenen Spieltisch waren Butter und Brot und Gläser zum Trinken hergerichtet. Diese Stunde war für die Kinder ein besonderes Vergnügen! Sie saßen oder lagen vor dem Ofen, in dem das Feuer knisterte und loderte, und aßen ihr Butterbrot. Dabei plauderten sie eifrig und heckten allerlei Pläne aus. Dies war eigentlich die einzige Zeit am Tage, die ihnen ganz allein gehörte.

Wenn die letzte Glut im Ofen erloschen war, wurde auf dem runden Tisch vor dem Sofa die Lampe angezündet. Jetzt war Frau Lagerlöf die, die Unterricht gab, und sie lehrte ihre kleinen Mädchen nähen und häkeln und Strümpfe stricken. Sie besaß auch eine Ausgabe von H. C. Andersens *Märchen*, und wenn die Kinder recht fleißig gewesen waren, dann erzählte oder las sie ihnen zur Belohnung das Märchen vom *Reisekameraden* oder vom *Feuerzeug* oder von den *wilden Schwänen* vor. In dem Buche waren auch viele wunderschöne lustige Bilder, und das Betrachten dieser Bilder war für die Kinder ein fast ebenso großes Vergnügen wie das Zuhören.

Um acht Uhr gab es Abendbrot, und jetzt erst erschien auch Leutnant Lagerlöf. Bis dahin hatte er drunten im Kontor gesessen und in seinen großen Rechenbüchern geschrieben.

Und nun endlich durfte man sich nach diesem so sehr arbeitsreichen und streng eingeteilten Tage gehenlassen. Die Kinder durften ihre Arbeiten weglegen, der Leutnant ließ sich im Schaukelstuhl nieder und erzählte lustige Bubenstreiche, wie die von Mamsell Broström, oder er schilderte die wunderbare Jenny Lind als Norma oder als Regimentstochter und Emilie Högquist als Jungfrau von Orleans.

Oder auch, wenn er selbst nicht zum Plaudern aufgelegt war, ließ er Frau Lagerlöf oder Mamsell Lovisa aus Tegnér vorlesen. Viel lieber als Kaiser von Frankreich oder Zar von Rußland wäre er dieser Professor in Lund gewesen, der die Liebe von Fritjof und Ingeborg besungen hatte. Er liebte und verehrte auch Runeberg und hatte es sehr gerne, wenn Fähnrich Stals Erzählungen oder dessen epische Gedichte vorgelesen wurden. Aber er hörte es nicht gerne, wenn jemand sagte, der finnische Skalde sei größer als Tegnér.

Bisweilen, und das war das schönste von allem, setzte er sich auch an das alte Klavier und schlug einige Akkorde an.

„Kommt, Kinder, kommt!“ rief er. „Jetzt singen wir Bellman!“

Da ließen sich die kleinen Mädchen nicht zweimal bitten. Sofort waren sie bei ihm, und dann kam mit Lust und Liebe der Dichter Bellman an die Reihe. Immer wurde mit dem alten „Noak“ und „Joakim aus Babylon“ angefangen. Dann kamen andre von seinen Liedern dran, wie „Vater Moritz“ und „Muter, på Truppen“, sowie „Der Tanzmeister Mollberg und seine betrüblichen Erlebnisse in dem Rostocker Keller.“

Leutnant Lagerlöf saß am Klavier, schlug kräftig die Tasten zur Begleitung und sang halblaut mit, um Takt und Melodie aufrecht zu halten. Und die kleinen Kinder stimmten aus vollem Halse mit ein. Sie sangen, daß es durch das ganze Haus schallte.

Ja, da war Leben und Bewegung! Das war lustig nach dem arbeitsvollen Tage! Sie verstanden zwar nicht viel von dem, was sie sangen, aber die Melodien erwärmten und weckten ihre schlummernden Lebensgeister. Ach, wie schön es klang, wenn „*Ulla* tanzte in Engageanter Flor und Franser“, oder wenn Fredman sang:

„Noch weiter als der Süd vom Nord
Liegt mir der nächste Tag noch fort!“

Und hätten sie denn anders als lustig sein können, wenn der beständig unglückselige Mollberg in den Bottich hineinsprang, in dem die Stockfische der Schankwirtin in der Salzlake lagen, oder wenn die Festtorte bei der großen Bootfahrt dick mit Zucker und Zimt und Anjovis bestreut erschien?

Aber das beste war doch wohl, daß die Kinder nach Herzenslust singen durften, solange sie wollten. Der Leutnant ließ sie gewähren, er unterbrach sie nie und tadelte auch nicht. Niemals unterbrach er sie, um sie daran zu erinnern, daß es so etwas wie Modulation und Zusammenklang gebe. Sie waren auch fest überzeugt, daß sie Bellman richtig sangen, geradeso wie er gesungen werden sollte.

An der Wand über dem Klavier hatte Leutnant Lagerlöf Karl Michael Bellman mit der Laute auf dem Schoße unmittelbar vor sich, und er sah immer wieder zu ihm auf, wie wenn er erwartete, der unvergleichliche Liedersänger müsse ihm ein beifälliges Lächeln zuteil werden lassen.

Aber dann war einmal der Fahnenjunker von Wachenfeldt auf Besuch gekommen. Wie gewöhnlich hatte er sich's in der Ofenecke bequem gemacht, und er plauderte noch immer ganz gemütlich mit Mamsell Lovisa, während sich Leutnant Lagerlöf schon am Klavier niedergelassen hatte, mit seinen Kinderlein rings um sich her, die aus vollem Halse Bellman sangen und der festen Überzeugung waren, sie sängen richtig und gut.

„Ist es nicht merkwürdig, daß keines von den Kindern eine Singstimme hat?“ flüsterte Mamsell Lovisa dem Fahnenjunker zu.

„Nun, daß sie keine Singstimme haben, dafür können sie nichts“, antwortete er ebenso leise. „Aber wenn sie wenigstens Gehör hätten!“

„Es ist doch sonderbar, da beide Eltern musikalisch sind! Fällt Ihnen das nicht auch auf, Herr von Wachenfeldt?“ bemerkte Mamsell Lovisa seufzend. „Es ist mir unerklärlich, wie Gustav das aushalten kann.“

„Er hört es gar nicht so, wie es in unsern Ohren klingt, denn er liebt seine Kinder über alles in der Welt“, erwiderte der Fahnenjunker.

„Ja, es gibt eine Redewendung, ‚mit den Augen der Liebe sehen‘, heißt sie“, meinte Mamsell Lovisa. „Und so kann man vielleicht auch mit den Ohren der Liebe — *hören.*“

„Das ist ganz gewiß“, stimmte Herr von Wachenfeldt bei, und er wußte, was er damit sagte.

Aber leider hatte eine der kleinen Sängerinnen das Gespräch erhascht und sie erzählte den andern, was sie vernommen hatte; das trug wohl dazu bei, daß die Bellmangesänge allmählich auf Mårbacka verstummten.

Aber noch lange, lange, ja ihr ganzes Leben lang, ist den Kindern von Mårbacka die Liebe zu den Bellmanliedern tief im Herzen lebendig geblieben. Sie lieben diese Lieder nicht nur wegen ihrer Fröhlichkeit, ihrer Wehmut und ihrer einschmeichelnden Schönheit, und auch nicht um ihrer selbst willen, sondern weil der leiseste Ton der Bellmanschen Laute in ihrer Erinnerung die nie versiegende Zärtlichkeit wachruft, die ihre Kindheit so glücklich gemacht hatte.

Buben und Mädchen

Im Sommer 1866 war eine ungewöhnlich große Kinderschar auf Mårbacka versammelt.

Da waren zuerst die Söhne des Hauses, Daniel und Johann Lagerlöf, und da waren Theodor und Otto und Hugo Hammargren, ihre Vettern von väterlicher Seite, die mit ihren Eltern die Sommerferien auf Mårbacka verbrachten. Ferner waren da Ernst und Klas Schenson, die Vettern mütterlicherseits, die ebenfalls im Sommer auf Mårbacka wohnten. Aber damit war es noch nicht genug, denn man konnte gut auch Hermann, Bernhard und Edwin Milén dazurechnen, die auf dem Nachbarhofe einquartiert waren, und ebenso gehörte Adolf Noreen mit zu der Gesellschaft, der in Herrestadt drunten bei der Kirche wohnte aber mehrere Male in der Woche nach Mårbacka wanderte, um sich mit den andern Jungen herumzutummeln und zu vergnügen.

Außerdem waren Anna und Selma und Gerda Lagerlöf da; Gerda war allerdings erst drei Jahre alt, sie konnte also unmöglich mitgerechnet werden, aber auch Anna und Selma zählten nicht, wenn eine so große Schar Jungen da war.

In diesem Sommer hatten sie sich einen angenehmeren und gelungeneren Zeitvertreib ausgeklügelt als in den vorhergehenden Jahren. Die ersten Wochen hatten sie wie üblich verbracht; sie hatten Beeren gesammelt, sich auf der Schaukel hoch in die Luft hinaufgeschwungen, hatten auf dem grünen Rasen geschlafen, mit Bogen und Pfeil gespielt, Hüpfsteine übers Wasser hingeschickt und sich an Laufspielen ergötzt; aber eines schönen Tages war ihnen das alles verleidet gewesen. Sie meinten gewiß, es wäre besser, sie griffen zu einer nützlicheren Beschäftigung, anstatt die ganze Zeit mit Nichtstun und leeren Zerstreuungen totzuschlagen.

Ihre Blicke richteten sich auf ein kleines Waldland, das sich, auf der einen Seite vom Wege und dem Straßengraben, auf der andern von dem senkrecht aufsteigenden Åsberge begrenzt, dicht neben der Allee ausbreitete. Im Norden bildete ein Steinmäuerchen und im Süden ein großes Kiesloch die Grenze; demgemäß war der ganze Bereich, der vielleicht sechzehn Tonnen Land umfaßte, sehr abgeschlossen und lag einsam da.

Als die Jungen das Land näher untersuchten, fanden sie eine Menge großer Steinblöcke, und der ganze Bewuchs bestand eigentlich nur aus Wacholdergebüsch, jungem Nadelholz und Farnkräutern. Im Norden floß durch das kleine Ödland ein Bach, der zwar im Sommer austrocknete, an dessen Ufern aber prächtiges Erlengesträuch stand. In den Felsschluchten am Åsberge wuchsen Süßwurzeln, die die Jungen sehr schätzten, ganz am südlichen Ende standen vier Fichtenbäume und mitten auf dem ganzen Gebiet eine hohe Tanne mit breitem Wipfel. Das ganze Grundstück schien vollständig unberührt von jeglicher Kultur und hatte keine anderen Bewohner aufzuweisen, als Eichhörnchen, Spechte und Waldameisen.

Die Jungen dachten nun, dieses vortreffliche Grundstück müßte jetzt in den Genuß des Segens der

Zivilisation kommen, und so beschlossen sie, als Ansiedler dahin zu ziehen. Zu allererst wurden die Heimstätten ausgewählt. Der sechzehnjährige Theodor Hammargren, der eigentliche Leiter des ganzen Unternehmens, erhob sofort Anspruch auf einen hohen Felsblock, der wie ein Turm aufragte und eine prächtige Ausschau auf die ganze Kolonie gewährte.

Daniel Lagerlöf, der fünfzehn Jahre alt war und Theodor Hammargren im Alter und Ansehen am nächsten stand, eignete sich die vier hochgewachsenen Fichten und eine schöne Felswand dahinter an. Johann Lagerlöf und Otto Hammargren, die sehr gut Freund miteinander und überdies Schulkameraden waren, taten sich zusammen und beschlossen, von dem nördlichsten Teil mit dem ausgetrockneten Bach und dem Erlengebüsch Besitz zu ergreifen. Ernst Schenson, der erst zwölf Jahre alt war, begnügte sich mit einem klotzigen Steinblock, der in den Augen der andern wenig Freude zu versprechen schien. Sein Bruder, der kleine Klas, wählte sich ebenfalls einen Steinblock; aber er schien sich immerhin noch ein besseres Los erwählt zu haben als sein Bruder, weil dieser Steinblock eine schattenspendende Erle in der Nähe hatte. Hugo Hammargren verlangte für sich die eine große Tanne, die ihm auch von keinem einzigen der andern Jungen mißgönnt wurde. Der zehnjährige Hermann Milén suchte sich eine große, umgestürzte Fichte aus, deren astreicher Stamm langgestreckt auf dem Boden lag, deren Wurzel aber hoch in die Luft aufragte. Seine beiden kleinen Brüder, Bernhard und Edwin, die erst achtjährigen Zwillinge, wären beinahe leer ausgegangen, aber schließlich wurde jedem von ihnen ein Fichtenstumpf zugeteilt.

Adolf Noreen war an dem Tage, da die Plätze verteilt wurden, nicht auf Mårbacka gewesen, und es gab große Aufregung, als er kam und auch seinen Teil von der Beute verlangte, denn jetzt waren ja schon alle guten Plätze besetzt. Glücklicherweise fand Theodor Hammargren einen Ausweg, indem er ihm einen Absatz auf der Felswand selbst anwies, und damit war die Ruhe wieder hergestellt.

Wenn aber Anna oder Selma gehofft hatten, es würden ihnen auch Wohnplätze in der Siedlung zugewiesen, so wurden sie grausam betrogen; sie waren ja nur Mädchen, und unter all den Jungen war sicherlich kein einziger, dem auch nur flüchtig eingefallen wäre, die beiden Mädchen hätten möglicherweise die Absicht, auch mittun zu wollen.

Die Jungen vergnügten sich königlich da draußen in ihrem Neuland. Theodor Hammargren schaffte Moos auf seinen Turm und stellte sich einen bequemen Sitzplatz her, auch baute er sich eine steinerne Treppe davor, so daß er leicht hinauf und herunter kommen konnte. Daniel Lagerlöf rodete den Boden zwischen den Fichten und der Bergwand und stellte sich einen kleinen Empfangsraum her, der auf der einen Seite mit moosbedeckten Steinbänken ausgestattet war. Das war die hübscheste von allen Anlagen. Johann und Otto bauten in ihrem Erlengebüsch eine halbrunde Rasenbank. Auch diese Anlage wurde als eine wohlgelungene Wohnstätte gelobt. Ernst Schenson stellte ein breites Mooslager her mit einem Steinblock als Rückwand. Sein kleiner Bruder Klas aber war ein Faulenzer, der sich unter seinem Wacholderbusch auf dem Erdboden ausstreckte und sich nicht im geringsten um das Herschleppen von Steinen und Moos zu einer Ruhebank kümmerte. Hugo Hammargren hatte sich von Leutnant Lagerlöfs Schreiner ein paar Bretter erbettelt. Er nagelte sie in dem Tannenwipfel fest und bekam dadurch einen herrlichen Sitzplatz. Adolf Noreen machte sich auf seiner Felsenplatte ein Mooslager und befand sich da droben, wenn er glücklich hinaufgeklettert war, ganz ausgezeichnet. Hermann Milén hatte sich eine Grotte unter der Wurzel seines umgestürzten Baumes gegraben, ja selbst die kleinen Zwillinge hatten ihre Baumstümpfe mit Moos bekleidet.

Aber Anna und Selma hatten nichts zu bauen und herzurichten! Sie wanderten einsam und verlassen auf dem Hofe umher und wußten nicht, was sie zu ihrer Unterhaltung ausfindig machen könnten.

Den Jungen gefiel es mit jedem Tage besser draußen, je mehr sich ihre Kolonie entwickelte. Schon nach kurzem machte sich auch das Bedürfnis nach einer geordneten Verwaltung und Rechtsprechung geltend; und so wurde Theodor Hammargren als Vorstand und Richter gewählt. Daniel Lagerlöf wurde Münzmeister und mußte Papiergeld ausgeben. Johann wurde Landrat und Otto Hammargren Vogt. Und als sie ordentlich Geld für Handel und Wandel hatten, fingen sie an, Steine und Kies und Moos und Felsstücke und Erde zu verkaufen. Einige machten dabei gute Geschäfte und wurden reiche Leute; Hugo Hammargren und Hermann Milén aber waren Verschwender und ließen sich überdies auf fremdem Boden verschiedene Übergriffe an Süßwurzeln zuschulden kommen, so daß sie von dem Vogt in das Arresthaus abgeführt werden mußten, nämlich in die alte

Schmiede, die am Wegrand überaus bequem gelegen war.

Aber Anna und Selma gingen noch immer einsam auf dem Hofe umher. Und Anna Lagerlöf sagte, wenn die Jungen sie wieder einmal bitten würden, ihnen einen Ball zu stricken, dann werde sie nein sagen, und ebensowenig würde sie ihnen je wieder beim Kochen von Sirupbonbons helfen.

Selma Lagerlöf aber, die damals erst sieben Jahre alt war, wußte gar nicht, was sie sich ausdenken sollte, um die Jungen recht zu ärgern, aber jedenfalls würde sie ihnen nicht erlauben, in ihrem Wägelchen Kies zu fahren.

Das Leben in der Kolonie wurde mit jedem Tag spannender und die Jungen versicherten, sie seien noch niemals so vergnügt gewesen. Zu bestimmten Stunden versammelten sie sich und hielten Sitzungen, wo über die Angelegenheiten des Staates beraten wurde. Und hier wurden dann Beschlüsse gefaßt über die Anlage von neuen Wegen und den Bau einer großen steinernen Brücke über den Straßengraben, der die Kolonie von der äußeren Welt abschloß.

Die Arbeit wurde folgendermaßen verteilt: alle Jungen, die über zwölf Jahre alt waren, mußten Steinhauer und Erdarbeiter werden, die Kleinen aber sollten Kies herbeifahren. Aber siehe da, Hermann Milén und Hugo Hammargren wollten bei dieser Arbeit nicht mithelfen, und dadurch entstanden ernsthafte Schwierigkeiten. Hugo und Hermann waren entschieden die Unglückskinder und Störenfriede in dem neuen Staat, weil sie sich nicht um Gesetze und Vorschriften kümmerten. Sie fürchteten sich nicht einmal vor der Schmiede, so daß man gar nicht wußte, welche Maßnahmen man gegen sie ergreifen sollte.

Anna und Selma aber waren drüben auf dem Hofe und versuchten, sich zu unterhalten, so gut es eben ging. Sie schossen mit den von den Jungen zurückgelassenen Bogen und Pfeilen und spielten mit ihren Reifen. Und sie sagten, wenn im Winter alle Jungen in der Schule seien, da sei es auf Mårbacka ebenso schön wie im Sommer. Anna sagte auch feierlich, keiner von den Jungen dürfe je wieder ihre große Puppe sehen, die sie von ihren Tanten geschenkt bekommen hatte. Die Puppe war mindestens eine Elle hoch, besaß Strümpfe und Schuhe, ein Schnürleibchen, eine Krinoline, auch ein eigenes Bett mit Federkissen und Bettüchern sowie einen eigenen Kleiderschrank, überhaupt alles, was man sich nur denken konnte.

Aber draußen in der Kolonie entwickelte sich das Leben in immer reicherem Maße. Und eines schönen Tages wurde in der Sitzung vorgeschlagen, nun ein Gasthaus zu eröffnen.

Der Vorschlag wurde angenommen, und der Münzmeister Daniel Lagerlöf zum Wirt ernannt, weil er die geräumigste Wohnung hatte.

Aber der neuernannte Wirt mußte es recht beschwerlich gefunden haben, die Vorräte an selbstgebrauter Limonade, an Waldhimbeeren, unreifen Äpfeln und Süßwurzeln, die die Kolonisten verlangten, herbeizuschaffen. Und da erinnerte er sich plötzlich daran, daß er ein paar Schwestern hatte.

Rasch ging er auf den Hof, sie zu suchen. Er fand die beiden am Teich, wo sie eben die Boote ihrer Brüder auf dem Wasser schwimmen ließen und eifrig miteinander ausmachten, niemals wieder mit einem der Jungen zu spielen. Nein nein, nicht einmal mehr den Kopf nach der Seite drehen, wo die Jungen waren, wollten sie!

„Kommt, Mädchen, ihr dürft mit in die Ansiedlung und in meinem Gasthaus Kellnerinnen werden!“ rief ihr Bruder.

Und Anna und Selma, was taten sie? Sie ließen die Boote segeln, wohin sie wollten. Kein Wort sagten sie davon, daß sie bisher vergessen und ganz sich selbst überlassen worden waren. Sie gingen auf der Stelle mit in die Kolonie zu den Jungen und waren hocherfreut und glückselig.

Der alte Soldat

An einem schönen Herbstabend wanderte Back-Kajsa, die nicht mehr Kindermädchen auf Mårbacka war, sondern sich ihren Unterhalt mit Weben verdiente, durch den Wald.

Sie wollte in die kleine Kate hoch oben im Walde, wo sie geboren war, um einen Auftrag des Leutnants Lagerlöf auszurichten, und da sie immer noch sehr gut Freund mit der kleinen Selma Lagerlöf war, hatte sie diese auf den Spaziergang mitgenommen.

Die beiden hatten keine Eile. Sie schmausten Heidelbeeren, die am Wegrand standen, bewunderten die großen Fliegenschwämme und sammelten in ihren Schürzen schönes Moos, das sie mit nach Hause nehmen wollten, um es als prächtige Einlage zwischen den Fenstern und Vorfenstern des Kinderzimmers zu verwenden. Back-Kajsa freute sich, wieder einmal im Walde zu sein, wo sie jeden Rasenhügel und jeden Stein kannte.

Als sie endlich an der Dornhecke angekommen waren, die sich rund um die Lichtung zog, auf der die Kate stand, und sich eben anschickten, über das Gatter zu klettern, sagte Back-Kajsa:

„Selma, vergiß ja nicht, daß du nicht von Krieg sprechen darfst, wenn mein Vater in der Nähe ist!"

Das kleine Mädchen war höchst verwundert. Back-Kajsas Vater war Soldat gewesen, das wußte sie wohl, und auch daß er in der Schlacht von Leipzig gegen Napoleon mitgekämpft hatte; daß man aber darüber nicht mit ihm sprechen dürfe, konnte sie doch nicht verstehen.

„Warum soll ich denn nicht vom Krieg sprechen?" fragte sie.

„Das darf man niemals mit denen tun, die einen richtigen Krieg mitgemacht haben", klärte Back-Kajsa sie auf.

Das kleine Mädchen wurde immer erstaunter. Sie dachte an Fritjof und an Hjalmar und an Hektor und an alle möglichen alten Götter und Helden, von denen sie in ihren Geschichtenbüchern gelesen hatte und die ihr im Kopfe herumschwirrten.

Mittlerweile waren sie in dem Stübchen der Kate angelangt, wo Back-Kajsas Vater im Herdwinkel saß und sich den Rücken wärmte. Er war ein Mann aus der alten Zeit, das merkte man schon an seinen Hosen, die nur bis zum Knie reichten, und er trug auch keine Stiefel, sondern Schuhe. Er war ein großer, magerer Mann mit einem grobgeschnittenen, einfältigen Gesicht. Er hatte einen ungewöhnlich schmutzigen

Schafspelz an; eigentlich sah er aber nicht anders aus als alle andern alten Bauern.

So lange das kleine Mädchen in der Stube war, wandte es keinen Blick von diesem Alten, der nicht duldete, daß man in seiner Gegenwart vom Kriege sprach. Für die Kleine selbst waren Kriegsgeschichten das Schönste, was sie hören und lesen konnte. Und nun war ihr verboten, Back-Kajsas Vater danach zu fragen, was er alles erlebt hatte; das war doch zu schade.

Das kleine Mädchen wagte weder zu fragen noch zu antworten, während sie da in der Kate saß. Denn sie wußte, wenn sie ihren Mund auftat, würde sie sich doch versprechen und etwas vom Kriege sagen, und dann würde sie der alte Soldat vielleicht totschlagen.

Als sie so den Alten eine Zeitlang angestarrt hatte, kam er ihr ganz gruselig vor. Es war doch ganz unbegreiflich, daß man nicht vom Krieg mit ihm sprechen durfte. Dahinter mußte etwas Unheimliches stecken. Jawohl, der Alte war ein gefährlicher Mensch, das fühlte sie ganz deutlich. Ach, wenn sie doch nur erst wieder draußen wäre! Sie war auf dem Sprung, zur Türe hinauszulaufen.

Es wurde immer schlimmer, und als Back-Kajsa endlich fertig war und die beiden sich verabschiedeten, da war das kleine Mädchen fast außer sich vor Furcht vor dem alten Manne.

Wäre er wie andre alte Soldaten gewesen und hätte er den Krieg als das Herrlichste auf der Welt erklärt und so recht damit geprahlt, wie viele Hunderte von Menschen er erschlagen und wie viele Dörfer und Städte er niedergebrannt hatte, ja, dann hätte das kleine Mädchen nicht die allergeringste Angst vor ihm gehabt.

Das Land der Hoffnung

Da waren gar viele: Lars aus London und Sven aus Paris und Magnus aus Wien und Johann aus Prag und Per aus Berlin und Ole aus Maggebysäter und der Stallknecht und der Stalljunge.

Und Lars aus London und Sven aus Paris und Magnus aus Wien und Johann aus Prag und Per aus Berlin waren gar keine Ausländer, sondern Taglöhner in Mårbacka. Das verhielt sich nämlich so: Leutnant Lagerlöf hatte sich den Spaß gemacht, seine Katen nach den Hauptstädten Europas zu benennen.

Lars aus London und Magnus aus Wien hatten den ganzen Tag draußen auf den Feldern gepflügt. Sven aus Paris hatte das Vieh gefüttert und daneben auf dem Kartoffelacker geholfen. Johann von Prag hatte Kartoffeln ausgebuddelt, aber Per von Berlin hatte gar nichts getan. Er hatte Rückenweh gehabt und deshalb nicht arbeiten können, und er war nur nach dem Herrenhofe gegangen, um sich ein wenig zu zerstreuen. Der Stallknecht hatte mit den Pferden zu tun gehabt, und außerdem hatte er Holz gespalten. Der Stalljunge war mit auf dem Kartoffelacker gewesen. Ole aus Maggebysäter hatte überhaupt nicht auf dem Hofe gearbeitet; er war nur gekommen, ein Viertel Roggen zu kaufen.

Es war Herbst und Regenwetter; aber jetzt zwischen halb fünf und fünf war Vesperpause, und so waren alle miteinander samt ihren lehmigen Stiefeln, ihren feuchten Kleidern und ihrer schlechten Laune in der Gesindestube versammelt.

Sie zündeten sich ein Feuer aus dürrem Holze im Herd an und setzten sich ringsherum. Lars aus London, der die größte Kate hatte und von allen Arbeitern der tüchtigste war, nahm auf dem Hackblock gerade vor dem Feuer Platz, und Magnus von Wien, ein fast ebenso guter Arbeiter wie Lars von London, setzte sich neben ihn auf den dreibeinigen Schusterschemel. Sven von Paris, der vermeinte, so gut zu sein wie jeder andere, obgleich er auf dem Hofe nur das Vieh besorgte, setzte sich sogar auf die Herdplatte mit dem Rücken gegen das Feuer und fragte nicht danach, ober er den andern die Wärme wegnahm. Johann von Prag saß auf dem andern Schusterdreifuß, und Ole aus Berlin hatte sich auf dem Sägebock ein wenig hinter den übrigen niedergelassen. Der Stallknecht saß auf dem Bettrand und baumelte mit den Beinen, der Junge hatte sich auf die Hobelbank verstiegen, und Ole von Maggebysäter thronte neben der Tür auf einem Faß mit roter Farbe und hatte die Füße auf seinen Sack mit Roggen gestellt, den er soeben gekauft hatte.

Lars von London und Magnus von Wien und Johann von Prag machten ihren Proviantbeutel auf, und jeder holte seine Scheibe Roggenbrot mit einem Butterklecks in der Mitte heraus. Dann zog jeder sein Messer hervor, das an einem Lederriemen unter dem Schurzfell hing; sie strichen es an der Hose ab und schmierten dann die Butter über das Brot, schnitten sich Bissen für Bissen herunter und kauten und schmausten in aller Behaglichkeit.

Der Stalljunge wurde in die Küche geschickt, um für sich und den Knecht die Vesper zu holen. Er kam mit zwei halben Roggenlaiben, zwei Butterklecksen und zwei Scheiben Käse zurück. Aber Per von Berlin, der heute nicht auf dem Hofe tätig gewesen war, hatte keinen Brotbeutel bei sich und ebensowenig Ole von Maggebysäter, der ja nur gekommen war, um Roggen zu kaufen. Die beiden saßen müßig da und schauten den andern beim Essen zu.

Das Feuer flackerte und knisterte und verbreitete eine behagliche Wärme, in der die feuchten Kleider trockneten und der Lehm von den groben Stiefeln abfiel.

Nach beendeter Mahlzeit zogen Lars von London, Magnus von Wien und Sven von Paris und Johann von Prag und der Knecht und der Stalljunge kleine Tabakrollen aus der Hosentasche. Diesmal brauchte der Alte von Berlin nicht hintanzustehen. Wie die andern zog auch er eine Rolle heraus. Aber der Alte von Maggebysäter hatte nicht einmal ein Röllchen Tabak in der Tasche.

Wieder holten sie ihre Messer hervor, schnitten ein Stück Tabak ab, legten es auf ihr Schurzfell und zerhackten es in kleine Stückchen. Dann zogen sie ihre kurzen Nasenwärmer hervor, die auch im Schurzfell steckten, und stopften den Tabak hinein.

Lars von London hob einen Span vom Boden auf und entzündete ihn an der Herdglut. Damit steckte er seine Pfeife an und ließ den Span an Magnus von Wien weitergehen, Magnus von Wien gab ihn Sven von Paris, Sven von Paris überließ ihn Johann von Prag, und Johann von Prag reichte ihn Per von Berlin, der hinter ihm auf dem Sägebock saß. Per von

Berlin reckte und streckte sich, damit der Stallknecht zu dem Feuer gelangen konnte, der Stallknecht steckte seine Pfeife an und hielt den Span brennend in der Hand, bis der Junge durch die Stube gelaufen kam und ihn holte. Ole von Maggebysäter brauchte natürlich kein Feuer, da er ja weder Pfeife noch Tabak hatte.

Die andern waren nun warm und satt, und die Welt bekam für sie wieder ein anderes Aussehen.

Ole von Maggebysäter war in den Siebzigern und von Gicht gekrümmt. Seine Finger standen wie Haken heraus, und der Kopf neigte sich auf die eine Schulter herunter. Sein Rücken war gebeugt, und er sah fast nichts mehr, ein Bein war kürzer als das andre, und seine Körperkräfte waren so schwach geworden wie sein Verstand. Er war sehr häßlich und hatte nicht einen Zahn mehr im Munde; im letzten halben Jahr hatte er sich sicherlich weder gewaschen noch gekämmt, und sein Kinnbart hing voller Spelzen und Strohhalme.

Er besaß eine kleine Kate weit droben im Walde, aber er war nie ein brauchbarer Arbeiter gewesen und hatte die Armut nicht von seiner Hütte fernzuhalten vermocht. Dabei war er von jeher ein mürrischer, verdrossener Kauz gewesen und hatte auch nie einen Freund gehabt.

Während der Tabakrauch der andern die Luft erfüllte, sagte er gleichsam zu sich selbst:

„Ich hab's mein Leben lang schwer und schlecht gehabt, aber nun hab' ich gehört, es gebe ein Land, das Amerika heißt, und dorthin will ich jetzt ziehen."

Die andern saßen in angenehme Gedanken versunken da und gaben dem Alten gar keine Antwort.

Aber Ole von Maggebysäter fuhr fort:

„Ja, seht, mit Amerika ist es nämlich so: man braucht nur mit einem Stock an einen Felsen zu schlagen, und sofort fließt Branntwein heraus. Das will ich sehen, eh' ich sterbe.“

Die andern sagten noch immer nichts. Sie saßen still da, schauten vor sich hin und lächelten.

Aber Ole von Maggebysäter gab sich noch nicht zufrieden.

„Mich soll keiner dazu bringen, hier weiter in Armut und Elend zu leben, wenn ich weiß, daß es ein Land gibt, wo die Berge voll Branntwein sind.“

Die andern sagten immer noch nichts, aber sie verloren keine Silbe von dem, was Ole von Maggebysäter sagte.

„Und das Laub dortzulande besteht aus reinem Golde“, fuhr der armselige alte Mann fort. „Da braucht niemand Taglöhner auf einem Herrenhofe zu sein. Man geht einfach in den Wald und holt sich einen Arm voll Laub, dann kann man sich kaufen, was einem gefällt, und das werd' ich mir nicht entgehen lassen, so alt ich auch bin.“

In der Gesindestube war es jetzt angenehm warm, und allen war es höchst behaglich zumute. Sie glaubten das Land vor Augen zu sehen, wo man Branntwein aus den Bergen zapfen und Gold von den Bäumen pflücken kann.

Doch nun erklang die Vesperglocke, und die Ruhepause war zu Ende.

Sie mußten wieder hinaus in Wind und Wetter. Lars von London ging zu seinem Pflug und Magnus von Wien schloß sich ihm an. Sven von Paris und Johann von Prag und der Stalljunge mußten Kartoffeln ausbuddeln. Per von Berlin begab sich heim in seine Hütte und der Stallknecht ans Holzspalten. Ole von Maggebysäter wanderte den Wald hinauf mit seinem Roggensack auf dem Rücken.

Aber keiner von allen sah mehr so mißmutig aus wie vor einer halben Stunde; im Gegenteil, ihre Augen glänzten.

Denn alle dachten, wie gut es sei zu wissen — jawohl, ob es auch noch so weit entfernt lag und man niemals hinkommen würde, so sei es doch gut zu wissen, daß es ein Land gab, wo Branntweinberge standen und goldene Wälder wuchsen.

Die Slomzeit

Östlich von Mårbacka erhebt sich ein bewaldeter Berg, und wiederum östlich von diesem liegt ein kleiner See, der Gårdsjö heißt. In diesem See lebt ein Fisch, den man Slom nennt. Er ist etwa zwei Zoll lang, blauweiß und ganz, ganz dünn, ja fast durchsichtig.

Aber so klein er auch ist, eßbar ist er doch, und zu der Zeit, da Leutnant Lagerlöf auf Mårbacka saß und alles viel besser war als heutzutage, wurde der Fisch in ungeheuren Mengen gefangen. Seine Laichzeit fiel ins Frühjahr, sobald das Eis sich löste. Und dann konnte man ihn mit Eimern und Kübeln herausschöpfen. Es fiel niemand ein, sich die Mühe zu machen, ihn mit Netzen zu fischen.

Er wurde auch nur zur Laichzeit gefangen und in den Handel gebracht. Deshalb war es auch ein richtiges Frühlingszeichen, wenn einer der Gårdsjöfischer mit den ersten Slomen in die Küche von Mårbacka kam. Und der Mann wußte auch, welche willkommene Ware er brachte. Er drückte schnell die Klinke an der Küchentür nieder, denn Schlösser mit Schlüsseln gab es in früheren Zeiten nicht, und trat selbstbewußt, fast herausfordernd ein. Er blieb auch weder wie sonst an der Tür stehen, noch sagte er guten Tag, auch wartete er nicht, bis ihn jemand nach seinem Begehren fragte. Nein, mit langen Schritten trat er an den Küchentisch und legte ein kleines, in ein blaugewürfeltes Baumwolltuch gewickeltes Bündel darauf.

Wenn dies getan war, zog er sich an die Tür zurück, blieb dort mit stolz erhobenem Kopfe stehen und wartete der Dinge, die da kommen sollten.

Wenn außer der Haushälterin und dem Dienstmädchen sonst niemand in der Küche war, konnte er eine gute Weile dort stehen; denn sich ungeduldig oder neugierig zu zeigen, hätten sich diese beiden nicht zuschulden kommen lassen wollen. Aber wenn es sich zufällig traf, daß des Leutnants kleine Töchter in der Nähe waren, dann stürzten diese sich auf das Bündel, rissen es auf und sahen nach, was darin war. Sie entdeckten dann auf dem Boden des Bündels einen kleinen Porzellanteller mit blauen Landschaften auf dem Rand, den sie von Jahr zu Jahr wieder erkannten. Auf dem Teller lag ein Häufchen Slome, höchstens zwanzig bis fünfzig Fischchen, mehr waren es sicher nicht.

Der Slom ist zwar ein wohlschmeckender kleiner Fisch, wenn er richtig zubereitet ist, aber es gilt doch nicht für so ganz vornehm, ihn zu essen. Auf den andern Herrenhöfen in der Gegend hielt man das Slomessen für Armeleutekost, aber in Mårbacka war man anderer Ansicht. Leutnant Lagerlöf war ein großer Freund von Fischen, und er hätte am liebsten das ganze Jahr hindurch nichts als Fische gegessen. Aber wenn im Februar die Laichzeit der Aalraupen vorüber war, mußte er sich mit anderem begnügen, mit Klippfisch, getrocknetem Hecht, gesalzenen Muränen, ganz zu schweigen von gesalzenen Heringen. Und so wartete er von Tag zu Tag eifrig auf die Ankunft des Sloms.

Die kleinen Mädchen hatten also gelernt, den Slom in Ehren zu halten, und sie waren hocherfreut, wenn sie sahen, was auf dem Teller lag. Sie riefen die Haushälterin und riefen das Dienstmädchen. Diese mußten rasch herbeikommen und selber sehen. Jetzt war ja der Slom da! Lasse war mit Slomen gekommen! War das nicht herrlich? War das nicht eine wichtige Neuigkeit?

Und so gab es eine große und allgemeine Freude in der Küche. Die Haushälterin ging sofort in die Speisekammer und brachte dem Fischer ein Butterbrot, damit er auch merken sollte, wie willkommen er war. Und als sie ihm das Butterbrot reichte, ließ sie sich so weit herab, ihn zu fragen, ob Aussicht auf einen guten Fischfang sei. Und der Fischer stand stolz und selbstbewußt da, denn das war der Tag seiner Herrlichkeit und Glorie, und in seinem Übermut wagte er sogar einen Scherz mit der Haushälterin von Mårbacka zu machen. Er behauptete, es gäbe so viele Slome, daß der Herr Leutnant sie mit all seinen Reichtümern nicht aufkaufen könnte.

Inzwischen aber hatte sich Mamsell Lovisa Lagerlöf gefragt, was denn das Geplauder draußen wohl bedeuten mochte? Rasch machte sie ihre Tür auf und trat in die Küche hinaus.

Aber kaum hatte sie den Fischer und den Teller mit den Slomen erblickt, als sie ausrief: „Ach, mein Gott, fängt nun das Elend wieder an?"

Das war eine große Enttäuschung für die Kinder. Tante Lovisa teilte offenbar die allgemeine Freude nicht. Immerhin entbehrte Tante Lovisa doch nicht des Gefühls für die Wichtigkeit der Sache, denn sie flüsterte der Haushälterin noch etwas zu, worauf diese freundlich nickte und lächelte.

Daraufhin wurde den Kindern und den Dienstboten untersagt, den Herrn Leutnant wissen zu lassen, daß Slome angekommen seien. Er sollte zum Abendbrot damit überrascht werden.

Als die drei kleinen Mädchen begriffen, um was es sich handelte, waren sie noch viel vergnügter. Denn ihr Vater war ihr bester Freund und Spielkamerad, und sie gönnten ihm alles Gute. Nun wurden sie überaus eifrig und dienstfertig und wollten um keinen Preis aus der Küche gehen. Sie baten inständig, man solle sie die Fische reinigen lassen. O, sie wußten vom letzten Jahre her noch recht gut, wie man das machte. Mit einem Schnitt mußte der Kopf herunter, mit dem nächsten holte man das Eingeweide heraus, und fertig war die Sache. Die Fischchen waren so klein, daß sie weder eine dicke Haut noch spitze Gräten hatten wie andere Fische. Und man brauchte auch die Schwanzflosse nicht abzuschneiden. Wenn man das tat, so bewies man nur, daß man rein nichts von der Behandlung des Sloms verstand.

Wenn die Fische gereinigt waren, nahm die Haushälterin das weitere in die Hand, aber die kleinen Mädchen verwandten kein Auge davon und sahen aufmerksam zu, wie man die Fischchen zubereitete. Man spülte sie in Wasser ab, tauchte sie in Mehl und legte sie in die Bratpfanne. Aber man durfte sie nicht einfach in die Pfanne werfen und sie braten lassen, wie sie gerade lagen. Nein, die Fischchen mußten sorgfältig auf den Boden der Pfanne gelegt werden, dicht nebeneinander. Die Haushälterin nahm geduldig Fisch für Fisch, keiner durfte über den andern zu liegen kommen.

Dann wurden die kleinen Slome so scharf gebakken, daß sie wie ein Kuchen zusammenhielten und die Haushälterin sie wie einen Pfannkuchen mit einem Griff wenden konnte. Wenn sie auch auf der anderen Seite gebacken und hart und fest wie Stöckchen waren, nahm sie ein Hartbrot, dünnes, hart gebackenes, rundes Haferbrot, legte es auf die Fische und drehte die Pfanne um, so daß die Fische auf das Fladenbrot zu liegen kamen. Das tat sie mit keinem andern Fisch, aber sie erzählte den Kindern, so habe es ihre Großmutter immer gemacht. Zu Großmutters Zeit pflegte man auch bei Tisch vor jede Person solch einen Brot- und Slomkuchen zu setzen, denn damals war man mit Tellern nicht so gut versehen wie heutzutage.

Die ganze Zeit über, da die Fische in der Pfanne brieten, waren die Kinder außer sich vor Angst, Leutnant Lagerlöf könnte in die Küche kommen und das Gericht sehen. Ab und zu lief eines von ihnen in den Flur hinaus, öffnete die Saaltür ein wenig, um zu sehen, ob der Vater schön still in seinem Schaukelstuhl saß und die Wermlandzeitung las. Erhob er sich dann zu seinem gewohnten abendlichen Gang, so standen die Herzchen fast still vor Schrecken. Wie, wenn er seinen Weg durch die Küche nähme? Wenn er Lust hätte, der alten Haushälterin ein freundliches Wort zu sagen?

Wenn es dann endlich an der Zeit war und der Vater sich zum Abendessen an den runden Tisch im Saale setzte, war es den kleinen Mädchen fast unmöglich, ernsthaft zu bleiben. Wenn sie ihren Vater nur ansahen, mußten sie kichern. Am schlimmsten war es für die Jüngste, die das Tischgebet sprechen mußte. Mitten im Gebet platzte sie mit einem kleinen Gekicher los, wie wenn ein Spatz ein Haferkorn erblickt, und der Leutnant wollte eben fragen, was los sei, als er glücklicherweise neben seinem Gedeck ein kleines mit Slom gefülltes Gefäß entdeckte.

Da strahlte Leutnant Lagerlöf über das ganze Gesicht. „Gott sei Dank, nun haben wir wieder eine richtige Speise im Haus!“ rief er, und das war aufrichtig gemeint, denn für ihn zählten weder Ochsen- noch Schweinefleisch zu den richtigen Speisen, sondern nur allein Fische.

Aber die Kinder brachen nach aller schwer erkämpften Ruhe in ein schallendes Gelächter aus; der Vater jedoch drohte ihnen mit dem Finger und schüttelte den Kopf. „Soso, ihr Racker, deshalb seid ihr den ganzen Abend immerfort ein- und ausgelaufen, daß ich meine Zeitung nicht in Ruhe habe lesen können!“

Das gab ein ungewöhnlich heiteres Abendessen. Der Leutnant war ja fast immer gesprächig und guter Laune, aber wenn er sich über etwas freute, war er geradezu unwiderstehlich. Dann kramte er eine solche Menge komischer Geschichten aus, daß sich die Tischgesellschaft vor Lachen bog.

Es waren ja nicht mehr Slome vorhanden, als eine Person allein leicht hätte essen können, aber in seiner Herzensgüte teilte er den Leckerbissen nach allen Seiten aus: Frau Lagerlöf, Mamsell Lovisa, die Gouvernante und auch die drei Töchterchen, alle bekamen ein paar Fischlein. Und alle mußten zugeben, es sei wunderbar, wie gut so ein kleiner Fisch schmecken könne.

„Nun, schmeckt das nicht herrlich, Lovisa?" fragte der Leutnant seine Schwester, die, wie er wohl wußte, Fleisch so gerne aß wie er Fische.

Manchmal mußte sie seiner Behauptung zustimmen, jetzt etwa, wo man noch nicht viel davon hatte essen müssen.

Als aber der Leutnant sein Mundtuch zusammenfaltete und im Begriff war, vom Tisch aufzustehen, sagte er feierlich: „Und nun, Kinder, gebt acht, was ich sage! Selbst der König im Schloß zu Stockholm kann kein besseres Abendessen bekommen, als wir heute gehabt haben. So wollen wir auch daran denken, Gott von Herzen dafür zu danken, und deshalb das Tischgebet nicht vergessen."

So verlief der erste Tag in der Zeit des Sloms.

Am andern Tag kam der Gårdsjöfischer wieder, und diesmal brachte er ein ganzes Pfund mit. Er wurde natürlich freundlich empfangen und bekam zwölf Schilling für das Pfund, was als gute Bezahlung gelten durfte. Der Leutnant brachte das Geld selber in die Küche. Er redete mit dem Fischer und dankte ihm, weil er die Slome nach Mårbacka gebracht hatte, und ermahnte ihn zu regelmäßiger Lieferung.

„Bring sie nur ja nicht zu Pastors oder zum Hammerherrn!“ sagte er.

Die drei kleinen Mädchen richteten auch diesmal ganz ungeheißen die Fische zu, aber sie bekamen auch ihren Lohn für ihre Mühe. Jetzt reichten die Slome für alle beim Abendessen; manchmal blieben sogar welche übrig, die dann der Leutnant zum nächsten Frühstück aß. Die Leute in der Küche bekamen nichts davon, dafür war diese Speise zu selten.

Am nächsten Tage brachte der Fischer so viel Slome, daß ein großer Steintopf nicht alle fassen konnte. Von nun an kamen Slome auf den Herrschaftstisch sowohl zum Frühstück wie zum Nachtessen, und in der Küche bekam der Großknecht auch davon, aber nicht der Stallknecht und der Junge.

In den folgenden Tagen kamen die Leute aus all den kleinen Hütten rings um den Gårdsjö und boten Slom an. Und der Leutnant kaufte allen, die kamen, ab. Alle großen Steintöpfe, die sich in der Speisekammer vorfanden, wurden übervoll. Man mußte die Fische in den großen Kupferkessel tun. Bald reichte auch dieser nicht mehr, und die Fische wurden in einen großen Bottich geschüttet.

Als man aber so ausnehmend viel von diesen Fischen ins Haus bekam, war es nicht mehr so einfach, sie zu reinigen. Die Dienstmädchen kamen nicht mehr an den Webstuhl und nicht ans Spinnrad, sie mußten Slome putzen. Die kleinen Mädchen sah man nie mehr im Schulzimmer sitzen, sie richteten Slome zu, aber jetzt nicht mehr zum Spaß, sondern um den Großen zu helfen. Frau Lagerlöf und Mamsell Lovisa mußten jede Arbeit liegen lassen, die sie unter den Händen hatten, und beim Putzen der Slome helfen. Aber das war schön und vergnüglich. Es war eine kleine Abwechslung, und das war's gerade, was sie sich wünschten.

Die Haushälterin reinigte keine Slome, aber sie stand tagelang am Herd, um sie zu braten. Und nach kurzer Zeit fing sie an, über den Butterverbrauch zu klagen. Vor ein paar Tagen sei das Butterfaß noch voll gewesen, und jetzt sehe man schon den Boden. Das war die erste Abkühlung der allgemeinen Begeisterung.

Am Herrschaftstisch aß man Slom zum Frühstück und zum Abendessen ohne Abwechslung. Beim Mittagessen jedoch blieb man bei den gewöhnlichen Wermländischen Speisen: gesalzenes und gepöckeltes Fleisch oder Heringsklöße oder gebratener Schinken oder Wurst — oder was immer es war.

Aber das war nicht nach des Leutnants Sinn. Eines Tages, als ihm Fleisch angeboten wurde, das seit November im Salz gelegen hatte, verlor er die Geduld.

„Ich sehe warhaftig nicht ein, weshalb wir hier gesalzenes Fleisch essen sollen, wenn die ganze Speisekammer voll frischer Fische ist", sagte er. „Aber so machen es die richtigen Haushälterinnen. Die Hausgenossen essen Gesalzenes, und das Frische bleibt auf den Regalen stehen und wartet auf Gäste, bis es verfault."

Das war ein scharfer Ausfall gegen seine Schwester, aber diese nahm die Sache mit Ruhe auf. Sie liebte ihren Bruder so sehr, daß sie nie böse auf ihn wurde. Ihre Antwort klang ganz sanftmütig, als sie sagte, sie habe noch nie gehört, daß man den Gästen Slom vorsetzen könnte.

„Jaja, du bist zu vornehm zum Slomessen, das weiß ich wohl, Lovisa!“ versetzte der Leutnant darauf. „Du hast dich in der großen Welt bewegt und weißt, wie es dort zugeht. Aber ich sehe nicht ein, weshalb wir hier in Mårbacka uns darum kümmern sollen, wie es in Karlstadt oder in Amal ist.“

Jetzt ging Mamsell Lovisa ein Licht auf, weshalb ihr Bruder so schlechter Laune war.

„Aber du wirst doch nicht auch noch zu Mittag Slom essen wollen!“ rief sie aus, wie wenn sie das in ihrem ganzen Leben noch nie getan hätte.

„Gewiß will ich so viel Slom essen, als ich kann“, sagte der Leutnant. „Meinst du, ich würde Tag für Tag so viel kaufen, wenn ich selber nichts davon bekommen soll?“

Am Herrschaftstisch aß man von nun an morgens, mittags und abends Slom. Aber diese Anordnung hatte sich vielleicht der Leutnant nicht so recht überlegt. Der Slom ist gewiß ein schmackhafter Fisch, aber er hat den Fehler, nicht gut zu riechen. Ich meine nicht, wenn er verdorben ist. Er riecht schlecht, sobald er aus dem Wasser kommt, ist er aber gebraten, dann verschwindet der Geruch. Wer den Slom jedoch zubereiten muß, der bekommt diesen Geruch — und er ist einer von der anhänglichen Sorte — in die Nase. Man kann machen, was man will, man bringt ihn überall mit hin. Alles, was man anfaßt, riecht nach Slom. Und dieser Geruch ist daran schuld, daß man den Fisch nur ein paarmal mit wirklichem Appetit essen kann.

Da sich nun aber fast alle im Hause an der Zubereitung der Slome beteiligen mußten, so hatte man es bald satt, morgens, mittags und abends auch noch davon zu essen. Man wurde seiner überdrüssig. Man nahm sich täglich immer kleinere Portionen. Man seufzte, wenn man zu Tisch ging und kein andres Essen bekam als den ewigen Slom.

Aber der Leutnant war nach wie vor hochbefriedigt und fuhr fort, Slom zu kaufen. Der Gårdsjöfischer, der den ersten gebracht hatte, hielt Wort und kam Tag für Tag wieder. Zuweilen sogar mehrmals an einem Tag. Aber er war nicht mehr derselbe wie damals. Ganz leise drückte er jetzt die Türklinke nieder und auf seinen Lippen schwebte ein verlegenes, demütiges Lächeln, wenn er eintrat. Er setzte die Fische, die er brachte, nicht mehr auf den Küchentisch, sondern ließ sie draußen vor der Tür. Er sagte auch guten Tag und nahm die Mütze ab; aber er mußte jedenfalls eine gute halbe Stunde dastehen und warten, ohne scheinbar von jemand bemerkt zu werden.

Denn so vergnüglich es für die Dienstboten und die Kinder gewesen war, den gewohnten Arbeiten zu entgehen und Fische zuzurichten, so war ihnen das jetzt gründlich verleidet, und sie sehnten sich alle nach ihrer richtigen Arbeit zurück. Keines mochte den Fischer auch nur noch ansehen.

„Ist es denn die Möglichkeit! Kommt Lars heute wirklich wieder mit Fischen?“ sagte schließlich die Haushälterin in einem Tone, wie wenn der Mann gestohlenes Gut zum Kauf anbieten wollte.

Der Fischer blinzelte ein wenig mit den Augen. Er schämte sich so, daß er keinen Laut über die Lippen brachte.

„Wir haben mehr Fische, als wir überhaupt essen können“, sagte die Haushälterin. „Der Herr Leutnant will jetzt gewiß nicht noch mehr von dem schrecklichen Zeug kaufen, das kann ich mir gar nicht denken.“

Aber sie wußte, daß mit dem Leutnant nicht zu spaßen war, wenn es sich um Slom handelte, und so blieb ihr nichts anderes übrig, als hineinzugehen und die Ankunft des Fischers zu melden.

Eines Tages war der Leutnant auf dem Felde draußen, als der Alte kam. Da ergriff die Haushälterin die Gelegenheit und schickte ihn mit seinen Fischen wieder fort. Die ganze Küche war hocherfreut, weil sie nun keine Fische zuzurichten brauchte, aber das Unglück wollte, daß der Fischer dem Leutnant in der Allee begegnete. Der Leutnant kaufte ihm sofort einen ganzen Kasten voll ab und schickte ihn damit in die Küche zurück.

So ging es ein paar Wochen lang fort. Alle waren verzweifelt, des Sloms überdrüssig, nur der Leutnant nicht. Bei jeder Mahlzeit pries er die kleinen Slome, die eine so gesunde, kräftige Speise seien. Man solle nur die Fischer in Bohuslän ansehen. Die äßen jeden Tag Fisch und seien die stärksten, gesündesten Burschen im ganzen Land.

Eines Abends machte Mamsell Lovisa einen Versuch, seine Standhaftigkeit auf die Probe zu stellen. Sie ließ die Haushälterin Speckpfannkuchen mit Rahm backen. Diese waren ein Leibgericht des Leutnants, was durchaus verständlich war, denn die Pfannkuchen, wie die alte Haushälterin sie zubereitete, hatten ihresgleichen nicht. Aber diesmal verfehlten sie ihre Wirkung.

„Du willst wohl reichlich Slom für die Knechte übrig behalten, weil du meinst, ich solle mich mit Pfannkuchen begnügen", sagte der Leutnant und ließ die Schüssel mit den duftenden knusprigen Pfannkuchen an sich vorübergehen.

„Ach nein, das ist nicht meine Absicht", versetzte Mamsell Lovisa. „Aber die Knechte sind des Sloms allmählich so überdrüssig geworden, daß wir ihnen keinen mehr vorsetzen können."

Da lachte der Leutnant hell auf, aber die Pfannkuchen rührte er nicht an. Man mußte ihm Slom aus der Küche holen.

Als noch eine Woche vergangen war, wurde das ganze Haus rebellisch. Die Haushälterin ärgerte sich über den Butterverbrauch und die Dienstboten erklärten, es auf einer Stelle, wo man so viel Slom essen müsse, nicht aushalten zu können. Schließlich wagte sich der Leutnant gar nicht mehr in die Küche, denn dort gärte es am heftigsten.

Auch bei Tische war es nicht mehr, wie es hätte sein sollen. Alle Behaglichkeit war dahin. Die Erzieherin rührte das Essen nicht mehr an, und sogar die Kinder, die sonst mit dem Vater durch dick und dünn gingen, ließen halb unterdrückte Einwendungen laut werden.

Jetzt endlich mischte sich Frau Lagerlöf in die Angelegenheit. Sie beriet sich mit Mamsell Lovisa und der Haushälterin, und sie waren einmütig der Ansicht, daß es nun an der Zeit sei, das erprobte, sichere Mittel anzuwenden, das diesem Abenteuer ein Ende bereiten würde.

Als beim nächsten Mittagessen die Slome wieder

auf den Tisch kamen, waren sie gekocht statt gebraten.

Nun aber sind gekochte Slome etwas ganz merkwürdig Widerliches. Sie haben eine weißliche Leichenfarbe und eigentlich gar keinen Geschmack. Man braucht sie gar nicht zu kosten, man verliert den Appetit vom bloßen Ansehen.

Als der Leutnant den gekochten Slom erblickte, war er ebensowenig erbaut davon wie alle andern.

„Die Butter ist uns ausgegangen", sagte Mamsell Lovisa entschuldigend, „und da du ja noch immer zu jeder Mahlzeit Slom haben willst, so wußten wir uns keinen andern Rat, als ihn zu kochen. Und ich für meinen Teil", fügte sie hinzu, „glaube nicht, daß die Fische auf diese Art schlechter schmecken als sonst."

Darauf erwiderte der Leutnant kein Wort, und nun hatte Mamsell Lovisa die Oberhand gewonnen, das merkten alle.

Der Leutnant hätte ja in die Vorratskammer gehen und nachsehen können, ob die Butter wirklich zu Ende war; er hätte auch einen neuen Vorrat Butter kaufen können, aber er tat keines von beiden.

Von diesem Mittagessen an kaufte er keinen Slom mehr. Es lohnte sich ja nicht mehr, wie er sagte, da die Frauenzimmer zu faul seien, die Fische so, wie es sich gehöre, zuzubereiten. Und niemand widersprach ihm, obgleich alle überzeugt waren, daß er ebenso froh war wie alle andern, keine Slome mehr essen zu müssen.

Der siebzehnte August

1

Es ist nicht ganz leicht zu erklären, wie es kam, daß der siebzehnte August, der Geburtstag des Leutnants Lagerlöf, sich zu einem so großen Festtag gestaltete. Aber man muß eines bedenken: wenn soviel talentvolle Leute in einem Ort wie Ost-Ämtervik beisammen sind, dann müssen sie doch einmal im Jahre zeigen, was sie zustande bringen können.

Wenn man beispielsweise über drei so große Redner verfügt wie den Ingenieur Noreen auf Herrestad und den Reichstagsabgeordneten Nils Andersson in Bävik sowie den Kaufmann Theodor Nilsson in Visteberg, von denen der erste den pathetischen, der zweite den ernsthaften und der dritte den poetischen Stil beherrschte, so wäre es doch eine Sünde und Schande gewesen, hätten sie niemals aus anderen Anlässen als kleinen Festlichkeiten und Gemeindeversammlungen reden können.

Und wenn man einen Dichter hatte, wie den Kantor Melanoz! Jeden Tag hörte er seine Schulkinder stottern und stammeln und durch das Labyrinth der schwedischen Sprache hindurchstolpern. Da mußte er doch wenigstens einmal im Jahre diese mißhandelte Sprache in feierlichen Huldigungsgedichten singen und klingen lassen.

Und wenn das Kirchspiel ein Quartett aufweisen konnte, das aus Sängern bestand, wie Gustav und Jan Asker aus dem alten Musikantengeschlecht und den zwei Brüdern Alfred und Tage Schullström, denen der Laden neben der Kirche gehörte! Sie ernteten wohl Dank, wo sie sich nur immer hören ließen; aber für sie selber war es erhebend und aufmunternd, bei feierlichen Gelegenheiten singen zu können, wo sie anspruchsvolle und kritische Zuhörer hatten.

Und der alte Asker, der bei Bauernhochzeiten zum Tanze aufzuspielen pflegte, wobei sich kein Mensch darum kümmerte, was eigentlich aus der Klarinette herauskam, solange nur Takt und Schwung darin war, ach, er war überglücklich, wenn er am siebzehnten August in Mårbacka für die Jugend aufspielen durfte, die seine Kunst zu schätzen wußte und ihm versicherte, es gebe auf der ganzen Welt keine Musik, nach der sich so ausgezeichnet tanzen ließe wie nach seiner.

Und wenn ein Trompetensextett beisammen war, bestehend aus dem Inspektor von Gårdsjö und Tage Schullström und Sergeant Johann Dalgren sowie einem Kommis und zwei musikalischen Dorfschullehrern, die sich Instrumente und Noten angeschafft und Märsche und Walzer und Ouvertüren und eine große Auswahl von Volksliedern eingeübt hatten, dann wäre es doch wahrlich ein Verbrechen gewesen, hätte es keinen einmaligen, unvergleichlichen Festtag gegeben, an dem sie Ehre und Ruhm für ihre Bestrebungen ernten durften.

Und wenn sich außerdem im Kreise der Verwandten, die im Sommer Gäste auf Mårbacka waren, zwei ausgesprochene Vergnügungskommissare befanden wie der Auditor Oriel Afzelius, der eine Schwester von Frau Lagerlöf zur Frau hatte, und deren Bruder Kristofer Wallroth, so konnte man froh sein, daß es so weit draußen auf dem Lande ein so großartiges Fest gab, bei dem man sich hören lassen konnte.

Und befand sich zudem unter den Gästen eine geborene Primadonna wie Frau Hedda Hedberg, die schöne, fröhliche Stockholmerin, als Sängerin und Schauspielerin ganz fürs Theater geschaffen, obwohl sie einen armen wermländischen Leutnant geheiratet hatte, dann kann man wohl sagen, es sei geradezu eine Verpflichtung gewesen, den siebzehnten August in Mårbacka festlich zu begehen, damit sie und alle die andern zu ihrem Recht kämen.

2

In der ersten Zeit, als Leutnant Lagerlöf auf Mårbacka wohnte, wurde der siebzehnte August nur wie ein gewöhnlicher Geburtstag mit blumengeschmücktem Kaffeetisch und einem Kranz um des Leutnants Tasse gefeiert. Die nächsten Nachbarn kamen, gratulierten und wurden wie üblich zum Kaffee geladen, bekamen dann noch Saft und Punsch und Grog und blieben auch zum Abendbrot, das Punkt neun Uhr stattfand. Sie unterhielten sich mit den gewohnten Plaudereien, und nach dem Abendbrot trug man den Tisch aus dem Saal, um noch ein bißchen zu tanzen.

Aber es mußte sich wohl in der Gegend herumgesprochen haben, daß diese kleinen Geburtstagsfeiern sehr ansprechend und gemütlich seien, daß aber niemals Einladungen dazu ergingen, sondern jedermann willkommen sei, der Lust habe zu kommen. Kurz, jedes Jahr wurden es der Gäste mehr, die sich einfanden.

Die Familien vergrößerten sich ja auch, und sobald die Kinderchen nur trippeln und laufen konnten, wurden sie mit nach Mårbacka genommen, um auch mit dem Leutnant Lagerlöf zu feiern. Und wenn die Nachbarn, die von Anfang an mit dabei gewesen waren, gerade Gäste hatten, so wurden auch diese ganz selbstverständlich mitgebracht.

Alleinstehende junge Herren, die damals oft meilenweit fuhren, um ein bißchen zu tanzen, nahmen die Gewohnheit an, dem Leutnant Lagerlöf am siebzehnten August ihre Aufwartung zu machen, und die entfernt wohnenden Verwandten, die jeden Sommer nach Mårbacka zu Besuch kamen, richteten es auch mit der Zeit so ein, daß sie gerade beim Geburtstag anwesend sein konnten.

Und da am siebzehnten August immer schönes Wetter war, so lange der Leutnant lebte, vertrieben sich die Gäste stundenlang die Zeit mit einem Spaziergang durch den ganzen Hof. Die Wirtschaftsgebäude und Gartenanlagen wurden gründlich besichtigt. Kam viel Jugend zusammen, fing man auch schon vor dem Abendessen zu tanzen an. Fröhlich und behaglich ging es dabei immer zu, aber eigentlich nicht mehr als andernorts auch.

Danach aber ließ sich Leutnant Adolf Hedberg mit seiner schönen jungen Frau aus irgendeinem Grunde in Ost-Ämtervik nieder, und am nächsten Geburtstag des Leutnant Lagerlöf kam, während die Gäste beisammen waren, eine alte Bäuerin in die Küche mit einem Korb voll Eiern, die sie verkaufen wollte. Man wies sie ab, weil man während all der Arbeit für das Essen keine Zeit zum Eierkauf hatte. Die Frau ließ sich aber nicht einschüchtern, sondern ging mit ihrem Korb auf die Veranda, wo der Leutnant mit einer ganzen Anzahl Herren saß. Sie war durchaus nicht schüchtern, sondern rührte ihre Zunge so schnell und behende, daß der Leutnant ihre Eier kaufen mußte, nur um das Weib los zu werden. Aber als sie ihr Geld erhalten und in die Rocktasche versenkt hatte, machte sie noch keine Anstalten zu gehen, sondern nun wollte sie auch noch wissen, wer die Herren alle waren und machte ein wenig gar zu aufdringliche Bemerkungen über deren Äußeres. Schließlich meinte indes doch der junge Leutnant Hedberg, der auch mit dabeisaß, nun sei es genug des Scherzes; er tat seinen wenig gesprächigen Mund auf und sagte:

„Jetzt läßt du es wohl genug sein, Hedda!"

Worauf sich die Bäuerin auf ihn stürzte und ihm eine richtige kleine Ohrfeige verabfolgte, indem sie rief:

„Aber Adolf, wie abscheulich von dir, zu sagen, daß ich es bin!"

Und gewiß war es schade, denn sie war so gut verkleidet und hatte ein so vorzügliches Wermländisch gesprochen, daß niemand auf den Gedanken gekommen wäre, es könnte die reizende Stockholmerin sein.

Aber dieser kleine Scherz machte nun auch die andern Talente mobil, und als der Abend fortschritt, begann Kristofer Wallroth, Erik Böghs Lieder zu singen. Seine Stimme war nicht besonders groß, aber der Vortrag war desto besser, und seine Zuhörer wälzten sich vor Lachen. Und schließlich knüpfte sich der Auditor Afzelius ein seidenes Tüchlein um den Kopf, warf eine Mantille um die Schultern und sang und deklamierte *Emiliens Herzklopfen.* Das war natürlich die Glanznummer des Abends, denn der Auditor war hinreißend, als er ein liebeskrankes Jungfräulein darstellte.

Während sich das alles abspielte, hatte sich wohl der Kantor Melanoz im stillen geärgert, weil nur diese Stadtleute etwas Lustiges für den Leutnant und seine Gäste darzubieten vermocht hatten. Er fand sich bei seiner Ehre gepackt.

Im nächsten Jahr schoß dann aber auch er den Vogel ab.

Der Leutnant hatte nämlich der Schule zu Östanby eine Anzahl kleiner Gewehre geschenkt, die in Mårbacka angefertigt worden waren. Die Schulkinder sollten damit exerzieren lernen. Er hatte sogar einen alten Sergeanten mit in die Schule geschickt, der den Kindern die ersten Handgriffe beibringen sollte. Das nahm der Kantor zum Anlaß, mit seinen sämtlichen Schulkindern zu dem Geburtstag des Leutnants anmarschiert zu kommen.

An der Spitze wurde eine Fahne getragen, eine Trommel wurde geschlagen, und die Kinder hatten ihre Gewehre geschultert. Als sie durch die Allee gezogen kamen, sah es aus, als komme ein ganzes Kriegsheer anmarschiert. Es waren sehr viele Kinder, der Zug reichte vom Gesindehaus bis unter die Veranda, wo der Kantor, der sie anführte, Halt! kommandierte.

Dann sprach er einige Worte. Er sagte, diese Kinder seien gekommen, Leutnant Lagerlöf zu danken, weil er daran gedacht habe, ihren Körper ebensogut auszubilden wie ihren Geist. Darauf ließ er sie vorführen, wie sie marschieren, rechts um, links um machen und ihr Gewehr schultern konnten.

Das war eine prächtige Überraschung, die der Kantor sich ausgedacht hatte. Der Leutnant war glückselig darüber und seine Gäste unterhielten sich vorzüglich.

Was die alte Haushälterin und Mamsell Lovisa und Frau Lagerlöf dachten, die, während ein großes Abendessen schon im Gange war, noch Kaffee und Gebäck für sechzig Kinder schaffen mußten, kann man sich denken. An jedem siebzehnten August dachten sie mit Entsetzen an diesen Kinderzug und hofften, der Kantor werde nie wieder mit einem so großen Anhang erscheinen.

An jenem Tage, wo der Kantor mit der Schuljugend erschienen war, hatten sich indes auch Ingenieur Noreen und seine Frau überlegt, daß es doch nicht angehe, nur die auswärtigen Besucher für die Unterhaltung an Leutnant Lagerlöfs Geburtstag sorgen zu lassen. Am Abend war herrlicher Mondschein. Da zog der Ingenieur einen schwarzen Sommermantel an und setzte ein federgeschmücktes Barett auf, während seine Frau Emilie sich in ein altmodisches Gewand mit hohen Puffärmeln kleidete. Und nun führten sie auf dem sandbestreuten Platz vor der Veranda ein paar Szenen aus Börjessons Erik XIV. auf.

Dieses Schauspiel im Mondschein war schöner, als man sich denken kann, denn Erik Noreen hatte sich so ganz in die Rolle des Königs Erich eingelebt, daß jedes Wort aus seinem eigenen Herzen zu kommen schien, und seine Frau war süß und schüchtern und ein wenig ängstlich — gerade so wie eine Karin Månstochter sein muß.

Im folgenden Jahre fanden sich zum siebzehnten August mehr Leute denn je auf Mårbacka ein. Ein Wagen, ein Kabriolet, ein Gefährt folgte dem andern. In kurzer Zeit waren siebzig bis achtzig Menschen beisammen. Offenbar hatte sich in der ganzen Gegend die Kunde verbreitet, an diesem Tage könne man in Mårbacka die ergötzlichsten Dinge miterleben, die einem sonst nirgends geboten würden.

Aber diesmal war der Leutnant in großer Verlegenheit, weil den Besuchern nichts Außergewöhnliches geboten wurde. Es ging an diesem Tag zu wie bei jeder anderen Geselligkeit: die Jugend fing früh am Nachmittag an zu tanzen, die Herren unterhielten sich bei einem Glase Grog, die älteren Damen saßen im Salon bei Obst und Konfekt. Niemand langweilte sich, denn Auditor Afzelius und Propst Hammargren einerseits und Frau Hedda Hedberg und Nana Hammargren andrerseits verstanden sich auf die Kunst, eine Gesellschaft zu unterhalten. Aber nichts wies darauf hin, daß irgendeine Aufführung vorbereitet würde. Nicht einmal eine hergebrachte Geburtstagsrede wurde gehalten.

Leutnant Lagerlöf ließ seine Augen nach allen Richtungen umherschweifen. Nirgends waren geheimnisvolle Mienen oder geschäftige Vorbereitungen zu bemerken.

Als es dämmerte, kam auch noch eine große Schar Menschen aus der ganzen Umgebung nach Mårbacka dahergewandert. In hellen Haufen standen sie auf den breiten Wegen vor dem Wohnhaus und warteten. Dem Leutnant taten sie leid, weil sie sich die Mühe gemacht hatten herzukommen; es gab ja nichts zu sehen.

Nach dem Abendessen bemerkte er indes doch eine gewisse Spannung und Erwartung bei der Gesellschaft.

Und siehe, nun wurde ein blumengeschmückter Lehnstuhl herbeigetragen und Leutnant Lagerlöf gebeten, darin Platz zu nehmen. Doch kaum hatte er sich niedergesetzt, als der Sessel auch schon von starken Armen in die Höhe gehoben wurde. Jan Asker stimmte einen Marsch an, die Herren boten den Damen den Arm, und in einem langen Zuge ging es in die Nacht hinaus. Doch man blieb nicht lange im Dunkeln. Die Schritte richteten sich dem Garten zu, und kaum war man beim Wohnhaus um die Ecke gebogen, als man die ganze Umgebung von einer Menge bunter Lampen erhellt sah.

Der Leutnant wurde durch die beleuchteten Gänge bis zu dem kleinen Park getragen. Es war das erste Mal, daß man es in Mårbacka mit einer solchen Beleuchtung versuchte, und Leutnant Lagerlöf war ganz entzückt, wie schön sich der Garten ausnahm. War das hier dasselbe Grundstück, auf dem er mit dem alten Gärtnermeister noch vor wenigen Jahren umhergegangen war, das er vermessen und abgesteckt hatte?

Von allen Seiten ertönten bewundernde Ausrufe. Wie düster und geheimnisvoll stand doch das Buschwerk da! Wie tief und unendlich lang schienen die Wege unter ihrem Laubgewölbe! Wie wundervoll schimmerten die Blumen in der wechselnden Beleuchtung! Und hing nicht das Laubwerk über den Bäumen wie kostbare buntfarbige Draperien?

Der Zug hielt auf einer der Lichtungen im Park.

Der Leutnant wurde mit dem Stuhl niedergesetzt, und seine geblendeten Augen schauten in eine Grotte, die aus Blättern und Blumen zusammengestellt war. Mitten darin stand Flora selbst auf einem Piedestal mit einer Schar kleiner Nymphen um sich her und sang mit herrlicher Stimme dem Schöpfer des Gartens eine Dankeshymne.

„Ach, ich hab' mir's doch gedacht, Hedda!" rief der Leutnant der schönen Blumengöttin zu. „Ich hab' mir's doch gedacht, daß du mich nicht vergessen würdest!"

3

Es ist ungefähr vier Uhr nachmittags am siebzehnten August, und die jüngsten Töchter von Mårbacka, Selma und Gerda, sind eben dabei, sich zum Fest einzukleiden, als das Zimmermädchen zu ihnen in die Bodenkammer kommt, denn ihr eigenes Zimmer hatten sie natürlich den zugereisten Verwandten überlassen müssen.

„Selma und Gerda, ihr müßt herunterkommen und die Gäste empfangen!" ruft sie. „Es ist noch niemand fertig, und die ersten Wagen kommen schon durch die Allee daher."

Nun beeilen sich aber die beiden kleinen Mädchen, und zugleich erfüllt helle Begeisterung ihr Herz. Jetzt fängt's richtig an! Der siebzehnte August beginnt!

Sie knöpfen ihre Kleidchen zu, stecken die Rosette am Hals fest und eilen hinunter. Kein Erwachsener weit und breit. Nicht einmal ihre ältere Schwester kann ihnen helfen, die Gäste zu empfangen, denn sie ist von der Hauptprobe eines Theaterstücks in Anspruch genommen.

Die Gäste sitzen schon auf der Veranda. Es ist Herr Nilsson von Visteberg mit seiner Frau und drei oder vier Kindern. Sie kommen bei jeder Einladung zu früh, aber nie haben sie es so eilig wie am siebzehnten August. Und darüber wundern sich die kleinen Mädchen auch nicht. Alle Menschen mußten sich ja danach sehnen, an einem solchen Tage nach Mårbacka zu kommen.

Es dauert vielleicht ein bißchen lang, für die Gäste wie für die kleinen Wirtinnen, bis der nächste Wagen vorfährt und die Angehörigen endlich erscheinen. Aber heute am siebzehnten August macht man sich nichts aus solchen Kleinigkeiten.

Die neuen Gäste sind von weit her. Es ist Pastor Alfred Unger von West-Ämtervik mit seiner Familie. Sie kommen zweispännig angefahren und haben zwei Meilen Wegs hinter sich. Der Wagen ist voll von Frauen und Kindern, der Pastor selber sitzt auf dem Bock und kutschiert wie ein richtiger Pferdekenner.

Leutnant Lagerlöf ist endlich fertig und tritt in dem Augenblick auf die Veranda, da Pastor Unger vor dem Hause hält.

„Aber zum Kuckuck!“ ruft Leutnant Lagerlöf, „was hast du mit deinen Pferden gemacht, Alfred? Sie gleichen sich ja wie ein Ei dem andern.“

„Schweig doch still und verrate an deinem Geburtstag keine Geheimnisse!“ ruft Pastor Unger zurück.

Die Sache war nämlich die: er hatte zwei schöne Wagenpferde, die sich aufs Haar geglichen hätten, wäre das eine nicht mit einem weißen Fleck auf der Stirn gezeichnet gewesen. Nun war der Pastor auf den Einfall gekommen, ein Stückchen weißes Fell zwischen die Riemen zu legen, die sich über der Stirne kreuzen, und nun mußte jedermann glauben, die Pferde glichen sich ganz und gar.

Man hätte diesen Kniff gar nicht vermutet; Pastor Unger war aber selbst stolz auf seinen Einfall, daß er ihn Gott und der Welt zu wissen gab, und deshalb hatte auch der Leutnant schon längst davon gehört.

Übrigens ist vom Pfarrhofe zu West-Ämtervik nicht nur ein Wagen mit Gästen angekommen, sondern gleich hinter ihm auch noch ein Heuwagen voll junger Leute. Es sind Verwandte aus Karlstadt, die gerade zu rechter Zeit eingetroffen waren, um auch noch nach Mårbacka mitgenommen zu werden.

Wagen auf Wagen kommt auf den Hof gefahren. Es kommen die Verwandten von Gårdsjö, die liebsten von allen Gästen. Sie fahren mit einer Reihe von Wagen vor. Erstens sind sie selber schon viele, und dann bringen sie Oriel, Georgina Afzelius und Kristofer Wallroth, die bei ihnen wohnen, mit.

In einem der Wagen aus Gårdsjö sind große merkwürdige weiße Bündel verstaut, die ins Theater hinaufgetragen werden müssen. Selma und Gerda sind entsetzlich neugierig. Sie fragen die kleinen Wallrothschen Töchter, was da wohl drin sei, aber diese haben fest versprechen müssen, nichts zu verraten. Nur so viel können sie sagen, daß sich Onkel Oriel etwas ungeheuer Lustiges ausgedacht habe.

Dann kommt der alte Ingenieur Ivan Warberg aus Angersby in einem Kabriolett angefahren, das ganz voll schöner junger Mädchen ist.

Das gibt einen Jubel auf der Veranda! Ein so eingefleischter Junggeselle wie Ivan Warberg! Was ist denn dem eingefallen?

Übrigens wissen alle recht gut, daß die jungen Mädchen seine Nichten sind, die im Sommer zu Besuch bei ihm weilen, aber man muß doch Ivan in Verlegenheit bringen.

Die kleinen Lagerlöfschen Mädchen wundern sich höchlich, weil man Frau Hedda nirgends sieht. Sie wohnt nicht mehr in Ämtervik, aber man hat doch gehofft, sie würde kommen und etwas Lustiges aufführen. Sie meinen, es sei gar kein richtiger siebzehnter August, wenn sie nicht dabei ist.

Jetzt erscheinen noch die nächsten Nachbarn; Pastor Milén und seine Jungen sind in eine andre Gegend übersiedelt. Dafür kommt heute der große schöne Pastor Lindegren mit seiner kleinen gemütlichen Frau aus dem Pfarrhof hergewandert. Und von dem andern Nachbarhof *Där När* tauchen nun auch Vater Olav und Mutter Kerstin auf.

Sie sind nicht die einzigen Bauersleute, die dem Leutnant Glück wünschen wollen. Der alte Jan Larsson aus Süd-Ås, der reichste Bauer im ganzen Kirchspiel, kommt mit seiner Tochter. Der Reichstagsabgeordnete aus Bävik erscheint mit seiner Frau, und der Kirchenälteste aus Västmyr mit der seinigen.

Da gar keine Einladungen ergangen sind, ist es sehr anregend für die kleinen Mädchen, neben dem Leutnant auf der Veranda zu stehen und zu sehen, wer alles kommt. Einer, der mit großer Spannung erwartet wird, ist Jan Asker. Wenn er nur nicht irgendwie abgehalten worden ist! Wenn er nur käme!

Die kleinen Mädchen versuchen, die Ankommenden zu zählen, aber das ist unmöglich. Die Leute strömen von allen Seiten herbei — gewiß sind es schon hundert! Die Kinder wünschen das sehr, denn es würde sich doch großartig ausnehmen, könnte man sagen, am siebzehnten August hätten sich hundert Personen auf Mårbacka eingefunden.

Aber dieser Empfang ist ja nur die Einleitung zu dem, was folgt, ebenso das Kaffeetrinken auf dem Rasenplatz, dessen Ende die Kinder kaum erwarten können.

Endlich beginnt das eigentliche Fest. Das Blechmusiksextett stellt sich mit allen den blitzenden Trompeten an der Verandatreppe auf. Die Herren bieten den Damen den Arm, ein Marsch ertönt, und mit der Musik an der Spitze ziehen die Paare durch den Garten in den kleinen Park.

Man versammelt sich um einen Tisch, auf dem ungeheuer viele Gläser stehen, gefüllt mit Bischof oder Punsch, denn Wein wird in Mårbacka nie gegeben, und die Gläser werden den Umstehenden gereicht. Jetzt ist der Augenblick der Geburtstagsrede und der Hochrufe auf den Leutnant gekommen, das versteht jedermann.

Ingenieur Erik Noreen und der Reichstagsabgeordnete Nils Andersson aus Bävik und Herr Nilsson aus Värberg stehen alle drei schon da und haben eine Rede in Bereitschaft. Sie sehen einander an und zaudern und überlegen, denn keiner will seinem Mitbewerber die Rede vom Munde wegnehmen.

„Na, wird's bald!" sagt der Leutnant. Diese feierlichen Ansprachen sind nicht nach seinem Geschmack, und er hätte gerne diesen Teil des Programms schnell überstanden.

Da hört er auf einmal hinter sich eine helle Stimme

in wohlklingender Stockholmischer Aussprache, und als er sich umwendet, tritt eine schöne Zigeunerin aus dem Gebüsch und bittet, ihm wahrsagen zu dürfen. Sie nimmt seine linke Hand in ihre Hände und fängt an, die Linien zu deuten.

Leutnant Lagerlöf war im verflossenen Winter sehr krank gewesen und hatte im Sommer eine zweite Reise nach Strömstadt unternehmen müssen, um seine Gesundheit wieder zu erlangen. Aber alle seine Taten und Unternehmungen während dieser Reise liest ihm die Zigeunerin aus der Hand, und was noch mehr ist, sie gibt sie in wohlklingenden Versen wieder.

Es klingt ungemein witzig, ja auch ein bißchen keck und boshaft, die ganze Zuhörerschaft muß hell auflachen, und Leutnant Lagerlöf ist hoch entzückt.

„Du bist doch immer Nummer 1, Hedda!“ ruft er.

Aber als Frau Hedda ein Hoch auf den Leutnant ausgebracht und die Hurrarufe selbst geleitet und das Sextett eine Fanfare geblasen hat, wirft sie den drei Rednern einen Blick zu und sagt:

„Ich bitte um Entschuldigung, weil ich Ihnen in den Weg trat und sie störte. Jetzt aber ist die Reihe an den Einheimischen.“

Zugleich hört man Jan Askers Klarinette hinten im Garten, und blanke Helme und Harnische schimmern aus dem Laubwerk.

Nun erfährt man, daß Jan Asker und der Kantor Melanoz drei der unsterblichen Götter, Freja, Odin und Thor, die auch auf dem Wege nach Mårbacka waren, sich aber verirrt hatten, begegnet sind. Sie haben den Weg gewiesen und nun, da die drei strahlenden Gottheiten angelangt sind, können sie ihr Anliegen selber vorbringen.

Aber sie reden nicht. Die drei Götter singen auf die bekannte Melodie *Komm lieber Mai und mache* ... ein Lied, das alles preist, was zu Leutnant Lagerlöfs Zeit auf Mårbacka gebaut und geschaffen worden ist. Jedes Wort ist Wahrheit, und man kann viele sehen, denen Tränen in den Augen stehen. Der Leutnant selber ist tief gerührt über die Dichtung seines alten Freundes.

„Du bist heute großartig, Melanoz", sagte er. „Ja ja, Hedda, ich glaube, die Einheimischen werden den Vogel abschießen."

Auf diese Weise ist das Fest glücklich und feierlich eingeleitet. Die Gäste verteilen sich durch den ganzen Garten, sie statten den Beerensträuchern und den Weichselkirschen Besuch ab und versuchen sogar, ob die Astrachanäpfel, die in Mårbacka so besonders gut gedeihen, schon reif werden.

Doch schon nach kurzem ertönt eine neue Fanfare. Wieder bieten die Herren den Damen den Arm und führen sie durch den Garten ins Haus und die Bodentreppe hinauf.

Auf dem Boden ist ein Zuschauerraum geschaffen vor einem kleinen Theater, das von weißen Stoffwolken verhüllt ist. Dieses Theater ist Frau Lagerlöfs Werk, und es ist so hübsch, wie man sich's nur ausmalen kann.

Nach einer kleinen Wartezeit geht der Vorhang auf, und ein allegorisches Singspiel wird aufgeführt, das Oriel Afzelius noch diesen Vormittag gedichtet hat und das *„Der Mönch und die Tänzerin"* heißt.

Die Handlung spielt am Tage der Geburt des Leutnant Lagerlöf, am siebzehnten August 1819. An der

Wiege des Neugeborenen erscheinen nicht die gewöhnlichen Feen, sondern zwei allegorische Personen, ein Mönch und eine Tänzerin. Die Tänzerin will aus dem Bübchen einen fröhlichen lebenslustigen Kavalier machen, der Mönch dagegen will, daß ein ernster, asketischer Mann werde. Nach einem lebhaften Streit einigen sie sich aber doch: Jeder von ihnen darf die Hälfte der Lebensbahn des kleinen Mårbackakindes beherrschen. Eine Zeitlang soll er als junger Offizier sein Leben fröhlich genießen dürfen, in der späteren Hälfte seines Lebens aber der Welt entsagen und sich auf Mårbacka als Kloster in Enthaltsamkeit und guten Werken üben.

Das ist einzig, ist großartig! Oriel Afzelius als Mönch und Kristofer Wallroth als Tänzerin in Schleier und Flor gehüllt, singen Arien und Duette auf die bekanntesten Opernmelodien, sie gestikulieren und parlamentieren mit feierlichem Pathos und endigen schließlich den Streit mit einem schneidigen Pas de deux.

Nachdem der Vorhang gefallen ist, will der Beifall kein Ende nehmen. Man ruft, man stampft mit den Füßen, man winkt nach allen Seiten. Frau Lagerlöf ist voller Angst, ob der Fußboden da oben diesem Beifallssturm auch gewachsen ist. Leutnant Lagerlöf aber ruft mit lauter Stimme:

„Ei, ei, Melanoz, nun sind es wieder die Ausländer, die die Oberhand haben!“

Die jungen Leute von Mårbacka haben ein kleines Theaterstück eingeübt, um dessentwillen eigentlich das Theater errichtet worden ist. Nun aber, da sie anfangen sollen, haben sie den Mut verloren. Sie haben ja nichts, was sie Onkel Oriels Allegorie an die Seite stellen können.

Anna Lagerlöf zählt erst vierzehn Jahre, und heute soll sie zum erstenmal in einer wirklichen Rolle auftreten. Das Stück heißt: *Eine Zigarre*, und sie muß die junge Frau spielen.

Aber es gibt keine Niederlage, und das ist Anna Lagerlöfs Verdienst. Wo in aller Welt hat das kleine Ding diese Unbefangenheit und diese Begabung her? Sie spielt so niedlich und sicher, daß die Zuschauer nicht aus dem Staunen herauskommen.

„Dies kleine Mädchen wird noch eine rechte Herzensbrecherin werden", sagen die einen.

„Aber die kleine Person ist ja geradezu eine Schönheit!" ertönt es von der andern Seite. „Und wie gut sie spielt!"

Das Beifallklatschen und das Hervorrufen will kein Ende nehmen.

„Siehst du wohl, Leutnant!" ruft Kantor Melanoz. „Die Einheimischen stehen doch nicht zurück!"

Schließlich begibt man sich wieder die Bodentreppe hinab, und nun fängt das Tanzen und Plaudern, das Punschtrinken und Geschichtenerzählen an, wozu man bis jetzt gar keine Zeit gefunden hat.

Das Abendessen kommt gegen Mitternacht auf den Tisch, und dann werden wieder die bunten Lampen angezündet. Das darf nicht fehlen. Das wiederholt sich in jedem Jahr.

In diesem Jahr hat man die Beleuchtung zur Abwechslung auf den Rasenplatz vor dem Hause verlegt.

Ach, wie schön das ist! Mamsell Lovisas Blumen leuchten in dem vielfarbigen Licht, die Traueresche ist ganz von Licht durchstrahlt, und die dunklen Büsche sind wie mit Feuerblumen bedeckt.

Alles kommt herbeigeströmt, um die Illumination zu sehen. Man steht wie geblendet. Woher kommt doch all diese Pracht? Man fühlt sich wie in einem Märchenland.

Nun stimmt auch das Quartett sein Lied an, und die Melodien tragen noch bei, die Stimmung zu erhöhen.

Da ereignet sich etwas Sonderbares. Es ist, als käme ein sanfter, lauer Wind geweht. Man weiß eigentlich nicht so recht, was das ist; aber alle diese Menschen, die während eines fast zehnjährigen Zusammenlebens miteinander geplaudert, getanzt, gespielt, Theaterstücke gesehen, Gesänge und Reden angehört haben, sind nun gleichsam hinreichend vorbereitet. Wenn sie die Schönheit der Nacht und des Gesanges genießen, durchströmt sie ein süßer Taumel, eine holde Verzückung. Wie schön ist doch das Leben! Wie kostbar sind diese Augenblicke! Jeder Atemzug ist ein Genuß!

Alles, was die Sänger sagen, jedes Wort, jeder Ton findet Widerhall. Und noch mehr! Man fühlt, daß alle diese Empfindungen gemeinsam sind. Alles findet sich vereint in einem einzigen großen Glücksgefühl.

Frau Hedda Hedberg hat eine Eingebung. Sie stellt sich auf die oberste Stufe der Veranda und singt das Wermlandslied.

Alle, alle singen mit. Dadurch finden sie Ausdruck für ihre Gefühle. „Ach Wermland, du schönes, du herrliches Land!"

Man meint geradezu zu hören, wie Büsche und Bäume mitsingen. Man glaubt, die Wichtelmännchen von Mårbacka dort unter den großen Ahornbäumen auf diese schöne Melodie einen Reigen tanzen zu sehen.

Man drückt einander die Hände, man sieht Tränen in aller Augen glänzen, aber man verwundert sich nicht darüber. Man fühlt sich ja so unbeschreiblich glücklich, jetzt leben zu dürfen; man kann sich der Tränen nicht enthalten.

Als der Gesang verstummt, tritt der Ingenieur Noreen auf den Platz, den Frau Hedda soeben eingenommen hatte. Auch er will die Stimmung dieser Stunde deuten.

„Heute ist der siebzehnte August", beginnt er. „Was wir jetzt fühlen, ist nicht der Gesang und nicht das Theaterspiel, nicht der Tanz und nicht das Menschengewimmel, sondern das stille, feierliche Glück, das in unsere Herzen eingedrungen ist, die Liebe und Gegenliebe, die diese Nacht durchströmt.

Das ist es, wonach wir uns sehnten, als wir unsre Schritte hierher lenkten. Das ist es, was wir auch nächstes Jahr wieder hier suchen werden.

Woher kommt es nur, lieber Bruder Erik Gustav, daß wir Jahr um Jahr hierherkommen müssen, um uns ausgesöhnt zu fühlen mit unserem Schicksal, daß wir stolz sind auf unser Vaterland, glücklich über uns selbst und alle, die bei uns sind? Du bist kein großer, bedeutender Mann. Du hast keine großartigen Taten vollbracht. Aber in dir wohnt das große Wohlwollen, das offene Herz. Wir wissen, wenn du es vermöchtest, würdest du uns und die ganze Welt umfassen in einer einzigen großen Umarmung.

Deshalb gelingt es dir, uns jedes Jahr einige Stunden Seligkeit zu schenken, ein kleines Paradies, ein wenig von dem, was wir hier in Ost-Ämtervik in unserer Sprache *den siebzehnten August* nennen.“

NACHSCHRIFT

Es war am 17. August 1919.

Ich hatte einen Kranz binden lassen, so schön, wie man ihn in Mårbacka überhaupt binden konnte, und mit ihm vor mir in der Droschke fuhr ich nach der Kirche. Ich selbst war festlich gekleidet, der Wagen war frisch gestrichen und glänzend gelackt und den Pferden hatte man das beste Geschirr angelegt.

Es war der schönste Tag, den man sich denken konnte. Heller Sonnenschein strahlte auf die Erde herab, die Luft war sommerlich warm und ein paar schöne weiße Wölkchen schwebten am Himmel hin. Kein Wind, ja kein noch so zartes Lüftchen wehte von irgendeiner Seite her.

Es war Sonntag; ich sah sonntäglich gekleidete Kinder auf den Höfen spielen und sonntäglich gekleidete Menschen sich zum Kirchenbesuch rüsten. Als ich durchs Dorf fuhr, liefen nicht wie sonst an den Werktagen Kühe und Schafe und Hühner vor der Droschke über den Weg.

Und allüberall herrschte ein Wachstum, als wären wir in die gute alte Zeit zurückgekehrt.

Alle Heustadel, an denen ich vorüberfuhr, waren so über und über vollgestopft, daß die Türen und Luken nicht mehr zugemacht werden konnten. Auf den Roggenfeldern standen in dichten Reihen Hocke an Hocke, die Apfelbäume vor den Häusern zu Ås bogen sich unter der Fülle ihrer reifenden, schon rötlich schimmernden Früchte; auf den frisch eingesäten Feldern sprießte die aufkeimende Saat und es sah aus, als liege ein grüner Schleier über der bräunlichen Erde.

Während ich so dahinfuhr, mußte ich daran denken, wie sehr das alles Leutnant Lagerlöf, dessen hundertjähriger Geburtstag an diesem Tage war, gefallen hätte. Dies hier war Wohlstand; es war nicht wie in den Jahren 1918, 1917, 1915, 1914 und 1911, in jenen furchtbaren Jahren, wo immer und immer nur Trockenheit und Dürre geherrscht hatten.

Über diesen Anblick hier hätte er sich gefreut; er hätte mit dem Kopfe genickt und fröhlich festgestellt, daß es im ganzen Wermland keinen Ort gebe, wo alles so herrlich gedeihe, wie gerade in seinem Kirchspiel.

Während der ganzen Fahrt waren meine Gedanken immerfort bei dem Vater. Diesen Weg durch Ås hatte er unzählige Male zurückgelegt, und ich konnte mir gut vorstellen, mit welch lebhafter Aufmerksamkeit er alle Veränderungen wahrgenommen hätte. Auf jedes noch nicht angestrichene Haus, jedes neueingesetzte Fenster, jedes kürzlich mit Ziegeln gedeckte Dach hätte er gedeutet und sich darüber geäußert. Über *Där Fram* in Ås hätte er sich besonders gefreut, weil es vollständig unverändert war. Aber hätte er gesehen, daß das alte Wohnhaus bei Jon Larssons, das vornehmste zu seiner Zeit, niedergerissen worden war, so hätte er das mit wirklichem Schmerz geradezu als Verlust empfunden.

Leutnant Lagerlöf hatte sich ja niemals gegen Veränderungen und Verbesserungen gesträubt, obgleich allerlei Althergebrachtes, an dem er nicht rütteln wollte, hatte bestehen bleiben dürfen. Sicherlich würde er gesagt haben, wir auf Mårbacka seien die einzigen armen Schlucker, die bis zum heutigen Tage noch ebenso schiefe, brüchige Umfassungsmauern hätten, wie zu seiner Zeit. Und daß die Gräben am Wege immer noch voller Unkraut standen, die Brückchen, die darüber führten, armselig waren, mit vielen gefährlichen Löchern, und die Misthaufen noch immer am Wegrand lagen, nein, das hätte ihn nicht gefreut.

Als ich an den Kreuzweg kam, wo die Dorfstraße aufhörte und die große Landstraße anfing, wäre es eine große Freude gewesen, wenn ich ihn auf das mächtige Kurhaus, das drüben zwischen den Hügeln lag, hätte aufmerksam machen und ihm erzählen können, daß die Quelle zu Ås jetzt jeden Sommer von vielen hundert Badegästen besucht werde. Ja, darüber hätte er sich sehr gefreut, denn er hatte sich ja so lange mit dem Gedanken getragen, daß dort eine große Badeanstalt erstehen müßte; und dieser Gedanke war durchaus nicht unrichtig gewesen, das hätte er nun mit eigenen Augen sehen können.

Ach, wie gerne hätte ich ihn neben mir im Wagen gehabt, als ich jetzt über die Ämtbrücke fuhr! Da hätte ich ihm zeigen können, daß der Fluß in den letzten Jahren endlich ausgegraben worden war und nun in gerader Linie zwischen seinen Ufern dahinfloß. Jetzt konnte er nicht mehr bei jedem Regen über seine Ufer steigen und den Talgrund von Mårbacka an bis hier herunter in einen See verwandeln.

Als ich an dem Schulhaus von Östanby vorbeifuhr, war mir, als sehe ich ihn dort auf dem Schulhofe, wie immer fröhlich und vergnügt, wenn er von einer

Kinderschar umgeben war und mit vollen Händen Kupfermünzen unter sie warf.

Unzählige Male hatte ich ihn sagen hören, der Schulunterricht sei ein Unglück fürs Volk und werde uns noch zugrunde richten. Trotzdem aber fuhr er an jedem Examenstag hinunter in das Schulhaus zu Östanby und blieb stundenlang dort, während sein guter Freund, der Kantor Melanoz, die Kinder den Katechismus hersagen ließ, sie in der Weltgeschichte abfragte und zeigte, wie tüchtig sie im Rechnen und Schönschreiben waren. Und ich glaube nicht, daß sich irgendeiner von den in der Schulstube Anwesenden mehr über alle die wohlgelungenen Antworten und alle die guten Zeugnisse und Prämien gefreut hat, als Leutnant Lagerlöf. Ich erinnere mich daran, wie oft ich mich früher gerade darüber verwunderte. Jetzt aber verstehe ich es, denn sobald es sich um Kinder handelte, wurden alle Grundsätze über den Haufen geworfen.

Ich konnte mich so gut daran erinnern, wie es war, wenn wir früher auf dem Kirchplatz vorfuhren; die Leute wichen mit freundlichem Gruß vor dem Wagen aus, in dem Leutnant Lagerlöf mit fröhlichem Lächeln saß und unaufhörlich die Hand an den Hutrand legte. Jetzt, als ich auf demselben Platz vor die Kirche fuhr, war mir, als sei es sehr einsam und leer um mich her. Allein saß ich im Wagen, und unter allen denen, die zur Kirche gekommen waren, war ich die einzige, die daran dachte, daß meines Vaters hundertjähriger Geburtstag war.

Ich verließ den Wagen und ging hinüber auf den Kirchhof zum Grabe meines Vaters, um den Kranz da niederzulegen. Und mein betrübtes Herz weinte um alle die Toten, die da lagen, alle, die ich liebgehabt hatte. Vater und Mutter, Großmutter und Tante und die alte Haushälterin — alle hatte ich hierher geleitet, als sie zur ewigen Ruhe in die Erde gesenkt wurden.

Wie sehnte ich mich nach ihnen und wie wünschte ich, sie könnten wiederkommen und auf Mårbacka wohnen, das sie mit ihrer Arbeit aufgebaut hatten.

Doch ruhig, still und unnahbar schliefen sie da unten. Sie schienen mich nicht zu hören.

Aber vielleicht hörten sie mich doch. Vielleicht, daß diese Erinnerungen, die mich in den letzten Jahren umschwebt haben, von ihnen ausgesandt waren! Ich weiß es nicht, aber ich will es so gerne glauben.

DAS TAGEBUCH

DER

SELMA OTTILIA LOVISA

LAGERLÖF

REISETAG

Montag, den 20. Januar 1873

Im Zug zwischen Kil und Laxå

Denkt euch, Elin Laurell hat mir ein Tagebuch zu Weihnachten geschenkt! Es ist so wunderschön, mit weißen Deckeln und blauem Rücken und Goldschnitt rund herum, daß es fast zu schade ist, etwas hineinzuschreiben. Aber Elin sagt, das ist es durchaus nicht, und ich soll mich daran gewöhnen, alles aufzuschreiben, was ich jeden Tag erlebe, denn das wird mir für mein ganzes Leben nützlich sein und Freude machen.

Ich glaube freilich nicht, daß es mir daheim je eingefallen wäre, ein Tagebuch zu führen, denn da geschieht jetzt im Winter gar nichts, ein Tag vergeht wie der andere. Aber jetzt paßt es ganz gut, denn ich darf ja nach Stockholm reisen; da habe ich das Buch in meine Reisetasche gepackt und mitgenommen.

Der Zug rüttelt zwar tüchtig, und ich habe ganz kalte und steife Finger, aber das macht nicht viel. Das Schlimmste ist etwas anderes: ich weiß gar nicht, wie man eigentlich ein Tagebuch schreiben muß.

Es ist wohl noch nicht lange her, seit ich „Die Töchter des Präsidenten“ von Fredrika Bremer gelesen habe, und dieses Buch ist von Anfang bis zu Ende fast wie ein Tagebuch geschrieben; aber so gescheit und gelehrt will ich nicht schreiben. Ich glaube auch gar nicht, daß es ein richtiges Tagebuch ist. Ich meine, so eins, wie es die Leute schreiben, wenn niemand anderes als sie selbst und ein recht guter Freund es lesen soll.

Wenn Fredrika Bremer hier in der Abteilecke säße, mit dem Bleistift und dem Buch vor sich, was würde sie wohl hineinschreiben? Zuerst würde sie wohl berichten, wie es heute morgen war, als Daniel und ich von Hause abreisten. Ach, aber dann würde es ein sehr trauriger Anfang!

Es ist natürlich ganz wahr, was Elin Laurell sagt. Wenn ich eine Schriftstellerin werden will, muß ich für alles, was ich erlebe, froh und dankbar sein. Ich muß sogar zufrieden sein, wenn mir etwas Schweres und Widerwärtiges zustößt, sonst kann ich später gar nicht beschreiben, was man fühlt, wenn man unglücklich ist.

Deshalb müßte ich jetzt eigentlich genau aufschreiben, was die Kindermaja heute morgen zu mir sagte, bevor wir nach Stockholm abreisten. Es kann mir ja vielleicht von Nutzen sein, wenn ich erst so alt bin, daß ich Romane schreiben kann. Sonst wäre es recht traurig für mich, weil ich mich vorher auf die Reise nach Stockholm so gefreut hatte. Es ist mir ja vor fünf Jahren bei Onkel und Tante ausgezeichnet gegangen, und die gymnastischen Übungen haben mich auch sehr gekräftigt. Ich habe mich auch gefreut, weil Daniel mitfuhr, er mußte ja gleich nach Weihnachten nach Uppsala zurück. Bis Stockholm hatten wir den gleichen Weg, und Daniel ist sehr nett, deshalb habe ich ihn besonders lieb.

Es war ganz unheimlich, daß wir heute Morgen schon um drei Uhr aufstehen mußten; aber das mußte sein, sonst konnten wir den Kiler Bahnhof nicht erreichen, bevor der Zug nach Stockholm abfuhr. Alle im Hause, nur Vater natürlich nicht, waren aufgestanden, um Daniel und mir Lebewohl zu sagen, und als wir um den Kaffeetisch saßen, kamen mir alle sehr betrübt vor, aber das lag vielleicht daran, daß sie noch schläfrig und verfroren waren. Ich war auch schläfrig und verfroren, aber doch vergnügt; und ich schwatzte und lachte so viel, daß Tante Lovisa schließlich die Bemerkung machte, der Abschied von Hause falle mir wohl gar nicht schwer. Es klang wirklich, als ob es unrecht von mir ist, wenn ich vergnügt bin.

Und darum sagte ich: „Würdest du es denn nicht recht schlecht von mir finden, wenn ich betrübt wäre, wo doch Vater und Mutter eine so teure Reise für mich bezahlen, damit mein Bein gesund und kräftig wird?“ Aber Tante Lovisa kann ja keine Vernunft annehmen und so sagte sie, sie ist eben so geartet, daß sie nie von Hause wegreisen kann, ohne sehr traurig zu sein; was natürlich dumm von ihr ist.

Mama wollte wohl keine weitere Streiterei zwischen mir und der Tante aufkommen lassen, denn sie stand nun vom Tisch auf und sagte, es ist jetzt Zeit zur Abreise. Aber bevor wir abfuhren, wollte ich noch in die Küche gehen und mich von der Haushälterin und den Dienstmädchen verabschieden, denn ich sollte ja bis zum Frühjahr in Stockholm bleiben. Aber als ich durch die Küchenstube kam, um in die Küche zu gehen, stand die Kindermaja da und sagte, sie will noch einige Worte mit mir reden.

Sie sah dabei so geheimnisvoll und feierlich aus, daß ich ganz ängstlich wurde, aber natürlich blieb ich stehen und hörte zu. Da erzählte sie, sie hat im Sommer gehört, wie Frau Wallroth von Gårdsjö die Frau Afzelius fragte, ob es wahr sei, daß Selma im nächsten Winter zu ihnen nach Stockholm komme. Und Frau Afzelius hat geantwortet, ja, das ist ausgemacht, und dann hat sie gesagt, sie wundert sich gar nicht, daß die Eltern Selma in Stockholm Gymnastik treiben lassen möchten, aber der Herr Gerichtsbeisitzer und sie selbst hätten lieber eins von den andern Mädchen bei sich, denn Selma wäre so langweilig und verschlossen.

Als die Kindermaja dies sagte, ging mir ein Stich durchs Herz. Ich blieb aber ganz ruhig stehen und wußte nicht, was ich erwidern soll.

„Du darfst mir nicht böse sein, weil ich dir das sage, Selma", fuhr die Kindermaja fort. „Ich meine es nur gut mir dir, und ich wollte dich nur warnen, damit du nicht trotzig wirst, wie du es manchmal tust, sondern dich lustig und offenherzig zeigst, wenn du nun nach Stockholm kommst. Ich halte dich für das netteste von allen Kindern auf Mårbacka und möchte, daß auch andere dich liebhaben. Deshalb konnte ich dir das nicht verschweigen."

Während Maja das sagte, suchte ich eine recht schlagfertige Antwort, und glaubte endlich, etwas Ausgezeichnetes gefunden zu haben.

„Erinnerst du dich nicht mehr daran, was im Katechismus steht, Maja?" sagte ich. „Es heißt: Hörst du etwas Böses, dann sag es nicht weiter; denn Schweigen bringt dir keinen Schaden. Du sollst es weder deinem Freunde noch deinem Feinde sagen; und offenbare es niemand, wenn du es ohne böses Gewissen unterlassen kannst."

Damit ließ ich die Kindermaja stehen. Und zuerst war ich dann gar nicht besonders betrübt, weil ich dachte, ich habe Maja die Antwort gegeben, die sie verdiente, weil sie sich mit Klatschereien abgab.

Aber ich war lange nicht mehr so zuversichtlich wie vorher, und als ich mich von Tante Lovisa verabschiedete, küßte ich ihr die Hand. Ich denke, sie wird wohl verstanden haben, daß ich sie damit um Entschuldigung bat, weil ich ihr vorhin so eine zurechtweisende Antwort gegeben hatte.

Als Mama mich in ihren Pelzmantel einmummelte, damit ich während der langen Fahrt nach Kil nicht friere, hätte ich beinahe zu weinen angefangen. Es kam mir so furchtbar traurig vor, daß ich nun sie und alle die andern daheim, die mich liebhaben, verlassen und zu andern Leuten gehen mußte, die mich eigentlich gar nicht haben wollten.

Das Herz tat mir schrecklich weh, als ich endlich im Schlitten saß, und ich dachte mir, daß es mir nun in Stockholm immer auf ganz gleiche Weise weh tun würde. Ach, wie sollte ich das nur bis zum Frühjahr aushalten!

Da Daniel in Uppsala Medizin studiert, meinte ich, daß er mir wohl helfen könnte, und so fragte ich ihn, was man tun muß, wenn einem das Herz weh tut. Aber Daniel lachte mich aus und sagte, darauf wollte er mir lieber später einmal antworten, jetzt wäre er zu schläfrig dazu.

Wir sprachen dann auf dem ganzen Weg bis Kil eigentlich kein Wort mehr miteinander, denn wenn ich schon kein vergnügter Reisegefährte sein konnte, wollte ich wenigstens nicht streitsüchtig und lästig sein.

In Kil kauften wir uns Fahrkarten dritter Klasse, und als der Zug kam, wurden wir in ein Abteil gewiesen, worin sich zwar kein Mensch befand, in dem es aber nach Branntwein und Fußschweiß, und ich weißt nicht, wonach sonst noch, roch. Wir versuchten etwas zu lüften; aber es wurde so kalt, daß wir das Fenster wieder schließen mußten. Ich sagte zu Daniel: „Wenn ich einmal reich bin, fahre ich nie mehr dritter Klasse." Daniel gab zuerst keine Antwort, aber er drehte sich zu mir herüber und sah mich mit einem Blick an, der mich von Kopf bis Füßen maß, und dann sagte er ganz ruhig: „Ich glaube, du wirst dein ganzes Leben lang dritter Klasse fahren."

Ich konnte nichts dafür, aber ich mußte unwillkürlich an die Geschichte von „Mene, mene tekel upharsin" denken. Denn am heutigen Tag bin ich also gewogen und beurteilt und zu leicht befunden worden.

Als der Zug abfuhr, zog Daniel seine deutsche Anatomie heraus und lehnte sich mit ihr in die eine Ecke, ich aber nahm mein Tagebuch zur Hand und jetzt habe ich ganze fünf Seiten vollgeschrieben.

Es ist gewiß richtig, ein Tagebuch zu schreiben. Als ich eben aufschaute, sah ich, daß wir schon in Laxå sind. Die Zeit ist mir wie im Flug vergangen, wenn mir das Herz auch weh tut und ich furchtbar betrübt bin. Ich bin Elin Laurell doch sehr dankbar für das Buch.

Im Zug zwischen Laxå und Katrineholm

Da sitzen wir also wieder, Daniel mit seiner Anatomie und ich mit meinem Tagebuch. Jetzt muß ich aber zuerst hinschreiben, wie es in Laxå war. Es ist merkwürdig, wie schnell die Zeit vergeht, wenn man schreibt.

Als wir in Laxå hielten, schlug Daniel sein Buch zu und sagte, hier würden wir Mittag essen. Wir haben einen großen Korb mit Mundvorrat von Hause mitbekommen, und ich bat Daniel, er solle mir helfen, ihn von dem Kofferbrett herunterzunehmen; aber davon wollte er nichts hören. Er sagte, es ist ungemütlich, in der Eisenbahn zu essen. Wir wollten ins Bahnhofsrestaurant gehen und dort warm essen.

Nun, dagegen hatte ich nichts einzuwenden, und als wir über die Schienen liefen, sagte Daniel zu mir: „Du mußt so schnell wie möglich essen, denn wir haben nur zwanzig Minuten Zeit, dann fährt der Zug weiter."

Mitten im Speisesaal stand ein großer Tisch, der war zum Brechen voll mit allem möglichen guten Essen, beinahe reicher beladen, als zu Weihnachten, und ringsum an den Wänden standen kleine Tische mit Stühlen, auf die man sich zum Essen niedersetzen konnte. Daniel trat an einen der kleinen Tische, deutete auf einen Stuhl und sagte, es wäre am besten, wenn ich mich hierher setzte, dann würde er Essen für mich holen.

Ich dachte zwar, daß ich selbst hätte gehen können, da ich doch schon vierzehn bin. Es standen unendlich viele gute Sachen auf dem großen Tisch, und Daniel brachte mir gar nicht, was ich am liebsten gehabt hätte, aber ich wagte nicht von dem Stuhl aufzustehen, den mir Daniel angewiesen hatte. Ich hatte Angst, ich könnte mich dumm anstellen. Es waren viele Reisende da, die sich um die Schüsseln drängten, und sie waren alle sehr in Eile. Wenn mich nun einer gestoßen oder mir eine Schale mit Bratensauce auf den Kopf geschüttet hätte, wäre Daniel zu der Meinung gekommen, daß ich mein Leben lang vierter Klasse fahren muß.

Ich aß zwei Gänge, und dann sagte ich zu Daniel, daß ich jetzt ganz befriedigt bin und keinen Nachtisch will. Eigentlich war ich gar nicht sehr satt, aber ich hatte Furcht, ich werde nicht schnell genug fertig damit, und dann ist es meine Schuld, wenn wir nachher den Zug versäumen. Daniel selbst aß den Nachtisch mit großer Ruhe, und er ging auch noch ins Nebenzimmer, wo ein großer Kaffeetisch gedeckt war und schenkte sich eine Tasse ein.

Ich sah, daß die Reisenden den Speisesaal allmählich verließen, und war sehr beunruhigt, weil ich fürchtete, der Zug könnte uns davonfahren; aber Daniel beeilte sich durchaus nicht. Als er an den Schenktisch trat, um zu bezahlen, ging er ganz, ganz langsam. Ich hatte gute Lust, ihm nachzulaufen und ihn ein wenig vorwärts zu puffen.

Als er endlich bezahlt hatte, glaubte ich sicher, daß wir nun gehen und uns in den Zug setzen; aber in diesem Augenblick traf Daniel einen anderen Studenten und fing mit ihm ein Gespräch an. Es sah aus, als hätte er die Weiterfahrt im Zug vollständig vergessen. Ich war fest überzeugt, wir kommen zu spät, wagte aber nichts zu sagen, aus Angst, Daniel wird mir dann eifrig erklären, wie sicher und reisegewandt er ist, und wir müssen schließlich bis zum nächsten Tag in Laxå bleiben. Jedenfalls rührte er sich nicht von der Stelle, bis ein Gepäckträger in der Tür erschien und den Zug nach Stockholm ausrief. Da endlich winkte er mir, und wir verließen den Speisesaal.

Als wir uns aber gerade im Abteil niedergelassen hatten, merkte ich, daß mein Muff verschwunden war, und ich sagte zu Daniel, ich habe ihn wohl im Restaurant liegen lassen. Da stürzte Daniel zum Zug hinaus und in den Speisesaal. Ich aber blieb allein im Wagen. Meinen Muff liebe ich sehr, denn Mama hat ihn mir aus dem Fell eines unserer Kaninchen machen lassen, und er ist ganz weiß mit rosa Futter; jetzt aber bereute ich doch, es Daniel gesagt zu haben, daß ich ihn vergessen hatte, denn wie schrecklich, wenn der Zug abfährt, bevor er den Muff gefunden hat! Ich hörte, wie der Schaffner am Zug entlang ging und die Türen zuschlug; vielleicht machte er auch unsere zu, ehe Daniel zurückkam! Aber Gott sei Dank, gerade als er an unserem Abteil angekommen war, erschien Daniel auf dem Bahnsteig und kam wirklich noch mit. Den Muff hatte er in der Hand, aber er war so ärgerlich über meine Nachlässigkeit, daß er ihn mir nur hinwarf und sagte, ich hätte es auch lassen können, ihn zu vergessen, da ich doch gar nichts anderes zu denken habe.

Und damit war er natürlich vollständig im Recht.

Jetzt ist Daniel über seiner Anatomie eingeschlafen, ich aber schlafe nicht, sondern denke immer darüber nach, wie traurig es doch ist, daß ich nicht nur langweilig und verschlossen bin, sondern außerdem noch vergeßlich und dumm und in jeder Hinsicht mißraten.

Nun kann ich nicht mehr schreiben. Als wir in Katrineholm angekommen waren, setzte sich der Student zu uns herein, den Daniel in Laxå getroffen hatte, um sich ein wenig mit uns zu unterhalten. Ich kann nicht weiterschreiben, wenn die beiden dicht neben mir so laut miteinander reden.

Zwischen Södertälje und Stockholm

Jetzt muß ich mich sehr beeilen, noch ein paar Zeilen zu schreiben, und sagen, daß ich nicht mehr betrübt bin, nein, kein bißchen mehr. Das Herz tut mir nicht mehr weh, und das ist besonders schön.

Ich weiß, nun sind wir bald in Stockholm; aber ich konnte nicht früher schreiben, weil der Student die ganze Zeit bis Södertälje in unserem Abteil blieb. Dann sagte er, jetzt kommen wir gleich nach Stockholm, und er muß hinübergehen und seine Siebensachen zusammenpacken, bevor wir in den Bahnhof einfahren.

Auf dem Bahnhof waren eine Menge Frauen und boten Täljebrezeln in kleinen Tüten an. Ich bekam zwei Tüten, eine von dem Studenten und eine von Daniel. Das war sehr nett von ihnen, obgleich ich mit dem besten Willen diese Brezeln nicht anders als recht trocken finden kann.

Aber jetzt muß ich mich beeilen, wenn ich noch aufschreiben will, wie es uns im Zug ergangen ist, seit in Katrineholm der Student in unser Abteil kam.

Zuerst sprach er natürlich nur mit Daniel; aber nach einer Weile erzählte Daniel ihm, daß ich seine

Schwester bin, Selma heiße und nach Stockholm fahre und bis zum Frühjahr dort bleibe.

„Da wird die Selma schöne Tage haben!“ sagte der Student und erzählte, daß seine beiden Eltern Stockholmer sind, aber jetzt in Christiania wohnen. Sie lieben jedoch Schweden über alles und haben den Wunsch, daß ihr Sohn Schwede wird; er ist deshalb auch bei Verwandten in Stockholm aufgewachsen. Er hält Stockholm für den besten Ort der ganzen Welt. Die beiden letzten Winter hat er in Uppsala gewohnt, und jetzt hat er in Christiania Weihnachten gefeiert, aber das ist alles nichts gegen Stockholm. „Ja, Selma, du wirst schon sehen, wie es dir geht, wenn du dahin kommst“, sagte er.

Ich antwortete natürlich, daß ich vor fünf Jahren schon einen ganzen Winter in Stockholm gelebt habe und also die Stadt gut kenne.

„Vor fünf Jahren“, sagte der Student, „da warst du wohl noch ein kleines Kind, das noch nichts sehen durfte?“

„O nein“, erwiderte ich. „Ich habe fast die ganze Stadt gesehen.“

Dem Studenten gefällt Stockholm wohl besonders gut, denn er fing an, mich auszufragen, ob ich das und das gesehen habe, und es gab wirklich nicht viel, wovon ich nichts wußte. Er sagte, ich muß ein gutes Gedächtnis haben, und er fand es merkwürdig, daß ich bei so vielem dabei gewesen bin, obgleich ich damals erst neun war.

Der Student und ich wurden allmählich recht gut Freund miteinander, und schon bald sprach er überhaupt nicht mehr mit Daniel, sondern nur noch mit mir, denn Daniel war ja auf der Fahrt nach Uppsala nur durch Stockholm durchgefahren. Er weiß da lange nicht so gut Bescheid wie ich.

Hätten Anna, Hilda Wallroth oder Emma Laurell dem Studenten so gegenüber gesessen, dann hätten sie sich sicher in ihn verliebt, denn er ist sehr schön. Er hat dunkles Haar, das über der Stirne gelockt ist und, wenn er eifrig wird, in einer widerspenstigen Locke in die Stirn fällt. Er hat große Augen, die so dunkel sind, daß ich gar nicht unterscheiden konnte, was für eine Farbe sie haben, aber sicher funkeln sie wie schwarze Edelsteine. Er sieht auch freundlich und traurig zugleich aus. Ich möchte wohl wissen, ob er gesehen hat, daß ich betrübt war, als er in unser Abteil kam, und er deshalb mit mir zu sprechen begann.

Natürlich dachte Daniel, was ich sagen kann, ist nichts, wo man zuhören muß, und so nahm er sein Buch wieder zur Hand. Aber aus seinem Lesen wurde nicht viel, das merkte ich wohl, denn ab und zu lachte er plötzlich über etwas, was wir miteinander sprachen.

Gerade als wir uns am eifrigsten unterhielten, fiel mir die Kindermaja ein. Es wäre ganz lustig gewesen, wenn sie jetzt in einer Ecke des Wagenabteils gesessen und gehört hätte, wie ungeniert ich mich mit diesem Studenten unterhielt.

Und ich dachte weiter, wenn ich nun nach Stockholm komme, wird es mir ganz leicht sein, der Tante und dem Onkel zu beweisen, daß ich weder langweilig noch verschlossen bin. Ich würde mich mit ihnen nur so leicht und ungeniert unterhalten wie jetzt mit dem Studenten. Er hielt mich gewiß nicht für langweilig, und Daniel dachte es gewiß auch nicht, wie er da hinter seinem Buch vor sich hin lachte.

Der Student und ich redeten, bevor wir nach Södertälje kamen, auch noch von anderen Dingen als nur von Stockholm. Die Unterhaltung mit ihm lief flott dahin. In vielem stimmten wir ganz überein, und ich hatte gar keine Angst, genau das zu sagen, was ich dachte.

Als er uns in Södertälje verließ, wurde es merkwürdig leer um mich, aber ich war trotzdem glücklich und gar nicht niedergeschlagen wie vorher auf der Reise. Ich fühlte mich auch ein bißchen wirr im Kopf; dies Gefühl habe ich übrigens jetzt noch immer.

Nun steht Daniel auf und sagt, wir sind in Stockholm, und dort auf dem Bahnsteig stehen Tante und Onkel und erwarten uns.

Spät abends im Kinderzimmer bei Onkel und Tante Oriel

Es war sehr freundlich von Onkel Oriel und Tante Georgina, daß sie uns abholten. Der Bahnhof in Stockholm liegt zwar jetzt, wie ich wohl wußte, nicht mehr weit draußen im Süden, sondern dicht neben der Klara-Strand-Straße, wo Onkels wohnen, aber trotzdem ...

Sie sahen sehr vergnügt aus und fragten, ob wir eine gute Reise gehabt haben, nicht recht müde sind, und wie es auf Mårbacka steht. Nein, sie ließen sich nichts anmerken, daß sie ärgerlich waren, weil ich zu ihnen kam.

Aber ich muß doch sagen, wenn ich vor kurzem im Zug noch so mutig gewesen war, mußte ich doch gleich, als ich die Verwandten sah, immer an das Geschwätz der Kindermaja denken. Es war nicht so, wie Maja es sich gedacht hatte, daß mich nämlich ihr Geschwätz dazu bringen wird, gesprächig und vergnügt zu sein, im Gegenteil, ich verstummte vollständig.

Aber glücklicherweise war ja auch Daniel da, und er redete an meiner Stelle. Er bestellte Grüße von Hause und fand es herrlich, sich nun nach den vielen Festtagen wieder ordentlich ausschlafen zu können; die Schlittenbahn war die ganze Zeit über ausgezeichnet gewesen, und auf Gårdsjö und Eriksberg und auf Mårbacka hatte es große Gesellschaften gegeben.

Ich bewunderte Daniel, der jederzeit so gelassen und freimütig sein kann, aber so ist Daniel eben immer, und deshalb haben ihn auch alle Menschen besonders gern.

Wir hatten nur ein paar Schritte zu gehen, da waren wir schon an Onkels Haustür. Das war schön, denn wir waren ja schon den ganzen Tag seit drei Uhr früh unterwegs. Als das Tor aufging, zog Frau Blomkvist, die Portierfrau, den kleinen roten Vorhang von ihrem Guckfenster zurück und warf uns einen Blick zu, der so streng und forschend war, daß es aussah, als hielte sie uns für Diebe, die sich hereinschleichen wollten, um das Tafelsilber unseres Hausbesitzers, des Herzogs von Otrantes, zu stehlen. Ich kannte Frau Blomkvist und ihren Vorhang und ihre strengen Blicke noch gut vom letztenmal her, wo ich hier im Hause gewohnt hatte, und es kam mir ganz komisch vor, daß sie sich so vollkommen gleich geblieben war.

Als wir die Treppe hinaufgestiegen waren und in den Flur traten, erkannte ich auch den Kleiderriegel und den Hutständer und das Bort für die Galoschen wieder, die schon vor fünf Jahren dagewesen waren, und brachte meine Kleidungsstücke genau an die gleichen Stellen wie damals. Dadurch wurde es mir schon gleich heimatlicher zumut, und ich fühlte mich nicht so ganz fremd.

Als ich dann in die Wohnung kam, war mir auch da alles gut bekannt, obgleich mir alles viel schöner und eleganter schien, als ich es in der Erinnerung hatte.

Vom Flur aus kommt man in das Eßzimmer, hinter dem Eßzimmer liegt der Salon und hinter dem Salon das Schlafzimmer, und von da geht es in das Kinderzimmer. Auf der andern Seite des Eßzimmers ist das Zimmer des Onkels, und jenseits des Flurs sind die Küche und das Zimmer der Jungfer und die Speisekammer und die Garderobe. Tante und Onkel haben wirklich eine sehr große und schöne Wohnung, und es wäre eine Schande, wenn man sich hier nicht wohlfühlte. Im Salon und im Schlafzimmer und in Onkels Zimmer ist der Fußboden ganz mit Teppichen belegt, und an allen Wänden hängen schöne Ölbilder. Nirgends sind die Tapeten zerrissen oder verblaßt. Die Vorhänge sind so glatt und steif, wie wenn sie erst gestern hingehängt wären, und die Decken sind geweißt und mit schönen Stuckornamenten geschmückt. Die Bücher stehen in einem glänzend polierten Mahagonischrank, und im Salon ist eine große Etagere voll von lustigen schönen Porzellanfiguren. Ja, hier ist es ausgesucht vornehm.

Wenn ich nur nicht immer an einen Ort denken müßte, wo an den Wänden keine andern Bilder hängen als die „Fischer mit Fackeln“ und „Ein Mukker stört die Freude bei einem Festmahl“, die wir als Weihnachtsprämien vom „Familienjournal“ und „Einst und jetzt“ bekommen haben! Da stehen die Porzellanfiguren auf einfachen Eckbrettern, da sind die Tapeten verblaßt, und auf dem Fußboden gibt es nur aus Flickenstreifen gewebte Läufer. Aber Gott sei mir armem Kind gnädig, das nun mindestens ein halbes Jahr nicht zu diesen verschossenen Tapeten und diesen Flickenteppichen zurück darf!

Sobald wir Tee getrunken hatten, sagte Tante Georgina, Daniel und ich müssen nun gleich ins Bett, weil wir ja den ganzen Tag unterwegs gewesen waren. Und so gingen wir denn auch schlafen. Daniel kam in Onkels Zimmer, und ich liege auf dem kleinen geschweiften Sofa im Kinderzimmer bei der kleinen Base Elin und der alten Ulla Myhrman, die schon Onkels Haushälterin in seiner Junggesellenzeit war.

Aber trotz aller Müdigkeit konnte ich nicht gleich einschlafen, weil ich einfach keine Ruhe fand. Und als ich merkte, daß die andern schliefen, machte ich Licht und habe dies letzte hier aufgeschrieben. Ich dachte mir, wenn ich es nur zu Papier gebracht habe, muß ich nicht mehr an all das denken, was ich heute erlebt habe. Außerdem macht es wirklich Vergnügen, ein Tagebuch zu führen. Es ist fast noch unterhaltender als Romane zu lesen.

Aber horch, jetz ruft der Turmwächter auf dem Klarakirchturm Mitternacht aus; da muß ich wohl schließen und das Licht ausmachen.

ERSTE WOCHE

21. Januar 1873

*In der Kinderstube bei Onkel Oriel,
geschrieben bei Ullas kleiner Lampe*

Ich möchte wohl wissen, ob Leute, die ein Tagebuch führen, auch aufschreiben, was sie träumen; dann würde ich gerne von einem merkwürdigen Traum erzählen, den ich heute nacht hatte und den ich nicht vergessen kann.

Erstens begreife ich nicht, warum ich gerade von der „Struwelliese aus dem Reisigwinkel" träumen mußte. Ich erinnere mich wohl recht gut, wie die Kindermaja meiner Schwester Gerda, als sie noch klein war, immer von einem armen Mädchen erzählte, das „Struwelliese aus dem Reisigwinkel" genannt wurde. Das Mädchen war auf der Högbergalm daheim, gerade wie Maja auch, aber sonst war sie ihr gar nicht ähnlich, sie war ebenso dumm und boshaft, wie unsere Kindermaja lieb und klug ist. Immer lief sie ungekämmt und schmutzig herum, die Haarzotteln hingen ihr ins Gesicht, denn es war nicht denkbar, daß sich so eine wie die Struwelliese vom Reisigwinkel einmal kämmen könnte, und ihre Kleider waren nichts als Lumpen. Maja sagte, sie sieht eigentlich aus, als ob sie mit dem Troll auf dem Storsnipa verwandt wäre, und sie hat nichts anderes im Kopf, als den Leuten einen Schabernack zu spielen.

Aber wenn sich Gerda an einem Morgen nicht waschen und kämmen lassen wollte, dann, sagte die Kindermaja, sitzt die Struwelliese aus dem Reisigwinkel auf dem höchsten Gipfel des Storsnipa und lacht und schreit vor lauter Freude, denn am allerliebsten sieht sie ungewaschene und ungekämmte Herrschaftskinder. Wenn Gerda an einem Abend nicht einschlafen, sondern nur noch Geschichten hören wollte, dann kam die Struwelliese aus dem Reisigwinkel den Hügel heruntergesaust, um zu ihr ins Bett zu kriechen. Niemand konnte begreifen, wie eilig sie daherfegte. Sie fuhr auf einem Reisigbündel den Käglahügel herunter, und die Kieselsteine rasselten vor und hinter ihr her und sprühten Funken und dröhnten wie ein Donnerwetter. Gerda blieb nichts anderes übrig, als sich die Decke über die Ohren zu ziehen und blitzschnell einzuschlafen, um die Bettgenossin loszuwerden.

Mich aber hatte Maja nie mit der Struwelliese aus dem Reisigwinkel zu erschrecken versucht, weil ich groß und verständig war und wohl wußte, daß das alles nur ein Kinderschreck war. Aber gerade deshalb kommt es mir jetzt so sonderbar vor, daß die Struwelliese aus dem Reisigwinkel mir hierher nach Stockholm gefolgt sein soll.

Eins ist jedoch sicher, ich habe heute nacht von ihr geträumt. Ich lag auf dem hübschen kleinen, weißen geschweiften Sofa im Kinderzimmer, und sah ein schmutziges, häßliches Mädchen neben mir auf der Seitenlehne des Sofas sitzen. Sie schüttelte den Kopf, daß ihre Haarzotteln nach allen Seiten flogen, und stieß mit den Beinen um sich. Ich wußte gleich, daß das die Struwelliese vom Reisigwinkel war!

Ich wurde ängstlich und böse zugleich und sagte sofort zu ihr, sie hat durchaus nichts mit mir zu tun, sie soll machen, daß sie fortkommt und sich heim nach der Högbergalm scheren. Aber in einem Nu kroch sie unter die Decke zu mir, und da wurde sie sehr schnell ganz klein und dünn wie ein Regenwurm, und ehe ich begriff, was sie im Sinne hatte, kroch sie mir ins Ohr. Es war gräßlich, wie dieser lange Wurm in meinen Kopf hineinglitt, und ich bin mit einem lauten Schrei aufgewacht.

Im selben Augenblick begriff ich, daß ich geträumt hatte und die Struwelliese vom Reisigwinkel mir gewiß nicht nach Stockholm gefolgt war. Jedenfalls habe ich den Gedanken nicht los werden können, daß mir ein langer Wurm im Kopf herumkriecht. Und während ich halbwach in meinem Bett lag und mich die Angst vor dem Wurm nicht losließ, da überkam mich ein Gedanke mit großer Überzeugung: die Kindermaja war es, die nun die Struwelliese vom Reisigwinkel hinter mir herschickte, weil ich ihr damals das Wort aus dem Katechismus vorgehalten hatte. Denn die Kindermaja ist ja auf der Högbergalm geboren, und dort hat es immer viele Hexen gegeben, die denen, auf die sie ihren bösen Blick geworfen hatten, Krankheiten und andere gefährliche Dinge zuschicken konnten. Ich will zwar nicht fest behaupten, daß die Maja einige ihrer Künste von ihnen gelernt hat, aber ich war doch nicht weit davon entfernt, es zu glauben. Sie ist natürlich böse auf mich, weil ich ihre gute Absicht mißachtet habe, und will sich nun an mir rächen. Und jetzt war ich verwandelt. Ich war nicht mehr Selma Lagerlöf, sondern ein häßliches, unartiges, dummes Mädel, eine richtige Struwelliese.

Das alles kam mir ganz richtig und natürlich vor, und ich war so voll Angst und so verzweifelt, daß ich eine gute Weile schluchzte und weinte, ehe ich wieder einschlafen konnte.

Jetzt, heute morgen, bin ich schon wieder gefaßt und lache mich selber aus, weil ich etwas so Dummes glauben konnte. Aber merkwürdig ist es doch, daß mir heute immer wieder die Struwelliese vom Reisigwinkel einfällt und ich mich frage, ob nicht doch etwas Wahres an dem Traum gewesen ist.

Es ist wohl nichts weiter als Einbildung, das begreife ich ja, aber ich bin merkwürdig empfindlich und mißtrauisch, und die Menschen gefallen mir nicht. Ich bin mit allem unzufrieden. Ja, ich bin bestimmt eine echte Struwelliese vom Reisigwinkel geworden.

Heute vormittag hat Tante Georgina mir mitgeteilt, daß sie mit Frau Oberst H. abgemacht hat (in den „Töchtern des Präsidenten" ist der Nachname nie ausgeschrieben), daß ich dreimal in der Woche englische Stunde bei ihr haben soll, und dagegen hatte ich nichts. Als sie aber dann weiter sagte, sie hat auch mit Fräulein S. gesprochen, die mir zweimal in der Woche eine halbe Stunde Klavierunterricht geben wird, da habe ich der Tante eine sehr mürrische Antwort gegeben.

Ach, ich spiele ja gar nicht gern Klavier und hatte mir eingebildet, dieser ganze Jammer mit dem Klavierunterricht wird aufhören, wenn ich in Stockholm bin. Deshalb war ich jetzt recht traurig, aber kann es nicht begreifen, daß ich Tante Georgina eine solche Antwort gab. Ich hätte ihr dankbar dafür sein müssen, daß ich auf ihrem Klavier spielen durfte; statt dessen erklärte ich ihr, Klavierstunden sind für mich ganz überflüssig, ich habe gar kein Talent, und wenn ich erst erwachsen bin, werde ich nie mehr eine Taste anrühren. Tante Georgina sah etwas verwundert aus, antwortete aber nur, daß meine Mutter sie gebeten hat, mir eine Klavierlehrerin zu suchen.

Ja wirklich, ich war drauf und dran, ihr zu erwidern, daß meine Mutter es nicht nötig gehabt hätte, ihre Nase da hineinzustecken, hielt mich aber doch noch zurück. Aber ich muß mich immer wieder fragen, was eigentlich mit mir los ist. Das ist mir doch früher nicht vorgekommen, daß ich in dieser Weise von meiner Mutter gesprochen habe. Es ist ja, als ob ich gar nicht mehr ich selbst bin, sondern ein ganz anderes Mädchen.

Ich schreibe dies im Kinderzimmer bei Ulla Myhrmans kleiner Lampe. Es ist abends neun Uhr, und Elin und Allan sind schon ins Bett gegangen, weil die Base Elin erst neun Jahre ist und der Vetter Allan erst sieben. Kleine Kinder müssen hier in Stockholm um sieben oder halb acht Uhr schlafen gehen. Ich aber bin vierzehn und brauche nicht vor zehn ins Bett gehen.

Tante und Onkel sind bei einer Abendgesellschaft. Daniel ist heute vormittag nach Uppsala abgereist, und Ulla hat sich in Onkels Zimmer die Zeitung „Nya Dagligt Allehanda“ geholt und liest eifrig. Ulla ist etwas verdrießlich, weil sie gerne „Mariage“ gespielt hätte, wie wir es bei meinem Besuche hier vor fünf Jahren meist getan haben, aber ich habe es ihr abgeschlagen, weil ich Tagebuchschreiben für eine nettere Beschäftigung halte.

Samstag, 25. Januar

Im Salon bei Onkel Oriel

Es sind mehrere Tage vergangen, ohne daß ich Zeit hatte, etwas in mein Tagebuch zu schreiben. Ich muß sagen, ich habe sehr viel zu tun. Jeden Tag von zehn bis zwölf muß ich in der Gymnastik sein, drei Stunden in der Woche habe ich englischen Unterricht, und zweimal eine halbe Klavierstunde. Und die Tante ist sehr darauf aus, daß ich ordentlich übe, und sie fragt mich auch, so oft ich zu Frau Oberst H. gehe, ob ich meine Aufgaben gelernt habe.

Heute aber bin ich früher als gewöhnlich aufgestanden, damit ich etwas schreiben kann. Ich habe mich in den Salon gesetzt, denn niemand kommt jetzt vor dem Frühstück dahin. Es gefällt mir hier auch deshalb besonders, weil das Zimmer so schön ist. Wenn ich nun die Wahrheit sagen soll (und ich merke schon, es ist nicht richtig, ein Tagebuch zu führen, wenn man nicht ganz bei der Wahrheit bleibt), so hätte ich gestern abend wohl Zeit zum Schreiben gehabt, aber da war mir etwas passiert, was zu schreiben ich mich schämte.

Ich kann mich selbst einfach nicht begreifen. Es ist wirklich, als wenn ich vollständig außer Rand und Band gekommen bin und mich nicht mehr zusammennehmen kann, und das habe ich doch früher meistens gekonnt.

Jeden Abend, wenn Elin und Allan zu Bett gegangen sind, setzen sich Tante und ich in den Salon. Tante strickt einen Schal, und ich häkle einen Einsatz. Wir lesen einander nicht vor, aber Tante erzählt mir lange

Geschichten von Menschen, mit denen sie in Stockholm zusammengetroffen ist, und das finde ich höchst unterhaltend.

Manchmal kommt auch Onkel Oriel in den Salon, läßt sich bei uns nieder, raucht seine lange Pfeife und liest „Nya Dagligt Allehanda". Der Onkel lacht beim Lesen manchmal vor sich hin, und dann wissen Tante und ich, daß der Redakteur Lindström etwas Boshaftes über die Liberalen gesagt hat, denn die Liberalen sind für Onkel das Schlimmste, was es gibt.

Am Donnerstag abend saß Onkel auch wieder mit bei der Lampe, aber er las nicht die Zeitung, sondern ein Buch, das zwar klein von Format, aber recht dick war. Ich fragte mich eben, was das für ein interessantes Buch sein könnte, daß Onkel darüber die Zeitung vergaß, als er aufsah und zu mir herüberschaute.

„Dieses Buch darfst du nicht lesen", sagte er. „Vergiß es aber nicht!"

Nein, ich versprach es, und dann wurde nicht mehr darüber gesprochen. Gestern früh aber, als ich mich im Eßzimmer ans Klavier gesetzt hatte, um zu üben, kamen Onkel und Tante herein. Onkel hatte es so eilig, mit Tante zu reden, daß er gar nicht an mich dachte, die am Klavier saß und sich mit Czernys Etüden abplagte; er erzählte der Tante dann, wie ein Franzose, der Ludwig XIII. hatte ermorden wollen, im Beisein des Hofes und des Volkes auf das Rad geflochten und gefoltert worden war.

Ich blieb sitzen und spielte weiter, aber ich konnte es nicht vermeiden, einen Teil von dem zu hören, was Onkel Oriel erzählte. Das meiste verstand ich natürlich nicht, aber gerade deshalb hätte ich für mein Leben gern gewußt, wie sich alles zugetragen hatte.

Das Schlimmste aber war etwas anderes. Ich brachte nämlich heraus, daß der Onkel alles gerade in dem Buche gelesen hatte, das ich nicht anrühren durfte.

Und ich hätte es auch nicht getan, nein, ich hätte es sicher nicht getan, wenn ich so recht ich selbst gewesen wäre, denn ich habe zwar viele Fehler, aber was ich verspreche, will ich möglichst auch halten.

Wenn ich um zwölf Uhr aus der Gymnastik heimkomme, muß ich eine Stunde ausruhen. Das ist Vorschrift. Ich liege meistens auf dem Sofa im Schlafzimmer; aber gestern war da Großreinemachen, und deshalb sagte Tante Georgina, der Onkel ist ausgegangen, und so kann ich mich in Onkels Zimmer auf das Sofa legen. Das tat ich, aber gerade, als ich mich ausstreckte, sah ich das kleine Buch handgreiflich nah auf dem Regal liegen. Da nahm ich das Buch und schlug es auf, denn es konnte ja kein Unrecht sein, wenn ich nachsah, was für ein Buch es war. Als ich sah, daß es ein französisches Geschichtsbuch war, dachte ich, es ist doch recht kindlich von Onkel Oriel, mir das zu verbieten, denn Weltgeschichte darf doch jeder ohne Ausnahme lesen. Ich blätterte also ein wenig in dem Buch, und gerade als ich an die Stelle mit der Tortur gekommen war, hörte ich, daß die Flurtür ging; aber ich bin ja in diesen Tagen merkwürdig dumm, und deshalb fiel mir gar nicht ein, daß es der Onkel sein könnte, und ich las weiter. Im nächsten Augenblick jedoch stand der Onkel auf der Schwelle, und da lag ich und las in dem verbotenen Buch! So was Furchtbares ist mir, glaube ich, in meinem ganzen Leben noch nie passiert.

Ich sprang auf, legte das Buch weg und bat Onkel um Verzeihung. Ich sagte, ich bin so schrecklich neugierig gewesen, zu erfahren, was das für ein Buch ist, das ich nicht lesen darf.

Der Onkel war nicht einmal sehr böse auf mich. „Ich begreife, daß du zu den Leuten gehörst, die nicht schnaufen können, wenn sie kein Buch vor der Nase haben“, sagte er. „Und von nun an soll der Schlüssel meines Bücherschranks immer im Schlosse stecken, dann kannst du Walter Scott lesen, so viel du willst, meine andern Bücher aber laß in Ruhe!“

Das war sehr freundlich von Onkel, und ich dankte ihm, so gut ich konnte. Aber doch schäme ich mich schrecklich. Ich werde rot, wenn mich Onkel ansieht, denn er kann ja nur glauben, daß ich immer so ungehorsam bin, und man sich nicht darauf verlassen kann, was ich verspreche. Er weiß aber auch nicht, daß ich verwandelt bin und mir selbst nicht mehr gleiche.

Am gleichen Tag, spät abends

Im Kinderzimmer

Ja, jetzt weiß ich bald selbst nicht mehr, wie ich mich benehmen soll. Gewiß war die Sache mit Onkel Oriel und dem französischen Geschichtsbuch sehr ärgerlich, aber was mir heute mit Tante Georgina passierte, ist fast noch schlimmer.

Die Tante hat einen Salon, der ist das hübscheste, behaglichste Zimmer, das ich je gesehen habe. Der ganze Fußboden ist mit einem geblümten Teppich belegt, und an den beiden Fenstern hängen weiße gefältete Vorhänge aus gesticktem Tüll, und an dem Pfeiler dazwischen steht ein großer Spiegel, der vom Boden bis an die Decke reicht. Es ist auch ein Regal da, ganz voll von lustigen Porzellanfiguren, und ein eingelegter Sofatisch und geschnitzte Möbel, die mit einem Stoff überzogen sind, der so bunt ist wie ein Regenbogen. Aber der Teppich und die Möbel sind es sicherlich nicht allein, die das Zimmer so schön machen, sondern es kommt dazu, daß die Wände von oben bis unten voller Bilder hängen. Und ganz besonders merkwürdig ist eines von ihnen. Es hängt mitten über dem Sofa, wie an einem Ehrenplatz, und stellt Karl X. Gustav an Axel Oxenstiernas Sterbebette dar. Dieses Bild müßte einen ja eigentlich traurig stimmen; aber das tut es nicht, weil es so fein gemalt ist, mit schönen Menschen und schönen Kleidern, Möbeln und Teppichen und Vorhängen. Sobald ich in den Salon komme, sehe ich nach dem Bilde hin, und wenn ich es eine Weile angesehen habe, dann verwandelt sich das ganze Zimmer und wird zu einem Gemach in einem alten Schlosse.

Tante Georgina schont ihre Sachen sehr. Für gewöhnlich liegen Schutzläufer auf dem schönen blumigen Teppich im Salon. Und gerade heute hatte sie frisch gewaschene (weiß mit rotem Rand) aufgelegt, die sich sehr hübsch ausnehmen, sonst dürften sie ja auch nicht in dem gleichen Zimmer mit Axel Oxenstierna liegen.

Gerade als die Tante die Schutzläufer hingelegt hatte und sich darüber freute, kam ich von der Gymnastik nach Hause. Ich habe ja Galoschen, und Tante hat mir das Versprechen abgenommen, daß ich sie jeden Tag anziehe, damit sie ganz beruhigt sein kann, wenn ich über die frisch gewaschenen Läufer gehe. Aber nun schaute sie hastig auf und rief mir zu: „Sieh dich um, Selma!“ Und als ich zurückschaute, lief eine Reihe von schwarzen Spuren den ganzen, frisch gewaschenen, eben aufgelegten Läufer entlang.

Gott sei mir armem Kinde gnädig: Ich hatte die Galoschen jeden Tag angehabt, seit ich in Stockholm bin, und ich hatte sie auch heute angezogen, als ich in die Gymnastik ging, das wußte ich bestimmt, aber jetzt hatte ich vergessen, sie im Flur auszuziehen!

Tante sah freilich, wie sehr ich erschrak, und sie schalt mich nur wenig, aber sie nahm die beschmutzten Läufer nicht fort, und jetzt sehe ich die Spuren meiner Galoschen, so oft ich durch den Salon gehe.

Ich habe versucht, mir alle Gedanken an die Struwelliese aus dem Kopf zu schlagen, denn es ist ja nur eine dumme Einbildung, das weiß ich wohl. Aber merkwürdig ist es doch: so oft mir etwas Ungeschicktes passiert, sehe ich sie auf der Sofalehne sitzen und höre sie spöttisch lachen. Ich kann es darum nicht lassen, mich zu fragen, ob nicht doch Maja sie auf mich gehetzt hat, damit ich mich hier in Stockholm schlecht und dumm und wie eine Landpomeranze benehmen soll.

Wüßte ich nur, wie ich dies ändern könnte. Wenn es noch länger so weiter geht, werden Tante und Onkel meiner sicher ganz überdrüssig und schicken mich nach Mårbacka zurück. Aber heimgeschickt werden, das wäre doch eine furchtbare Schande.

Montag morgen

Allein im Salon mit Axel Oxenstierna

Heute bin ich schon um sieben Uhr aufgestanden, weil ich so viel Merkwürdiges zu berichten habe, und ich fürchte, ich werde vor dem Frühstück gar nicht damit fertig.

Es fing gestern gleich nach zwei Uhr an, als ich am mittleren Eßzimmerfenster stand und hinausschaute. Obgleich ich jetzt schon eine ganze Woche in Stockholm bin, mußte ich mich doch immer wieder wundern, wie es ganz anders jetzt hier ist als vor fünf Jahren. Damals war von den Fenstern aus nichts weiter zu sehen als eine Wildnis. Natürlich keine richtige Wildnis wie auf dem Lande, eigentlich war es wohl ein alter, verwilderter Garten. Er war ohne Zaun oder Hecken, ohne Blumen oder Rabatten, nur da und dort stand ein schiefer, beinah umsinkender Baum. Fürchterlich viel Schutt lag herum, große Haufen Kies und Sand und Kalk und Backsteine und lange Stapel von häßlichen Balken.

Aber jetzt sieht es anders aus, darf man mir glauben. Der ganze alte Garten ist ein großer länglicher Platz geworden, der Zentralplatz heißt. Auf der einen Langseite steht noch das große Kirsteinsche Haus, das auch vor fünf Jahren schon da war. Ich kann mich sehr gut an dieses Haus erinnern, weil der Herzog von Oestergötland, der Bruder Karls XV., gerade um diese Tageszeit angefahren kam, und dann haben wir hier oben bei Onkels hinausgeguckt und seine schöne herrschaftliche Kutsche bewundert. Auf der andern Langseite, gerade gegenüber dem Kirsteinschen Hause, liegt der neugebaute Zentralbahnhof. Der Zentralbahnhof ist eine „ausgezeichnete Erfindung“, wie Elin Laurell zu sagen pflegt, denn früher mußte man ja bis an das südliche Stadtende fahren, wenn man mit der Eisenbahn reisen wollte. Aber es ist nicht nur sehr bequem, so nah beim Bahnhof zu wohnen, sondern auch sonst angenehm. Falls nun zum Beispiel ein gewisser Student an einem Sonntag einen Ausflug nach Stockholm macht, und man könnte dann einen Schein von ihm sehen, wenn er aus dem Bahnhof kommt und über den Zentralplatz geht!

Nicht deshalb, weil ich in den Studenten verliebt wäre, nein, das bin ich durchaus nicht, aber er war liebenswürdig und so schön und nett. Es wäre ein großer Trost für mich, wenn ich ihn einmal wiedersehen sollte.

„Selma!“ rief die Tante vom Salon aus. „Warum stehst du denn dort allein? Komm doch zu uns herein!“

Vor einer Weile waren nämlich zwei von Tantes besten Freundinnen zu Besuch gekommen und eingeladen worden, zum Kaffee zu bleiben. Ich konnte mich vom letzten Mal noch gut an Frau B. erinnern; sie ist sehr schön und ungemein freundlich gegen jeden, und sie sagte, sie erinnert sich auch noch gut an mich. Fräulein S. dagegen ist weder schön noch freundlich, aber sehr elegant, und sie nahm sich nicht die Mühe, zu sagen, daß sie sich an mich noch erinnert. Trotzdem gefällt mir Fräulein S. besser, weil sie immer etwas sagt, worüber man sich wundern und nachdenken muß. Ihr zuzuhören, ist beinahe ebenso unterhaltend, wie wenn Elin Laurell spricht.

Ich hatte dann im Salon mit ihnen Kaffee getrunken und mich recht behaglich gefühlt, während ich zuhörte, wie Onkel Oriel und Fräulein S. miteinander Wortgefechte führten. Aber plötzlich hatte ich wieder daran denken müssen, was die Kindermaja zu mir gesagt hatte, und so war ich ins Eßzimmer zurückgegangen und hatte mich an das mittlere Fenster gestellt.

Als nun Tante mich rief, war ich froh und ging gleich wieder zu den andern hinein.

„Nun, Kleine", sagte Frau B., „erzähl uns einmal, nach wem du seit einer halben Stunde dort am Fenster Ausschau gehalten hast." Sie lachte dazu und hob warnend den Zeigefinger. Aber ich bin es ja nicht gewohnt, so etwas gefragt zu werden, und darum wurde ich ganz verlegen, und das Blut schoß mir in die Wangen.

„Ei der Tausend. Seht, wie sie rot wird!" rief Frau B. und drohte mir mit dem ausgestreckten Zeigefinger. „Ja, ja, bekenne jetzt nur!"

Aber ich konnte ihr und Fräulein S. und Tante und Onkel doch nicht sagen, daß ich nach dem Uppsalaer Studenten Ausschau gehalten hatte. So griff ich nach dem ersten besten und sagte, ich habe darauf gewartet, daß der Herzog von Oestergötland vor dem Kirsteinschen Haus angefahren kommt.

„Aber Kind, Kind", rief Frau B. „Weißt du denn nicht, daß es keinen Herzog von Oestergötland mehr gibt? Er ist ja im letzten Jahr König geworden."

Ja, natürlich wußte ich das. Karl XV. ist tot, und sein Bruder ist ihm auf dem Throne gefolgt. Diese Antwort war sehr dumm gewesen, aber das kam nur daher, weil ich so grenzenlos schüchtern bin. Jedenfalls brauche ich mich nicht zu wundern, daß sich alle vier auf ihren Stühlen zurücklehnten und in helles Lachen ausbrachen. „Für so rückständig hätte ich nicht einmal die Värmländer gehalten", sagte Fräulein S.

„Es ist übrigens ganz richtig, daß König Oskar früher öfters in das Kirsteinsche Haus kam", sagte jetzt Tante Georgina und wischte sich die Tränen aus den Augen. „Ihr wißt ja, die Musikhochschule hielt da ihre Sitzungen ab, und er war viele Jahre lang ihr Präsident. Aber seit er König ist, kann er solche Nebenämter nicht mehr bekleiden."

Die Tante wollte mir helfen, das verstand ich wohl; aber die andern lachten deshalb nicht weniger. Da ging ich von ihnen fort und stellte mich wie vorher an das Eßzimmerfenster.

Ich ging nicht hinüber, weil ich gegen die anderen aufgebracht war. Seit dem Abend, wo ich mit Onkel Wachenfeldt „Priffe" spielte, wage ich es nicht mehr, zornig zu werden. Aber ich hielt es für das beste, mich zu entfernen, weil ich nicht mit noch mehr Dummheiten herausplatzen wollte.

Ja, wie war es nur möglich, daß ich so unüberlegt von dem Herzog von Oestergötland gesprochen hatte, ich wußte doch, daß er jetzt unser König ist. Ach, es kann nicht anders enden, als daß ich heimgeschickt werde. Onkel Oriel und Tante Georgina können es ja auf die Dauer unmöglich mit mir aushalten. Eines schönen Tags werden sie mich ganz einfach auf den Zentralbahnhof bringen, mir eine Fahrkarte lösen und mich in den Zug setzen.

Gerade, wie ich das denke, schaue ich auf den Zentralplatz hinunter, um mir auszumalen, wie es aussehen würde, wenn wir so daherkommen, der Auditeur Afzelius auf der einen Seite, Frau Afzelius auf der andern und ich in der Mitte.

Aber wen entdecke ich da plötzlich unten auf dem Zentralplatz? Den Studenten aus Uppsala, der mit im Zuge war, als Daniel und ich nach Stockholm reisten. Er bleibt stehen und schaut zur Klara-Strand-Straße Nummer sieben herauf, als ob er weiß, daß ich da wohne.

Ja, er war es bestimmt. Ich erkannte seinen großen Schlapphut wieder und die dunklen Augen und die Nase und das Kinn und den ganzen Menschen. Da klopfte ich ganz leise an die Fensterscheibe und nickte ihm zu, und er sah herauf und erkannte mich auch gleich. Dann zog er den Hut und grüßte, und dann (es war noch ein Glück, daß die Justizrätin nicht in der Nähe des Salonfensters saß) warf er mir einen Handkuß zu:

Aber als er das tat, wurde ich überglücklich. Ich kann gar nicht beschreiben, wie glücklich ich mich fühlte.

Wie wunderbar, mir hat jemand einen Handkuß zugeworfen, mir, die so dumm und unartig ist!

Das machte mich gut und artig zugleich. All das mit der Struwelliese im Reisigwinkel war verschwunden und vorbei. Ich glaube, nach diesem Handkuß hatte ich mich die ganze Woche gesehnt.

Es war etwas ganz Merkwürdiges mit diesem Handkuß. Jetzt war ich überzeugt, nun wird alles gut. Jetzt waren die Klavierstunden keine langweilige Sache mehr. Und der Tante und dem Onkel würde es nicht im Schlaf einfallen, mich heimzuschicken. Nein, das war undenkbar.

Ich war so glücklich, daß ich jemand etwas Liebes erweisen mußte, und so schlich ich mich auf dem hinteren Weg durch den Flur und die Küche und das Mädchenzimmer in die Kinderstube. Hier saß die alte Ulla ganz allein und döste über einer Zeitung, und ich fragte sie, ob sie Lust hätte, eine Partie Mariage mit mir zu spielen. Ulla schaute mich an, nahm die Brille von der Nase, sah mich noch einmal an und sagte:

„Ich glaube wahrhaftig, das liebe kleine Mädchen ist wieder da, das vor fünf Jahren hier wohnte."

ZWEITE WOCHE

Donnerstag, den 30. Januar

Gestern war der Karlstag, und in der Gymnastik hörte ich, daß an der Grabkapelle der Familie Bernadotte ein wundervoller Kranz niedergelegt worden war; aber von wem, das wußte man nicht. Doch wohl von jemand, der Karl XV. geliebt hat.

Ich kann einfach nicht verstehen, was Liebe eigentlich ist, aber es ist immer schön, wenn man davon reden hört.

Donnerstag, den 30. Januar

Gestern abend in der Dämmerstunde erzählte ich Elin und Allan Märchen. Ich saß mitten auf dem kleinen Sofa im Kinderzimmer, Elin saß auf meiner einen Seite und Allan auf der andern, sie schmiegten sich dicht an mich an, und wir waren sehr gut Freund miteinander.

Wie ich nun im besten Erzählen war, erschien die Tante unter der Tür. Sie wollte vielleicht fragen, ob sie nicht die Lampe anzünden solle, aber als sie sah, daß Elin und Allan mir mäuschenstill zuhörten, nickte sie uns nur zu und schloß die Tür hinter sich.

Aber nach einer kleinen Weile machte sie sie wieder auf, und da war Onkel Oriel auch dabei. Es war noch nicht ganz dunkel, und außerdem drang von den Gaslaternen, die draußen auf dem Zentralplatz in langen Reihen stehen, so viel Helle herein, daß Onkel und Tante uns gut sehen konnten. Und ich glaube, sie dachten, Elin und Allan sind zwei süße kleine Kinder, da sie sich so an mich schmiegten und so eifrig aufhorchten, wie die Geschichte wohl weiterging.

Als jedoch Onkel Oriel dazukam, wurde ich verlegen, und brach mitten im Satz ab; aber er sagte kein Wort, sondern ging gleich wieder weg.

Ich habe den beiden jetzt in dieser Woche jeden Abend Märchen erzählt. Das ist natürlich etwas kindlich, ebenso wie das Mariagespiel mit der alten Ulla; aber sie haben es so gern, und wer selbst glücklich ist, will auch gegen andere lieb sein.

Etwas später am Tage

Ich will nur noch erzählen, daß gerade vorhin Onkel Oriel zwei Theaterkarten für Tante und mich brachte. Der Onkel ist gewiß sehr froh, daß ich Elin und Allan Märchen erzähle, und deshalb hat er mich jetzt ins Theater eingeladen.

DRITTE WOCHE

Am 5. Februar

Montag morgen im Salon

Gestern, als wir am Frühstückstisch saßen und Schokolade tranken (am Sonntag kriegen wir immer Schokolade), erzählte Onkel Oriel, daß die Freimaurer in der letzten Woche eine wunderschöne Gedächtnisfeier für Karl XV. gehalten haben, und daß der Festsaal besonders geschmackvoll ausgeschmückt ist. Onkel ist dabei gewesen, denn er ist auch Freimaurer, und er sagte, er und noch mehrere andere Herren meinten, es ist doch schade, wenn ihre Familien diese schön geschmückten Räume nicht auch sehen.

Als Onkel Oriel das sagte, wurden wir Kinder vor Spannung ganz atemlos. Wir setzten die Tassen hin und starrten ihn nur an. Es klang ja als ob er im Sinn hätte, uns zu den Freimaurern mitzunehmen.

Ach, wenn man nur in den Festsaal der Freimaurer hineinkäme! Wenn es mir glückte, einige von den Geheimnissen der Freimaurer zu erfahren!

Ich muß ja gestehen, seit ich vor ein paar Jahren zufällig hörte, daß Herr Alfred Schullström Freimaurer ist, der den Kaufladen unten an der Kirche in Östra-Ämtervik hat, habe ich immer versucht, herauszukriegen, was die Freimaurer eigentlich tun. Ich habe alle daheim danach gefragt, Vater und Mutter und Tante Lovisa und Aline Laurell und Elin Laurell und Onkel Schenson. Aber niemand konnte mir ordentlich Bescheid sagen, weil sie behaupten, alle Freimaurer haben einen heiligen Eid geschworen, niemals etwas von dem zu verraten, was sie bei ihren Zusammenkünften tun und treiben.

Die einzige, die etwas wußte, war unsere alte Haushälterin. Sie sagte, die Freimaurer sind wahre Untiere, die kleine Kinder schlachten, sie braten und sie dann auffressen, und das kam mir doch grausig unheimlich und interessant vor. Da ich aber wußte, wie gut Herr Schullström ist, konnte ich nur schwer glauben, daß er sich an solchen häßlichen Veranstaltungen beteiligen wird.

Onkel Oriel drehte ein Weilchen einen Brief zwischen den Fingern, den er aus der Tasche seines Morgenrocks gezogen hatte. Das ging sehr langsam, und als er ihn endlich entfaltet hatte, brauchte er noch länger, bis der Kneifer richtig auf seiner Nase saß. Er hat eigentlich keine richtige Kneifernase; aber wir begriffen doch, daß er sich nur so anstellte, damit wir recht neugierig werden.

„Mach ein bißchen rasch, Oriel!“ sagte Tante Georgina. „Die Kinder können ja vor lauter Spannung gar nicht mehr essen!“

Dann las uns Onkel den Brief vor. Darin stand, das Freimaurerhaus wird heute von zwei Uhr ab für die Freimaurer geöffnet sein, die ihren Familien den zur Gedächtnisfeier für Karl XV. trauergeschmückten Festsaal zeigen wollen.

Als Onkel so weit gelesen hatte, hielt er inne, warf mir einen verschmitzten Blick zu und sagte:

„Ja, was meinst du, Georgina? Kann Selma mit zur Familie gerechnet werden?"

„O ja, das wird schon gehen."

„Ja, ja, aber du mußt recht auf sie aufpassen, denn hier steht, alle, die in das Haus hineingelassen werden, müssen sich verpflichten, hinter keinen Vorhang zu gucken, keine Schranktüren aufzumachen und sich hinter keinen Wandschirm zu verstecken, um in den Geheimnissen der Freimaurer herumzuschnüffeln."

Ich verstand wohl, warum Onkel Oriel das sagte, er dachte daran, wie ich es erreicht hatte, von den Foltern in der französischen Geschichte zu lesen; aber er sah dabei ganz freundlich aus, und darum fühlte ich mich gar nicht unglücklich darüber.

Und dann wurde bestimmt, daß wir alle miteinander hindurften. Wir Kinder waren überglücklich, nur wußten wir nicht, wie wir den Vormittag herumbringen sollten, bis es anfing.

Gleich nach zwölf Uhr ging Onkel Oriel fort und nahm Allan mit, und als sie zurückkamen, hatte Allan die Haare geschnitten und gebrannt bekommen, daß sie sich an den Schläfen und über der Stirne lockten. Er sah besonders süß aus; die alte Ulla wurde ganz ängstlich und sagte zu Tante, es ist unverzeihlich, wenn der Herr Auditeur einen so hübschen Jungen zu den gräßlichen Freimaurern mitnimmt.

„Die gnädige Frau werden schon sehen, er kommt nicht lebendig zurück", sagte sie.

Und wir begriffen: genau wie die alte Haushälterin auf Mårbacka glaubte auch Ulla an die Geschichte, daß die Freimaurer kleine Kinder verspeisen, und wir lachten sie tüchtig aus.

Ich habe keine Zeit gehabt, zu schreiben, wie es am Sonntag war, weil ich nach Hause schreiben und alles genau erzählen mußte. Aber jetzt fahre ich fort.

Um halb zwei Uhr machten wir uns auf den Weg, denn wir mußten ja ganz bis nach Riddarholmen, und Onkel Oriel war sehr darauf aus, rechtzeitig dort zu sein.

Wir gingen die Drottningstraße hinunter und über den Gustaf-Adolfsplatz und Norrbro, und bis dahin fiel uns nichts Besonderes auf. Als wir aber Riddarholmen erreichten, sahen wir rings um uns her viele Leute, die schnell in derselben Richtung gingen. Ich hörte, wie Onkel zu Tante sagte, er kann nicht begreifen, wie sich das verhält. Es waren ja nur Freimaurer mit ihren Familien eingeladen, aber hier kamen ja der Fischmarkt und der Kornmarkt und der Deutschbäckerhügel und Süd und Nord und die ganze Blase zusammen.

Alle miteinander richteten ihre Schritte nach einem großen alten Gebäude am Birger-Jarlsplatz. Onkel Oriel hatte uns gesagt, dies ist der prächtige Rosenhanesche Palast, der zur Zeit unserer Großmachtstellung erbaut ist und nun den Freimaurern gehört.

Vor dem Hause standen schon eine Menge Menschen, aber wir drängten uns durch bis zu einer kleinen Freitreppe, die zu einem ganz schmalen Eingang führte. Unten an der Treppe mußten wir stehen bleiben, denn sie war gepfropft voll von Menschen. Der Onkel zog seine Uhr heraus und sagte, wir sind zu früh gekommen und müssen noch eine Weile warten, ehe geöffnet wird.

Er ermahnte uns ernstlich, uns ganz dicht an ihn zu halten und uns nicht von der Treppe wegdrängen zu lassen. Tante war bei dem großen Gedränge ängstlich geworden, und sie flüsterte Onkel zu, sie hätte Angst, wir könnten totgedrückt werden.

„Ich glaube, wir müssen das Ganze aufgeben und wieder heimgehen", sagte sie, „es ist niemand andres hier als Munkebroweiber, Hafenarbeiter und Gardisten."

„Ja, du hast recht, dies sind merkwürdige Freimaurer", erwiderte Onkel Oriel. „Aber wenn wir uns nun die Mühe gemacht haben, herzukommen, können wir es wohl noch aushalten. Es dauert kaum noch fünf Minuten."

Und es war recht gut, daß wir dablieben, denn jetzt kam ein großer Herr in Uniform und Dreispitz daher, begleitet von einigen andern Herren, die auch Uniform trugen. Er ging mit raschen Schritten mitten durch die dichteste Menschenmenge hindurch, und alle wichen ihm ehrfürchtig aus.

„Seht nur, Prinz August!" flüsterte Tante uns Kindern zu. „Jetzt ist er auf der Treppe, könnt ihr ihn sehen?"

Ich sah ihn sehr gut, denn er stand gerade über mir, aber ich war gar nicht erfreut über sein Aussehen. Er hatte ein großes, grobes Gesicht, das ganz fahl war, als wenn er krank wäre. Ein Prinz, so häßlich, das hätte ich doch nie gedacht. Die Tür des Freimaurerhauses war noch immer verschlossen, und so mußte Prinz August wie wir anderen warten. Da entdeckte er plötzlich Onkel Oriel, der mit dem Hut in der Hand weiter unten stand.

„Guten Tag, Oriel!“ rief er so laut, daß alle Leute es hörten. Dann beugte er sich über das Treppengeländer herunter und klopfte Onkel auf die Schulter. „Wie geht es dir?“ fuhr er fort, und dabei sah er so liebenswürdig und freundlich aus, daß er einem recht gut gefallen mußte.

Onkel Oriel wollte gerade etwas erwidern, als die Tür aufging und der Prinz verschwand. Dann wurde sie wieder zugeschlossen. Wir hatten gedacht, wir kommen nun auch hinein, aber wir mußen weiter stehen bleiben und warten.

Jedenfalls war es sehr nett, daß ich einen von den Königlichen ganz aus der Nähe sah. Tante Lovisa wird sich schön wundern, wenn sie hört, daß der Prinz den Onkel gekannt und ihn Oriel genannt hat.

Jetzt gingen die Türen endlich auf, und alle Leute begannen sich zu puffen und knuffen, um an die Treppe zu kommen. Am schwersten war es, auf die erste Stufe zu kommen; aber als wir erst da waren, ging es ganz von selbst weiter. Wir brauchten keinen Schritt mehr zu machen, man wurde einfach von denen, die nachkamen, geschoben. Tante sah ängstlich aus, aber wir Kinder fanden es recht lustig. So gelangten wir auch bis zum Eingang; aber gerade als wir über die Schwelle gehen wollten, wurde die Tür wieder zugeschlagen. Es waren nämlich schon sehr viele drinnen, und so mußten wir warten, bis sie wieder herauskamen. Na, da standen wir!

Die Tür ging allerdings bald wieder auf, aber nun wollten die heraus, die schon im Haus gewesen waren. Wie das möglich sein sollte, konnte kein Mensch begreifen, aber es war nicht anders zu machen. Alle Leute murrten und waren ärgerlich, weil sie gedrückt und getreten wurden. Aber dann sagte Onkel Oriel, wenn das noch lange dauert, wird er so dünn wie ein Fladen. Und da Onkel ordentlich dick ist, wurde ringsum laut gelacht, und die Leute sahen etwas freundlicher aus.

Endlich waren die andern herausgekommen, und nun war die Reihe zum Hineingehen an uns. Von hinten wurde gedrückt, und wir Kinder konnten fast nicht rasch genug mitkommen. Aber dann kam ein großer Matrose daher und rief: „Hei!", und damit hob er mich auf den Arm, und ein anderer nahm Elin und ein dritter Allan, und ehe wir es uns versahen, standen wir in dem Festsaal.

Wir durften nicht weiter vorgehen, als bis zu einem dicken schwarzen Seil, das von einer Wand zur andern quer durch den Saal gespannt war. Aber das war auch nicht nötig, denn da, wo wir standen, konnten wir alles sehen. Und ich konnte nicht begreifen, was Onkel gemeint hatte, als er sagte, es ist so geschmackvoll und schön. Mir kam es vor, als wenn eigentlich gar nichts zu sehen wäre! Nur schwarz bezogene Wände und schwarze Teppiche auf dem Boden, und ein Sarg, der mitten im Saal auf einem niedrigen Gestell stand und mit dem Namen „Karl XV." geschmückt war.

Ich bin eben immer gleich dumm. Da hatte ich erwartet, wenn die Freimaurer so etwas veranstalten, muß es ganz besonders merkwürdig und wunderbar sein; aber das war es durchaus nicht. Tante sagte zwar gleich, es ist sehr schön, und dann meinte sie es auch, denn sie sagt nie etwas, was sie nicht meint. Aber sie wurde doch vom Stehen und Sehen vor dem Seil bald müde und fragte den Onkel, ob er nicht auch meint, wir sollen jetzt gehen.

Ja, erwiderte er, und wir wendeten uns dem Ausgang zu. Zuerst kamen wir auf einen breiten Korridor, durch den man sich leicht durchdrängen konnte. Dann aber kamen wir in einen schmäleren Gang, da ging es nicht weiter, denn er war mit Leuten, die hineinwollten, ganz vollgepfropft, und niemand machte Platz für die, die hinauswollten.

Ein Aufseher stand in der Nähe und sagte zu Onkel, wir könnten uns ganz unmöglich hier durchdrängen. Er würde uns raten, in den Festsaal zurückzugehen und da eine Weile zu warten. Das taten wir.

Innerhalb des Seils standen ein paar vornehme Herren. Als sie uns zurückkommen sahen, traten sie auf Onkel zu und begrüßten ihn, und dann wurden sie auch Tante vorgestellt. Ich habe nicht verstanden, wie sie hießen, aber es waren großartige Namen. Sie sagten, es ist sehr unangenehm, daß so eine Menschenmenge herbeiströmt. Das ist durchaus nicht beabsichtigt gewesen, und es ist unbegreiflich, wie es sich so herumgesprochen hat.

Tante fragte, warum man die Türen nicht einfach zuschließt; aber die vornehmen Herren erklärten, das geht nicht. Es stehen Tausende von Menschen draußen, die erwarten, in das Haus der Freimaurer hereinzukommen, und man kann nicht wissen, was sie anstellen, wenn man sie um dieses Vergnügen bringt.

Den vornehmen Herren tat Tante Georgina sehr leid, weil sie nicht hinauskommen konnte, und einer von ihnen fragte, ob sie nicht weiter in den Saal hereingehen wollte, denn dort waren Bänke, wo man sich setzen und ausruhen konnte. Sie riefen einen

Wärter, der für Tante, Onkel, Elin und Allan das dicke Seil aufhob. Aber als ich mitgehen wollte, ließ er es wieder herunter, als ob ich nicht dazu gehörte. Aber da trat einer von den freundlichen, vornehmen Herren vor und sagte zu dem Wärter, ich bin das Kindermädchen der Familie Afzelius, und ich darf auch mit hinein.

Mittwoch, den 5. Februar

Im Eßzimmer

Heute war ich wieder gezwungen, um sieben Uhr aufzustehen, um endlich alles das aufzuschreiben, was am Sonntag geschehen ist.

Onkel Oriel hatte mit einem der Wärter ausgemacht, er soll ihm Bescheid sagen, wenn sich eine Möglichkeit zeigt, hinauszukommen. Aber kein Wärter erschien, und wir mußten im Festsaal der Freimaurer sitzen bleiben und warten.

Es war recht langweilig, ein wenig kalt und feucht war es auch, aber ich kann nicht begreifen, warum ich so furchtbar niedergedrückt war, während ich dort saß. Ich hatte natürlich verstanden, daß der freundliche, vornehme Herr mich für ein Kinderfräulein gehalten hatte, und darüber hätte ich an einem andern Tag nur gelacht, jetzt aber wurde ich tief betrübt. Es kam mir recht traurig vor, daß wir daheim auf Mårbacka gar so arm sind und ich nicht ebenso hübsch gekleidet gehen kann wie Elin. Ach, Vater ist ja immer krank und wird wohl bald sterben, und dann müssen wir Mårbacka verkaufen! Was soll dann aus uns werden? Ja, daran mußte ich immer denken.

Wie ich so ganz in diese Gedanken versunken bin, höre ich plötzlich ein Hohngelächter hinter mir, und als ich den Kopf drehe, sehe ich ganz deutlich, wie die Struwelliese vom Reisigwinkel auf dem Rücksitz zusammengekauert hinter mir sitzt und vor Entzükken in die Hände klatscht.

Ich hatte sie nun eine ganze Woche lang nicht mehr gesehen und schon gehofft, sie ist für immer verschwunden. Aber da saß sie und machte sich über mich lustig, weil ich für ein Kindermädchen gehalten worden war.

Ach, mir kam alles so hoffnungslos und traurig vor! In mir war es ebenso schwarz wie in dem großen Festsaal.

Jetzt kam einer von den vornehmen Herren zu Tante und schlug ihr vor, wir sollten ins nächste Zimmer gehen, weil dort bessere Sitzplätze waren.

Wir kamen in einen großen länglichen Salon mit weichen Ruhebänken und bequemen Sesseln. Ringsum an den Wänden hingen Gemälde, aber mit Ausnahme von einem waren über allen grüne Vorhänge.

Ich trat sofort vor das eine Gemälde, das nicht verhängt war, und da war ich aufs höchste überrascht, denn dieses Bild stellte ja meinen Studenten dar. Ich mußte wohl ungewöhnlich erstaunt sein, ihn hier bei den Freimaurern zu sehen, aber natürlich auch sehr erfreut. Er sah wohl etwas älter aus als in Wirklichkeit, aber das konnte ja an dem Maler liegen. Ich wunderte mich auch ein wenig, daß er so viele Sterne und Bänder auf dem Rock hatte, aber ich dachte, es ist bei den Freimaurern vielleicht so Sitte.

Ich setzte mich gerade vor dem Gemälde in einen schönen Lehnstuhl. Jetzt, wo ich meinen Studenten hatte, den ich ansehen konnte, war all meine Niedergeschlagenheit wie weggeblasen. Nein, daß jemand so schön malen konnte! Er sah sehr vornehm und stolz aus, aber auch sehr freundlich und liebevoll.

Es fiel mir nicht ein, daß es jemand anderes als der Student sein könnte, obgleich er mir hier ein wenig schöner als in Wirklichkeit vorkam. Als ich ihn jetzt anschaute, erinnerte ich mich so recht deutlich daran, wie er im Zug zwischen Katrineholm und Södertälje mit mir geplaudert hat, und daß mein Herz aufhörte, mir weh zu tun, nur weil er so freundlich mit mir war.

Und so war es nun auch heute. Ich war gar nicht mehr niedergedrückt und verzweifelt.

Um ganz sicher zu sein, ob das Porträt wirklich den darstellte, den ich meinte, ging ich doch zu Tante Georgina hin und fragte sie, ob sie weiß, wer das ist, der dort an der Wand hängt.

„Ja, gewiß weiß ich das, Kind", sagte sie sofort. „Es ist doch Prinz Gustaf."

„Prinz Gustaf?" wiederholte ich.

„Ja, du weißt doch, daß Karl XV. und König Oskar und Prinz August noch einen Bruder hatten, der Gustaf hieß. Aber er starb, als er erst wenige Jahre über zwanzig war."

„Und war er wirklich so schön?" fragte ich, denn mir drehte sich alles im Kopf herum. Ich war ja ganz sicher gewesen, daß das schöne Porträt meinen Studenten darstellte.

„Ja, gewiß war er schön", sagte Tante Georgina. „Er war schöner als Karl XV., das sagen alle, und er war so beliebt, daß die Leute nicht an seinen Tod glauben wollten. Hier in Stockholm wird bis auf den heutigen Tag behauptet, er ist noch am Leben, verheiratet und wohnt in Norwegen."

„Aber warum sollte er so tun, als ob er tot wäre?" fragte ich und wurde immer verwirrter.

„Das weiß ich nicht", antwortete Tante Georgina. „Es heißt ja, es war eine Dame da, mit der er sich verheiratet hätte; aber das war ihm nicht erlaubt, weil er ein Prinz war, sie aber nicht von königlichem Blut."

„Aber Tante, du glaubst doch nicht, daß das wahr ist?"

„Du kannst ja Ulla fragen", sagte Tante Georgina lachend. „Sie weiß da besser Bescheid als ich, sie hat in den letzten Jahren Prinz Gustaf oft in Stockholm gesehen. Im letzten Herbst an dem Begräbnistag Karls XV."

Ich verließ Tante und setzte mich wieder vor das Porträt von Prinz Gustaf. Es war ja noch eben so schön wie vorher, aber ich hatte es mit größerer Freude betrachtet, als ich glaubte, es stellt meinen Studenten dar.

Aber wie konnte es nur zusammenhängen, daß es ihm so sehr glich?

Denn daß Prinz Gustaf noch leben sollte, war natürlich nur ein dummes Gerede.

Aber wenn es wahr ist? Und wenn er verheiratet ist und in Norwegen lebt?

Es ging mir wie ein Mühlrad im Kopf herum; mir schien, als wäre ich auf dem Punkt, ein Geheimnis zu entdecken.

Während ich das Porträt betrachtete, versuchte ich herauszubringen, wie sich die Sache verhielt. Bald wußte ich auch, wie alles zugegangen war, wie er sich verliebt hatte, wie er es einrichtete, aus der Welt zu verschwinden, und wie der Sohn in Stockholm erzogen worden war, aber nur wußte, daß seine Eltern ganz gewöhnliche Menschen wären.

Als Daniel und ich ihn in Laxå trafen, war er eben in Norwegen gewesen, um das Weihnachtsfest dort zu verbringen. Alles stimmte ausgezeichnet mit dem zusammen, was Tante Georgina gesagt hatte.

Aber merkwürdig! Sein Vater war ein Prinz, und er, der Sohn, wußte es nicht; ich aber, ich, Selma Lagerlöf, ich weiß es.

Das war maßlos spannend, ja unerhört spannend, noch viel spannender als die „Erzählungen des Feldschers".

Mir kam es vor, als müßte es mir den Kopf zersprengen, so seltsam war es.

Mit wem konnte ich nur darüber reden? Es schien ja fast so, als wäre ich nur deshalb in das Haus der Freimaurer und nach Stockholm geführt worden, damit er von mir erfuhr, wer er ist.

Aber gerade in dem Augenblick, wo ich beschloß, mit dem Studenten selbst über diese Sache zu sprechen, war mir, als wenn das Porträt mit mir zu reden begann!

„Du, Selma Lagerlöf, bist heute hierhergekommen, um die Geheimnisse der Freimaurer zu erforschen, und von ihnen hast du nichts erfahren. Dafür hast du ein anderes großes Geheimnis entdeckt, aber über dieses mußt du genau so schweigen, wie die Freimaurer."

Ja, natürlich wollte ich schweigen, wie die Freimaurer. Aber ich war doch dankbar dafür, daß ich das Geheimnis erfahren hatte, denn es gab mir sehr viel zu denken.

Onkel und Tante und die vornehmen Herren gingen öfter hinaus, um nachzusehen, ob die Leute nicht herbeizuströmen aufhörten. Aber die Stockholmer müssen sehr neugierig sein, denn es nahm kein Ende mit denen, die in das Haus der Freimaurer hereinkommen wollten. Elin und Allan schliefen in den schönen Lehnsesseln, ich aber saß ruhig vor dem Porträt und war gar nicht betrübt, daß ich so lange dableiben mußte.

Endlich kam die Tante und weckte die beiden Kinder. Einer von den vornehmen Herren hatte gesagt, es wäre allerdings nicht erlaubt, da aber die herbeiströmenden Schaulustigen gar kein Ende nahmen und Frau Afzelius und die kleinen Kinder ihnen leid taten, wollten sie uns durch einen geheimen Gang hinauslassen.

Wir wurden durch lange schmale Gänge und eine Treppe hinunter in einen Hof geführt, und schließlich standen wir wieder auf der Straße.

Als wir in der Klara-Strand-Straße Nummer 7 eintrafen, war es schon fast fünf Uhr. Ulla und die Köchin standen unten am Tor und sprachen eben mit dem Portier, ob es nicht Zeit wäre, die Polizei anzurufen, damit sie in dem Haus der Freimaurer nach uns suchte. Denn sie waren fest überzeugt, daß die Freimaurer uns in ein dunkles Kellerloch gesperrt hätten, weil sie im Sinn hatten, sich Vetter Allan zum Abendessen schmecken zu lassen.

Samstag, 8. Februar

Seit zwei Tagen habe ich immerzu Briefe geschrieben. Heute an Emilie Wallroth und Alma Schenson und Emma Laurell. Ich hatte ihnen ja Briefe aus Stockholm versprochen, und so wollte ich es jetzt tun, weil ich erzählen konnte, daß ich den Prinzen August gesehen habe und im Haus der Freimaurer eingesperrt gewesen bin. Aber natürlich hab ich keinen Ton von dem verlauten lassen, worüber zu schweigen ich dem Porträt versprochen habe.

Heute habe ich etwas von der Gymnastik, und wie es dort ist, erzählen wollen; aber nun muß es bis zur nächsten Woche warten.

VIERTE WOCHE

Montag, den 10. Februar

Genau um dreiviertel zehn Uhr öffne ich jeden Tag das Tor der Klara-Strand-Straße Nummer 7 und trete auf den Gehweg hinaus, in Hut und Mantel, Handschuhen und Galoschen, mit Regenschirm und Muff, wie Tante Georgina es haben will. Dann gehe ich um die Ecke der Klara-Berg-Straße und wandere diese eine Strecke entlang, bis ich die Klara-Norra-Kirchstraße erreiche. Dann rasch in diese hinein und einen kleinen beschwerlichen, mit scharfen Kieselsteinen bestreuten Hügel hinauf und durch ein großes, schönes Tor in den Klara-Kirchhof.

Auf dem Kirchhof sind ebene, glatte Kieswege, da kann man leicht gehen. Im mache, daß ich so rasch wie möglich darüber wegkomme, um nicht mit den Schulbuben zusammenzutreffen. Die Klara-Schule liegt in einer Ecke des Kirchhofs, und wenn die Jungen Pause haben, stürzen sie in wildester Eile auf die großen Grabsteine und steinernen Särge vor der Kirche los, wo sie meist sofort Krieg spielen, und ich hab Angst, daß sie mich umstoßen.

Ich habe immer etwas Angst vor diesen Schulbuben, aber sonst ist es schön, daß sie noch immer im Klara-Kirchhof sind, gerade wie zur Zeit von August Blanche. Sie kommen mir allerdings wie richtige Grobiane vor, aber das macht nichts, denn aus August Blanches Erzählungen weiß ich, daß sie hochgesinnt und ritterlich sind, und viele von ihnen werden Generale und Bischöfe und heiraten schöne Grafentöchter.

Ein Junge ist darunter, ja, er ist ebenso einfach angezogen wie die andern, aber nicht ganz so wild. Es ist mir aufgefallen, daß er oft ruhig stehen bleibt und nur zusieht, wenn die andern sich am allerwildesten tummeln. Er hat wirklich schöne blaue Augen, und vielleicht wird er, wenn er einmal erwachsen ist... Jedenfalls ist er der einzige, der jener Junge gewesen sein könnte, der von seiner Mama zum Geburtstag eine Weste mit Perlmutterknöpfen bekam.

Eines Tages sah ich den ruhigen Jungen mit gesenktem Kopf auf einem der größten Steinsärge sitzen, und für mich war das genau so, als säße Viktor Eckström dort und weinte über seine tote Mutter. Ich blieb vor ihm stehen und hätte ihm gern ein Wort des Trostes gesagt, denn gerade dieser Junge kam mir so merkwürdig bekannt vor. Aber ich zögerte noch, weil ich mir etwas besonders Schönes ausdenken wollte. Da richtete er plötzlich den Kopf auf, verzog spöttisch den Mund und sah ganz zornig aus.

„Was stehst du denn hier und glotzt mich an, Hinkebein?“

Ich gab natürlich keine Antwort, sondern machte mich davon. Aber ich wünschte wahrhaftig, der vornehme Herr, der in diesem großen steinernen Sarg liegt, möchte den Deckel aufheben und dem Jungen einen Nasenstüber versetzen.

Ich muß schon sagen, als dieser Junge mich Hinkebein nannte, mußte ich unwillkürlich an den Studenten denken. Er hat mich zwar in dem Wagenabteil sitzen und am Fenster stehen sehen, aber gehen hat er mich nicht sehen, und so weiß er nicht, daß ich hinke. Ich möchte wohl wissen, wie es sein wird, wenn er es erfährt.

Dienstag, den 11. Februar

Weiter bin ich gestern nicht gekommen, weil ich frühstücken mußte. Aber jetzt schreibe ich genau da weiter, wo ich aufgehört habe.

Wenn ich über den Klara-Kirchhof gegangen bin, komme ich zu einem großen, schönen Haus an der Ecke der Klara-Oestra-Kirchstraße und der Odenstraße. Da gehe ich hinein, denn dort hat Professor Hermann Sätherberg sein Gymnastisch-Orthopädisches Institut.

In dem Flur hinter der Haustür bleibe ich immer eine Weile stehen. Ich falte in meinem Muff die Hände und bitte Gott, er möchte Professor Sätherberg, der so geschickt und gelehrt ist, bald etwas finden lassen, was mich heilt, damit ich richtig gehen kann und nicht mein Leben lang hinken muß.

Dann laufe ich die Treppe hinauf und komme in ein großes Vorzimmer mit vielen Kleiderriegeln, und da lege ich nicht nur Mantel und Hut ab, sondern auch Kleid und Unterzeug und ziehe Hosen und Bluse an, denn anders geht es nicht bei den gymnastischen Übungen.

Dann gehe ich in die Turnsäle, die sehr groß sind, und da hängen an den Wänden Leitern und Trapeze und alle Arten von gymnastischen Apparaten. Auf dem Boden stehen eine Menge Pritschen mit Polstern darauf, und diese werden von uns, die vormittags Krankengymnastik haben, am meisten benutzt. An den Nachmittagen wird, wie ich gehört habe, hier von Gesunden Gymnastik getrieben, und sie werden wohl die Leitern hinaufklettern und sich am Trapez schwingen.

Im Herbst, als ich „Die Nachbarn" von Fredrika Bremer las, war es ganz merkwürdig. Mir war, als kenne ich das gymnastische Institut, das sie da beschreibt. Es wäre doch wunderbar, wenn Fredrika Bremer in demselben Haus wie ich gymnastische Übungen gemacht hätte. Aber ich glaube nicht, daß jetzt noch auf die gleiche Weise geturnt wird. Jetzt geht gewiß alles viel ruhiger zu als zu ihrer Zeit; aber wir sind dafür auch nicht so vergnügt dabei. Wir haben keine Vereine, wo wir uns mit altgriechischen Namen nennen, auch fällt es uns nicht ein, einander zum Zweikampf herauszufordern.

Jedenfalls macht es mir Spaß, mir vorzustellen, daß Fredrika Bremer hier gewesen sein kann. Das ist mir wie ein gutes Vorzeichen für eine andere, die auch versuchen will, Romane zu schreiben.

In den Gymnastiksälen sind immer viele Leute und es herrscht viel Betrieb. Wenn alle da sind, sind es gewiß hundert Personen, die hin und her gehen, obgleich es mir natürlich nie gelingt, sie richtig zu zählen. Alle miteinander sind in Hosen und Bluse gekleidet, aber einige haben feine, gestickte Blusen, während andere aussehen wie in Säcke gesteckt. Viele sind alt; viele richtige Kinder, die meisten aber sind neunzehn oder zwanzig Jahre alt. Sie haben irgendein Leiden, die einen eine schiefe Hüfte, die anderen einen Klumpfuß oder ein steifes Knie, oder sie sind in Gefahr, bucklig zu werden. Einige machen die Übungen nur, weil sie vom vielen Tanzen auf den Bällen in Stockholm die Bleichsucht bekommen haben.

Viele von ihnen sehen sehr hübsch aus, aber keine ist so schön wie Luise Thyselius, die vor fünf Jahren hier war. Sie kann ich nie vergessen.

Es wäre nett gewesen, wenn ich sie auch jetzt hätte ansehen können, denn ich bin meist recht einsam. Es ist wohl außer mir in dem ganzen Institut kein anderes Mädchen, das vierzehn Jahre alt ist. So ist es überall, wohin ich komme. Ich möchte nur wissen, wo alle Vierzehnjährigen hingeraten sind. Die hier in die Gymnastik gehen, sind entweder zu alt, um sich gern mit mir zu unterhalten, oder auch zu klein. Da mache ich mir nichts daraus, mit ihnen zu plaudern.

Alle haben eine kleine Karte, worauf Professor Sätherberg geschrieben hat, welches Gymnastikfräulein jedes haben soll, und welche Übungen sie mit uns vornehmen muß. Es sind wohl zehn Gymnastikfräulein da, und sie sind leicht zu erkennen, weil sie gewöhnliche Kleider anhaben. Jede von ihnen hat acht bis zehn Patienten, und jeder Patient muß acht oder zehn verschiedene Übungen am Vormittag machen, so daß die Fräulein tüchtig zu tun haben und sich müde und warm arbeiten.

Ich hatte ja mit sieben Übungen angefangen: Fußdrehen und Kniebeuge und Aufhängen und Rückenbeuge, und wie sie alle heißen. Keine ist im geringsten schwer, ausgenommen die Rückenbeuge, denn da muß ich auf meinem linken Bein stehen und mich so tief wie möglich vorbeugen, und das ist anstrengend. Jetzt, nachdem ich schon drei Wochen da bin, muß ich bald noch andere Übungen machen.

Ich fühle, daß mein Bein schon etwas kräftiger geworden ist, und darüber bin ich sehr froh. Einige Patienten, die den ganzen Winter hindurch geübt haben, sind schon ganz gesund geworden, und sie sagen, Professor Sätherberg ist ein wahrer Hexenmeister.

Manchmal tritt der Herr Professor aus seinem Empfangszimmer heraus und geht durch die Säle, um zu sehen, ob die Fräulein uns die Übungen richtig machen lassen, und um mit einzelnen Patienten zu sprechen. Und sobald er eintritt, kann ich die Augen nicht mehr von ihm wenden.

Ich weiß ja wohl, daß Professor Sätherberg ein Liederdichter ist und sowohl das Lied von „Des Studenten glücklichem Tag“ als auch „Froh wie das Vögelein“ gedichtet hat, die alle beide von Prinz Gustaf in Melodie gesetzt sind; aber hier höre ich niemals jemand davon reden, daß unser Professor so schöne Gedichte machen kann. Vielleicht denkt außer mir niemand daran, aber ich bin meiner Sache ganz sicher, weil ich es von Onkel Oriel gehört habe.

Wenn ich es nicht so ganz gewiß wüßte, würde ich es vielleicht auch nicht glauben, denn Professor Sätherberg ist klein und mager und gar nicht schön. Seine Augen sind immer rotumrändert, und seine Hautfarbe ist grau, und zwischen seiner Nase und seinem Mund laufen tiefe Falten herunter. Er sieht immer krank und verdrießlich aus. Ich aber meine, so einer sollte stolz, schön und strahlend sein wie Goethe, wenn er Schlittschuh läuft und aussieht, als ob er der vornehmste von allen Menschen der Welt ist.

Hier in der Gymnastik höre ich den Professor niemals von etwas anderem reden, als von schiefen Rükken und steifen Gliedern. Aber ich möchte ihn so gern über Poesie reden hören. Ich weiß ja nicht, ob ich in meinem ganzen Leben je wieder mit einem wirklichen Dichter zusammentreffe.

Vor ein paar Tagen stand ich ganz allein an einem der Fenster im Gymnastiksaal und sah in den Klara-Kirchhof hinunter, als Professor Sätherberg hereinkam und sich neben mich stellte. Zuerst glaubte ich, er wollte mich etwas fragen, aber er blieb stehen, als bemerkte er mich nicht, und schaute nur hinaus.

Als er aber ganz dicht neben mir stand und uns niemand hörte, konnte ich es nicht lassen, einen kleinen Versuch zu machen, ihn auf etwas anderes als schiefe Rücken zu bringen. Ich rückte ein wenig näher zu ihm hin, und dann sagte ich so laut und deutlich, wie es mir möglich war, denn ich war ängstlich wegen meiner Keckheit, daß ich die Worte kaum herausbrachte:

„Ist es ein Vergnügen, Gedichte zu machen?"

Professor Sätherberg zuckte zusammen und wendete sich mir zu.

„Was meinst du, Selma?" sagte er. „Hast du mich etwas fragen wollen?"

Er glaubte wohl, er hat sich verhört. Es war ihm wohl noch nie vorgekommen, daß ihn einer seiner Patienten nach seinen Gedichten gefragt hatte.

Nun mußte ich also meine Frage wiederholen. Ich war in großer Not vor lauter Schüchternheit und wäre am liebsten davongelaufen, aber gesagt wurde es:

„Ist es ein Vergnügen, Gedichte zu machen?"

„Ja, das ist es", antwortete Professor Sätherberg, und es sah so aus, als wenn er mich recht naseweis fand. Im nächsten Augenblick lachte er. „Aber es ist auch schön, gekrümmte Rücken gerade und steife Glieder gelenkig zu machen", fügte er hinzu.

Das sagte er sehr schön. Er sah ja Goethe ganz und gar nicht ähnlich, aber als er das sagte, sah er wie ein wirklicher Dichter aus.

Aber er hatte keine Lust, das Gespräch fortzusetzen, sondern ging weg und weiter in den Saal hinein.

Das war eine schöne Antwort, aber ich fand nicht, daß er recht hat. Denn wenn ich Gedichte machen könnte, würde ich nie, nie, nie etwas anderes tun wollen.

Mittwoch, den 12. Februar

Wenn ich um Mittag von der Gymnastik zurückkomme, habe ich es nicht so eilig wie am Morgen, sondern ich denke, jetzt habe ich Zeit, ein paar alte Bekannte von Mårbacka aufzusuchen.

Ich nehme deshalb den Weg, der südlich an der Klara-Kirche vorbeiführt, gehe da zu den Grabmalen hinein und suche einen hohen Stein auf, der mit dem Relief einer schönen alten Dame geschmückt ist und den Namen „Anna Maria Lenngren" trägt.

In dem Augenblick, wo ich den Namen auf dem Grabstein lese, bin ich wieder daheim auf Mårbacka. Wir sitzen im Saal um die Lampe her: Vater im Schaukelstuhl, Elin Laurell in einem andern, Mutter und Tante auf dem Ecksofa, Gerda zwischen ihnen und Anna und ich auf gewöhnlichen Stühlen. Alle sind eifrig mit Handarbeiten beschäftigt, ausgenommen Vater, der immer vor sich hinsummt, und ich, die Frau Lenngrens Gedichte in der Hand hat und mit lauter Stimme vorliest:

„Und die Götter, sehr behaglich,
Scherzen nach dem Lottospiele
Bei dem Licht der Zimtspanfackel
Lang noch in der Abendkühle."

Und mir kommt es vor, als wären wir alle, die wir da in Mårbacka um die Lampe sitzen, ebenso vergnügt wie die Götter auf dem Olymp, und ich verneige mich ein wenig vor der alten Dame auf dem Grabstein und danke ihr für alle die guten Stunden, die sie uns geschenkt hat.

Dann gehe ich weiter nach der nördlichen Seite des Kirchhofs, und bald stehe ich vor einem Grabstein, der dem andern aufs Haar gleicht, aber den Namen „Carl Michael Bellmann" trägt.

Ich muß gestehen, wenn ich diesen Grabstein erreiche, wird mir ganz sonderbar zumute. Ich sehe Vater an dem alten Klavier sitzen, und uns Kinder um ihn her, und wir sind sehr klein und sehr glücklich, und wir singen, daß es nur so schallt:

„Vater Movitz, Bruder du,
Komm und zieh dir an die Schuh,
Blase mit dem Waldhorn drein!"
„Ja, mein liebes Mütterlein!"
„Stampf den Takt und blas uns klar
Dein gesamtes Repertoire!
Steh nicht stumm wie ein Barbar!"

Das ist ja auch lustig, aber es ist doch ganz anders. Wenn ich an Frau Lenngren denke, werde ich sehr froh; aber wenn mir Bellmann in den Sinn kommt, dann wird mir wehmütig und ängstlich ums Herz, und die Tränen treten mir in die Augen, ohne daß ich weiß, warum.

FÜNFTE WOCHE

Dienstag abend, den 20. Februar

Im Schlafzimmer

Ich habe sehr große und schwere englische Aufgaben zu lernen gehabt, und so konnte ich eine ganze Woche lang nicht Tagebuch schreiben. Heute aber muß ich es tun, denn ich habe ein junges Mädchen kennengelernt, das ich mir zum Muster und als Vorbild nehmen möchte, damit ich auch so liebenswürdig werde, wie ein junges Mädchen sein soll.

Tante und Onkel waren ins Theater gegangen, und als sie weggingen, sagte Tante zu mir, wenn ich noch zu arbeiten habe, darf ich mich ins Schlafzimmer setzen. Und das ist natürlich viel angenehmer, denn da ist ein größerer Tisch und eine bessere Lampe als im Kinderzimmer.

Heute vormittag hatte ich sehr wenig zu arbeiten, und so saß ich bei Tante im Schlafzimmer und häkelte, während mir die Tante Geschichten von Stockholm erzählte. Und gerade wie wir so recht gemütlich beisammen saßen, kam ein Herr zu Besuch. Es war Bankdirektor W. von Västerås, der ein guter alter Freund von Onkel Oriel ist und nach Stockholm gekommen war, um eine Generalversammlung mitzumachen. Als er nun zu Tante kam, sagte er gleich, er will sie um einen Freundschaftsdienst bitten.

Er hatte seine Tochter mit nach Stockholm genommen und fragte nun, ob sie nicht hier bei uns zu Mittag essen darf. Tante würde ihm dadurch einen großen Dienst erweisen, er selbst muß zu der Generalversammlung, und dahin kann er ja das Mädchen nicht mitnehmen. Tante braucht absolut keine Umstände zu machen; das Mädel ist erst siebzehn Jahr alt, und gerade deshalb will er sie nicht allein im Hotel essen lassen. Das ist für so ein junges Ding nicht recht passend.

Tante lachte und sagte ihm, das junge Fräulein ist herzlich willkommen, und sie fügte hinzu, falls sich seine Tochter etwas verlassen fühlt, kann sie auch, wenn sie Lust hat, schon am Vormittag kommen. Aber da meinte der Bankdirektor, wenn Signe nun einmal in Stockholm ist, wird sie sich sicher am liebsten so lange wie möglich in den Kaufläden herumtreiben, und so wurde ausgemacht, daß sie vor halb vier Uhr zu unserer gewohnten Essenszeit kommen soll.

Als dies in Ordnung war, verabschiedete sich der Bankdirektor, und dann sagte Tante zu mir, es wird wohl gar nicht so einfach sein, das junge Fräulein W. bei sich zu haben, denn sie hat gehört, daß sie sehr verwöhnt sein soll. Sie wollte wenigstens noch als Nachtisch einen Rahmkuchen backen und ein frisches Tischtuch auflegen lassen. Mir selbst riet Tante auch, ich solle Kragen und Manschetten wechseln, denn die Familie W. in Västerås gilt für besonders vornehm und elegant.

Kurz vor halb vier Uhr kam Onkel Oriel von der Gefängnisverwaltung und Elin aus der Åhlinschen Schule nach Hause. Allan geht in eine Kleinkinderschule und war schon heimgekommen. Tante erzählte ihnen gleich, daß Gäste zu Mittag kommen und sie sich noch ein bißchen fein machen müssen, ehe Fräulein W. erscheint.

„Sie wird nicht sobald da sein", sagte Onkel. „Ich kenne die Kleinstädter und auch die Leute vom Lande. Sie können die Zeit nie einhalten, es ist, als könnten sie niemals lernen, auf eine Uhr zu sehen."

Und Onkel Oriel hatte wie immer recht. Fräulein W. kam nicht, wie ausgemacht, punkt halb vier Uhr, und sie kam auch nicht, als es fünf Minuten nach halb war, ja, nicht einmal, als es zehn Minuten darüber war. Wir fragten uns, ob sie am Ende die Hausnummer vergessen hat oder von einem Bierwagen überfahren worden ist, denn so einem Fräulein aus einer Kleinstadt war natürlich der ungeheure Verkehr in den Straßen von Stockholm etwas ungewohntes.

Onkel Oriel setzte sich in einen der großen Lehnstühle im Schlafzimmer und sagte, er will seinen Mittagschlaf vor dem Essen machen, Tante Georgina ging mehrmals in die Küche hinaus, um zu sehen, ob der Rahmkuchen zusammengesunken war oder sich noch hielt. Auch sagte sie, es ist recht rücksichtslos von Fräulein W., daß sie zu spät kommt, und es wäre auch ein schreckliches Unglück, wenn dem Mädchen etwas zugestoßen sein sollte, denn ihr Vater ist sicherlich besonders entzückt von ihr.

Als es dreiviertel war, sagte Onkel Oriel, er wäre jetzt sehr hungrig, und wenn das Mädchen nicht ein gebrochenes Bein zur Entschuldigung hätte, würde er sie selbst aufessen, wenn sie kommt.

Gerade in diesem Augenblick klingelte es an der Flurtür, und ich dachte, wie schrecklich verlegen ich sein würde, wenn ich eine ganze Viertelstunde zu spät komme. Fräulein W. tat mir sehr leid.

Aber als sie in den Salon trat, wo wir alle miteinander auf sie warteten, sah sie nicht im geringsten unglücklich aus. Sie lief auf Onkel und Tante zu, umarmte sie, küßte sie auf beide Wangen und bat, Tante und Onkel zu ihnen sagen zu dürfen. Dann küßte sie Elin und Allan und mich mitten auf den Mund und sagte, wir sollten sie Signe nennen. Sie war so freundlich und vergnügt, daß wir alle vom ersten Augenblick an ganz entzückt von ihr waren.

Oh, ich hätte ihretwegen nicht im geringsten beunruhigt sein brauchen! Fräulein W. war nicht die Spur schuldbewußt, weil sie zu spät gekommen war, sie bat nicht einmal um Entschuldigung, sondern tat eher, als wenn sie erwartete, gelobt zu werden, weil sie gerade zu rechter Zeit gekommen war, denn die Läden in Stockholm wären geradezu wunderbar. Herrlich zum Beispiel Lejas! Nein, sie wollte lieber gar nicht mehr daran denken! Und Magnusson in der Västerlangstraße, prachtvoll!

Fräulein W. (vielleicht sollte ich Signe schreiben, weil sie es mir ja angeboten hat) lief in den Flur hinaus und schleppte alle ihre Pakete herein, um zu zeigen, was sie gekauft hatte. Und obgleich Onkel Oriel vorhin gesagt hatte, er wäre so hungrig, daß er sie selbst aufessen könnte, und obgleich Tante so in Sorge um den Rahmkuchen war, nahmen sie sich jetzt doch Zeit, das eine und andere anzusehen. Als Fräulein W. (nun hab ich wieder Fräulein W. geschrieben! Ja, dann ist es wohl am besten, ich bleibe dabei) einen Kleiderstoff aus blauem Linon aufrollte, stieß sie selbst einen Schrei des Entzückens aus. Aber gleich nachher zog sie die Augenbrauen in die Höhe, daß sie fast das Haar erreichten, und sagte mit betrübter Stimme, sie hat ganz Angst, denn sie weiß nicht, ob die andern jungen Mädchen in Västerås diesen Kleiderstoff überleben können. Sie fürchtete, sie würden sich alle miteinander in den Mälar stürzen.

Ich fand Fräulein W. nicht hübsch, nein, das fand ich wirklich nicht; aber jedenfalls war es mir unmöglich, sie nicht immer anzusehen.

Wenn Fräulen W. nicht redete (obgleich sie nicht oft schwieg), sah sie aus wie alle andern jungen Mädchen auch. Meine Mutter sagt oft von Leuten, daß sie ein „frappantes“ Aussehen haben, aber das hatte Fräulein W. nicht. Sie hatte helles, lockiges Haar, einen hübschen kleinen Mund, weiße Zähne, eine sehr zarte, rosige Haut, süße kleine Grübchen in den Wangen, kugelrunde blaue Augen und eine Stupsnase. Ich meinte, ich habe schon sehr viele junge Mädchen gesehen, die ihr glichen, und so dachte ich zuerst gar nicht weiter darüber nach, wie sie aussah. Und doch war Fräulein W. auf irgendeine Art anders als die, die ich früher gesehen habe. Ihre Stupsnase genierte sie gar nicht, sondern es schien ihr gerade Spaß zu machen, sie zu zeigen, und auch ihre runden Wickelkindaugen und die komischen hellen Haarborsten, die Augenbrauen sein sollten. Ich guckte Fräulein W. so unausgesetzt an, wie es mir möglich war, denn ich merkte ja vom ersten Augenblick an, daß ich ungeheuer viel von ihr lernen konnte. Und noch etwas war merkwürdig, sie redete gar nicht von all dem, worüber man hier in Stockholm, außer in den Läden natürlich, zu reden pflegt. Sie sprach nicht von der königlichen Familie, nicht von den Theatern und nicht vom Kunstverein. Nein, ganz und gar nicht. Sie sprach einzig und allein von Västerås.

Onkel Oriel ist ja über fünfzig Jahre alt und Tante Georgina wenigstens vierzig; aber Fräulein W. redete mit ihnen, als wenn sie siebzehn Jahre alt wären, — und merkwürdigerweise sah es aus, als ob es gerade die rechte Art wäre, mit ihnen umzugehen.

Sie erzählte von einer Schlittenfahrt, bei der es ungemein lustig gewesen war, und sie ließ Tante und Onkel alles hören, was der Herr, mit dem sie gefahren war, für Dummheiten ihr gesagt hatte. Und gerade als er am eifrigsten geflirtet habe, hatte sie unbemerkt an den Zügeln gezogen, daß das Pferd in den Graben fuhr und der Schlitten umstürzte. „Denn ein wenig Vergnügen muß man doch bei einer Schlittenpartie haben", sagte sie.

Als sie das sagte, starrten ihre kugelrunden Augen ganz dumm und unschuldig geradeaus, aber die Stupsnase sah nach oben, wie wenn sie sagen wollte, sie hat ihm das gegeben, was er verdiente, und die Augenbrauen schnellten in die Stirn hinauf und freuten sich himmlisch, weil sie so ausgelassen gewesen war.

Freitag morgen, den 27. Februar

Im Salon

Ich konnte gestern nicht weiter schreiben, weil ich zu schläfrig war, aber jetzt muß ich noch etwas mehr von Fräulein W. erzählen.

Als sie nicht mehr von weiteren Gesellschaften sprechen konnte, ging sie auf die Schule über und beklagte sich bei Onkel und Tante über die gräßlichen Lehrerinnen. Sie sind so häßlich gegen sie gewesen und haben ihr immer schlechte Zeugnisse gegeben. Dies kam nur daher, weil sie es nicht leiden konnten, daß sie oft mit Jungen ausgegangen ist. Sie hat ja nichts Böses getan, ist nur die Straßen mit ihnen entlang gegangen, aber trotzdem paßte es diesen pedantischen Damen nicht. Eifersucht natürlich.

Nun zog sie die Augenbrauen herunter, ihre Augen wurden groß und dunkel und die Nase fast gerade. Man sah ganz deutlich, wie die strengen alten Schulmamsellen an ihren Fenstern gesessen, Fräulein W. mit ihren Kavalieren vorbeigehen sahen und sich geärgert hatten.

Tante fragte sie, ob sie schon früher einmal in Stockholm gewesen ist. Nein, bis zum letzten Herbst ist sie nie weiter als nach Enköping gekommen; aber diese Reise wird sie nie vergessen, weil sie einen sehr dummen Reisegenossen gehabt hat.

Und dann erzählte sie: sie war mit einigen jungen Mädchen in Enköping befreundet gewesen, die in Västerås in die Schule gingen, und diese hatten sie schon oft eingeladen, aber sie hatte nie hinreisen dürfen, weil ihr Vater und ihre Mutter sie nicht allein auf der Landstraße hatten reisen lassen wollen. Aber eines Tages im Herbst hatte sie erfahren, daß der Gasthausbesitzer in Enköping in seiner schönsten Kutsche einige Reisende nach Västerås befördern mußte, und da hatte sie ihre Mutter gebeten, sie doch nach Enköping fahren zu lassen, wenn der Wagen wieder zurückfuhr. Und da es eine Kutsche war, mit einem sicheren Kutscher und ausgezeichneten Pferden, und außer ihr keine weiteren Reisenden mitfuhren, wurde ihr wirklich gnädigst die Erlaubnis gegeben, die fünf Meilen zu fahren.

Die erste Meile war es auch ganz gut gegangen, aber in Kungsåra hatte der Kutscher den Wagenschlag geöffnet und gesagt, ein junger Herr von Kungsåra ist mit dem Wirt übereingekommen, daß er mit nach Enköping fahren darf. Er ist sehr nett und bescheiden, sagte der Kutscher, und wird ihr gewiß nichts antun.

Nun, sie konnte es ja dem jungen Herrn nicht verbieten, in den Wagen hereinzukommen, aber natürlich war es ärgerlich. Die ganze Zeit vorher hatte sie immer Äpfel gegessen, aber nachdem der fremde Herr eingestiegen war, wollte sie damit nicht weitermachen. Sie meinte, das ging wohl nicht. Es war ja ihre erste Reise, und sie wußte einfach nicht, was passend oder nicht passend war.

So glaubte sie auch, es ist wohl nicht passend, daß sie den fremden Herrn ansieht oder sich im allergeringsten um ihn kümmert, und so wendete sie sich dem Fenster zu und starrte unausgesetzt den Grabenrand an.

Dann aber war der Weg sehr schlecht geworden, und es rüttelte so, daß sie in die Höhe geworfen wurde, und unwillkürlich nach ihm hingesehen hatte. Und da sah sie, daß auch er schüchtern war. Er hatte sich auf den Rücksitz ihr gerade gegenüber gesetzt und blickte immerfort zum Fenster hinaus.

Da er ganz nach der anderen Seite hin gewendet saß, hatte sie nicht mehr von ihm sehen können als dünnes, glattgekämmtes Haar, einen schmalen Nakken, einen hohen Kragen und einen hellgrauen Anzug. Und hellgraue Anzüge hatte sie von jeher nicht leiden können.

Aber als Fräulein W. erzählte, wie gut erzogen der Reisegenosse dasaß und hinausschaute, sah man, wie sich ihre Augen gleichsam schief stellten und versuchten, um eine Ecke zu sehen, so daß wir alle verstanden, wie der unschuldsvolle Reisekamerad sich aufgeführt hatte.

Wenn der Weg besser wurde, schaute Fräulein W. wieder beständig zum Fenster hinaus, aber als er dann von neuem schlechter wurde, war sie gegen ihren Willen gezwungen, einen Blick nach seiner Seite zu werfen. Da sah sie, daß der hellgrau Gekleidete sich vom Fenster weggewendet hatte und etwas näher zu ihr hingerückt war. Aber sie brauchte nur die Augenbrauen ein klein wenig hinaufzuziehen und ihn scharf anzusehen, dann zog er sich gleich in die entgegengesetzte Ecke zurück und drehte ihr den Rücken zu.

Sie sagte nichts, und er sagte nichts, aber der Weg war schlecht, der Wagen rüttelte, und ob es mit oder gegen seinen Willen war, das konnte sie ja nicht wissen, aber bald darauf saß er neben ihr und schaute nun zu ihrem Fenster hinaus.

Endlich näherte man sich Enköping. Da wuchs auf allen Feldern Meerrettich, was man vom Wagen aus sehen konnte. Da mußte ihm eine Idee gekommen sein, denn plötzlich sagte er mit leiser, piepsender und lispelnder Stimme:

„Der Meerrettich steht dies Jahr gut."

Aber das war gar nicht so. Ihrer Ansicht nach stand er im Gegenteil recht schlecht; trotzdem aber antwortete sie mit einem schwachen, schüchternen Ja, weil sie nicht wußte, ob es passend war, einem fremden Herrn zu widersprechen, der eben eine gebildete Unterhaltung anfangen wollte.

Wieder sah er zum Fenster hinaus, und sie begriff, daß er sich aufs äußerste anstrengte, irgend etwas zu finden, was er nun weiter sagen könnte; aber am Wege draußen war nichts anderes zu sehen als große Felder voll ärmlichen Meerrettichs, und so kam er eben auf keine neue Idee.

„Der Meerrettich steht dies Jahr gut", sagte er noch einmal ebenso piepsend und lispelnd, aber etwas lauter.

Aber da war ihre Geduld zu Ende. Was war das für ein Mensch, der von nichts anderem zu reden wußte als von Meerrettich?

„Nein, das tut er durchaus nicht", brach sie los, und zugleich stampfte sie heftig auf den Boden des Wagens.

Aber nun erschrak er. Er stürzte auf die andere Seite hinüber, und da stieß er unversehens an den Handgriff der Wagentür. Diese schlug auf, und er flog kopfüber auf die Landstraße hinaus.

Sie versuchte zwar, dem Kutscher zuzurufen, er solle anhalten, aber der hörte es nicht und fuhr ruhig weiter. Außerdem waren sie ja schon ganz dicht bei Enköping, und da dachte sie, es schadet nichts, wenn er die kleine Strecke zu Fuß gehen muß. Denn er war wirklich zu dumm gewesen.

Dabei schaute sie uns andere an, um zu sehen, ob wir ihr recht gaben, aber wir lachten nur. Ja, wir erstickten fast vor Lachen. Es hatte unbeschreiblich komisch ausgesehen, als sie den ganzen Auftritt mit ihrem Gesicht gespielt und ihn so gut nachgemacht hatte.

„Liebes Kind, du müßtest zum Theater gehen", sagte Tante Georgina.

„So, meinst du, Tante?" erwiderte sie. „Ja, ich habe auch meine Träume in dieser Hinsicht gehabt, aber Vater und Mutter wollen es nicht."

„Du könntest eine neue Frau Almlöf werden, und dazu eine viel unterhaltendere", sagte Onkel Oriel. „Ich werde einmal mit deinem Vater darüber reden."

„Ja, tu das, lieber Onkel, aber es ist vielleicht nicht der Mühe wert. Denn weißt du, es gibt noch jemand, der es nicht will."

„Aha", sagte Onkel. „Steht es so? Na, dann lohnt es sich ja nicht, noch weiter über diese Sache zu sprechen."

„Nein", sagte Fräulein W. mit einem Seufzer, „es lohnt sich wohl nicht."

— — — — — — — — — — — —

Ich habe so furchtbar viel an Fräulein W. denken müssen, den ganzen heutigen Tag hindurch. Jetzt weiß ich, was Tante Georgina meinte, als sie gesagt hat, ich bin langweilig und verschlossen. O ja, ich verstehe es schon. Sie wünschte, ich wäre so wie Fräulein W. Und da hat sie ganz recht. So freundlich und redselig und lustig und offenherzig und natürlich wie Fräulein W. sollten alle jungen Mädchen sein.

Aber wie, wie, wie könnte ich werden wie sie??

— — — — — — — — — — — —

So sehr mir Fräulein W. auch gefallen hat, so fühlte ich mich doch, als sie gegangen war, ziemlich niedergeschlagen, weil ich anders bin als sie. Onkel und Tante waren vom Bankdirektor an dem Abend ins

Theater eingeladen (das habe ich übrigens schon erzählt), und ich schrieb im Schlafzimmer, bis ich müde war und ins Bett gehen mußte.

Ich hatte noch nicht lange geschlafen, als ich wieder aufwachte. Tante war aus dem Theater gekommen und stand nun im Kinderzimmer in lebhafter Unterhaltung mit Ulla, die aufgeblieben war und auf sie gewartet hatte. Ich hörte, daß sie von einem jungen Mädchen sprachen, das sie ganz übermäßig lobten, und ich glaubte natürlich, sie redeten von Fräulein W. Deshalb machte ich die Augen nicht auf, sondern tat, als ob ich schlief. Fräulein W. hatte mir so gut gefallen, und ich wäre zu gern wie sie, aber jedenfalls ...

„Findest du nicht auch, Ulla, daß sie ein sehr liebes und wohlerzogenes Mädchen ist?“ sagte die Tante.

„Wissen Sie, gnädige Frau“, erwiderte Ulla mit ihrer sehr deutlichen Stimme, „ich glaube nicht, daß man ein angenehmeres und bescheideneres junges Mädchen finden kann.“

„Ja, keine Fisimatenten, kein Getu mit jungen Herren. Sie geht und kommt, wie es sich gehört. Und ich sage dir, Ulla, sie ist auch recht begabt. Frau Oberst H. findet, sie macht ausgezeichnete Fortschritte in der englischen Konversation.“

Ich wunderte mich etwas darüber, daß Frau Oberst H. etwas von Fräulein W. wußte. Und es war auch merkwürdig, daß sie keine Geschichten mit Herren haben sollte.

„Das junge Mädchen, das heute hier zu Mittag aß, war ja sehr nett“, sagte Tante Georgina. „Aber Ulla, meinst du, es wäre leicht, wenn wir sie bei uns im Hause hätten?“

„Es könnte schon manchmal etwas schwierig sein“, gab Ulla zu.

Ach, jetzt verstand ich, daß sie ja von mir geredet hatten. Und ich wurde von Herzen froh. Am liebsten wäre ich aus dem Bett gesprungen und hätte Tante einen Kuß gegeben. Aber dann dachte ich, sie wird vielleicht böse, weil ich gehorcht habe und verhielt mich ganz still.

SECHSTE WOCHE

Montag, 24. Februar

Im Salon

Vetter Allan hat ein Spielzeug, das ich immer und immer wieder betrachten muß. Es ist weder groß noch kostbar, eigentlich ist es nur ein Holzstäbchen, nicht länger als meine Hand; aber wie merkwürdig, dieses Stäbchen kann fliegen.

An dem einen Ende des Holzstäbchens ist ein kleines Rad mit acht Flügeln aus steifem Papier befestigt, an dem anderen eine kleine Kurbel aus Stahldraht, und zwischen dem Rädchen und der Kurbel läuft eine Gummischnur hin und zurück.

Wenn Allan sein Stäbchen fliegen lassen will, hält er das Rädchen fest und dreht zuerst die Kurbel immer rund herum, bis die Gummischnur, die daran sitzt, ganz zusammengedreht und scharf gespannt ist. Dann klemmt er die Kurbel fest, damit sie sich nicht rühren kann, und legt das Stäbchen weg. Aber nun will sich die Gummischnur wieder zusammenziehen, und dadurch setzt sie das Papierrad in Bewegung. Es schnurrt sehr schnell herum, und nach ein paar Umdrehungen hebt es sich auf und reißt das Stäbchen mit. Wenn die Gummischnur genügend stark aufgezogen ist, kann das Stäbchen bis zur Zimmerdecke hinaufkommen, und da fährt es hin und her und stößt gegen den Gips, wie wenn es sich einen Weg ins Freie bahnen wollte.

Das Stäbchen ist grün, und die Flügel des Rädchens sind rot und weiß. Wenn die kleine Maschine so in der Luft herumsaust, sieht es genau so aus, als ob ein Zauberschlitten dahergeflogen kommt.

Gestern nachmittag, als ich gerade eine Aufgabe machte, zog Allan seine Maschine auf und ließ sie fliegen. Ich schlug die Grammatik zu und verfolgte das fliegende Spielzeug mit den Augen. Als es bis an die Decke hinaufgeschwirrt war, kam mir wie ein Blitz der Gedanke, daß man wohl auch einen richtigen Flugapparat müßte herstellen können, einen, der von Menschen verwendet werden kann.

Zuerst hielt ich es für eine Dummheit, aber jetzt frage ich mich doch, ob es nicht eine gute Idee sein kann. Es wäre sehr angenehm für uns Menschen, wenn man droben in der Luft herumkutschieren könnte; aber ich glaube nicht, daß die großen mit Gas gefüllten Ballons eine Zukunft haben. Sie platzen ja immer, und selbst wenn sie nicht platzen, fliegen sie mit dem Wind, und niemand weiß, wo man schließlich landet.

Wenn ich aber ein genügend großes Rad hätte, mit stattlichen Flügeln und einer Gelegenheit zum sitzen und unter den Füßen einen Tritt mit einer Kurbelstange, die bis zu dem Rad reichte (ganz wie an einem Spinnrad), so daß sie dieses in Schwingung verversetzt, dann müßte doch eigentlich ein guter Flugapparat daraus werden können.

Dienstag, 25. Februar

Den ganzen Morgen hab ich immer an den Flugapparat gedacht. Wenn so große Vögel wie Kraniche und Gänse fliegen können, dann müßte es für uns Menschen auch nicht unmöglich sein. Aber selbstverständlich kommt alles darauf an, ob man das Rad dazu bringen kann, daß es genügend rasch herumschnurrt.

Mittwoch, 26. Februar

Ich habe es ganz aufgegeben, an den Studenten zu denken, und ich versuche es auch nicht, Romane zu konstruieren. Es ist viel wichtiger, daß ich darüber nachgrüble, wie mein Flugapparat beschaffen sein muß. Eines begreife ich freilich: fertigmachen kann ich ihn nicht, ehe ich groß bin, aber es schadet nichts, wenn ich schon jetzt alles fertig und klar im Kopf habe.

Ich habe nur Angst, daß ein Flugapparat, wie ich ihn mir vorstelle, nur ganz gerade hinaufsteigen kann; aber er müßte ja auch hier auf der Erde von einem Ort zum andern fliegen können. Und dann müßte er auch eine Art Steuer haben, damit er nicht in ganz anderer Richtung fliegt, als man zu fliegen wünscht, sonst ginge es gerade wie bei diesen dummen Luftballons während der Belagerung von Paris.

Donnerstag, 27. Februar

Wenn ich mit meinem Flugapparat fertig bin, fliege ich nach Stockholm mit ihm. Dahin soll meine erste Reise gehen. Wie werden die Stockholmer die Hälse recken und gucken! Und wie eifrig werden sie fragen, was das für ein großer merkwürdiger Vogel ist?

Hier auf dem Zentralpatz wird es sicher ganz schwarz von Menschen sein, die in die Luft hinaufstarren. Und wenn Tante Georgina, die mit ihrer Handarbeit am Schlafzimmerfenster sitzt, alle diese Leute sieht, dann ruft sie Onkel Oriel und Ulla, damit sie auch hinausschauen.

Wenn der Apparat geflogen kommt, fliegt er zuerst einmal eine Schleife über dem Zentralplatz, damit die Menschen ihn gut sehen können, dann aber läßt er sich zur Verwunderung aller in dem Hofe von Nummer 7 der Klara-Strand-Straße nieder.

Oh, ich möchte wohl wissen, was Onkel Oriel dann sagt. Ich aber werde gleich sagen: „Hier in Nummer 7 bei meinem Onkel und meiner Tante ist mir die erste Idee zu der großen Erfindung gekommen, und darum habe ich meine erste Fahrt nach ihrem Haus gemacht."

SIEBENTE UND ACHTE WOCHE

5. März

Wir sind ganz außer uns, denn Prinz August ist tot. Erst ein paar Wochen ist es her, da haben wir ihn vor dem Haus der Freimaurer gesehen, als er damals Onkel erkannte und ihm „Guten Tag, Oriel“ zurief.

Dienstag, 11. März

Tante Georgina sagte, sie hätte die Absicht, Prinz August auf dem lit de parade zu sehen, und sie fragte mich, ob ich mitkommen wollte. Ich fragte natürlich, was ein lit de parade ist, und Tante Georgina antwortete, es ist etwas sehr Schönes und Großartiges, das ich nach ihrer Meinung sehen muß. Im übrigen geht sie nicht nur wegen der Pracht hin, sondern sie will gleichsam Prinz August Lebewohl sagen, weil er ein liebenswürdiger Mensch war, der sich gegen Arme und Kranke immer gut erwiesen hat.

Tante und ich machten uns also auf den Weg und gingen geradenwegs zum Schloß. Als wir den äußeren Schloßhof erreichten, stand in einer Ecke eine lange Schlange Menschen, immer drei in jedem Glied. Tante sagte, das nennt man Queue stehen, und sie fügte hinzu, sie sei froh, daß die Queue hier nicht noch länger wäre, denn so würde es nicht zu lange dauern, bis wir hineinkämen.

Während ich da in dem Schloßhof stand, drehte ich den Kopf nach allen Seiten. Es kann ja möglich sein, daß ich einmal einen Roman über das Stockholmer Schloß schreiben will, und deshalb versuchte ich mir alles, was ich sah, recht gut einzuprägen, um es zu behalten. Aber wie ich mitten im Zählen war, wieviel Fenster es in dem langen Schloßgebäude vor uns gab, fing eine alte Dame, die im gleichen Glied mit uns stand, eine Unterhaltung mit Tante an. „Diesmal macht man es nicht wie bei Prinz Gustafs Tod", begann sie.

„Sie sind wohl eine geborene Stockholmerin, gnädige Frau?" sagte Tante. „Prinz Gustaf ist Anfang der fünfziger Jahre gestorben, und damals lebte ich noch nicht hier."

„Ja, aber Sie werden doch wohl gehört haben, daß es damals keine Leichenparade gab? Man hatte ja auch gute Gründe dazu."

Tante erwiderte, sie hätte allerdings davon reden hören, es wäre damit erklärt worden, daß sich Prinz Gustafs Aussehen durch die Krankheit und den weiten Weg, den die Leiche von Christiania bis nach Stockholm hat machen müssen, sehr verändert hatte, und deshalb wollte die Königin Josephine nicht, daß er noch öffentlich gezeigt würde.

Aber die alte Dame war nicht zu beschwichtigen. Sie hielt einen großen grünen Regenschirm in der Hand, und den stieß sie hart auf das Pflaster, als sie nun Tante Georgina versicherte, daß Prinz Gustaf überhaupt nicht durch Krankheit verändert sein konnte. „Er war nicht mehr krank als ich", sagte sie, „aber die Königin war so hochmütg, daß er die nicht bekam, die er liebte."

Tante suchte ihr die Sache zu erklären. Prinzen aus dem Königlichen Hause dürften sich nicht mit Bürgerlichen verheiraten, das wäre in der Verfassung festgelegt. Aber die alte Dame wollte nichts davon hören, im Gegenteil, sie behauptete immer eifriger, der Prinz wäre noch am Leben, und sie sprach so laut und fuchtelte dabei mit ihrem Regenschirm, daß Tante ganz in Verlegenheit geriet. Sie deutete auf einen Schloßdiener, der in der Nähe stand, und sagte, es ist vielleicht nicht ganz passend, wenn man sich gerade hier über Prinz Gustaf unterhält.

Da wurde die alte Dame sofort ruhiger. „Ja, da haben Sie recht, gnädige Frau", sagte sie mit heiserer Stimme. „Aber jedenfalls weiß man, was man weiß. Und Sie halten es wohl auch für wahr?"

Während Tante mit der alten Dame sprach, hatte ich das Zählen der Fenster ganz aufgegeben, denn was sie da beredeten, war ja gerade für mich hoch interessant. Jetzt aber standen die beiden ganz still nebeneinander, und da dachte ich, nun sollte ich eigentlich mit dem Zählen wieder von vorn anfangen, denn wenn man Queue stehen muß, ist es immer gut, etwas zu haben, womit man seine Gedanken beschäftigen kann.

Aber ich hatte erst eine einzge Fensterreihe gezählt, als mir etwas merkwürdiges geschah. Es war genau so, als wenn in meinem Kopf eine Tür aufgegangen wäre und ich nun etwas sähe, was vor langer, langer Zeit geschah, was ich aber vollständig vergessen hatte.

Es drängte sich mir mit solcher Gewalt auf, daß ich an nichts anderes mehr denken konnte. Ich befand mich an zwei Orten zugleich, denn obgleich ich im Schloßhof stand, sah ich mich selbst auf dem Rücksitz unserer großen Kutsche sitzen und eine ausgefahrene hügelige Straße dahinfahren. Aber ich konnte die Straße nicht wiedererkennen, und so nahm ich an, daß ich mich nicht in Östra-Ämtervik befand, sondern irgendwo anders, wohin ich vielleicht nur ein- oder zweimal gereist war.

Aber ehe ich mir klarmachen konnte, was das für eine Straße sein mochte, fuhr der Wagen über eine Brücke und in eine schmale gepflasterte Gasse hinein. Auch diese erkannte ich nicht wieder, obgleich ich mich aus allen Kräften anstrengte. Ich fuhr auch nicht besonders lange durch diese enge Gasse, sondern der Wagen bog in einen großen länglichen Hof ein, der auf allen Seiten von Häusern umgeben war. Hier hielt er vor einer Veranda, und auf den Stufen stand ein kleiner alter Herr, der uns die Hände entgegenstreckte und sehr vergnügt aussah.

„Aber das ist ja Großvater!" dachte ich, und plötzlich begriff ich. Was ich sah, war eine Erinnerung an meine letzte Reise nach Philipstadt vor fünf oder sechs Jahren, und das war jetzt wieder in mir aufgewacht.

Alles war vollkommen richtig und deutlich, bis aufs Tüpfelchen genau stand alles vor mir, da ich jetzt wußte, wo ich mich befand, obgleich es mir schwer wurde, zu verstehen, warum ich mich an den Großvater und seinen Handelshof erinnern mußte, gerade jetzt, wo ich mich hier in Stockholm auf dem Schloßhof befand.

Ich war ganz wach und wußte, daß ich Tante Georgina an der Hand hielt, ich sah auch sie und die Leute, die vor mir standen, ganz klar und deutlich, aber es war mir nicht behaglich zumut, sondern ich dachte, wenn das so weitergeht und ich noch lange doppelt sehen müßte, dann würde ich verrückt. Ja, vielleicht war ich es schon.

Die lange Queue rückte allmählich näher zum Schlosse hin, und ich ging mit. Wenn ich mich bewegte, verschwanden die Erinnerungen eine Weile, aber sobald ich wieder ruhig stand und um mich her alles still und schweigsam war, begannen sie von neuem auf mich zuzuströmen.

Jetzt sah ich mich ganz allein in dem großen Hause des Großvaters in Philipstadt herumstreifen. Ich ging durch die Wohnstube und das Eßzimmer und das Gastzimmer und kam schließlich in den kleinen dunkeln Raum, der Großvaters Arbeitszimmer war. Ich sah es ganz deutlich vor mir. Es war nicht größer als eine Kammer, und große, in Packpapier gewickelte Pakete lagen an den Wänden aufgestapelt, wodurch der Raum noch enger wurde, als er war. Der Großvater saß an einem hohen, großen Schreibtisch und wendete mir den Rücken zu, aber als er mich kommen hörte, drehte er den Kopf nach mir um und lächelte mir zu.

„Hier kannst du nicht bleiben, denn ich habe keine Zeit für dich", sagte er sehr freundlich. „Geh lieber in den Laden und laß dir von Fagerberg eine Tüte Rosinen und Mandeln geben, und dann geh in die Spielstube und laß sie dir schmecken."

Wie merkwürdig, daß ich hier im Stockholmer Schloß Queue stand und mich doch an alles erinnern konnte, was Großvater vor fünf oder sechs Jahren mit mir geredet hatte. Ich hätte mich wirklich nicht deutlicher daran erinnern können, wenn die

Worte gestern oder vorgestern zu mir gesprochen worden wären.

Dann sah ich, wie ich durch eine enge Tür in Großvaters Laden ging, wo Herr Fagerberg besonders nett und gewandt eine große Tüte drehte, die er mit Krachmandeln und Traubenrosinen füllte. Er machte mir auch eine Hintertür auf, damit ich in den von Gebäuden umgebenen Hof und von dort in die Spielstube gelangen konnte. Dort saß ich dann eine Weile und knackte in einem Puppenmörser Krachmandeln auf. Als dies geschehen war, stieß ich in jede Rosine eine Mandel hinein und steckte sie in den Mund. Und ich entsinne mich sehr gut, daß sie herrlich schmeckten, wenn es auch so viele Jahre her ist.

Aber ich hielt mich nicht lange bei diesem Schmause auf. Bald lag die Rosinentüte auf einem kleinen Tisch, und ich selbst war auf eine der Bänke in der Spielstube geklettert, um einen Farbendruck zu betrachten, der recht hoch an die Wand geklebt war. Er war rot und blau, hauptsächlich rot, und stellte einen prachtvollen Säulensaal dar. In seiner Mitte stand ein großer Tisch, an dem ein junger König saß mit der Krone auf dem Kopf und von seinen Ratsherren umgeben. Hinter dem König war ein Thron zu sehen, der war aber so schadhaft, daß er beinahe zusammenfiel, und vor ihm, quer durch den ganzen Saal, stand eine Reihe von Richtblöcken. Auf jeden dieser Richtblöcke war ein Mann geworfen mit einer Binde vor den Augen, um enthauptet zu werden, und zwischen den Richtblöcken sah man ganz gleichmäßig aufgeschichtete Haufen von toten Körpern und abgeschlagenen Köpfen.

Unter dem Bild stand mit großen Buchstaben zu lesen, daß dies das Gesicht über den Thronsaal in Stockholm darstellte, das König Karl XI. kurz vor seinem Tode gehabt hätte. Etwas weiter unten wurde mit kleineren Buchstaben berichtet, wie König Karl XI. eines Nachts einen hellen Schein an den Fenstern des Thronsaals bemerkt hatte, und als er sich mit dem Reichsrat Bielke und einigen anderen Herren in den Thronsaal begab, hatte er diesen erleuchtet gefunden, und in der Mitte sah er einen großen Tisch, an dem ein junger König unter seinen würdigen Ratgebern saß, während der Thron hinter ihm am Einfallen war. Eine lange Reihe von Scharfrichtern aber war in voller Tätigkeit an den Richtblöcken.

Ich stellte mich auf die Fußspitzen, als ich da auf der Bank stand, um besser sehen zu können. Aber durch Feuchtigkeit war an der Wand ein großer Fleck entstanden, und der hatte das meiste vom übrigen Text zerstört. Ich brachte nur noch zwei Zeilen heraus, auf denen stand, daß Karl XI. gefragt hat, wann dieses geschehen werde, und da hat ihm eine starke Stimme Antwort gegeben. Aber was hatte sie ihm geantwortet? Ja, das bedeute viel großes Unglück, das unter einem seiner Nachfolger geschehen würde. Soviel konnte ich noch entziffern, aber unter welchem König und was eigentlich geschehen würde, daraus konnte ich nicht klug werden.

Ich hatte noch nie davon reden hören, daß Karl XI. ein solches Gesicht gehabt hat, und so war ich höchst verwundert. Ich blieb noch lange auf der Bank stehen und gab mir die größte Mühe, das zu lesen, was von dem braunen feuchten Fleck unleserlich gemacht worden war. Aber es war ganz unmöglich, noch weiteres herauszubekommen.

Da stand ich ganz allein in der Spielstube, und es wurde mir im Gedanken an dieses Gesicht sehr unheimlich und ängstlich zumut; ich mußte auch vor lauter Schrecken Tante Georginas Hand krampfhaft gedrückt haben, denn sie wendete sich hastig zu mir her.

„Was ist dir, Selma?“ fragte sie. „Dir ist gewiß nicht wohl. Sollen wir nicht lieber nach Hause gehen?“

Aber als nun Tante mit mir gesprochen hatte, war alles verschwunden, sowohl die alten Erinnerungen als auch die Spielstube. Ich war nicht mehr wie gespalten, daß sich ein Teil von mir in Stockholm und der andere in Philipstadt befand, sondern fühlte mich wieder wie gewöhnlich.

Ich versicherte Tante Georgina, es fehlte mir ganz und gar nichts, und ich wollte gewiß nicht nach Hause, und damit war sie befriedigt.

Gerade jetzt bewegte sich die Queue ein großes Stück vorwärts, und wir kamen bis unter das Schloßgewölbe. Hier war es etwas düster, und alle Leute wurden ganz feierlich und still. Niemand drängte nach vorn, und niemand stampfte oder trat hart auf; alle schlichen weiter. Ab und zu ging eine große Flügeltür auf, ein Lichtschein zeigte sich, ungefähr fünfzehn Leute wurden heraus- und fünfzehn bis zwanzig hineingelassen. Dann mußten wir stehenbleiben und wieder eine Weile warten.

Schließlich waren Tante und ich ganz nah an die große Flügeltür herangekommen, und als sie wieder aufging, traten wir ein. Und in dem Augenblick, als wir über die Schwelle schritten, flüsterte uns ein Lakai zu, wir dürften nicht stehenbleiben, sondern sollten langsam weitergehen, damit keine Stockung eintrat.

Wir kamen in ein großes längliches Zimmer, durften aber nicht nach Belieben umhergehen, sondern mußten auf der einen Langseite bleiben. Wir gingen sehr langsam, und wir richteten den Blick immer ins Zimmer hinein, so daß wir fast schief gingen.

Alle Wände waren mit schwarzem, von gelben Kronen durchwebtem Tuch ausgeschlagen, aber es war nicht so traurig und unheimlich wie bei den Freimaurern, denn der Saal war strahlend hell erleuchtet von hohen Kandelabern und Kristallüstern. Und es standen viele Blumen in hohen Vasen ringsum.

Genau in der Mitte des Gemachs befand sich ein hoher schwarzer Katafalk und darauf ein mit schwarzem Samt ausgeschlagener Sarg, in dem der Prinz lag. Er lag so, daß man ihn vom Kopf bis zu den Füßen sehen konnte, und hatte eine blaue Uniform an. Der Kopf war unbedeckt, und wir, die ihn erst vor einigen Wochen ganz in der Nähe gesehen hatten, konnten ihn gut wiedererkennen. Ich dachte auch, er sieht jetzt sogar besser aus als damals. Neben dem Katafalk standen vornehme Herren in den schönsten Uniformen, die ich je gesehen habe (aber ich habe ja auch noch nicht sehr viele gesehen), und hielten die Totenwache. Sie standen ganz regungslos da und sahen uns, die wir drüben an der Wand vorbeischlichen, mit keinem Blick an.

Vor dem Sarg standen zwei schwarze mit schwarzem Samt bedeckte Tische, auf denen die Orden des Prinzen, seine Herzogskrone und sein Herzogsmantel und noch vieles andere ausgebreitet lagen. An jedem

Tisch standen Herren in Uniform Wache. Alle standen ganz schweigsam und unbeweglich da, und es war sehr feierlich.

Als ich das Gemach verlassen mußte, ging ich fast rückwärts, um noch einmal einen Blick auf alles zusammen werfen zu können. Aber ich fürchte, es war noch vieles andere in dem großen Saal, was ich nicht gesehen habe. Als wir wieder im Schloßhof standen, fragte mich Tante Georgina, ob ich es nicht sehr schön gefunden hätte.

„Doch", sagte ich. „Doch, sicher. Aber weißt du, Tante, der Prinz sah aus, als ob ihm diese ganze Veranstaltung nicht gefiele."

„Ja", entgegnete Tante Georgina, „den Eindruck habe ich auch gehabt. Und mir würde es auch nicht gefallen, so daliegen zu müssen, um von ganz Stockholm begafft zu werden. Aber das ist eben strenge Vorschrift bei den Königlichen."

Und dann erklärte sie es mir, die Königlichen müßten nach ihrem Tode dem Volke gezeigt werden, damit es weiß, daß sie wirklich das irdische Leben verlassen haben. Sonst würde es immer wieder so einen Skandal geben wie beim Prinzen Gustaf.

„Aber es ist doch wohl nicht möglich, daß sich jemand, der noch am Leben ist, für tot ausgibt", erwiderte ich.

„Das kann man nie wissen, wenn Liebe mit im Spiel ist", sagte Tante.

— — — — — — — — — — — —

Jetzt weiß ich, wovon mein erster Roman handeln soll. Der Titel soll heißen „Das Gesicht Karls XI." Darin werde ich von einem jungen König von Schweden berichten, der schon als kleines Kind auf den

Thron kam, daß das Reich deshalb viele Jahre lang von seinem Vormund regiert werden mußte. Dieser Vormund aber war ein Verräter, und er hatte den russischen Zaren nach Schweden berufen, der den jungen König und alle seine Ratsherren gefangen genommen und im Thronsaal des Stockholmer Schlosses eingesperrt hatte.

Weiter werde ich erzählen, wie der russische Zar ein großes Blutbad anrichtete. Die vornehmsten Männer des Reiches wurden in Gegenwart des schwedischen Königs enthauptet (denn so ist es in Rußland Sitte). Dann wird der Zar dem schwedischen König befehlen, der Krone zu entsagen, damit der Zar auch König von Schweden werden kann. Der schwedische König aber lehnt dieses Ansinnen ab und läßt sich nicht dazu überreden. Da wird der russische Zar furchtbar zornig und sagt, wenn er nicht auf die Krone verzichtet, muß er sterben. Dann will ich in meinem Roman äußerst spannend beschreiben, wie im Schloß ein Schafott errichtet wird, und wie der schwedische König, an Händen und Füßen gefesselt und mit einer Binde vor den Augen, herbeigeführt und auf den Richtblock gelegt wird. Der Scharfrichter des russischen Zaren hat schon das Schwert gezogen, um den König im nächsten Augenblick zu enthaupten; aber da wird der Zar ein Zeichen machen und sagen, er will den schwedischen König noch einmal fragen, ob er seiner Krone nicht im guten entsagt. Aber der junge König wird nur mit einem stolzen Nein antworten.

Doch diese kleine Verzögerung rettet ihm wenigstens das Leben, denn ehe der Scharfrichter des russischen Zaren das Schwert zum Todesstreich zücken kann, erhebt sich vor dem Schloß ein großer Lärm, und Schreie des Entsetzens ertönen. Und auch Trompeten und Trommelgetöse und Schüsse und Waffengeklirr, und die Untergebenen des russischen Zaren kommen hereingestürzt und rufen ihm zu, er soll schleunigst die Flucht ergreifen, denn die Schweden haben sich erhoben und Stockholm erobert, und sie sind jetzt im Anmarsch auf das Schloß. Und dann macht sich der Zar mit allen seinen Hofleuten und seinen Kriegern auf und davon, und der Scharfrichter steckt sein Schwert in die Scheide und flieht auch.

Darauf stürzt ein junger Schwede mit der Studentenmütze auf dem Kopf in den Schloßhof, kniet vor dem gefesselten König nieder und löst seine Fesseln. Ihm auf dem Fuße folgt eine ungeheure Schar Schweden, die meisten in Bauernkleidung, und sie jubeln und stoßen Freudenrufe aus, weil der König noch am Leben ist. Der König aber wendet sich an den jungen Mann in der Studentenmütze, der ihn befreit hat, und fragt ihn, was dies alles zu bedeuten hat. Dann teilt der junge Mann dem König mit, daß er, wie einst Gustav Wasa, ringsum die Dalmänner und die Värmländer und alles übrige Volk im Reiche aufgeboten hat, und nun ist das Land befreit, und dem russischen Zaren bleibt nichts anderes übrig, als in sein eigenes Land zurückzukehren.

Und dann wird der schwedische König, denn er ist ein edler Mann, sagen, jetzt müßte aber sein Befreier über Schweden regieren.

„Für den russischen Kaiser wollte ich nicht auf die Krone verzichten“, wird er sagen, „aber dir will ich sie überlassen. Du bist würdiger als ich, dieses tapfere Volk zu regieren.“

„Vielen Dank, lieber Vetter“, erwiderte der junge Mann in der Studentenmütze. „Nein, da sei Gott vor, daß ich dich deiner Krone beraube. Mein Vater aber, der der Bruder deines Vaters ist, hat auf seine königlichen Rechte verzichtet, um meine Mutter heiraten zu können, und ich wäre dir sehr dankbar, wenn du mich in diese Rechte wieder einsetzen und mich als deinen Verwandten anerkennen wolltest.“

Dies scheint mir sehr schön und großartig zu sein, und die Tränen treten mir in die Augen, wenn ich daran denke.

Aber es muß natürlich noch viel mehr in dem Roman stehen, dies ist nur der Schluß, das übrige denke ich mir weiter aus, wenn ich allein bin und keine Aufgaben zu lernen habe.

Freitag, 24. März

Gestern wollte die alte Ulla Myhrman durchaus fortgehen, den Leichenzug des Prinzen August zu sehen, und Elin und Allan und ich durften mitgehen.

Wir stellten uns in einer Straße auf, wo — wie Ulla wußte — der Leichenzug vorüberkommen sollte, und da standen wir sehr lange auf dem Rande des Gehwegs und warteten. Ulla mahnte wiederholt, uns nicht vom Randstein abdrängen zu lassen. Weil wir noch so klein sind, würden wir gar nichts zu sehen bekommen, wenn sich große Leute vor uns stellten.

Wir waren frühzeitig zu Hause weggegangen, und im Anfang waren wir fast die einzigen, die dastanden. Es dauerte aber nicht lange, bis eine Menge Leute daherkamen, die sich auf dem Gehweg und auf der Straße aufstellten. Aber niemand schob uns weg, und wir waren sehr vergnügt, weil wir einen so ausgezeichneten Platz hatten.

Dann kamen plötzlich Soldaten die Straße entlang marschiert, und sie anzusehen, war sehr hübsch. Sie waren von der Svea-Garde und der Göta-Garde, und ihnen folgten Matrosen von der Flotte auf dem Fuße nach. Die Svea-Garde und die Göta-Garde zogen vorbei; aber die Matrosen machten gerade vor uns halt und stellten sich dann einer neben dem andern zu beiden Seiten der Straße auf, so daß eine schöne freie Bahn zwischen ihnen war, auf der der Trauerzug hinziehen konnte.

Das war ja gut, aber schlimm für uns, daß die Menschen, die auf der Straße standen, als die Matrosen daherkamen, auf den Gehweg heraufgetrieben und dadurch Elin und Allan und ich gegen die Häuser zurückgedrängt wurden. Da standen wir und hatten dicht vor uns eine Reihe von großen, dicken Menschen und dann noch eine Reihe Matrosen; es war ganz klar: wenn der Leichenzug kam, dann sahen wir nicht das Geringste.

Viele von denen, die abgedrängt worden waren, schalten und pufften, um ihre guten Plätze auf dem Rande des Gehwegs wieder zu bekommen, aber die jetzt dastanden, wollten nicht weggehen, sondern behaupteten, das sind ihre Plätze, und so gab es ein fürchterliches Hin- und Herstreiten die ganze Straße entlang. Die einzige, die nichts sagte, war die alte Ulla.

Aber als sich wieder Ruhe eingestellt hatte, streckte Ulla die Hand aus und gab einer großen, dicken Madam, die dicht vor uns stand, einen freundlichen Klaps auf die Schulter. Die Madam drehte den Kopf und warf Ulla einen bösen Blick zu. „Nein, machen Sie keinen Versuch", sagte sie. „Ich steh, wo ich steh, und denk nicht daran, mich vom Fleck zu rühren."

„Nein, liebe gute Frau Pettersson", antwortete Ulla, „das ist auch gar nicht meine Absicht. Ich wollte Sie nur begrüßen, weil wir ja alte Bekannte sind. Sehen Sie, ich bin seit vielen Jahren Haushälterin bei Auditeur Afzeliusens und habe meine Strömlinge immer in Ihrem Stand im Fischmarkt gekauft."

Die dicke Madam wendete sich noch einmal um, sah Ulla an und brummte etwas zwischen den Zähnen.

„Man kann sich doch nicht an alle erinnern, die Strömlinge bei einem gekauft haben", sagte sie ebenso unfreundlich wie vorher. „Aber was wollen Sie denn von mir? Waren die Fische vielleicht nicht gut?"

„O doch", antwortete Ulla immer noch ebenso ruhig. „Sie haben die besten Strömlinge in Stockholm, das hab ich immer gesagt. Und Sie waren auch immer reell und gaben einem stets gutes Gewicht, und sogar noch ein paar Strömlinge hinzu. Deshalb dachte ich auch, Sie würden mir vielleicht mit den Kindern hier etwas helfen."

„Ich meine, kleine Kinder gehören überhaupt nicht in so ein Gedränge", sagte die Madam.

„Na ja, sie sind wohl klein", erwiderte Ulla, „aber gerade deshalb, dachte ich, würde es nichts ausmachen, wenn sie sich ganz außen auf dem Rand des Gehwegs vor Frau Pettersson hinstellen, denn sie können ja keinem erwachsenen Menschen die Aussicht versperren."

„Da haben Sie recht", sagte die Madam und lachte. „Sie sind eine furchtbar gescheite Person. Die Kinder können hier vor mir stehen. Deshalb wollen wir keinen Streit anfangen.“

Und dann rückte sie etwas weg, so daß Elin, Allan und ich auf den Randsteinen stehen und den ganzen Leichenzug sehen konnten.

Der war natürlich sehr schön und merkwürdig, aber das Merkwürdigste von allem war doch, daß die alte Ulla uns einen guten Platz verschaffen konnte, nur weil sie sich so freundlich und klug benommen hatte.

Samstag, 15. März

Heute bin ich von Frau Oberst H. zu einem englischen Spielabend eingeladen, und so halte ich es für das Beste, schon vorher ein wenig darüber zu schreiben.

Ist es nicht merkwürdig, daß ich mit so vielen Leuten von St. Barthélemy hier zusammentreffe? Allerdings so viele sind es vielleicht doch nicht; da aber Schweden außer dieser kleinen Insel keine weiteren Kolonien besitzt, so ist es doch gewiß ganz ansehnlich, wenn ich vier Personen kenne, die dort gewesen sind.

Frau Oberst H., die mir englische Stunden gibt, ist mit dem Gouverneur von St. Barthélemy verheiratet gewesen und hat viele Jahre dort zugebracht. Jetzt ist der Gouverneur tot, und sie wohnt in Stockholm zusammen mit ihrer Stieftochter Mrs. Joan M., die die Witwe eines englischen Arztes ist und immer betrübt aussieht, sowie der Tochter ihrer Stieftochter, Miß Harriet M., einem hübschen, fröhlichen, jungen Mädchen von siebzehn Jahren. Außerdem hat die

Frau Oberst eine Hausdame, Fräulein S., die ihre beste Freundin ist und auch mit auf St. Barthélemy war, wo sie bei Gouverneurs dem Haushalt vorgestanden hat.

Als ich zuerst erfuhr, daß Frau Oberst H. so viele Jahre auf einer der Kleinen Antillen zugebracht hatte, freute ich mich sehr darüber, weil ich glaubte, ich würde nun alles mögliche hören, wie es dort draußen ist. Frau Oberst H. ist ja eine geborene Schwedin, aber sie spricht nie anders als englisch mit mir, und ich bin auch gerade deshalb eifrig darauf aus gewesen, Englich zu lernen, weil ich so weit kommen wollte, sie über Neger und Indianer, Schlangen und Kolibri, Korallen und Polypen und alles andere Merkwürdige auszufragen, was es da gibt, und von dem in Dahms Geographiebuch die Rede ist. Aber da hab ich nicht viel profitiert. Weder die Frau Oberst noch Mrs. M., noch Miß Harriet M., noch die alte Mamsell S. sprechen gern von der Insel. Es scheint dort so langweilig gewesen zu sein, daß sie nicht einmal davon reden mögen. Ich könnte mir nichts Romantischeres denken, als auf einer der Kleinen Antillen zu wohnen, die vier Personen aber, die ich kenne und die dort gewesen sind, halten es zweifellos für viel vornehmer, in Stockholm zu wohnen.

Die Fau Oberst ist sehr liebenswürdig, und wenn es sich nicht um die Großen oder die Kleinen Antillen handelt, dann ist sie gesprächig und offenherzig und spricht mit mir über alles, ganz wie wenn ich schon erwachsen wäre. Einmal sagte sie, sie ist recht dankbar dafür, daß sie da draußen auf den Inseln Französisch und Englisch gelernt hat, denn sonst hätte sie außer ihrer kleinen Pension nichts weiter zum Leben.

Jetzt verdient sie nicht allein durch die englischen Stunden, die sie gibt, sondern sie und Fräulen S. haben auch eine große Wohnung gemietet, um junge Mädchen bei sich aufnehmen zu können. Alle Zimmer sind auch schon besetzt, weil die Herrschaften ihre Töchter gern in eine Pension schicken, wo immer fremde Sprachen gesprochen werden.

Onkel Oriel ist weitläufig mit der Frau Oberst verwandt, und er und auch Tante Georgina loben sie sehr, weil sie tüchtig ist und selbst für ihr Auskommen sorgt. Sie sagen, sie ist sehr energisch und hat viele gute Ideen, und das mag wohl wahr sein; aber jetzt ist sie darauf verfallen, alle ihre Schülerinnen und die Pensionärinnen und die andern, die auch mit auf St. Barthélemy gewesen sind, gerade heute zu einem englischen Spielabend einzuladen. Und ich kann ja wohl mit der Frau Oberst und mit den andern etwas Englisch sprechen, aber auf englisch spielen, wenn eine Menge Menschen zuhören, das kommt mir ganz entsetzlich vor, und ich wünsche fast, die Frau Oberst wäre nicht gerade auf diese gute Idee verfallen, sondern hätte sich etwas anderes ausgedacht, bei dem ich nicht dabei sein mußte.

Sonntag, 16. März

Heute regnet und schneit und stürmt es gewaltig, da kann ich nichts besseres tun, als daheim bleiben und Tagebuch schreiben.

Ich habe die Frau Oberst schon gebeten, mich von dem englischen Abend befreien, aber davon wollte sie nichts hören. Sie behauptete, es wird besonders unterhaltend für mich sein, und nützlich zugleich.

Außerdem hatte sie Tante Georgina überredet, Elin und Allan auch mitkommen zu lassen, obgleich sie noch gar nicht angefangen haben Englisch zu lernen, und da diese beiden hingingen, konnte ich ja nicht zu Hause bleiben.

Elin und Allan sind sehr lieb und sehr hübsch angezogen und in Gesellschaft gar nicht schüchtern (es sind eben Stockholmer Kinder), und so tat es gar nichts, daß sie nicht Englisch konnten. Alle die großen, jungen Mädchen, die bei der Frau Oberst wohnen, waren ganz entzückt von ihnen. Ich aber, das wußte ich ja gut, war häßlich und hinkte, und mein Kleid war durchaus nicht schön, und meine vom Landschuhmacher gemachten Stiefel waren plump, und deshalb wußte ich, daß man mich tüchtig auslachen würde, wenn ich überdies im Englischen ein paar Böcke schießen sollte.

Als alle versammelt waren, setzte sich die Frau Oberst in eine Ecke des Eßzimmers, das sehr groß ist, und wir andern ließen uns rings um sie her nieder und begannen „Ich belade mein Schifflein“ auf englisch zu spielen, und das war sehr schwierig, denn wenn die Person, die den Kapitän des Schiffleins vorstellte, sagte: „Mein Schifflein ist mit A oder B (oder irgendeinem andern Buchstaben) beladen, und gleichzeitig ihr Taschentuch einem von uns zuwarf, und dann mußte die, der das Taschentuch zugeworfen wurde, sofort mit etwas antworten, was mit A oder B anfing, wie zum Beispiel amethysts oder bread oder etwas anderem, je nachdem der genannte Buchstabe lautete, bevor der, der das Taschentuch geworfen hatte, bis zwanzig zählen konnte. Ich war im Anfang sehr ängstlich, es ging aber besser, als ich gefürchtet hatte. So oft mir das Taschentuch zugeworfen wurde, fand ich immer gleich ein richtiges, englisches Wort.

Mehrere von denen, die bei der Frau Oberst wohnen, erwachsene junge Mädchen, die sicherlich jeden Abend in große Gesellschaften oder feine Theater gehen, rümpften die Nase und waren gar nicht erbaut davon, mit uns wie andere Kinder zu spielen. Besonders verdrießlich war ein großes, dunkelhaariges, schönes Mädchen namens Ida von K. Sie murmelte ganz laut, daß dies nichts für erwachsene Menschen ist, und ich glaube auch, daß die Frau Oberst es hörte, denn sie sah allmählich recht müde und gedrückt aus. Miss Harriet M. aber war sehr nett und half ihrer Großmutter, den Mut aufrecht zu halten; aber sie konnte doch nicht verhindern, daß wir uns alle miteinander recht langweilten.

Es war genau wie zu Weihnachten daheim. Da fangen wir auch mit „Ich belade mein Schifflein" und anderen solchen Vexierspielen an, wie wir sie daheim in Värmland nennen, und solange wir damit weitermachen, langweilen wir uns immer furchtbar. Aber wenn wir es nicht mehr aushalten, dann spielen wir „Blinde Kuh" und „Wollt ihr wissen, wie der Bauer" und „Den Letzten schlagen" und andere Spiele, wobei man sich etwas tummelt. Dann sind wir sehr vergnügt, und es wird gelacht und gelärmt, daß die Wände zittern.

Ich konnte ja nicht wissen, ob es hier in Stockholm auch so gehen würde, aber ich meinte eben, es muß etwas getan werden, damit der Spielabend der Frau Oberst nicht ganz und gar mißglückte. Während wir uns durch diese Vexierspiele hindurchquälten, schlich sich eine Pensionärin nach der anderen davon und ging auf ihr Zimmer, schließlich waren es fast nur noch wir Gäste, die weiterspielten.

Da faßte ich mir ein Herz und fragte die Frau Oberst, ob wir nicht „Blinde Kuh“ oder „Katze und Maus“ oder so etwas Lustiges spielen dürfen. Und siehe da, sie wurde ganz froh über den Vorschlag, und die andern, die sich noch nicht davongemacht hatten, sagten auch, das könnte ganz nett sein. Der große Eßtisch wurde in die eine Ecke geschoben und das Klavier in eine andere, und die Frau Oberst und Miß Harriet und die alte Mamsell S. und ich und noch einige stellten sich mitten ins Zimmer im Kreis auf, um Katze und Maus zu spielen. Das hieß auf Englisch „Puss, puss in the Ring“. Kusine Elin mußte die Katze sein und Vetter Allan die Maus, und sie waren sehr geschickt und gelenkig und jagten einander in den Ring hinein und wieder heraus, und es war ein Vergnügen und Gelächter und lauter Jubel, genau wie zu Weihnachten in Värmland.

Dann war Miß Harriet die Katze und ich die Maus; ich wurde rasch gefangen, und da wurde noch mehr gelacht, aber am ärgsten war es, als ich Katze und Elin Maus war, denn ich konnte sie nicht um die Welt fangen, sondern mußte ihr ewig nachjagen; es gab einen solchen Jubel, weil Elin so leicht und schnell und reizend war, daß alle, die im Kreis herumstanden, in die Hände klatschten und Miß Harriet sie zuletzt in die Arme nahm und küßte.

Als die Pensionäre hörten, wie lustig es jetzt im Eßzimmer zuging, machten sie ganz verwundert ihre Türen auf, und eine nach der andern kam wieder zu uns herein. Und dann spielten wir „Katze und Maus“

weiter und waren höchst vergnügt. Und Fräulein von K., die die Nase am allermeisten gerümpft hatte, war jetzt am allereifrigsten dabei, und darüber war ich wegen Frau Oberst sehr froh.

Aber gerade, als es am lustigsten war, sah Fräulein von K. auf die Uhr, und dann sagte sie zu der Frau Oberst, sie muß jetzt gehen, denn ihr Bräutigam kommt heute abend mit dem Zug von Uppsala.

„Ach so, kommt er heute?“ erwiderte die Frau Oberst. „Ja, dann mußt du uns freilich verlassen. Aber willst du nicht mit ihm herkommen? Sage dem Herrn Kandidaten, er ist herzlich willkommen.“

Nun, Fräulein von K. versprach, ihn zu überreden, aber sie sah aus, als meinte sie, er wird kaum damit einverstanden sein.

Damit ging sie, und wir waren nachher noch ebenso vergnügt. Wir spielten „Blinde Kuh“ und „Das ganze Meer stürmt“, und oft vergaßen wir das Englische vollständig. Harriet M. war sehr liebenswürdig; sie lehrte uns englische Kinderlieder, die wir dann sangen und dazu tanzten. Auch das war sehr unterhaltend.

Die Zeit verging äußerst schnell, und bevor wir uns versahen, war es schon 9 Uhr geworden. Nun sollte im Eßzimmer der Tisch gedeckt werden, und so mußten wir in den Salon der Frau Oberst. Der war bei weitem nicht so groß wie das Eßzimmer, und wir mußten uns daher mit ruhigeren Spielen begnügen.

Harriet schlug vor, wir sollten versuchen, irgendeinen Gegenstand nach Musik zu suchen. Und die Frau Oberst sagte, ich soll mich wegwenden und die Augen zumachen, während man einen von Harriets Ringen versteckte.

„Wäre es nicht besser, sie ginge in das Zimmer von Fräulein K.?“ sagte Harriet und öffnete gleich die Tür eines Zimmers, das dicht neben dem Salon lag. „Es ist wohl nichts dabei, wenn sie sich einen Augenblick da aufhält.“

Ja, alle hielten das für besser, denn dann konnten sie über das Versteck beraten, ohne daß ich eine Silbe davon hörte, und im nächsten Augenblick war ich allein im Zimmer von Fräulein von K.

Mitten darin stand ein schöner runder Tisch, und auf dem Tisch brannte eine Petroleumlampe, und unter der Lampe stand eine große Photographie, die größte, die ich je gesehen habe. Ich erriet sofort, daß sie den Bräutigam von Fräulein von K. darstellte, den sie eben jetzt am Bahnhof abholen wollte. Sie hatte die Lampe und das Bild gewiß absichtlich so aufgestellt, damit er sich selbst sah, sobald er ins Zimmer trat.

Ich fand das sehr schön von Fräulein von K. und trat ein paar Schritte näher an den Tisch, um mir den Bräutigam etwas anzusehen. Und da erkannte ich meinen Studenten, es war kein Zweifel möglich.

Nein, diesmal war es kein Mißverständnis. Es war nicht Prinz Gustaf und auch nicht irgendein anderer, sondern er selbst.

Ich war kaum mehr als eine Minute in dem Zimmer, als ich auch schon in den Salon gerufen wurde. Aber jetzt zeigte es sich doch, daß ich anderthalb Monate in Stockholm zugebracht hatte, seit ich damals so in Verlegenheit geraten war, als mich die Justizrätin B. fragte, nach wem ich am Eßzimmerfenster ausschaue. Jetzt ließ ich mir nichts anmerken, was ich fühlte. Ich nahm mir vor, nur an die Musik und an den Ring zu denken, und ich fand ihn auch im Handumdrehen.

Und dann spielte ich mit den andern und trank Tee und plauderte englisch und schwedisch durcheinander und lachte und war fast ausgelassener als die andern.

Die ganze Zeit über aber hatte ich Angst, Fräulein von K. und ihr Bräutigam würden sich einstellen, denn die Frau Oberst hatte ja sie und ihren Bräutigam eingeladen, am Abendessen teilzunehmen; aber das taten sie doch nicht.

Als wir schließlich nach Hause gehen mußten, war Frau Oberst H. besonders freundlich gegen mich, ja, sie dankte mir sogar, daß ich soviel zum Gelingen des Abends beigetragen habe, und darüber hätte ich mich natürlich herzlich gefreut, wenn es ein anderes Mal und nicht gerade an diesem Abend gewesen wäre.

NEUNTE WOCHE

Montag morgen, 17. März

Ich hatte mir vorgenommen, nie wieder etwas von meinem Studenten in mein Tagebuch zu schreiben, aber gestern Nacht hatte ich eine so herrliche Erscheinung, daß ich es nicht lassen kann, davon zu berichten, obgleich es nichts mit mir zu tun hat.

Als ich zu Bett ging, war ich natürlich traurig, und das Herz tat mir weh. Aber zugleich war ich auch so müde nach dem vielen Spielen und Plaudern, daß ich sofort einschlief, nachdem ich mich auf dem kleinen geschweiften Sofa im Kinderzimmer ausgestreckt hatte. Jedenfalls aber schlief ich nicht lange, sondern war schon wieder wach, als der Turmwächter auf der Klarakirche zweimal ins Horn stieß.

Als ich erwachte, war ich ganz ängstlich, denn eines wußte ich ja genau: sobald ich die Augen wieder zumachte, würde ich die Struwelliese vom Reisigwinkel auf der Sofalehne sitzen sehen, die mich verhöhnte, weil mein Student, der hier in Stockholm die ganze Zeit mein Trost war, jetzt verlobt ist.

Ich lag mit weit aufgesperrten Augen, solange ich konnte, schließlich aber fielen sie mir doch wieder zu. Was ich dann sah, war aber nicht die Struwelliese vom Reisigwinkel, sondern etwas sehr Schönes: eine hohe Felseninsel, die aus einem leuchtend blauen

Meer aufstieg. Oben auf dem Gipfel der kleinen Insel stand ein weißer Marmorpalast, zu dem breite Stufen terrassenförmig hinaufführten. Der Palast und die Treppe waren von hohen Bäumen umgeben, die mit ellenlangen Blumendolden wie übersät waren und Früchte, groß wie Kohlköpfe, trugen. Solche Bäume hatte ich noch nie gesehen, und diese Insel lag natürlich nicht im schwedischen Meer, sondern weit, weit entfernt in den heißen Erdteilen, das war mir ganz klar.

Trotzdem aber wehte von dem höchsten Turm des Palastes unsere blaugelbe schwedische Fahne, und da Schweden nur ein einziges Besitztum in fremden Landen hat, begriff ich, daß das, was ich sah, die Insel St. Barthélemy sein mußte.

Unten am Strande der Insel lag eine kleine Stadt, und von allen Häusern dieser Stadt wehten schwedische Fahnen. Es sah genau aus, als ob man ein Fest feierte oder hervorragende Gäste erwartete. Letzteres kam mir am wahrscheinlichsten vor, weil ich am Strand entlang große Volksmengen versammelt sah, wie um ankommende Reisende zu empfangen.

Jetzt zeigte sich draußen auf dem Meer ein großer Dampfer, und der setzte ein Ruderboot aus, das auch die schwedische Flagge gehißt hatte und nun auf die Insel zusteuerte.

Als das Ruderboot sichtbar wurde, fingen alle Menschen am Strande mit großen weißen Panamahüten zu winken an. Da konnte ich deutlich sehen, daß es keine Europäer waren, denn sie hatten schwarze oder rote Gesichter. Sie schrien auch aus vollem Halse auf Französisch:

„Vive le gouverneur!“ Und da war kein Zweifel mehr möglich — ich sah wirklich St. Barthélemy vor mir.

In dem Boot aber, das sich nun mit raschen Ruderschlägen dem Ufer näherte, stand ein junger Mann in einer sehr schönen Uniform, und neben ihm eine junge Dame, die auch besonders elegant gekleidet war.

Ich erkannte die beiden im Boot sofort. Der Mann war niemand anders als mein Student, und die junge Dame an seiner Seite war die schöne Ida von K., die ich bei Frau Oberst H. getroffen hatte.

Es war ein wundervoller Anblick: diese blühende Insel und am Ufer die hüteschwenkenden Menschen und im Boot die beiden jungen Leute, die glückstrahlend über das leuchtend blaue Wasser dahergezogen kamen. Aber ich konnte es doch nicht vermeiden, daß es mir wehtat, als ich die beiden herannahen sah, und so machte ich eiligst die Augen auf.

Und da verschwand alles auf der Stelle. Ich hatte nur noch vollkommene Finsternis um mich herum. Aber jetzt kam ich mir wirklich herzlich dumm vor. Ich hätte doch nur einen kleinen Augenblick zu warten brauchen, um zu erfahren, was das alles bedeuten sollte.

Ich schloß die Augen wieder; aber jetzt zeigte sich nicht mehr das gleiche Bild wie vorher, sondern ich saß nun selbst in dem Ruderboot neben dem Studenten und Ida von K. (unsichtbar natürlich) und hörte sie davon reden, wie merkwürdig es ihnen vorkam, daß sie nun verheiratet waren und als Gouverneur und Gouverneurin auf der herrlichen Insel St. Barthélemy, der Perle der Antillen, wohnen sollten.

„Ja, und es ist Selma Lagerlöf, der wir unser Glück zu verdanken haben“, sagte der Student. „Es war wirklich sehr schön von ihr, daß sie sich so dankbar zeigte, weil ich mich auf einer Reise in der Eisenbahn mit ihr unterhalten hatte.“

„Selma Lagerlöf?“ entgegnete die junge Gouverneurin. „Ist das nicht das kleine unbedeutende hinkende Mädchen, das ich einmal auf einem englischen Spielabend bei Tante H. gesehen habe?“

„Und wenn sie noch so sehr hinkt“, versetzte der Student sofort. „Darauf kannst du dich verlassen, aus ihr wird einmal etwas Rechtes.“

„Eigentlich kommt es mir sehr merkwürdig vor, daß sie nicht eifersüchtig wurde, als sie von deiner Verlobung erfuhr“, sagte die Gouverneurin lächelnd.

„Ein so unedles Gefühl wie Eifersucht kann sich niemals in Selma Lagerlöfs Herz einnisten“, erwiderte der Student. „Sie hatte auf ganz besondere Art herausgefunden, wie es sich mit meiner Geburt verhielt, und da sie wußte, daß wir beide arm waren, verschaffte sie sich bei König Oskar II., der mein wirklicher Onkel ist, eine Audienz, und verriet ihm das Geheimnis und überredete ihn zugleich, mir zu einer angemessenen Lebensstellung zu verhelfen!“

„Also hast du ihr eigentlich zu verdanken, daß du jetzt Gouverneur von St. Barthélemy bist?“ rief die junge Gouverneurin und betrachtete ihren Gatten mit strahlenden Augen.

„Ja, gewiß, sie war es, die meinem Onkel vorschlug, er soll mir gerade diese Stellung übertragen. Und nichts hätte mir erwünschter sein können“, antwortete der Student.

Als ich aber meinen Studenten auf diese Weise von mir reden hörte, wurde ich sehr glücklich. Das Herz tat mir nicht mehr weh, sondern war ganz zufrieden. Und ich werde mir aus dem, was ich in dieser Nacht sah und hörte, eine Lehre ziehen und immer so edel und großmütig handeln, wie ich es in meiner Einbildung getan habe.

Mittwoch, 19. März

Gestern, als ich mit dem Buch unter dem Arm auf dem Weg zu Frau Oberst H. war, mußte ich plötzlich daran denken, daß der Student am Ende noch in Stockholm war und ich möglicherweise bei der Frau Oberst mit ihm zusammentreffen konnte. Er konnte ja bei seiner Braut zu Besuch sein, und wir würden uns vielleicht auf der Treppe begegnen.

Aber obgleich ich Sonntag Nacht so edelmütig gewesen war und ihn zum Gouverneur von St. Barthélemy gemacht hatte, damit er sich mit Fräulein von K. verheiraten konnte, wollte ich doch nicht mit ihm zusammentreffen, seit ich von seiner Verlobung erfahren hatte.

„Wenn ich doch nur dies eine Mal nicht zu der Frau Oberst gehen müßte!" dachte ich. „Während der ganzen Zeit hab ich ja keine einzige Stunde geschwänzt, also könnte es wohl dies eine Mal nichts schaden."

Ja, dachte ich, es geht heute ganz gut; und richtig, mitten auf der Straße drehte ich um und wanderte heimwärts.

Es widerstrebte mir zu sehr, jetzt dorthin zu gehen. Wenn ich den Studenten dort traf, würde ich vielleicht vor lauter Aufregung ohnmächtig werden. Und welch ein Skandal wäre das!

Es war gewiß am besten, ich ging nach Hause und sagte zu Tante Georgina, es ist mir auf der Straße plötzlich gar nicht gut gewesen, und deshalb bin ich wieder nach Hause gegangen.

Das war durchaus nicht geflunkert. Wenn ich nur daran dachte, daß ich dem Studenten möglicherweise begegnen würde, konnte ich mich kaum mehr bewegen, so weh tat mir mein Herz.

Als ich eine Weile gegangen war und die Klara-Strand-Straße fast erreicht hatte, fiel mir ein, daß es wohl am besten wäre, wenn ich die ganze Stunde auf der Straße bliebe, damit ich Tante nicht zu sagen brauchte, ich wäre krank. Das hielt ich für eine recht gute Idee, und so bog ich gleich in eine der vielen Klarastraßen hinein.

Doch in demselben Augenblick ging an einem Laden, wo ich eben vorbei mußte, die Tür auf, und heraus trat eine sehr große häßliche alte Person in einem weißen Florkleid, einen weißen Sommerhut mit einem Kranz von großen roten Rosen auf dem Kopf. Obgleich es verkehrt wäre, zu sagen, das Kleid und der Hut waren weiß, denn sie waren grau vor Schmutz; nein, sie glichen der ganzen Person. Schleier und Bänder wogten um sie her, und alles miteinander sah aus, als hätte es in einer Lehmgrube gelegen.

Ich begriff die ganze Sache sofort. Diese Person da, die im Sommerhut und Florkleid mitten im kalten Winter herumlief, konnte niemand anders sein als das „Lumpenfräulein“, von dem ich sehr oft hatte reden hören, das ich aber noch nie gesehen hatte. Bis jetzt hatte ich immer gedacht, es ist etwas sehr Romantisches um dieses arme Ding, das verrückt geworden war, weil ihr Bräutigam sie hatte sitzen lassen, und das nun Sommer und Winter in einer Art Brautgewand herumlief.

Als ich jetzt das Lumpenfräulein erblickte, blieb ich natürlich stehen, um sie mir recht genau zu betrachten; aber sie bemerkte mich kaum, sondern blieb nur vor der Ladentür stehen und starrte geradeaus.

Doch ganz schnell verwandelte sich ihr Gesicht in fürchterlicher Weise. Sie hob die Arme zum Himmel empor. Und dann brach sie in einen entsetzlichen Schrei oder ein Jammern aus, ja, ich weiß nicht, wie ich es nennen soll.

„O Gott, daß ich einen treulosen Mann lieben muß!" schrie sie. Ich habe noch niemals etwas so Fürchterliches gehört. Es klang gar nicht wie eine menschliche Stimme, sondern es war, wie wenn ein wildes Tier, ein Löwe oder ein Tiger, brüllt. Es waren ja gar keine schrecklichen Worte, aber alles zusammen klang wie ein einziges langes Brüllen, das war das Schreckliche.

Noch einmal schrie sie dieselben Worte, aber da konnte ich es nicht mehr aushalten. Ich ging, nein, ich lief den ganzen Weg zu der Frau Oberst, und als ich ankam, hatte ich nicht mehr als zehn Minuten Verspätung.

Die Frau Oberst war hoch erfreut, als sie mich sah. Ich bat sehr um Entschuldigung, weil ich zu spät kam, aber sie sagte, es tut nichts, daß ich mich in der Zeit getäuscht habe, weil sonst nichts passiert war. Sie hatte geglaubt, ich bin krank geworden, und hatte gerade ihr Mädchen zu Afzeliusens schicken wollen, um zu fragen, wie es mir geht.

Es hätte also schlimm werden können, wenn mir nicht das Lumpenfräulein begegnet wäre und mich auf den rechten Weg zurückgescheucht hätte.

Donnerstag, 20. März

Ich konnte es nicht lassen, der Frau Oberst von meiner Begegnung mit dem Lumpenfräulein zu erzählen, und wie schrecklich unheimlich sie sich benommen hatte. Die Frau Oberst nahm großen Anteil daran, sie war geradezu erschüttert. „Ja, die Liebe ist furchtbar“, sagte sie mehrere Male. „Es gibt nichts Unheimlicheres als die Liebe.“

Etwas später am Tage

Allmählich halte ich es für gut, daß der Student verlobt ist. Wenn ich ihn geheiratet hätte, wäre mir sicherlich keine Zeit geblieben, Romane zu schreiben, und das ist doch das, was ich mir immer gewünscht habe. Außerdem habe ich, seit ich das Lumpenfräulein sah, Angst vor der Liebe bekommen. Ich möchte wohl wissen, welche traurigen Erlebnisse die Frau Oberst gehabt hat, weil sie so erschrocken aussah.

ZEHNTE WOCHE

Montag, 24. März

Als ich mich heute in den Salon setzte, um zu schreiben, geschah etwas merkwürdiges mit Axel Oxenstierna, aber davon will ich später erzählen.

Gestern waren wir den ganzen Vormittag im dem Karolinischen Institut, das heißt, Onkel und Tante natürlich nicht und auch nicht die alte Ulla, sondern Elin und Allan und ich und die beiden Mädchen. Wir wanderten durch das ganze Institut vom Keller bis zum Bodenraum.

Als wir von Hause weggingen, waren wir sehr vergnügt, weil wir nun das Karolinische Institut sehen durften. Es war ein kalter, heller Tag, und alles ringsum kam mir überaus schön vor. Als wir über die Kungsholmsbrücke gingen, mußte ich durchaus einen Augenblick stehenbeiben und mich umschauen. Es fiel mir ein, daß Elin Laurell immer gesagt hat, auf Brücken ist es besonders schön. Sie sagt, die Aussicht von einem Dampfboot aus ist nichts Besonderes, da ist man zu nah beim Wasser und hat keinen Überblick; wenn man aber auf einer hohen Brücke steht und einen langen Fluß aufwärts und abwärts dahinziehen sieht, ja, das ist entzückend. Und als ich heute Vormittag über die Kungsholmsbrücke ging, da mußte ich Elin Laurell unwillkürlich recht geben.

Tante Georginas Köchin hat eine Tante, die mit dem Hausmeister in dem Karolinischen Institut verheiratet ist, und so oft die Köchin diese Tante besucht, prahlt sie nachher, wieviel wunderbares sie dort gesehen hat. Sie sagt, das Karolinische Institut ist viel interessanter als das Schloß und auch als das Nationalmuseum.

Weil nun die Köchin immer so viel mit dem Karolinischen Institut prahlte, wurden wir Kinder natürlich sehr neugierig, und wir wollten es auch gern sehen, und so baten wir sie, ihre Tante zu fragen, ob wir nicht auch hinkommen können. Und richtig, gestern morgen kam sie wirklich mit einer Einladung zum Kaffee bei den Hausmeisterleuten im Karolinischen Institut für Elin und Allan und mich und das Zimmermädchen. Aber unsere Hoffnung zu erfüllen, daß wir das Institut selbst sehen dürfen, davon, hätte die Tante gesagt, kann gar keine Rede sein, denn es ist verboten.

Als wir das hörten, waren wir allerdings etwas enttäuscht, aber die Köchin tröstete uns und sagte, wenn wir nur erst dort sind, wird sie es schon so einrichten, daß wir alles zu sehen bekommen.

Selbstverständlich wurden zuerst Onkel und Tante gefragt, ob wir Kinder mit der Köchin und dem Zimmermädchen bei der Tante der Köchin Kaffee trinken dürfen, und das wurde uns gern erlaubt. Tante und Onkel sagten, es ist sehr nett von der Hausmeistersfrau, uns zu einem Kaffeeschmaus einzuladen; und das war es ja auch.

Als wir in der Hausmeisterwohnung ankamen, erblickten wir sofort einen großen gedeckten Kaffeetisch, und wir wurden aufgefordert, uns zu setzen und zuzulangen. Jedes von uns trank zwei Tassen Kaffee. (Denkt nur, wenn Tante das wüßte!) Und wir aßen viel Kuchen dazu, und alles schmeckte herrlich. Die Tante war freundlich und gesprächig, und eine junge Nichte von ihr, die das Kleidernähen lernt, war sehr lustig. Es wäre recht behaglich gewesen, wenn wir nicht die ganze Zeit solche Angst gehabt hätten, daß wir schließlich nicht ins Institut hinein dürften und also all das Herrliche, was es da gibt, nicht zu sehen bekommen könnten.

Bis zuletzt wollten wir nicht glauben, daß es der Hausmeistersfrau ernst gewesen war, als sie uns hatte sagen lassen, wir dürfen das Institut selbst nicht sehen. Als sie aber gar keine Miene machte, vom Kaffeetisch aufzustehen, sondern immer weiter sitzen blieb und sich mit uns unterhielt, wurden wir immer ängstlicher. Wir nickten und blinzelten der Köchin zu, sie sollte ihre Tante daran erinnern, weil wir ja sonst alle die schönen Säle nicht mehr sehen konnten, bevor es für uns Zeit wurde, nach Hause zu gehen.

Als jedoch die Köchin ein paar Worte davon fallen ließ, daß wir nun ganz ausgeruht wären und wohl ein wenig herumgehen könnten, da schüttelte die Hausmeistersfrau den Kopf und sagte, sie kann uns unmöglich hineinlassen, weil wir doch noch Kinder sind. Wir würden ja nicht darüber schweigen können. Sie hatte nicht gedacht, daß wir noch so klein sind.

Die Köchin versicherte aber, wir würden doch schweigen, ja, sie glaube, wenn jemand mit glühenden Eisen käme und uns zum Sprechen zwingen wollte, so würden wir trotzdem schweigen.

„Ich glaube nicht, daß es gut für sie wäre“, wandte die Hausmeistersfrau ein. „Ich wußte ja nicht, daß sie noch so klein sind.“

„Sie können aber wirklich wohl nichts sehen, was nützlicher für sie sein könnte, als was es hier gibt“, erwiderte die Köchin. „Und es ist ganz schrecklich, weil ich ihnen versprochen habe, daß sie hier einen Ort sehen dürfen, der viel merkwürdiger ist als das Schloß und das Nationalmuseum.“

Sie wäre beinahe in Tränen ausgebrochen, und auch wir Kinder waren dem Weinen nahe. Ich jedenfalls hatte mir eingebildet, wir würden einen Palast voll von schönen Gemälden und allerei Wasserkünsten zu sehen bekommen. Ich glaubte, es ist etwas von derselben Art, wie der Löwenhof in der Alhambra, der in einem Buch abgebildet ist, das daheim auf Mårbacka immer auf dem Salontisch liegt, und so war ich jetzt sehr enttäuscht. Jetzt weiß ich ja, daß das Karolinische Institut eine Hochschule für die Studenten ist, die Ärzte werden wollen. Aber davon hatte ich keine Ahnung, als ich gestern hinkam.

Die Hausmeistersfrau war aber fest entschlossen, und ich glaube, sie hätte auch nicht nachgegeben, wenn nicht die Nichte vorgeschlagen hätte, daß sie uns doch wenigstens die Hörsäle zeigen kann. In ihnen gab es ja nichts Gefährliches.

Darauf ging die Tante wirklich ein, aber mehr als die Hörsäle dürfen wir unter keiner Bedingung sehen, sagte sie.

Heute sind Tante und ich in der katholischen Kirche gewesen, und da geschah auch etwas Merkwürdiges, aber nun muß ich zuerst schreiben, wie es im Karolinischen Institut weiterging.

Wir kamen in große Säle mit Kathedern und Bänken und schwarzen Tafeln. Es war da eigentlich nicht viel merkwürdiger als in der Volksschule in Östanby beim Kantor Melanoz, obgleich es hier im Institut viel mehr und viel größere Räume gab als in seiner Schule.

Und mit der Alhambra hatte das alles ganz und gar keine Ähnlichkeit. Die Köchin merkte auch, daß wir enttäuscht waren.

„Wartet nur noch ein Weilchen!“ sagte sie. „Jetzt kommen wir bald zu dem Merkwürdigsten.“

In einem langen Saal lag auf einer Bank ein ganzer Stapel von bunten Bildern. Und jetzt wurde die Köchin ordentlich eifrig. Sie stellte ein Bild nach dem andern vor einer schwarzen Tafel auf und erklärte, was es darstellte. Sie zeigten das Skelett und das Herz und den Blutkreislauf und das Nervensystem. Es waren große, prächtige Bilder, und ich hätte sie sehr gern näher betrachtet, wenn ich nicht die ganze Zeit darauf gewartet hätte, Marmorsäle und Wasserkünste zu sehen.

Doch dann legte die Köchin alle die Bilder sehr schnell wieder an ihren Platz zurück.

„Ach, das ist ja nichts“, sagte sie ein wenig ärgerlich. „Ihr Kinder müßtet die sehen, die im oberen Stockwerk sind. Aber dahin dürfen wir ja nicht gehen.“

Dabei sah sie die Tante flehend an; aber es half alles nichts, wir mußten uns mit den Hörsälen begnügen.

„Ich muß mich ja mein Leben lang schämen", sagte die Köchin noch einmal, „weil ich gesagt habe, das Institut ist vornehmer als das Schloß und das Nationalmuseum."

Die Nichte stand treulich auf unserer Seite. Sie sagte, es ist unrecht, daß diese Kinder hier, die schon recht viel wissen, nichts von dem Richtigen sehen dürfen. Sie müssen ja mit der Überzeugung von hier weggehen, daß das Karolinische Institut nichts ist als eine gewöhnliche Kleinkinderschule.

Das mit der Kleinkinderschule mußte gewirkt haben, die Hausmeistersfrau dachte wohl, es ist eine Schande für die Anstalt, wenn Elin und Allan und ich gar nichts von dem Merkwürdigen sehen, das es hier gab. Mit festem Griff umfaßte sie ihren Schlüsselbund, den sie bei sich hatte, und schloß die Tür einer neuen Wohnung auf.

Jetzt sahen wir Bilder mit allen Arten von verkrüppelten Gliedern und verkrüppelten Körpern, auch Abbildungen von allen möglichen Krankheiten, wie Krebs und Pocken, und die verschiedensten Ausschläge und Geschwüre und Wunden.

„Nun, Kinder, findet ihr das nicht sehr schön und merkwürdig?" fragte die Köchin. „Das ist etwas ganz anderes, als im Theater sitzen."

„Ja, seht, das ist das Richtige", sagte die Hausmeistersfrau. „Es ist so, wie es im wirklichen Leben aussieht. Das Andere ist ja nichts weiter als ein Spiel." Sie war jetzt ebenso eifrig wie die Köchin und die Nichte, uns alles zu zeigen. Und sie hatte ordentlich

Angst, wir könnten etwas von dem Merkwürdigen übersehen.

Dann durften wir in ein Zimmer hinein, in dem Wandbretter und Tische ganz voll standen von kleinen und großen Glasgefäßen.

„Sieh hierher, Selma!" rief die Hausmeistersfrau mir zu. „Kannst du dir denken, was das hier sein soll? Ja, das ist ein Kind mit zwei Köpfen."

„Und das häßliche Ding, das in dem Glasgefäß dort liegt, hat man einmal aus dem Magen eines Menschen herausgegraben", fügte die Nichte hinzu.

Danach zeigten sie uns Gipsabgüsse von Klumpfüßen und Händen mit Gichtknoten.

„Ich möchte ein Mann sein, damit ich Arzt werden kann und jeden Tag hier aus- und eingehen darf", sagte die Köchin.

Das letzte, was wir sahen, war ein Kämmerchen oben auf dem Speicher, wo eine ganze Menge Knochengerippe einlogiert waren. Eines von ihnen war so groß, daß wir unwillkürlich fragten, ob das denn ein Mensch gewesen war.

„Jawohl", antwortete die Hausmeistersfrau, „das ist das Skelett eines Mannes, der der ‚Lange Lappe' genannt wurde. Er muß zu seiner Zeit allgemeines Aufsehen erregt haben."

Als wir wieder von dem Speicher herunterkamen, war ich sehr müde und hätte am liebsten nichts weiter gesehen. Aber da sagte die Köchin, jetzt kommt noch das allerschönste, aber es ist unten im Keller.

Zugleich wendete sie sich an ihre Tante und fügte mit leiserer Stimme hinzu: „Habt ihr heut ein paar drinnen?"

„Jawohl“, antwortete die Tante. „Es sind ein paar da. Viele sinds allerdings nicht, nur vier. Aber willst du nicht lieber allein hinuntergehen? Das ist ja nichts für Kinder.“

Die Köchin aber erwiderte, da wir jetzt alles andere gesehen haben, müssen wir auch noch dieses Letzte sehen. Denn das ist etwas, das man nie wieder vergessen kann. Und da gab die freundliche Hausmeistersfrau nach.

Sie führte uns nun die Kellertreppe hinunter; aber hier strömte uns ein so widerlicher Gestank entgegen, daß wir plötzlich anhielten.

„Nun, sie liegen wohl unter Wasser“, sagte die Hausmeistersfrau, „aber es ist eben ganz unmöglich, sie frisch zu halten. Nichts ist so durchdringend wie Leichengeruch.“

„Ja, Kinder, ihr müßt wissen, daß hierher alle gebracht werden, die sich selbst das Leben genommen haben, damit die jungen Leute, die Ärzte werden wollen, sie zerschneiden können“, erklärte uns die Köchin.

Wir waren jetzt in einen großen Kellerraum gekommen, wo es ganz hell war; aber es roch so fürchterlich schlecht darin, daß wir uns die Nase zuhielten. „Ich glaube, es ist besser, wir kehren wieder um“, sagte die Hausmeistersfrau.

„Nur noch einen kleinen Augenblick“, bat die Köchin, und zugleich öffnete sie eine Tür.

Ich stand dicht neben ihr und sah nun einen länglichen halbdunklen Raum vor mir. An der einen Längsseite lief eine breite Pritsche hin, und über diese rieselte unaufhörlich ein feiner Regen von Wassertropfen herunter. Auf der Pritsche lagen vier Tote, mit dem Kopf gegen die Wand und den Füßen in den Keller herein, wie ein einem großen gemeinschaftlichen Bett.

Ich schaute nur eine Sekunde lang hin; aber ich weiß ganz genau, wie sie aussahen. Die Leiche, die der Tür am nächsten lag, war ein alter Mann mit einem graugesprenkelten schwarzen Bart und einer spitzen Nase. Er war in einen Rock gehüllt, der so weit herunterging, daß man nur noch die Füße von ihm sah, diese aber waren nackt und voller Knoten und Wunden. Wenn diese Füße nicht gewesen wären, hätte man den alten Mann ohne Grauen ansehen können.

Neben ihm lag eine junge Frau. Ja, so ganz jung war sie auch nicht, sondern so ungefähr in den Dreißigern. Sie war groß und furchtbar aufgedunsen. Ihre Kleider waren an mehreren Stellen zerrissen, und da guckte die grauweiße Haut heraus. Das Gesicht war nicht so aufgequollen wie der übrige Körper, und so konnte ich sehen, daß sie schön gewesen war.

Neben ihr lag ein Junge, der fünf oder vielleicht auch sechs Jahre alt sein mochte. Seine Mütze war tief ins Gesicht gezogen, deshalb konnte ich von seinem Gesicht nichts sehen; aber sein Körper war auf der einen Seite entblößt, und da quollen durch eine große Wunde Gedärme und andere Eingeweide heraus.

Die letzte Leiche war eigentlich nur ein Bündel von schwarzen Kleidern. Ich glaube, es war ein Mann, aber ich konnte es nicht deutlich sehen. An einer Stelle kam ein Fuß heraus, an der anderen eine Hand. Das Haar war da, wo die Füße hätten sein sollen, und das Kinn schob sich unter dem Ellbogen hervor. Er mußte kurz und klein zerschmettert worden sein.

So viel hatte ich gesehen, als die Hausmeistersfrau vortrat und die Tür zuschlug.

Als wir die Treppe hinaufgingen, sagte die Köchin, heute wären die Toten ganz unheimlich gewesen; aber die Hausmeistersfrau erwiderte ziemlich unfreundlich, es wäre etwa wie gewöhnlich. Es war ihr nicht recht, daß wir Kinder sie gesehen hatten.

Obgleich ich alle die Toten gleich deutlich gesehen hatte, war ich doch über die ertrunkene Frau am meisten erschrocken. Ach, so unglücklich war sie gewesen, daß sie sich ins Wasser gestürzt hatte.

Davon hatte ich wohl öfter sprechen hören und auch oft gelesen; aber bis jetzt hatte ich nie verstanden, was das heißt. Nein, ich hatte von allen den Unglücksfällen, die in den Büchern geschildert sind, bisher nichts verstanden.

Es war furchtbar. Ich mußte an die Menschen denken, die krank im Bett liegen, und an die Krüppel, vor allem aber an die, die so unglücklich sind, daß sie nicht mehr weiterleben können.

Ach, konnte ich jetzt jemals wieder froh werden, wo ich nun wußte, wieviel Böses es in der Welt gibt!

In meinem ganzen Leben werde ich niemals wieder spielen oder lachen und niemals wieder ins Theater gehen können! Nein, niemals werde ich wieder so sein können, wie ich war, als ich am Sonntagvormittag von Hause wegging.

Als wir über die Kungsholmsbrücke hingewandert waren, hatte ich es da so wunderschön gefunden, aber jetzt auf dem Heimweg konnte ich es nicht mehr so sehen. Ich werde gewiß niemals wieder irgend etwas auf dieser Welt schön finden können.

Auf diesem Heimweg kam mir Stockholm sehr häßlich vor. Mir war, als wäre das Wasser unter mir voll von Kröten und großen schleimigen Eidechsen. Ja, mir war, als wären alle Menschen, die mir auf der Brücke begegneten, halbverfaulte Leichen.

ELFTE UND ZWÖLFTE WOCHE

Mittwoch, 9. April

Im Salon

Onkel Oriel und Tante Georgina sind sehr lieb. Sie haben Daniel über Ostern nach Stockholm eingeladen, damit wir Geschwister zusammen sein können. Es ist herrlich, daß Daniel herkommt, und ich hoffe sehr, ich werde mich nicht zu ungeschickt anstellen, damit er sich meiner nicht zu schämen braucht.

Ganze vierzehn Tage lang habe ich nicht in mein Tagebuch geschrieben, weil ich mich immer sehr müde und matt fühlte und eigentlich gar nichts weiter zustande brachte, als meine Aufgaben zu lernen. Und es ist auch nichts geschehen, was ich gern aufgeschrieben hätte. Aber heute vormittag kommt Daniel, und dann kann es gut sein, daß ich wieder etwas Interessantes zu erzählen habe.

Donnerstag, 10. April

Gestern vormittag gegen zehn Uhr kam Daniel richtig an, und, wie merkwürdig, das erste, was er zu mir sagte, als wir uns auf dem Zentralbahnhof trafen, war, daß er mich von dem Studenten grüßen sollte, mit dem wir um Weihnachten, als wir nach Stockholm reisten, in der Eisenbahn zusammengewesen waren.

Ich war so verblüfft, daß ich kein Wort erwidern konnte. Aber Tante Georgina war auch dabei, und sie fragte sofort, was das für ein Student ist, von dem wir redeten.

„Ach, das ist einer von Selmas Verehrern!“ sagte Daniel lachend.

„Weißt du, Tante Georgina, was er jetzt am Zug zu mir gesagt hat? Selma ist eines der interessantesten jungen Mädchen, die er je kennengelernt hat.“

„Was nicht gar“, erwiderte die Tante, und ich glaube, sie und auch Daniel dachten, wer so etwas sagen kann, muß ein bißchen verrückt sein. „Kann man da vielleicht etwas für die Zukunft hoffen?“ fuhr Tante im gleichen munteren Ton fort.

„Nein, leider nicht, Tante“, antwortete Daniel. „Nichts zu machen, er ist schon verlobt.“

Und dann lachte Daniel, und die Tante lachte, und ich lachte auch. So froh bin ich schon lange nicht mehr gewesen. Ach, wie schön, daß der Student gesagt hat, ich bin interessant, ja, daß ich sogar eines der interessantesten Mädchen bin, die er je kennengelernt hat. Und wie schön, daß Daniel so lieb war und es mir sagte!

*

Als Daniel Kaffee getrunken und eine gute Weile mit Tante Georgina geplaudert hatte, schlug sie uns vor, eine Weile spazieren zu gehen und uns die Wachparade anzusehen. Sie sagte, wir Geschwister würden uns gewiß freuen, nun ein wenig allein mit uns zu sein.

Wir machten uns also auf den Weg, und obgleich wir uns ja keine Geheimnisse mitzuteilen hatten, waren wir doch recht vergnügt. Daniel war sehr nett und guter Laune und voller Eifer, die hübschen Stockholmer jungen Mädchen in ihren Frühjahrskleidern zu betrachten. Vor allem ist er von hübschen kleinen Füßen in eleganten Schuhen entzückt, und das höchste Lob, das er einem jungen Mädchen spenden kann, heißt: „Sie *geht* gut." Ich glaube auch, daß das seine wahre Ansicht ist, und daß er von hübschen Schuhen und einem schönen Gang nicht nur viel spricht, um mich zu reizen.

Herrliches Wetter hatten wir auch. Hier in Stockholm haben wir bei weitem nicht so viel Schnee wie meist daheim in Värmland, und der wenige Schnee, der jetzt noch auf der Erde liegt, ist im Auftauen. Die Rinnsteine waren zum Überlaufen voll von grauem Wasser. Dieses war lange nicht so klar und funkelnd hell wie daheim im Waschbach, aber es war doch recht lustig zu sehen, wie es gleichsam eilig daherschäumte. An einer Stelle hatten sich einige Strohhalme und ein Scheuerlappen mitten in dem Rinnstein zusammengeballt, so daß sich ein kleiner Damm bildete und das Wasser nun auf die Straße hinauslaufen mußte, um weiter zu kommen. Daran konnte Daniel natürlich nicht ruhig vorbeigehen, nein, er blieb stehen und stieß mit seinem Studentenspazierstöckchen das Stroh und den Scheuerlappen zur Seite. Ich schaute mit Vergnügen zu, denn das sah Daniel so recht ähnlich. In den Osterferien daheim auf Mårbacka war er ja immer eifrig damit beschäftigt, Gräben auszuheben und Kanäle zu ziehen, damit das Tauwasser ablaufen konnte.

Drunten am Platz (man sagt hier in Stockholm statt „der Platz Karls XII.“ immer nur *„der Platz“)* war es in der schönen Allee auf der Ostseite ganz voll von vornehmen Spaziergängern. Ich konnte Daniel den Major Soto und Frederikson und Almlöf und General Lagerberg und andere berühmte Leute zeigen, die ich kannte, er aber nicht. Und ich dachte, Daniel muß sehr erfreut sein, daß ich in Stockholm so daheim bin, ja, ich fühlte mich beinah selbst wie eine richtige Stockholmerin.

Als wir gerade das Denkmal Karls XII. erreicht hatten, kam die Wachparade anmarschiert mit der Bubenparade an der Spitze, und wir stellten uns am Rande des Bürgersteigs auf, sie vorbeiziehen zu sehen. Schon von weitem sah ich, wie der Tambourmajor seinen prächtigen Stab schwang, und wie die glänzenden Messinginstrumente im Sonnenschein blinkten. Und die Trommeln dröhnten, und die Trompeten schmetterten, und alle Menschen gingen im Takt mit der Musik.

Das war sehr schön und begeisternd. So vergnügt und fröhlich hatte ich mich noch nie gefühlt, seit ich in Stockholm bin.

Es war auch besonders günstig, daß die Wachparade einen Marsch spielte, den ich kannte, weil Frau Hedda Hedberg ihn so oft daheim bei uns auf Mårbacka gesungen hatte. Sie pflegte zu sagen, die Musik zu diesem Marsch sei aus der Oper „Der Prophet“, die Worte aber, so sagte sie, stammten aus irgendeinem alten Schauspiel. Nun hatte ich diese Worte ja seit ewig langer Zeit nicht mehr gehört, aber sie tauchten plötzlich in meinem Gedächtnis auf, als ich die Melodie erkannte:

Die Wachparade, schau,
Da kommt sie anmarschiert!
Komm, Anna, liebe Frau,
Jetzt wird flott musiziert.
's ist meine Kompanei,
's ist meine Schwärmerei,
Die jetzt hier kommt vorbei,
Ja, meine Kompanei.

„Vorwärts marsch!“ Der Leutnant kommandiert.
Und voller Schreck die Jugend echappiert.
„Vorwärts marsch!“ Die Buben lustig schrein,
Und Fräulein und Mamsellen hinterdrein.

Komm, Anna, rasch voran,
Horch, wie er klingt in Schweden —
Der schöne Marsch fängt an,
Der Marsch aus dem Propheten.

Tambourmajor, wie wunderschön ist er,
Gleich einem Helden kommt er stolz daher.
Die Linke eingestemmt, die Rechte schwingt so frei
Den Stab, daß fast die Pferde werden scheu.

Was war das? Mit einem Male hatte ich das Gefühl, daß etwas an mir nicht in Ordnung ist. Ich fragte mich, ob ich wohl mein Zopfband verloren hätte, oder was es sonst sein könnte?

Da hörte ich plötzlich Daniels Stimme furchtbar streng und mißbilligend sagen: „Aber Selma, du singst ja?“

Wirklich, ich tat es. Mitten im Volkshaufen vor dem Standbild Karls XII. stand ich und sang: „Die Wachparade schau, hier kommt sie anmarschiert!“

Und ich wußte es selbst nicht; ich hatte vollständig vergessen, wo ich mich befand.

Ich geriet in große Verlegenheit. Nun hatte Daniel wieder Wasser auf seine Mühle bekommen. Jetzt dachte er natürlich, ich bin noch immer so unmöglich wie früher und würde es nie lernen, mich anständig zu benehmen. Schrecklich, sich hier auf den Platz zu stellen und zu singen!

Daniel hatte eine Miene aufgesetzt, die mich unwillkürlich an Mene, Mene, tekel upharsin erinnerte. Aber ich erschrak jetzt doch nicht so sehr, wie ich vor ein paar Monaten erschrocken wäre. Erstens hatte ich ja nicht so laut gesungen, sondern nur gesummt, und zweitens kann man Schlimmeres tun, als ein paar Zeilen aus einem alten Lied singen, wenn die Sonne scheint und die Musik dröhnt und die ganze Welt neues Leben bekommen hat.

In der Kinderstube bei Onkel Oriel in der Nacht zwischen dem Ostersamstag und dem Osterfest

Ich kann heute nacht unmöglich schlafen, deshalb habe ich Licht gemacht und will versuchen, Tagebuch zu schreiben. Vielleicht werde ich ruhiger, wenn ich aufgeschrieben habe, was meine Gedanken so sehr beschäftigt.

Wir sind gestern abend bei Justizrats R. gewesen. Onkel Oriels pflegen ihre Ostereier wohl immer da zu verspeisen, und jetzt durften natürlich Daniel und ich auch mitgehen. Ich wäre freilich am liebsten daheimgeblieben, denn ich wußte zum voraus, daß ich mich dort langweilen würde. Justizrats haben zwei Kinder, Arvid und Marianne, aber die sind im gleichen

Alter wie Elin und Allan, und irgendein Mädchen oder ein Junge von meinem Alter war sicherlich nicht bei der Gesellschaft. Ich glaube überhaupt nicht, daß es in ganz Stockholm außer mir noch ein vierzehnjähriges Mädchen gibt.

Tante aber sagte, es kann keine Rede davon sein, daß ich wegbleibe, das würde Tante Maria, die immer so gut gegen mich ist, sehr übel nehmen, und so ging ich natürlich mit.

Langweilig war es allerdings für mich, besonders zuerst. Ich wußte nicht recht, was ich mit mir anfangen sollte. Im Kinderzimmer zu sitzen und mit den Kleinen Puppen aus- und anzuziehen oder Zinnsoldaten aufzustellen, war kein Vergnügen, und so blieb ich im Salon bei den Großen. Da aber hatte ich die ganze Zeit über das Gefühl, daß ich ihnen im Weg war und sie mich am liebsten los wären.

Es waren nicht sehr viele Gäste geladen. Auf dem Sofa neben Tante Georgina saß die alte Frau T., Frau B.s Mutter; sie hat weiße Korkzieherlocken an den Schläfen und ist so schön, daß ich sie am liebsten immer angesehen hätte. Zwei andere Damen saßen auch noch mit am Sofatisch, aber ich brachte nicht recht heraus, wie sie heißen.

Fräulein Adele S., die mich damals so sehr auslachte, als ich von dem Herzog von Östergötland sprach, war auch da, aber sie saß nicht bei den andern Damen, sondern sie und Onkel Oriel standen drüben am Fenster und unterhielten sich miteinander. Ich hätte schrecklich gern gehört, wovon sie redeten, denn Fräulein S. ist immer höchst interessant, nur standen sie zu weit entfernt von mir. Aber es dauerte nicht sehr lange, da gingen sie vom Fenster weg und auf das Sofa zu. Und gerade, als sie da, wo ich saß, vorbeikamen, blieb Fräulein S. stehen, legte Onkel die Hand auf den Arm und sagte:

„Ich hätte schon immer sehr gern gewußt, wie Sie über den Positivismus denken. Aber wir kommen jetzt so selten zu einer ernsten, vernünftigen Unterhaltung."

„Aber um alles in der Welt", Adele", erwiderte Onkel Oriel. „Haben Sie jetzt vor, sich mit der Religion der Menschheit zu befassen?"

„Ja, auf etwas muß man sich doch verlassen können, und wenn ich nun glaube, daß es ..."

Da machte Onkel Oriel eine hastige Bewegung, um ihr Schweigen zu gebieten. „Prenez garde aux enfants", sagte er mit leiser Stimme.

Ich konnte das Lachen nicht unterdrücken, denn ich muß an den Eulenvater in dem Märchen „Das ist ganz gewiß" von Andersen denken. Der sagte auch: „Prenez garde aux enfants", genau wie jetzt eben Onkel Oriel.

Fräulein S. drehte den Kopf, und als sie mich dicht neben sich entdeckte, zuckte sie die Achseln und sah recht ärgerlich aus.

„Ja, ich weiß schon, daß Sie, liebe Adele, nicht an diese alten Geschichten vom Teufel glauben", sagte Onkel Oriel, „und ich für meinen Teil sähe es auch ganz gern, wenn sie gestrichen würden."

An Onkels Ton war ganz deutlich zu hören, daß er das vom Teufel nur sagte, um die Karten zu mischen; aber dazu war es zu spät, denn ich hatte sehr wohl verstanden, was Fräulein Adele hatte sagen wollen, nämlich daß sie nicht an Gott glaube, und Onkel Oriel hatte wohl gesehen, wie entsetzt ich darüber war. Deshalb suchte er jetzt diesen Sinn zu verdecken und umzudrehen, und das war ja auch nur nett von ihm.

Onkel Oriel und Fräulein S. wollten nun wahrscheinlich weitergehen, aber da stand ich auf und hielt Onkel am Ärmel fest. Denn es war mir jetzt klar, was Fräulein S. hatte sagen wollen, und ich hatte das Gefühl, etwas sagen zu müssen, damit sie begriff, daß ich an meinem Glauben an Gott festhielt, mochte sie noch soviel von Positivismus reden. Aber ich war eben schüchtern und stammelte natürlich nur.

„Möchtest du etwas?“ fragte Onkel Oriel.

Doch in diesem Augenblick kam Elin herbeigelaufen und rief mir zu, ich soll doch in die Kinderstube kommen und ihnen helfen, Ostereier anzumalen.

Und da sagte ich nichts mehr zu Onkel Oriel und Fräulein S., sondern ging mit Elin ins Kinderzimmer.

Aber das war sehr feig von mir. Denn ich hätte meinen Glauben an Gott bekennen und mich nicht davonschleichen sollen. Ich hätte meine Schüchternheit überwinden und nicht an Daniel denken sollen, der immer Angst hat, er müßte sich meinetwegen schämen, sondern ich hätte genau wie die alten christlichen Martyrer Zeugnis ablegen müssen. Ja, das hätte ich tun müssen. Ich kam mir auch furchtbar ärmlich vor, als ich ins Kinderzimmer kam.

Immerhin muß ich noch eins sagen; als wir erst so recht beim Eieranmalen waren, ging es bei uns Kindern höchst lustig zu. Wir schmiedeten auch ein paar Verse, die wir mit Bleistift auf die Eier schrieben. Elin war wirklich gewandt im Reimeschmieden, und das ist gar nicht verwunderlich, denn ihr Großvater war ein großer Dichter, und Onkel Oriel kann auch sehr schöne Gedichte machen.

Alle Eier, auf denen Verschen standen, legten wir in ein Körbchen für sich, und Frau B. las sie dann beim Abendbrot vor. Und die Großen waren sehr begeistert davon. Über einen Reim wurde ganz besonders gelacht, der lautete so:

„Oriel, Oriel, Oriel,
Wie viele Schock Eier verzehrst du so schnell?"

Dies hatten Elin und ich zusammengereimt. Und ein anderer Vers von Elin und Marianne lautete:

„Gockel und Hühner und Küchlein dazu,
Allan ißt Eier, und Selma sieht zu."

Das galt mir, weil ich keine Eier mag. Nach dem Essen setzte sich Tante Georgina ans Klavier und stimmte eine Polka an; da machten wir alle einen Kreis und tanzten im Ring herum, gerade wie zu Weihnachten.

Dann aber führte Onkel Oriel die alten und ruhigen Tänze an, ganz so, wie wir es daheim im Sommer machen; und groß und klein waren alle sehr vergnügt.

Ich hatte vollständig vergessen, was Onkel Oriel und Fräulein S. miteinander geredet hatten, bis ich wieder daheim war und mich zu Bett gelegt und das Licht gelöscht hatte und mein Abendgebet sprach.

Doch da war mir, als dürfte ich es nicht wagen, das Vaterunser zu beten, weil ich so furchtbar feig gewesen war.

Ich möchte wissen, ob mir Gott je verzeihen oder ob er mich durch viele schwere Unglücksfälle dafür strafen wird. —

Jetzt ist die Kerze niedergebrannt, nun kann ich nicht mehr weiterschreiben.

Daniel und Tante Georgina und ich waren gestern miteinander unterwegs, als wir an einer Straßenecke in ein Gedränge kamen.

Es stand ein kleiner, steinerner Pfeiler am Rand des Gehwegs (er war nur etwa einen Meter hoch und sicherlich da aufgerichtet, damit bei der scharfen Biegung Wagen und Karren nicht auf den Bürgersteig hinauffahren). Auf diesem steinernen Pfeiler stand eine Katze, auf die drei kleine Hunde Jagd machten. Die Katze war außer sich vor Angst; sie machte einen Buckel, ihre Augen glühten wie Feuer, und sie kratzte mit den Krallen auf dem Stein. Sie hatte gewiß im Sinn, sich so lange als möglich zu verteidigen, sah aber keine Möglichkeit zur Flucht, denn es gab in der Nähe keinen sicheren Ort, wohin sie sich hätte flüchten können. Die Hunde kläfften und richteten sich an dem Pfeiler auf, um die Katze herunterzureißen. Es war ein Glück, daß die Hunde nicht größer waren, denn sonst hätten sie die Katze längst fassen können. Ringsum standen eine Menge Leute und bemitleideten die Katze, aber niemand wußte, wie sie zu retten wäre.

Da trat Daniel vor, packte die Katze ganz ruhig im Nacken, trug sie bis zu einem Hauseingang und ließ sie hinein. Und das war ganz einfach und leicht getan. Die Hunde waren ja sehr klein und durchaus nicht gefährlich, und die Katze hielt sich mit sicherem Griff an Daniels Mantel fest, aber sie kratzte ihn nicht.

Ich kann gar nicht sagen, wie fein das Daniel machte.

Als wir heimkamen, sagte Tante Georgina, Daniel wird gewiß ein ausgezeichneter Chirurg werden, denn er ist so entschlossen und hat eine so nette und flinke Art bei allem seinem Tun.

Am selben Tag nachmittags

Daniel ist heute nach Uppsala zu seinem Studium zurückgereist, und bevor er abreiste, veranstaltete Tante Georgina beim Frühstück noch eine kleine Abschiedsfeier. Als wir noch am Eßtisch saßen, machte Onkel Oriel die Bemerkung, nun wird es bald Frühling, und dann erzählte er, wie man zu seiner Zeit in Uppsala am 1. Mai die Walpurgisnacht gefeiert hat.

Tante Georgina erinnerte sich auch an schöne Frühlingsfeste, bei denen sie gewesen war, und plötzlich fragte sie Daniel, ob in diesem Jahr wohl auch ein Frühlingskonzert oder irgendein Maskenfest gefeiert würde.

Daniel versicherte, daß jedenfalls ein Frühlingsfest stattfindet und wahrscheinlich auch ein Maskenfest, aber es ist davon die Rede gewesen, alles auf ein späteres Datum im Mai zu verschieben, weil man fürchtet, das Wetter wird im Anfang des Monats noch zu unfreundlich sein.

„Ich wünschte, Selma könnte nach Uppsala kommen und dort ein Frühlingsfest mitmachen", sagte Tante Georgina. „Denn das ist ja etwas, was man nie wieder vergessen kann. Und sie hat in ihrem ganzen Leben vielleicht niemals mehr Gelegenheit dazu."

Als nun Tante Georgina das sagte, legte Daniel plötzlich Messer und Gabel hin und knipste mit den Fingern.

„Ja, da hast du recht, Tante!“ rief er. „Und ich hätte fast vergessen, die Einladung von Frau Doktor Hedberg auszurichten.“

Als ich noch klein war, gab es in Sunne einen Doktor, der Hedberg hieß und nach Mårbacka gerufen wurde, wenn jemand krank war. Aber er starb, als ich erst sechs Jahre alt war, und dann zog seine Witwe mit ihren vier Kindern nach Uppsala. Hedbergs sind nicht reich, und sie verdient sich ihren Lebensunterhalt durch Zimmervermieten und einen Kosttisch. Daniel wohnt seit zwei Jahren bei ihr, und unsere Mutter sagt immer, sie ist sehr froh, daß sie ihn dort weiß.

Und jetzt hatte Frau Doktor Hedberg mich zum Frühlingsfest nach Uppsala eingeladen, weil sie seit vielen Jahren mit unseren Eltern befreundet ist, aber Daniel hätte beinahe vergessen, die Einladung auszurichten.

Deshalb bin wohl ich auch ganz im Recht, wenn ich Daniel ein bißchen merkwürdig finde, nicht gegen andere, sondern nur, wenn es sich um mich handelt.

Aber es ist jetzt einerlei, wie Daniel ist, da ich weiß, daß ich in die Stadt kommen werde, wo mein Student wohnt. Ich möchte doch so gern wieder mit ihm zusammentreffen, seit ich hörte, daß er damals unser Gespräch unterhaltend fand. Wenn er auch verlobt ist, das tut gar nichts, denn ich will ja Schriftstellerin werden und will mich weder mit ihm noch mit irgendeinem andern verheiraten, ich möchte mich nur wieder so lange und angenehm mit ihm unterhalten können wie damals im Zug.

DREIZEHNTE WOCHE

Freitag, 18. April 1873

Seit Ostern habe ich jetzt immer schrecklich Angst, weil ich glaube, daß Gott böse auf mich ist. Ich hätte ja damals nicht schweigen, sondern aufstehen und meinen Glauben frei bekennen sollen. Jeden Tag und jeden Augenblick bin ich auf meine Strafe gefaßt.

Im Anfang war ich so unbeschreiblich glücklich über die Aussicht, nach Uppsala reisen zu dürfen und meinen Studenten wiederzusehen. Jetzt aber habe ich Angst, die Reise dorthin wird gewiß durch irgend etwas verhindert werden. Auf diese Weise wird die Strafe mich treffen, und das wäre auch nur gerecht.

Samstag, 19. April 1873

Als ich heute zu Frau Oberst H. in meine englische Stunde kam, war Fräulein Ida von K. bei ihr. Bei meinem Eintritt stand das Fräulein sofort auf, um sich zu entfernen; aber ich sah doch, daß sie geweint hatte, und da sagte ich mir, sie und die Frau Oberst werden wohl etwas Trauriges miteinander besprochen haben.

Die Frau Oberst hatte nicht geweint, aber sie sah ganz bekümmert und betrübt aus, und eine Weile blieb sie noch still sitzen und starrte vor sich hin, ohne zu bemerken, daß ich im Zimmer stand. Schließlich stieß sie einen tiefen Seufzer aus und sagte: „Ach ja, was diese Jugend doch für Unglück anrichten kann!"

Dann wendete sie sich mir zu und begann meinen englischen Aufsatz durchzugehen. Aber einige Male ließ sie Fehler stehen, die drin waren; nicht die Frau Oberst, ich selbst entdeckte sie.

Dann kam die Konversation an die Reihe, und da schlug sie vor, ich soll etwas erzählen. Ich dürfte wählen, was ich wollte, ich sollte nur frisch darauf los berichten. Sie würde mir helfen, wenn ich nicht weiß, wie das eine oder andere Wort auf englisch heißt.

Ich versuchte es mit einer Gespenstergeschichte, die ich in Karl August Nicanders „Gesichte und Stimmen aus dem Verborgenen" gelesen hatte. Aber die Frau Oberst hatte ihre Gedanken wohl ganz wo anders, denn sie war diesmal gar nicht flink bei der Hand, mir zu helfen, wenn ich in meinem Englisch steckenblieb.

Ein wenig war sie aber meiner Erzählung doch gefolgt, denn als ich damit fertig war, sagte sie, sie hat Gespenstergeschichten nie für besonders unheimlich gehalten, denn man merkt es ihnen fast immer an, daß sie erfunden sind.

Nein, die tatsächlich unheimlichen Geschichten, das sind doch wohl die, die sich im wirklichen Leben zutragen.

Darauf erzählte sie mir etwas, was sich hier in Stockholm in ihrer Jugend ereignet hat, ehe sie nach St. Barthélemy zog.

„Vier Studenten von Uppsala", begann sie, „fuhren an einem Samstagvormittag nach Stockholm, um, na ja, einfach um sich zu amüsieren. Wie sie hießen, kann ja einerlei sein, aber einer von ihnen studierte Medizin, und die drei andern wollten Juristen werden. Alle vier waren recht gut Freund miteinander; aber die drei Juristen hielten schon seit mehreren Jahren zusammen, während sich der Mediziner ihnen erst kürzlich angeschlossen hatte.

In Stockholm angekommen, fuhren sie sofort in ein kleines „Hotel garni" (ja, so sagte die Frau Oberst) an der Norra-Smedje-Straße, wo sie gewöhnlich abstiegen. Aber das Gasthaus war sehr besetzt, nur ein einziges Zimmer war noch frei.

Und dieses Zimmer war außerdem ganz klein und hatte nur ein einziges Bett; die Wirtin versprach aber, noch zwei Betten hineinschaffen zu lassen, damit drei von den Studenten da schlafen könnten. Für den vierten aber könnte sie durchaus keinen Platz schaffen.

Nun, während die Studenten noch zögerten, ob einer von ihnen oder alle miteinander wieder fortgehen sollten, machte eine Aufwärterin, die eben vorbeiging, die Bemerkung, diese jungen kecken Herren könnten eigentlich keine Angst davor haben, im Geisterzimmer zu schlafen. Die Wirtin gebot ihr Schweigen, sie wollte nicht gern wissen lassen, daß es in dem Gasthaus ein Geisterzimmer gab; aber die Studenten hatten die Bemerkung der Aufwärterin aufgeschnappt und gaben nicht nach, bis die Wirtin sie in ein Zimmer führte, das ziemlich groß war und auch schön und einladend gewesen wäre, wenn ordentliche Möbel darin gestanden hätten. Jetzt aber war fast nichts anderes darin als ein großes Doppelbett und eine Menge leere Kisten und Koffer.

„Ja, meine Herren, wie Sie sehen, ist dies unsere Rumpelkammer", sagte die Wirtin. „Dieses Zimmer könnte das behaglichste im ganzen Gasthaus sein; aber es spukt hier, und so ist es unmöglich, irgendeinen Gast darin schlafen zu lassen."

Die Studenten dachten vermutlich, das klingt höchst romantisch, und sie wollten nun genau wissen, was denn das für ein Gespenst war, das hier umging. „Ja, es sollen drei Gestalten in weißen Mänteln sein", sagte die Wirtin. Sie selbst hätte sie nie gesehen, aber viele, viele andere seien mitten in der Nacht zu Tode erschrocken ganz außer sich aus diesem Zimmer herausgestürzt.

Als die Frau Oberst soweit in ihrer Erzählung war, konnte ich nicht umhin, zu denken, dies fängt genau wie eine gewöhnliche Spukgeschichte an, aber ich wollte sie mit keiner Bemerkung unterbrechen.

Die Frau Oberst mußte aber jedenfalls gefühlt haben, was ich dachte, denn sie lachte ein wenig und sagte: „Ja, du hast gewiß schon viele Gespenstergeschichten gehört, die auf diese Weise anfingen, und du weißt wohl auch schon, wie es hier weiterging."

„Es ging wohl so, daß einer von den Studenten sagte, er hätte sich sein ganzes Leben lang gewünscht, einmal eine Nacht in einem Gespensterzimmer zu schlafen", sagte ich.

„Ganz richtig", erwiderte die Frau Oberst. „Der Mediziner versicherte, er verlange nichts anderes. Es würde ihm das größte Vergnügen machen, zu beweisen, daß es weder ein Gespenst, noch zwei, noch drei in diesem Zimmer gibt, wenn ihm nur erlaubt würde, eine Nacht darin zu schlafen."

„Und die Wirtin ging darauf ein?"

„Ja, sie ging darauf ein. Er versprach ihr, wenn sie das Zimmer so weit in Ordnung bringe, daß er darin schlafen könne, so werde sich niemals mehr ein Gespenst darin zeigen, und das war natürlich sehr verlockend. Sie kamen überein, daß alle vier Studenten dableiben sollten. Die Juristen sollten in dem kleinen Zimmer schlafen und der Mediziner in der großen Rumpelkammer."

„Ja, und wie ging es dann?"

„Nun", fuhr die Frau Oberst fort, „sobald das ausgemacht war, gingen die Studenten fort und machten sich einen vergnügten Abend. Obgleich, das ist wahr, und ich darf nicht vergessen zu erwähnen, der Student, der in dem Gepensterzimmer schlafen sollte, sofort in ein Waffengeschäft ging und sich einen Revolver kaufte. Er teilte seinen Kameraden mit, er würde den Revolver geladen auf den Nachttisch legen, und das erste Gespenst, das sich zu zeigen wagte, soll niedergeschossen werden."

Sonntag, 20. April

Auf dem Sofa im Kinderzimmer

Ich konnte gestern nicht mehr weiterschreiben, heute aber bin ich erkältet und habe Halsweh, deshalb hat mir Tante Georgina verboten, auszugehen. Aber ich bin jedenfalls nicht so krank, daß ich nicht Tagebuch schreiben kann, und da Ulla mit Elin und Allan in die Kirche gegangen ist, bin ich den ganzen

Vormittag allein, und so hoffe ich, daß ich mit der Erzählung der Frau Oberst fertig werde.

Nun, die Frau Oberst sagte: „Als die Studenten spät bei Nacht in ihr Gasthaus zurückkehrten, war das Gespensterzimmer geputzt und aufgeräumt und möbliert, daß es richtig einladend aussah. Bei den Juristen drinnen war es eng und unbequem, und sie schlugen vor, einer von ihnen sollte bei dem Mediziner schlafen. Davon aber wollte dieser nichts hören. Er meinte, wenn er nicht allein ist, dann wird sich gewiß kein Gespenst zeigen. ‚Und vergeßt nicht, ihr Jungen', sagte er und warf den Kameraden einen mißtrauischen Blick zu, ‚falls es einem von euch einfallen sollte, als Gespenst aufzutreten, so liegt der Revolver hier auf dem Nachttisch, und ich werde ohne Erbarmen losschießen.'

Darauf gingen alle die jungen Herren zu Bett, und der Gast im Gespensterzimmer schlief wohl sehr schnell ein.

Aber er hatte das Licht auf dem Nachttisch nicht gelöscht, und als er mitten in der Nacht davon erwachte, daß die Tür sich öffnete, sah er sofort, daß drei Gestalten hereinkamen, die vom Kopf bis Füßen in weiße Laken gehüllt waren. Gesichter waren nicht zu sehen, auch keine Hände, keine Füße, alle drei waren ganz weiß.

Der, der im Bett lag, stützte sich auf den Ellbogen und lachte die drei laut aus.

‚Was seid ihr doch für Narren', rief er. ‚Meint ihr denn, ihr könnt mir auf diese Weise Angst einjagen? Ich kenne euch alle drei. Macht nur, daß ihr fort und in euer Bett kommt!'

Er wiederholte auch mehrmals, daß er sie erkenne, und befahl ihnen, mit diesem dummen Spaß aufzuhören. Aber die drei Gespenster blieben in kurzer Entfernung vor dem Bett regungslos stehen. Er konnte sie nicht dazu bringen, eine Bewegung zu machen, noch eine Antwort zu geben.

Da wurde der Mediziner ärgerlich und griff zum Revolver, den er wirklich auf dem Nachttisch liegen hatte. ‚Denkt daran, was ich euch gesagt habe', rief er. „Wenn ihr nicht fortgeht, dann schieß ich. Marsch, hinaus mit euch!'

Aber es war alles vergeblich. Die drei Gespenster blieben auf dem gleichen Fleck stehen.

Da schoß der Student. Der Schuß ging los; er versagte nicht, Feuer und Rauch erfüllte das Zimmer, und der Mediziner erwartete, daß eine der Gestalten, auf die er gezielt hatte, umfallen würde. Aber nein, die Kugel flog zurück, klatschte gegen die Wand hinter seinem Bett und rollte auf den Boden. Er konnte nichts anderes denken, als daß die Gestalt, auf die er gezielt hatte, kugelfest war.

Der Student fluchte laut; und gerade, wie wenn er alle Besinnung verloren hätte, zielte er noch einmal und schoß auf die nächste Gestalt. Es war genau wie vorher. Die Kugel prallte zurück und schlug gegen die Wand, worauf man deutlich hörte, wie sie auf dem Boden weiterrollte.

Jetzt fluchte der Student nicht mehr, sondern die Augen quollen ihm aus dem Kopf vor lauter Entsetzen. Immerhin schoß er noch einmal, aber als es genau wieder so war wie vorher und die Kugel auch von dem letzten Gespenst zurückprallte, stieß er einen lauten, gellenden Schrei aus, der kein Ende nehmen wollte. Er war wahnsinnig geworden, darüber konnte kein Zweifel mehr herrschen."

„Aber Tante", sagte ich zu der Frau Oberst, „ist das nicht eine richtige Gespenstergeschichte?"

„Nein, nein", versetzte die Frau Oberst, „das ist es eben nicht. Denn siehst du, es waren eben die Kameraden, die untereinander ausgemacht hatten, dem kecken Mediziner einen Streich zu spielen. Es war ihnen geglückt, die Kugeln in dem Revolver unbemerkt mit blinden Patronen zu vertauschen, und die richtigen Kugeln hielten sie in der Hand, als sie, in Laken gehüllt, in des Mediziners Schlafkammer kamen. Als der Student schoß, warf jeder seine Kugel gegen die Wand, genau wie wenn sie von ihm abgeprallt wäre, und der arme Kerl, der sich nicht mehr klar machen konnte, was möglich und wirklich war, verlor den Verstand."

„Aber er wurde wohl wieder gesund?" fragte ich.

„Nein, er wurde nicht wieder gesund. Er schrie und raste und fuhr auf die drei Kameraden los, um sie zu erwürgen. Es entspann sich ein wilder Kampf, und als die Leute herbeikamen — denn das ganze Gasthaus war ja bei dem Schießen und dem unheimlichen Tumult wach geworden — und er sah, daß er überwältigt werden würde, ergriff er ganz rasch den Revolver und erschoß sich."

„Er hat sich erschossen?"

„Ja, es waren ja nur drei blinde Schüsse darin gewesen, die andern hatten richtige Kugeln."

„Das ist aber entsetzlich."

„Ja, nicht wahr?" sagte die Frau Oberst. „Ist das nicht viel umheimlicher als alle Gespenstergeschichten?"

„Doch, das ist es ganz gewiß, Tante“, antwortete ich. „Aber wie ging es mit den andern? Sie hätten eigentlich ins Gefängnis kommen müssen?“

Die Frau Oberst sah etwas verwirrt aus.

„Ich erinnere mich wirklich nicht, was mit ihnen geschah“, sagte sie. „Es ist so viel Jahre her. Ich glaube, die Sache wurde vertuscht. Und es steht wohl auch keine Strafe darauf, wenn man sich als Gespenst verkleidet.“

Auf dem Tisch neben der Frau Oberst stand eine kleine Uhr, und ich sah jetzt, daß meine Zeit schon abgelaufen war, und so stand ich auf, um zu gehen.

„Ja, es ist herrlich, wenn man jung ist“, sagte die Frau Oberst. „Aber es ist auch sehr gefährlich. Nur ein einziger Mißgriff, und dann ist ein ganzes Leben zerstört.“

Während ich von der Frau Oberst nach Hause ging, konnte ich es nicht lassen, über die Geschichte mit den vier Studenten nachzugrübeln. Ich hielt sie doch für wahr, denn die Frau Oberst war so ernst, ja geradezu erschüttert gewesen, während sie sie erzählte, aber es war eben doch etwas Sonderbares daran. Hatte es zum Beispiel zu der Zeit, als die Frau Oberst noch jung war, also vor ungefähr dreißig Jahren, in Schweden schon Revolver gegeben? Das hätte ich sehr gern gewußt.

Wenn es aber zu jener Zeit noch keine Revolver gab, dann war vielleicht die ganze Geschichte erfunden? Oder vielleicht verhielt es sich so, daß sie nicht alt war, sondern sich erst ganz kürzlich zugetragen hatte, und daß die Frau Oberst nur sagte, sie hat sie in ihrer Jugend erzählen hören, damit ich nicht errate, um wem es sich handelt? Und was hätte es denn geschadet, wenn sie mir die Namen der Studenten genannt hätte, falls die Geschichte wirklich alt war?

Es ist ja höchst sonderbar, daß Fräulein von K. gerade bei der Frau Oberst war, und daß sie geweint hatte. Fräulein von K. sieht nicht aus, als ob sie um ein Bagatelle weinen würde. Ach, wenn ihrem Bräutigam was zugestoßen wäre! Wenn er der Mediziner ist, der wahnsinnig geworden ist und sich erschossen hat!

O nein, so schlimm kann es wohl nicht sein.

Eine so harte Strafe kann Gott mir für das, was zu Ostern geschehen ist, nicht auferlegen. Das wäre nicht gerecht. Er weiß ja, wie schwer es mir fällt, etwas zu sagen, wenn viele Leute zuhören, und wie schüchtern ich Onkel Oriel und Daniel und Fräulein S. gegenüber bin.

Und außerdem bin ja ich es, die gestraft werden soll, und nicht der Student.

Nein, das, was mir die Frau Oberst erzählt hat, ist wohl etwas, was mit ihr selbst in Verbindung steht.

Ich habe versucht, herauszubringen, wie das zusammenhängt. Den ganzen Nachmittag hab ich gestern gegrübelt, aber ich bin mir über den Zusammenhang nicht klar geworden. Und auch jetzt habe ich noch keine richtige Erklärung gefunden.

Außerdem ist gestern noch etwas passiert, was sehr merkwürdig ist.

Aber jetzt kommt Ulla mit Elin und Allan aus der Kirche zurück, und so ist es am besten, ich höre für heute mit Schreiben auf.

Montag, den 21. April

Heute geht es mir besser; aber Tante Georgina meinte doch, ich soll noch zu Haue bleiben, bis ich wieder ganz gesund bin. Deshalb kann ich jetzt, so lange ich will, Tagebuch schreiben.

Ja, nun muß ich vor allem von dem Merkwürdigen berichten, was am Sonnabend geschehen ist. Als ich von meiner englischen Stunde heimkam, war ich sehr verwundert, denn Onkel Oriel saß an dem großen Tisch im Eßzimmer und hatte einen Haufen Papiere vor sich liegen. (Onkel Oriel kommt sonst nie vor halb vier nach Hause, und jetzt war es erst ein Viertel nach zwei Uhr.) Er hatte die Decke vom Tisch genommen und versuchte, ein unheimliches Durcheinander von Papierbogen und Zettelchen zu ordnen.

Es sah aus, als wenn alle die Papiere vorher fest zusammengerollt gewesen wären, denn jetzt rollten sie sich auf und bogen sich um, daß Onkel Oriel die größte Mühe hatte, mit ihnen fertig zu werden. Er winkte mich herbei, damit ich ihm helfe, die Bogen nach der andern Seite hin zu rollen, und das tat ich natürlich gern.

Die Papiere waren mit einer schönen Handschrift ganz voll geschrieben; aber ich machte ruhig weiter, um Onkel Oriel zu zeigen, daß ich nicht neugierig war, und ich schaute dabei gerade aus. Aber Onkel Oriel hat eine merkwürdige Fähigkeit, zu erraten, was man denkt; denn plötzlich lachte er hell auf und sagte, diesen Schund dürfte ich gern lesen. Und gleich darauf schob er mir einen ganzen Haufen von den Papieren zu. „Hier nimm und sieh nach, was das eigentlich ist“, sagte er. Nun, darum brauchte Onkel

Oriel mich nicht zweimal zu bitten, wie es in den Romanen heißt. Es kam mir ganz feierlich vor, daß ich ein Manuskript lesen durfte, etwas, was später gedruckt werden sollte. Ich breitete also das oberste Blatt aus und fing an zu lesen.

ELISIF

Versschauspiel in fünf Akten und acht Bildern

Dies und sonst nichts stand auf der ersten Seite.

Es war außerordentlich schön geschrieben, ganz wie gedruckt, so daß es besonders einladend und vielversprechend aussah.

Auf der zweiten Seite stand das Personenverzeichnis. Es war furchtbar lang, mit großartigen Namen von Königen und Rittern und Bischöfen und adeligen Damen und Klosterfräulein. Die großen Buchstaben waren besonders schön verziert mit vielem krausen Schnörkelwerk, und die Liste war so lang, daß sie das ganze Blatt ausfüllte.

Auf der dritten Seite war zu lesen: „Erster Akt. *Erster Auftritt*", und dann folgte die sehr genaue Beschreibung eines schwedischen Schlosses aus dem Mittelalter. Vielerlei war aufgezählt: Altane und Mauerzinnen und Türme und Treppen und ein epheuumrankter Torweg. Alles war sehr schön und sorgfältig aufgezeichnet, man hätte es sofort zum Buchdrucker schicken können.

Auf der vierten Seite erfuhr man, wer im ersten Akt auftrat, nämlich lauter deutsche Landsknechte, die im Solde König Albrechts von Mecklenburg standen. Sie saßen im Schloßhof an einem Tisch, pokulierten und sangen ein schwedisches Trinklied.

Die fünfte Seite begann mit dem Trinklied der Landsknechte. Es lautete:

„Im Sonnenbrand,
Schwert in der Hand,
Ziehn wir im Lauf
Den Berg hinauf!"

Und weiter nichts mehr.

„Nun", fragte Onkel Oriel, „hast du etwas gefunden?"

„Ja, hier ist der Anfang eines Schauspiels, das *Elisif* heißt", sagte ich.

„Ja, und was meinst du, was ich hier habe?" erwiderte Onkel Oriel, indem er auf zwei Haufen deutete, die er durchgegangen hatte. „Das ist auch der Anfang eines Schauspiels, das *Elisif* heißt."

„Aber, Onkel, ist es sonst nichts?"

„Wahrhaftig, ich glaube, daß alles miteinander nur eine Schönschrift ist."

Jetzt sagte ich etwas, was gewiß sehr dumm war.

„Sag, Onkel, hast du es geschrieben?" fragte ich.

Aber er erwiderte sofort:

„Schämst du dich nicht, mich zu fragen, ob ich jemals meine Zeit damit verschwendet habe, solchen Blödsinn niederzuschreiben?"

Ich antwortete ich hätte gedacht, daß Onkel Oriel es vielleicht vor langer, langer Zeit geschrieben hat, als er noch Student oder Schuljunge war.

„Na ja, wenn du es durchaus wissen willst, so kann ich dir sagen, daß ich dieses Paket heute mit der Post aus Uppsala erhalten habe. Einer meiner Freunde dort, der der Vormund, oder wie man es sonst nennen will, eines dortigen Studenten war, der nichts weiter als ein Herumtreiber und Taugenichts gewesen ist, hat es mir geschickt, denn nun ist der dumme Kerl hingegangen und hat sich erschossen. Diese Papiere hier sind wahrscheinlich seine ganze Hinterlassenschaft, und nun bittet mich mein Freund, den ganzen Wust durchzugehen und ihm zu sagen, ob es etwas taugt."

„Onkel", sagte ich, „wie hieß der Student, der sich erschossen hat?"

Aber Onkel meinte wohl, ich hätte nun genug zu wissen bekommen. Gerade wie vorhin die Frau Oberst sagte auch er, der Name tut nichts zur Sache, und es ist einerlei, wie er geheißen hat.

Wenn sie nur ahnten, wie wichtig es für mich ist, das zu erfahren!

Das Gespräch mit Onkel Oriel wurde nicht fortgesetzt, weil das Mädchen hereinkam, den Eßtisch zu decken. Und es war gut, daß sie kam, denn als Onkel auch wie die Frau Oberst von einem Studenten sprach, der sich erschossen hat, bekam ich einen furchtbaren Schrecken. Das ganze Zimmer drehte sich vor meinen Augen im Kreise. Ich wäre sicher ohnmächtig geworden, hätte ich nicht ins Kinderzimmer gehen und mich aufs Sofa legen können.

REISE NACH UPPSALA

Freitag, den 9. Mai

Im Zug zwischen Stockholm und Uppsala

Ich habe mein Tagebuch in die Reisetasche gesteckt, weil ich im Winter, als ich nach Stockholm reiste, so besonders gut während der Fahrt schreiben konnte. Und jetzt sitze ich wie damals in der Ecke des Wagenabteils mit dem Bleistift in der Hand, das Buch vor mir.

Aber was ist nicht alles seit damals geschehen! Jetzt ist das Tagebuch fast vollgeschrieben, und ich fürchte, wenn ich in Uppsala noch einiges erlebe, werde ich kaum noch Platz dafür haben.

Und doch ist da so viel, von dem ich nichts berichtet habe. Wenn ich jetzt in dem Buch blättere, sehe ich wohl, daß von meinem Studenten auf jeder Seite oder auf jeder zweiten Seite etwas steht, aber sonst ist eben noch sehr vieles andere da, das ich weggelassen habe. Von keiner einzigen Theatervorstellung habe ich erzählt, und ich bin doch recht oft im Schauspielhaus und in der Oper gewesen. Beim letzten Mal, wo ich in der Oper war, hab ich Arvid Ödmanns Debüt als Pamino in der Zauberflöte erlebt, und das hat mich sehr gefreut, weil Arvid Ödmann in Karlstadt in die Schule gegangen ist und auch Daniel und Johan in Mårbacka besucht hat. Die Zauberflöte war eigentlich eine recht langweilige Oper, nur die Musik ist schön. Ich meine, es müßte jemand hergehen und zu dieser Musik einen neuen Text, Libretto heißt es wohl, dichten.

Es ist wirklich recht schmählich von mir, daß ich sehr viel ausgelassen habe. Nichts habe ich geschrieben von der feinen Abendgesellschaft, die Onkel und Tante gaben, und bei der eine Menge vornehme Leute eingeladen waren, und nichts habe ich davon erzählt, daß Onkel Christofer eine ganze Woche lang in Stockholm war, um sich zu amüsieren, und daß er uns alle miteinander zu einem Mittag nach dem prächtigen Restaurant Hasselbacken und zu einer Wagenfahrt durch den Tiergarten eingeladen hat. Es war ganz herrlich; aber davon hab ich wahrhaftig nicht den kleinsten Buchstaben geschrieben.

Jetzt, nachdem die Nachmittage heller geworden sind, ist Tante Georgina auch sehr oft mit uns Kindern spazieren gegangen. Sie hat uns das Schlößchen Haga mit seinen komischen Kupferzelten gezeigt, die aber gar keine Zelte sind, sondern nur Wandschirme für die königlichen Ställe und Wirtschaftsgebäude. Am allerbesten gefiel mir das königliche Waldschloß, das Gustaf III. bauen wollte, das aber nicht weiter kam, als bis zum Erdgeschoß. Den neuen Kirchhof haben wir auch gesehen und Solna und das Tor Karls XV., das aber gar kein Tor ist, sondern nur ein Weg, den man durch eine Felswand gesprengt hat. Und etwas sollte ich wohl auch nicht auslassen: Als wir mit Onkel Christofer die Wagenfahrt machten, hielten wir auf der Tiergartenebene an und besuchten eine Vorstellung des Kasperltheaters, von dem Onkel Christofer sagt, das ist fast das unterhaltendste Theater in Stockholm. Und an der Bellmansruhe waren wir auch und sahen die Büste des großen Dichters; aber mir kam sie recht schwer und klotzig vor. Sie war durchaus nicht so schön wie das Porträt von Bellman, das daheim auf Mårbacka über dem Klavier hängt.

Ein paarmal bin ich mit Tante auch bei dem alten Fräulein Modensvärd im Heim für „Pauvres honteux" gewesen. Ja, das verhält sich so: Fräulein Modensvärd in den „Pauvres honteux" war sehr befreundet mit einer alten Tante von Onkel Oriel, die immer Tante Beate genannt wurde, und Tante Beate war ihrerseits wieder sehr befreundet mit Fredrika Bremer, die sehr gut gewesen sein muß, stiftete ein Freizimmer in dem Heim für „Pauvres honteux" mit der Bedingung, daß Tante Beate dort bis zu ihrem Tode wohnen bleiben darf. Dann hat deren Freundin, Fräulein Modensvärd, Fredrika Bremers Freizimmer geerbt. Aber nicht nur Fräulein Modensvärd hat das Freizimmer geerbt, sondern auch Tante Georgina. Tante besucht Fräulein Modensvärd sehr oft; diese kommt auch häufig zu Tante Georgina, und sie bleibt dann immer mit ihrer Handarbeit den ganzen Tag da. Sie stickt immer ganz wunderschön auf Tüll, und mitten auf die Stickerei stickt sie dann noch eine Fliege, die so täuschend lebendig aussieht, daß die Leute sie immer wegjagen wollen. Und das macht Fräulein Modensvärd einen Riesenspaß. Tante Georgina gefällt es besonders gut bei den alten Damen in den „Pauvres honteux", und bisweilen sagt sie, wenn sie erst alt wäre, würde sie ganz gern dort wohnen; aber ich glaube, das würde gewiß sehr schwer für sie sein, und es tut mir weh, wenn sie so spricht.

Es sind heute sehr viele Leute im Zug, der Wagen ist ganz besetzt, und alle reden durcheinander, deshalb ist es schwer für mich, meine Gedanken zusammenzuhalten. Hier neben mir auf der Bank sitzen zwei junge Mädchen, die nur immer wiederholen, wie glücklich sie sind, daß sie zum Frühlingsfest nach Uppsala dürfen. Und ich wäre auch glücklich, wenn es mir nicht gar so unheimlich zumute wäre, weil mein Student sich erschossen hat.

Ich weiß es ja nicht ganz gewiß, aber es ist mir fast unmöglich, etwas anderes zu glauben. Warum hätte sonst Fräulein von K., bei der Frau Oberst geweint, und warum wäre die Frau Oberst auf den Gedanken gekommen, mir gerade damals die Geschichte von den vier Studenten zu erzählen, die sicherlich nicht so alt war, wie sie sagte? Und warum sollte Onkel Oriel am selben Tag die Nachricht bekommen haben, daß sich ein Student erschossen hätte? Es muß doch irgendein Zusammenhang in allem sein.

Ich frage mich immer wieder, ob es noch eine andere Erklärung dafür geben könnte; aber ich kann den Gedanken, daß mein Student sich erschossen hat, durchaus nicht los werden. Und ich habe fast Angst davor, nach Uppsala zu kommen, denn da erfahre ich natürlich alles genau. Es ist eben doch schön, solange man noch keine volle Gewißheit über ein Unglück hat.

Als ich heute morgen in den Zug stieg, glaubte ich ganz bestimmt, einen Schein von Fräulein von K. gesehen zu haben; aber es war ein solches Gedränge, daß ich nicht genau sehen konnte, ob sie es wirklich war. Wenn sie nach Uppsala fährt, so wäre das ein gutes Zeichen, denn zum Frühlingsfest würde sie gewiß nicht reisen, falls der Bräutigam tot wäre.

Jetzt sehe ich ein rotes Schloß auf einem hohen Hügel. Und die Mitreisenden nehmen ihre Sachen von den Brettern oben herunter. Wir müssen also schon in Uppsala sein. Merkwürdig, wie schnell die Zeit vergeht, wenn man Tagebuch schreibt.

Am gleichen Tag abends sechs Uhr

Im Salon der Frau Doktor Hedberg

Daniel war am Bahnhof, als ich heute vormittag eintraf, und dann begleitete er mich zu Frau Doktor Hedberg, die mich sehr freundlich aufnahm und mir sogleich anbot, ich soll Tante zu ihr sagen. Sie fragte mich, ob ich mich von der Sunner Zeit noch an sie erinnern kann, und ich sagte, ich weiß noch, daß sie bei Großmutters Begräbnis dabei war und ein Kleid von schwarzem Taft anhatte.

Das kam ihr höchst merkwürdig vor; aber ich weiß genau, warum ich mich an sie erinnere; ich hatte nämlich mit der Hand an dem Taftrock heruntergestrichen, und da hatte der Stoff geknistert, wie wenn ein Vögelchen piepst; das hatte mir besonders gut gefallen.

Frau Doktor Hedberg hat einen Sohn und eine Tochter zu Hause. Der Sohn heißt Adolf und ist Student, und die Tochter heißt Cora, und ich glaube, sie gibt Musikunterricht. Beide sind ganz erwachsen (es gibt auch in Uppsala keine Vierzehnjährigen) und beide sind kurzsichtig. Ihre Kneifer sitzen an der losen Haut über der Nasenwurzel höchst sonderbar festgeklemmt, und das muß ich immer ansehen. Es ist, als sähen sie dadurch überlegener und strenger aus, als wenn der Kneifer wie bei anderen Leuten sitzt, und deshalb bin ich ordentlich bange vor ihnen.

Frau Doktor Hedberg hat ein ziemlich großes Eßzimmer (doch ist es nicht halb so groß wie das Eßzimmer bei Onkel Oriels) mit dem Eßtisch in der Mitte und kleinen Tischen und Stühlen an beiden Seiten entlang. Eigentlich sieht es ein wenig verbraucht und ärmlich bei ihr aus; aber das kommt wohl daher, daß so viele Studenten hier ihre Mahlzeiten einnehmen. Sie hat auch einen Salon, der zwar sehr klein, aber höchst elegant ist. Ich glaube, in diesen Salon hat gewiß noch nie ein Student auch nur die Nase hineingesteckt.

Zuerst wurde Kaffee getrunken, und dann blieben wir noch eine Weile sitzen und führten eine gebildete Konversation, wie Fräulein W. von Västerås gesagt haben würde.

Es war natürlich sehr dumm von mir, aber ich fühlte mich da bei Frau Doktor Hedberg sehr unglücklich. Ach, wir haben ja daheim auf Mårbacka immer so viel von Uppsala reden hören, und das klang immer, als ob Uppsala der schönste, beste und herrlichste Ort der ganzen Welt wäre. Jetzt aber kam mir hier alles furchtbar klein und eng vor, und Frau Doktor Hedberg seufzte immer wieder tief auf, so oft sie davon redete, wie gut sie es einst in Sunne gehabt hat; es tat mir ganz weh. Ich glaube, es gefällt ihr gar nicht, daß sie Studenten in Kost und Logis bei sich haben muß, und ihren Kindern geht es ebenso; diese aber beklagten sich nicht darüber; sie sahen nur aus, als wäre es unter ihrer Würde, an so etwas Gewöhnliches wie Studenten zu denken.

Glücklicherweise dauerte aber die Unterhaltung nicht sehr lange, sondern Daniel stand auf und sagte, jetzt ist es Zeit, sich für das Konzert fertigzumachen.

Das Konzert der Studenten war wunderschön. Es war das schönste, das ich je gehört habe. Weder im Opernhaus noch in der katholischen Kirche habe ich ein schöneres gehört.

Und auf dem Hinweg war es ganz besonders festlich.

Vorher, als ich mich in den kleinen Zimmern bei Frau Doktor Hedberg befand, hatte ich, wie schon gesagt, durchaus nicht das Gefühl, in Uppsala, in der Stadt der Studenten, zu sein. Aber als Daniel und ich den Karolina-Hügel hinauf gingen und ich die vielen weißen Studentenmützen und außerdem noch eine Menge andere Leute um mich her sah, da machte sich allmählich ein ganz anderes Gefühl geltend.

Ich sah viele hübsche junge Mädchen, die sicherlich des Frühlingsfestes wegen nach Uppsala gekommen sind und von Studenten begleitet waren, die ganz glückselig aussahen, weil sie die jungen Damen bei sich hatten. Es kamen alte Herren, und Daniel sagte, das sind Professoren der Universität, und sie sahen sehr hochgelehrt und komisch aus, gerade wie wenn sie eine ganz andere Art von Leuten wären, als die ich bis jetzt gesehen habe. Und dann kamen mehrere fröhliche dicke Frauen daher, vor denen alle Studenten die Mützen zogen, weil sie die Inhaberinnen ihrer „Futterstellen“ (so nennen die Studenten die Orte, wo sie essen) waren. Ein Student kam zu Daniel und tat ganz verzweifelt, weil seine Mutter und seine vier Schwestern und sechs Basen nach Uppsala gekommen waren, und nun hatte er für diese ganze Schar nicht genug Eintrittskarten zum Konzert bekommen können. Ein anderer Student kam mit einer dicken alten Frau den Berg heraufgeschnauft. Daniel machte mich auf diese beiden aufmerksam und sagte, die dicke Frau ist eine Munkebro-Madam aus Stockholm, die das ganze Jahr vom Morgen bis zum Abend in ihrem Stand sitzt und Eier und Gemüse verkauft, damit ihr Sohn studieren kann. Nur an dem Tag, wo das Frühlingsfest in Uppsala stattfindet, gönnt sie sich einen freien Tag. Da fährt sie hierher, und dann sind sie und der Sohn seelenvergnügt.

Mitten in all dem Trubel hörte ich plötzlich jemand rufen: „Hallo, Selma, bist du in Uppsala?“ Und das war Adolf Noreen, der mit langen Sätzen den Berg heraufstürmte, um uns einzuholen. Er legte den Arm um mich und hätte mich beinahe geküßt, denn die Noreens sind ja immer ganz besonders herzlich. Nach Adolf Noreen kam Erich Henrik Lindh aus Philipstadt, der Karl August Wallroths Hauslehrer auf Gårdsjö war und jetzt mit Adolf Noreen zusammenwohnt; er soll über die Maßen gelehrt und sehr sparsam und ordentlich sein. Dort beim Eingang traf ich auch Anders Lagerlöf, den Sohn von Papas Vetter, Doktor Magnus Lagerlöf in Christinehamn. Mit Anders Lagerlöf bin ich besonders gut Freund, denn er kommt immer zum siebzehnten August nach Mårbacka, und ich freute mich sehr über das Wiedersehen mit ihm. Zuletzt kam auch noch Vetter Theodor Hammargren angerannt. Er sollte im Konzert mitsingen, denn er hat eine prachtvolle Stimme, war nun aber beinahe zu spät dran, und so hatte er keine Zeit, sich noch aufzuhalten, um uns zu begrüßen, deshalb winkte er uns nur zu.

Alles zusammen war sehr unterhaltend und wunderschön. Auch das Wetter war recht schön. Alles war genau so, wie es in Uppsala sein sollte.

Gerade als wir hineingehen wollten, erblickte ich Ida von K. Diesmal war kein Zweifel möglich, sondern sie war es bestimmt. Sie befand sich in Gesellschaft von einem kleinen, recht beleibten, alten Herrn und einer großen, schönen, stattlichen Frau. Das waren wohl ihre Eltern.

Von ihrem Bräutigam war nichts zu sehen; aber mir wurde jedenfalls ganz froh zumut, denn nun war ich ja ganz sicher, daß mit ihm alles in Ordnung war.

Ich wünschte, ich könnte es aussprechen, wie schön es war, die Studenten singen zu hören. Wie soll ich es beschreiben? Wenn man sich vorstellen könnte, daß es einen Wald gibt, der lauter Blätter aus ganz dünnem Stahl hat, kleine klingende Blätter auf langen, leicht beweglichen Stielen, und es weht bald ein starker Sturm und bald ein leises Säuseln, das die kleinen stählernen Blätter in Bewegung setzt. Ich möchte wissen ob das so klingen würde, wie wenn die Studenten singen.

Oder wenn man sich vorstellen könnte, daß eine große Wolke über den Himmel dahergezogen kommt, und sie ist nicht gefüllt mit Regen, sondern mit Tönen, die auf einen herabströmen, und daß man gleichzeitig Donnergetöse hört und Sonnenschein sieht.

Nein, ich kann nicht beschreiben, wie es ist, wenn man Studentenchöre hört. Damit muß ich warten, bis ich alt werde.

Als wir dann wieder zu Frau Doktor Hedberg heimkamen, war es Zeit zum Mittagessen. Alle die eingemieteten Studenten waren im Eßzimmer versammelt, und ich wurde ihnen vorgestellt, aber ich weiß nicht mehr, wie sie hießen, denn ich kann nur schwer Namen behalten. Ich saß an demselben Tisch wie Frau Doktor Hedberg, und da saßen auch Daniel und Cora Hedberg und Vetter Theodor Hammargren, denn er ist auch einer von Frau Hedbergs Kostgängern.

Während des ganzen Essens wurde von nichts anderem gesprochen, als wie es wohl mit dem Fest am Abend gehen wird. Das Wetter hatte sich verändert, und es war trüb und windig geworden, und die meisten prophezeiten Regen. Wenn es aber regnete, fiel natürlich der Maskenzug aus; und das Fest im Botanischen Garten, wo Professor Montan die Rede auf den Frühling halten sollte und dann Volkslieder gesungen und Punsch getrunken werden sollte, mußte unterbleiben.

Als wir fertig gegessen hatten, war das Wetter noch immer zweifelhaft. Einige von den Studenten behaupteten, das Fest würde stattfinden, auch wenn es ein wenig regnete, aber andere sagten, das wäre ganz ausgeschlossen. Denn was für ein Vergnügen könnte ein Maskenzug bei Regenwetter bieten?

Schließlich erboten sich die meisten von den Kostgängern, hinzugehen und sich zu erkundigen, wie alles werden würde, und sie sagten, sie würden dann wieder herkommen und Bescheid geben. Und so viel ist sicher, fort gingen sie, aber keiner von ihnen kam wieder zurück, sondern da saßen wir anderen, die Frau Doktor, Adolf und Cora und Daniel und ich, und warteten, warteten.

Das war natürlich etwas langweilig, und als niemand zurückkam, sagte Daniel, jetzt will er gehen und sich Auskunft holen; er würde sobald als möglich wieder zurück sein.

Aber wie sonderbar, auch Daniel kam nicht wieder. Es ging nun auf fünf Uhr, und um diese Zeit mußte sich der Festzug in Bewegung setzen, wenn wirklich etwas aus dem Maskenzug werden sollte. Schließlich erboten sich Cora und Adolf Hedberg, nun selbst Auskunft zu holen. Und sie sagten, sie würden natürlich in ein paar Minuten wieder zurück sein.

Und sie sahen ja besonders zuverlässig und überlegen aus, daß sich niemand hätte denken können, es würde bei ihnen genau so sein wie bei den andern. Aber doch war es so. Die Zeit verging und verging, und sie kamen nicht wieder.

Frau Doktor Hedberg war wirklich sehr lieb und freundlich gegen mich. Sie begriff ja, daß ich große Angst hatte, ich würde schließlich überhaupt nicht zu dem Frühlingsfest kommen (ich war doch nur des Frühlingsfestes wegen nach Uppsala gefahren), und als es nun fünf Uhr schlug, da beruhigte sie mich und sagte, es ist noch Zeit genug, denn in Uppsala fängt alles erst eine Viertelstunde nach der festgesetzten Zeit an.

Und im übrigen, sagte sie, wäre sie überzeugt, daß das Frühlingsfest nicht stattfinde, denn sonst wären ganz gewiß einige von den Ausgeschickten zurückgekommen.

Als es dann aber fünf Minuten über fünf Uhr war, ohne daß jemand erschien, meinte sie, es ist wohl am besten, wenn sie und ich selbst ein wenig fortgehen und sehen, wie es sich verhält. Und das taten wir. Frau Hedberg ging nach dem Fyrisfluß, und als wir an die Islandbrücke kamen, sahen wir wirklich ein paar Verkleidete laufen. Der eine war in rotem Trikot, der andere in blauem, und sie machten hohe Sätze und Sprünge. Es sah recht komisch aus, und ich sagte zu Frau Hedberg, wenn diese beiden im Sinne hätten, sich dem Maskenzug anzuschließen, wäre es am besten, wir gingen hinter ihnen her.

Aber das wollte Frau Hedberg nicht. Sie meinte, es hat gar keinen Wert, hinter diesen Narren herzulaufen. Sie war überzeugt, daß der Maskenzug, wenn er überhaupt stattfand, sicher durch die Bachstraße kommen mußte.

Es war ganz merkwürdig: wo wir auch gingen, nirgends war ein Mensch zu sehen. Wir wunderten uns sehr, daß es überall so menschenleer war, und wir konnten absolut nicht begreifen, woher das kommen mochte.

Wir gingen über die Island-Brücke, und dann wanderten wir die westliche Bachstraße entlang nach dem großen Restaurant Flustret. Aber auch da sahen wir keinen Menschen, bei dem wir uns nach dem Maskenzug und dem Frühlingsfest erkundigen konnten.

Plötzlich hörten wir hinter uns lautes Schreien und Rufen. Wir schauten uns um, und da erkannten wir wirklich weit hinten in der Straße einen großen Volksauflauf.

Frau Hedberg meinte, dort muß eine Schlägerei im Gange sein. Sie wollte einfach nicht in diese Richtung gehen, sondern verfolgte den Weg nach dem Flustret weiter.

Als wir dahin kamen, sahen wir, daß in dem großen Garten Tische und Stühle standen, aber kein einziger Gast war zu erblicken.

Da sagten wir, Frau Hedberg und ich, zueinander, hier zeigt sich ja deutlich, daß das Frühlingsfest abgesagt ist, denn offenbar waren alle Menschen daheimgeblieben.

Jedenfalls aber gingen wir noch eine gute Weile in der Bachstraße auf und ab, denn hier hätte ja der Zug vorüberkommen müssen, wenn etwas daraus geworden wäre. Aber nachdem wir uns wohl noch eine halbe Stunde lang hier aufgehalten hatten, fing es zu regnen an.

Da gingen wir nach Hause, denn jetzt waren wir ganz fest überzeugt, daß sowohl das Frühlingsfest als auch der Maskenzug wegen des Regens abgesagt waren.

Als wir heimkamen, war auch dort niemand. Selbst das Dienstmädchen war fortgegangen, und so mußte Frau Hedberg selbst in die Küche gehen, um das Abendbrot zu machen.

Ich stellte mich eine Weile ans Fenster und schaute in den Regen hinaus. Da ich aber niemand hatte, mit dem ich mich unterhalten konnte, dachte ich mir, ich kann jetzt ebensogut mein Tagebuch holen und die Ereignisse des Tages niederschreiben. Und nun habe ich mehrere Stunden lang in der Sofaecke gesessen und geschrieben.

Am gleichen Tag abends zehn Uhr

Frau Doktor Hedberg hat mich auf ihr Salonsofa gebettet, und ich liege recht gut hier, aber ich kann nicht schlafen, weil ich sehr empört über Daniel bin. Da ist es am besten, ich schreibe noch etwas Tagebuch, damit ich auf andere Gedanken komme.

Als es einige Minuten nach neun Uhr war, klingelte es endlich an der Flurtür.

Cora und Adolf waren es, die heimkamen, und sie wunderten sich über die Maßen, daß sie Frau Hedberg und mich schon zu Hause trafen. Sie glaubten wir wären noch mit Daniel bei irgendeinem Kommers.

Das gab lange Erklärungen und großes Bedauern, weil wir weder den Maskenzug noch das Frühlingsfest gesehen hatten.

Frau Hedberg fragte natürlich, warum sie denn nicht zurückgekommen waren und uns Bescheid gegeben hatten, und da sagten sie, daran wäre Daniel schuld. Gleich als sie auf die Straße kamen, waren sie auf verkleidete Personen gestoßen, und daran hatten sie gemerkt, daß der Maskenzug stattfinden sollte. Sie hatten eben umkehren und uns Nachricht geben wollen, als sie mit Daniel zusammentrafen, der ihnen sagte, er wäre auf dem Weg zu Frau Hedberg, um sie und mich zum Frühlingsfest abzuholen.

Die beiden hatten dann zuerst den Maskenzug vorbeikommen sehen, dann waren sie in den Botanischen Garten gegangen und hatten da das Frühlingsfest erlebt. Professor Montan hat eine wunderschöne Rede über den Frühling in der Natur und über den Frühling im Menschenherzen gehalten.

Frau Hedberg fragte, ob es denn nicht stark geregnet hat?

Ach, mit dem Regnen wäre es nicht gefährlich gewesen. Sie hätten allerdings mit aufgespannten Schirmen dastehen müssen, aber das hätten sie bei dem Schönen, das sie hörten, ganz vergessen. Der Erzbischof Sundberg hätte eine gewaltige Rede gehalten, und die Gesänge wären göttlich gewesen. Es wäre auch „Ach, wie herrlich die Maisonne lacht!" gesungen worden, und da hätte man den Regen und die Kälte völlig vergessen.

Die beiden, Adolf und Cora, waren ganz aufgeheitert und nicht mehr so steif und wortkarg wie zuerst.

So weiß ich nun, daß das Frühlingsfest stattgefunden hat; aber warum Daniel nicht kam und mich holte, das begreife ich nicht. Er hat sich auch beim Abendessen hier nicht sehen lassen.

Ich meine, ich habe wohl Grund, etwas ärgerlich auf ihn zu sein.

Samstag, den 10. Mai, abends zehn Uhr

Auf Frau Hedbergs Salonsofa, gerade wie gestern

Theodor Hammargren hat gesagt, es kann sein, daß man mir heute abend ein Ständchen bringt. Nun habe ich Angst, ich könnte vielleicht nicht aufwachen, und so schreibe ich Tagebuch, damit ich nicht einschlafe. Das wäre zu unangenehm, wenn es mir ginge wie dem Mädchen, von dem es in dem Studentenlied heißt: „Um zu wecken diese Flamme, braucht man die Gerichtsposaun!"

Als Daniel und die andern Kostgänger zum Frühstück kamen, wurde natürlich sofort vom Frühlingsfest gesprochen. Und ich erklärte, ich hätte guten Grund, über Daniel ärgerlich zu sein, und fragte ihn sofort, warum er nicht gekommen war, mich und Frau Hedberg abzuholen, wie er versprochen hatte. Aber da wurde ich eines andern belehrt. Gleich nach fünf Uhr war Daniel gekommen, uns abzuholen; aber als er kam, waren wir schon fortgegangen. Der Fehler lag also bei uns und nicht bei Daniel. Da wir nicht zu Hause auf ihn gewartet hatten, glaubte er, wir sind zum Frühlingsfest vorausgegangen, und so hatte er sich eiligst dorthin auf den Weg gemacht.

„Aber wir wußten ja gar nicht, ob das Fest stattfindet", sagte ich. „Wir glaubten die ganze Zeit über, es ist abgesagt, weil es regnete."

„Habt ihr auch den Maskenzug nicht gesehen?" fragte Daniel.

„Nichts haben wir gesehen", antwortete ich.

„Aber ihr müßt doch alle die Masken gesehen haben, die in den Straßen herumliefen, bevor sich der Zug in Marsch setzte?"

„Ich habe nur zwei Verkleidete gesehen, und auf der ganzen Straße war nicht ein einziger Mensch, den wir fragen konnten", sagte ich.

„Wohin seid ihr denn gegangen?" fragte Daniel.

„In die Bachstraße."

„Lieber Himmel!" seufzte Daniel. Er dachte gewiß, Frau Doktor Hedberg und ich sind unbegreiflich dumm gewesen. „Ihr seid also auf der Bachstraße herumgewandert? Aber konntet ihr euch denn nicht denken, daß es da so menschenleer war, weil alle Leute dort waren, wo sie den Maskenzug sehen konnten?"

„Wir glaubten, der Maskenzug wird durch die Bachstraße kommen", antwortete ich.

„Aber habt ihr denn nicht gewußt, daß das Fest im Botanischen Garten stattfand, und dahin kommt man doch nicht, wenn man durch die Bachstraße geht! Aber ihr hättet von dort trotzdem den Anfang des Zuges sehen müssen."

Ja, wir haben auch in der Ferne einen Haufen Leute gesehen, aber wir meinten, es handelt sich um eine Schlägerei", sagte ich.

„Lieber Himmel!" seufzte Daniel noch einmal.

Man konnte ihm wohl anmerken, daß er ganz empört war. Er hatte das Seinige getan, und ich hatte es nur mir selbst zu verdanken, weil ich nicht ein wenig geduldiger gewesen war und auf ihn gewartet hatte.

Es ist höchst merkwürdig, immer benehme ich mich verkehrt, wenn Daniel und ich beisammen sind. Wer könnte auch so ruhig und sicher sein wie er immer ist!

Jetzt will ich aber nicht weiter über das mißglückte Frühlingsfest jammern, denn heute bin ich den ganzen Tag ungeheuer vergnügt gewesen; ich habe sehr viel gesehen und sehr viel gelernt, und ich bin so beglückt, weil ich nach Uppsala kommen durfte, daß ich es nicht beschreiben kann.

Das Gabelfrühstück selbst war natürlich nicht ganz behaglich, weil mich alle Studenten fragten, wie mir das Frühlingsfest gefallen hat, und als sie dann erfuhren, daß ich überhaupt nicht dabei gewesen war, hörten sie gar nicht mehr auf mit ihrem Bedauern.

Sie gaben allerdings zu, daß sie alle miteinander versprochen hatten, wieder herzukommen und Bescheid zu geben, ob das Fest im Botanischen Garten stattfinden würde, und daß sie das versäumt hatten. Aber sie hatten ja Daniel auf der Straße gesehen, als der Zug vorüberzog, und wie hätten sie da auf den Gedanken kommen sollen, daß ich nicht benachrichtigt sein könnte?

Alle schienen sich aber etwas schuldbewußt und beschämt zu fühlen, denn mehrere fragten mich, was ich heute vorhabe, und mein Vetter Theodor Hammargren sagte, er will veranlassen, daß mir ein Ständchen gebracht wird. Ich glaube, das sollte ein kleiner Trost für mich sein.

Und es sah wirklich aus, als ob Daniel auch ein wenig reumütig wäre, denn er machte den Vorschlag, mit mir in den Dom zu gehen. Und vielleicht dachten Adolf und Cora auch, sie hätten mich etwas vernachlässigt, denn sie erklärten, sie wollten auch mitgehen, und während der ganzen Zeit waren sie dann sehr freundlich und liebenswürdig zu mir.

Auf der Straße trafen wir mit Anders Lagerlöf von Christinehamn zusammen, und als er hörte, wohin wir wollten, schloß er sich uns auch an. Und es war recht gut, daß er mitkam, denn er weiß alles und hat ein hervorragendes Gedächtnis. Wie Daniel, will er auch Arzt werden, aber die andern Studenten sagen, er wird niemals Zeit finden, das Doktorexamen zu machen, denn er müßte ja vorher jedes Buch, das sich in der Carolina Rediviva befindet, von A bis Z gelesen haben.

Der Dom von Uppsala ist großartig. Er ist so herrlich, daß ich kaum etwas über ihn zu schreiben wage, denn es wird wohl zu kindlich.

Dieser Dom ist viel größer als die Kirchen in Stockholm. Und er ist auch ganz anders gebaut. Wenn man eintritt, bleibt man unwillkürlich stehen und holt tief, tief Atem. Wenigstens ging es mir so.

Anders Lagerlöf sagt (und das hat er wohl irgendwo gelesen), wenn man diesen Dom betritt, fühlt man gleich, daß die, die ihn einst am Ende des zwölften

Jahrhunderts bauten, durchaus nicht an die Mühe oder die Kosten gedacht haben, sondern nur daran, ein Haus zu bauen, würdig, daß Gott dort wohnt. Und als Anders das sagte, war mir genau so, als fühlte ich Gottes Gegenwart. Er schwebte oben im Gewölbe und sah auf uns herunter, obgleich wir ihn nicht sehen konnten.

Ich bin noch niemals in eine Kirche getreten, wo man Gottes Gegenwart so deutlich fühlt; aber dieses ist auch die erste Kathedrale, die ich gesehen habe.

(Kathedrale ist ein sehr schönes Wort.)

Es war ein Samstagvormittag, und so war kein Gottesdienst. Außer uns fünf und dem Kirchendiener, der uns herumführte, war die Kirche vollkommen leer, aber es war sehr feierlich. Ich hätte da drinnen ganz ruhig stehen bleiben und nur immer an Gott denken mögen.

Anders erzählte mir, wie es früher war, wenn eine Kirche gebaut wurde. Große Abteilungen von Arbeitern haben da gemauert und Steine zugehauen, wohl zwanzig Jahre lang, ja gar fünfzig und hundert Jahre lang, ehe das Gotteshaus fertig war. Und er sagte, man kann jetzt keine schönen Kirchen mehr bauen, weil alle Menschen es so eilig haben und ihre Arbeit nicht mehr mit derselben Liebe ausführen, wie das früher der Fall war.

Darin hatte Anders gewiß recht, und im stillen dachte ich, die Menschen müssen sehr glücklich gewesen sein, die ihr ganzes Leben lang an einer Kathedrale bauen durften. Ich glaube, das würde ich noch lieber tun als Romane schreiben.

Und wie merkwürdig, da hatte ich nun immerfort darauf gewartet, daß Gott mich strafen wird, weil ich am Osterfest meinen Glauben nicht bekannt hatte! Wie Gott so kleinlich sein könnte! Nein, diese Angst vor Gott verschwand im gleichen Augenblick, wo ich in die Kathedrale hineinkam. Da begriff ich, daß alles, was ich bis jetzt über Gott gedacht hatte, sehr kindlich und einfältig gewesen war.

Aber selbstverständlich konnte ich nicht dauernd dort auf einem Fleck stehen bleiben und nachdenken, denn der Küster war sehr eifrig, uns alles merkwürdige, was es in der Kathedrale gab, zu zeigen.

Wir wanderten durch die ganze Kirche und betrachteten die schöne Kanzel und den stattlichen Altarschmuck und alles andere, was es da gab. Wir sahen das kostbare Reliquiar von Erik dem Heiligen und Gustaf Wasas großes Grabdenkmal, wo er zwischen seinen beiden Gemahlinnen ruht. Und wir sahen die „Grabchöre", den kapellenumkränzten Chorumgang, wo Mitglieder der Familien Sture und Banér und Oxenstierna und andere ihren letzten Schlaf schlafen.

Der Küster war sehr gefällig und erklärte uns alles Sehenswerte, und was ihm nicht bekannt war, das wußte Anders Lagerlöf.

Hier ruht Jakob Ulfsson, der die Universität Uppsala gegründet hat, und da ruhen die Eltern der heiligen Brigitte, und da liegen auch Mitglieder der Familien Horne und Bielke und der große Linné und Johann III. und Katarina Jagellonica.

Noch nie habe ich Schweden so geliebt wie hier in dem herrlichen Dom.

Ich kann ja nicht so recht beschreiben, wie es war, aber ich war tief bewegt, weil ich von vielen Menschen reden hörte, die so sehr tüchtig gewesen sind und große Dinge vollbracht haben.

Und es war sehr schön, zu denken, daß sie hier in dem Tempel, wo Gott wohnt, ruhen dürfen. Das ist ihre Belohnung dafür, daß sie ihm und ihrem Vaterland gedient haben.

Der Besuch im Dom hatte mich sehr gestärkt und aufgemuntert, ich war wie ein ganz anderer Mensch. Ich wollte von Herzen gern Gott und Schweden dienen, ebenso wie die großen Männer und Helden, die da begraben liegen.

(Jetzt kann ich nicht mehr schreiben, weil Frau Hedberg eben die Tür aufgemacht und gesagt hat, sie hört, daß sich die Sänger drunten auf der Straße versammeln.)

Sonntag morgen

Im Zug zwischen Uppsala und Stockholm

Ja, jetzt will ich versuchen, alles aufzuzählen, was ich gestern nachmittag gesehen habe, aber es wird mir nicht leicht fallen, denn es war nicht weniger als eine ganze Stadt.

Nachdem wir gestern bei Frau Doktor Hedberg zu Mittag gegessen hatten, schlug Daniel vor, ich soll noch einmal mit ihm ausgehen, denn es gab ja noch sehr vieles, was ich noch nicht gesehen hatte, und ich hatte ja nicht mehr viel Zeit, weil ich heute morgen wieder nach Stockholm zurückfahren sollte.

Das taten wir also, und wir waren noch nicht lange unterwegs, als wir mit Adolf Noreen und Erik Henrik Lindh zusammentrafen, die sich uns anschlossen. Und als Adolf hörte, daß wir die Stadt betrachten wollten, war er Feuer und Flamme und sagte, wenn er jetzt dabei ist, will er auch dafür sorgen, daß ich über alles ordentlich Bescheid bekomme.

Und dann belehrte Adolf mich und sagte, hier in Uppsala darf man nicht vergessen, immer mit der Zahl vier zu rechnen. Es gibt da vier vornehme Stadtteile: Kungsängen, Swartbäcken, Fjärdingen und Luthagen.

Von besonders merkwürdigen Gebäuden sind auch vier da: der Dom, das Schloß, das Gustavianum und die Carolina Rediviva mit der Bibliothek.

Auch vier kleinere Gebäude sind noch von Bedeutung; die muß ich auch im Gedächtnis behalten: das Haus des Erzbischofs, das Haus des Dichters Gejer, das Värmländische Nationalgebäude und die Bauernkirche.

Wir lachten herzlich über Adolf und seine Vieren, aber er ließ sich das nicht anfechten, sondern führte uns herum und zeigte uns, wie recht er hatte. Und es ist wahrhaftig ganz merkwürdig, wie gut man nach seiner Methode alles behalten kann.

Es gibt ja viele Straßen in Uppsala, aber eigentlich sind es nur vier, die man kennen muß, wenn man zu einem kurzen Besuch in der Stadt war. Die Vaksalastraße, die Königinstraße, die Östliche und die Westliche Bachstraße.

Über den Fyrisfluß gibt es vier Brücken, die ich lernen mußte: die Dombrücke, die Neue Brücke, die Islandbrücke und die Eiserne Brücke.

Weiter hatte die Stadt vier große Plätze: den Großen Markt, den Alten Markt, den Holzmarkt und den Sankt-Eriks-Markt; vier Parks und Anlagen: den Odinshain, den Carolinapark, den Botanischen Garten und den Kirchhof; vier große Restaurants: Gillet, Gästis, Flustret und Rullan, neben vielen, vielen kleinen.

Die Stadt hat auch vier Merkwürdigkeiten: die Uhr der Königin Christina, das Sturegefängnis, die Sankt-Eriks-Quelle und die verschnittenen Fichten im Botanischen Garten.

Ja, natürlich gibt es außerdem noch vieles andere; Hörsäle und Institute, Krankenhäuser und Museen. Adolf teilte sie alle so ein, daß es in jeder Abteilung immer vier waren; aber ich kann sie nicht aufzählen, denn ich muß noch etwas sehr Wichtiges erzählen, bevor ich in Stockholm ankomme.

Nur eins will ich noch erwähnen: Adolf sagte mir, daß es in Uppsala etwas gibt, was ganz einmalig und unvergleichlich ist; es gibt überhaupt nichts, was man dem an die Seite stellen kann. Das ist der Codex argenteus, die Bibel des Bischofs Ulfilas, die mit Gold- und Silberbuchstaben auf Purpurpergament geschrieben ist und in der Universitätsbibliothek der Carolina Rediviva aufbewahrt wird. Er begnügte sich auch nicht damit, mir dies mitzuteilen, sondern ich mußte mit in die Bibliothek gehen und die Bibel sehen. Adolf wird sicherlich einmal ein ausgezeichneter Lehrer, dafür möchte ich meinen Kopf hinhalten.

Ganz zuletzt lud Daniel uns in das große Restaurant Flustret zu Kaffee und Kuchen ein. Es war herrliches Wetter. Wir konnten im Garten sitzen, und ich kann gar nicht beschreiben, wie schön es war, ein wenig ausruhen zu dürfen. Wenn man am Vormittag von Anders Lagerlöf belehrt worden ist und am Nachmittag von Adolf Noreen, dann fühlt man das nachher im Kopf und in den Füßen.

Ich war froh, daß Daniel und Adolf und Erik Henrik Lindh auch zufrieden waren, nun eine Weile stillsitzen zu dürfen. Es war wirklich überaus unterhaltend da, denn während wir die ganze Stadt durchstreift hatten, waren ihnen alle möglichen Uppsalaer Geschichten von Gelehrten und vergeßlichen Professoren und von lustigen, schlagfertigen Studenten eingefallen, die sie mir nun erzählten.

Ja, es ging so lustig bei uns zu, daß die Leute auf uns aufmerksam wurden, und bald kamen einige Studenten heran, die Daniel oder Adolf kannten und sich nun bei uns niederließen. Daniel spendierte Punsch und Sodawasser, und es wurde sehr viel gelacht und geschwatzt. Ich hörte eine solche Menge über Examentermine und über Durchfälle und gerechte und ungerechte Zeugnisse und über schöne junge Uppsalaer Mädchen und über Bälle, in den studentischen Verbindungen, daß es mir vorkam, als stände ich selbst mitten im Uppsalaer Leben.

Wir saßen, wie gesagt, im Garten, und an einem benachbarten Tisch entdeckte ich plötzlich Fräulein Ida von K. mit dem dicken Herrn und der stattlichen Frau, die ich für ihre Eltern gehalten hatte. Es saß auch ein Student mit am Tisch, der kehrte mir aber den Rücken zu, und so dauerte es eine Weile, bis ich sehen konnte, ob es ihr Bräutigam oder ein anderer Student war.

Aber dann drehte er das Gesicht nach meiner Seite, und er war wirklich mein Student! Ja, er war es leibhaftig, aber ich hatte ja auch nichts anderes geglaubt, seit ich gesehen hatte, daß Fräulein von K. zum Frühlingsfest reiste. Deshalb zeigte ich auch jetzt, als ich ihn erblickte, keine Spur von Bestürzung.

Die Studenten an unserem Tisch hatten nun einen neuen Gesprächsstoff angeschlagen. Sie sprachen von der Restaurierung des Doms, für die sich der Erzbischof ganz besonders interessierte, und sie disputierten leidenschaftlich darüber, ob diese Wiederherstellungsarbeiten im französischen oder im deutschen Stil vorgenommenn werden sollten. Dieser eifrige Meinungsaustausch war mir sehr willkommen, denn so fiel es keinem von allen auf, daß ich immer nach dem Nachbartisch hinüberschielte.

Ebenso lebhaft, wie es bei uns zuging, ebenso unerquicklich schien es bei den andern zu sein. Sie saßen gelangweilt da und nippten an ihrer Tasse Kaffee; aber eine Unterhaltung schien bei ihnen nicht im Gang zu sein. Auch standen weder Kuchen noch Punsch vor ihnen auf dem Tisch, nichts als eine einfache Tasse Kaffee.

Mein Student saß sonderbar vorgebeugt, sein Gesicht berührte fast die Tischplatte. Für mich sah es aus, als wäre er so krank, daß er nicht einmal aufrecht auf seinem Stuhl sitzen konnte.

Erik Henrik Lindh saß meistens still da und ließ die andern schwatzen. Das tat er auch jetzt, aber jedenfalls beobachtete er alles genau, und ich merkte wohl, daß er mehrere Male zu den schweigsamen Menschen am Nachbartisch hinüberschaute. Und plötzlich beugte er sich zu Daniel hinüber, der neben ihm saß, und sagte mit leiser Stimme, um die lebhafte Unterhaltung über den Dom nicht zu stören:

„Es scheint nichts aus der Versöhnung zu werden", und zugleich machte er eine vorsichtige Bewegung nach dem andern Tisch hin.

„Versöhnung?" erwiderte Daniel ebenso leise, und nun warf auch er einen Blick zu den Nachbarn hinüber. „Was willst du damit sagen?"

„Hast du nicht gehört, daß seine Eltern von Christiania hergereist sind, um die Sache wieder in Ordnung zu bringen, und daß sie seine Braut überredet haben, mit hierher zum Fest zu fahren?"

„Prosit, Erik Henrik!" rief in diesem Augenblick ein Student von der andern Seite des Tisches her, so daß Lindh unterbrochen wurde. Und das war recht gut, denn ich fühlte, daß ich dunkelrote Wangen bekommen hatte. Wie merkwürdig war das! Erstens, daß Fräulein von K.s Verlobung aufgehoben war, und zweitens, daß das alte Paar am nächsten Tisch die Eltern meines Studenten sein sollten! In meiner großen Bestürzung hätte ich sicher Lindh zugerufen, das müßte ein Mißverständnis sein, wenn ich nicht etwas Zeit gehabt hätte, mich zu fassen. Ich hatte mir ja eingebildet, der Vater meines Studenten wäre ein Prinz, ein großer und stattlicher Herr, wie Karl XV. oder Oskar II. Aber der alte Herr dort am andern Tisch sah fast aus wie der Kolonialwarenhändler an der Ecke der Klara-Berg-Straße und der Strandstraße. Nein, der konnte niemals ein Prinz gewesen sein, das war unmöglich.

Ich hatte mich also getäuscht, und noch dazu gründlich. Und es tat mir weh, daß mein Student nichts weiter war als ein gewöhnlicher Mensch.

Aber jedenfalls gefiel er mir natürlich trotzdem; und daß seine Verlobung in die Brüche gegangen war, darüber freute ich mich auch. Nicht, daß ich glaubte, er wird nun kommen und mich lieb gewinnen, nein, aber Fräulein von K. sah nicht liebenswürdig aus. Ich hatte schon immer gedacht, sie ist nicht gut genug für ihn.

Erik Henrik Lindh war ein Weilchen den Erörterungen über den Dom gefolgt, aber bald neigte er sich wieder zu Daniel hin.

„Aber du hast doch gehört, daß er umsatteln und Pfarrer werden will?" sagte er.

„Jawohl, das habe ich schon gehört", antwortete Daniel. „Aber schade ist es um ihn! Theodor Hammargren, der dieselben Vorlesungen gehört hat, behauptet, daß er ein ganz besonderes Licht hätte werden können. Mindestens Justizrat."

„Ja, Regierungspräsident des Sveareichs, und was es noch für vornehme Titel gibt", warf Lindh ein.

„Das wäre so etwas — als arme Pfarrfrau draußen bei den Bauern zu sitzen, wenn man gemeint hat, man wird Präsidentin oder Justizrätin", warf Daniel ein. „Da wundert es mich nicht, daß sie mit ihm gebrochen hat."

Sie hat vielleicht gemeint, sie kann ihn von der Pietisterei wegbringen, wenn sie die Verlobung auflöst", versetzte Lindh. „Sie wollte ihm wohl nur einen Schreck einjagen."

„Ja, vielleicht," erwiderte Daniel. „Aber damit hat sie die Sache nur noch schlimmer gemacht."

„Ja, er hatte ja vorher schon einen harten Schlag bekommen, und nun das noch dazu!"

In dem Augenblick, als Lindh das sagte, erhoben sich die vier, die am Nachbartisch saßen, um zu gehen. Daniel und Lindh und Adolf und noch einige andere

Studenten, die meinen Studenten kannten, standen, als er an uns vorbeikam, auf und grüßten ihn und seine Begleiter. Mein Student und die andern, die bei ihm waren, erwiderten zwar den Gruß, aber es war, als beschleunigten sie ihre Schritte. Es sah aus, als wollten sie recht schnell von allem wegkommen, was vergnügt und lustig war.

Ich konnte von meinem Platz aus nicht viel von meinem Studenten sehen, aber an dem wenigen, was ich von ihm sah, erkannte ich wohl, daß er sich ganz verändert hatte. Mager und zusammengesunken war er, und seine Augen hatten allen Glanz verloren. Er muß fürchterlich unglücklich sein.

Und mich sah er natürlich nicht.

Ach, ich wäre am liebsten zu ihm hingegangen (und ich hätte es gewiß getan, wenn Fräulein von K. nicht dabeigewesen wäre), um ihn zu begrüßen und ihn zu fragen, ob er sich noch an die kleine Värmländerin erinnert, zu der er Weihnachten in der Eisenbahn so nett war. Ich glaube, das hätte ihm wohl getan.

Aber nun tat ich es nicht.

Wir gingen bald nachher auch fort, um rechtzeitig zum Abendbrot bei Frau Hedberg zu sein. Ich hätte schrecklich gern Daniel oder sonst jemand in Uppsala gefragt, was denn das für ein Unglück war, das meinem Studenten zugestoßen ist, weil er sich so verändert hat, aber ich wagte es nicht. Seit ich ihn wieder gesehen habe, fürchte ich mich sehr, in Tränen auszubrechen, wenn ich seinen Namen ausspreche. (Ach, ich bin ja leider immer so sehr leicht zu Tränen gerührt, und ganz besonders, wenn es sich um meinen Studenten handelt!)

Wenn ich ihm doch nur ein Wort hätte sagen können! Ich habe das bestimmte Gefühl, daß er jetzt hier mit im Zug ist; und so oft jemand die Tür unseres Wagenabteils aufmacht, meine ich, er muß es sein. Aber er kommt nicht.

Wenn ich nur wenigstens erfahren könnte, wie alles zusammenhängt!

Warum erzählte die Frau Oberst H. die Geschichte von dem Studenten, der wahnsinnig wurde und sich erschoß, und warum sagte sie, daß die jungen Leute soviel Unheil anrichten können?

Aber vielleicht ist er bei jener unglücklichen Reise nach Stockholm dabei gewesen?

Vielleicht war er einer von den dreien, die im Hotel in dem kleinen Zimmer schliefen? Vielleicht war er einer von denen, die darauf verfallen waren, die Kugeln aus dem Revolver herauszukratzen?

Vielleicht war er dann nachher so verzweifelt, daß er, um Buße zu tun, nun Pfarrer werden will.

Aber Fräulein von K. hat wohl nichts von seiner Absicht, Pfarrer zu werden, hören wollen, sondern einfach die Verlobung aufgehoben. Und das hat natürlich das Unglück noch größer gemacht.

Ja, es ist möglich, daß es so zusammenhängt, aber ich weiß ja nichts Bestimmtes. Ich habe große Angst, mich Einbildungen hinzugeben. Dazu bin ich schrecklich leicht geneigt. Wenn ich allein bedenke, wie sicher ich gewesen bin, daß mein Student ein Prinz sein muß!

Ja, jetzt sehe ich, daß wir gleich in Stockholm sind, und damit ist die Reise nach Uppsala zu Ende.

Ich bin Frau Doktor Hedberg sehr dankbar, daß sie mich nach Uppsala eingeladen hat, und auch Cora und Adolf, die am zweiten Tag sehr nett gegen mich waren, und Theodor Hammargren, der mir ein Ständchen brachte, und Anders Lagerlöf, der mir den Dom zeigte und Adolf Noreen, der mir ganz Uppsala zeigte und Daniel, der mich ins Studentenkonzert einlud und meinetwegen so viel Mühe hatte.

Als Daniel mich zum Zug begleitete, sagte er, diese paar Tage in Uppsala mit mir wären ihm ein rechtes Vergnügen gewesen.

Ich war sehr erstaunt, und ich konnte gar nicht begreifen, was mit Daniel los war. Aber es tat mir recht wohl, es zu hören.

NACHRICHT VON MÅRBACKA

Dienstag, 13. Mai

Im Salon bei Onkel Oriel

Gestern war hier in Stockholm die Königskrönung; aber es regnete, und so sahen wir nichts von der ganzen Herrlichkeit. Jedenfalls bin ich aber recht froh über diese Krönung, denn ihretwegen ist Tante Lovisa nach Stockholm gekommen.

Für Tante Lovisa selbst ist es aber, wie ich glaube, gar nicht nett gewesen. Vom Krönungszug hat sie auch nichts gesehen, und das muß eine sehr große Enttäuschung für sie sein, denn sie hat doch die ganze Reise nach Stockholm nur gemacht, um die Königlichen zu sehen.

Sie hatte sich in Karlstadt einen wunderschönen Sommermantel und einen weißen, mit Tüll und Rosenknospen verzierten Hut gekauft; aber all diese Feinheit hat ja kein Mensch beachtet, weil man die ganze Zeit den offenen Regenschirm über sich halten mußte.

Für mich aber war ihr Kommen geradezu eine Wohltat. Ich wußte gar nichts davon, bis ich am Sonntagvormittag von Uppsala wieder in Stockholm eintraf. Da wartete ein Brief aus Mårbacka auf mich, und in dem Brief schrieb Mutter, daß Tante Lovisa im Sinne hat, nach Stockholm zu reisen, um die Krönung zu sehen, und daß sie am Samstag-Abend ankommen wird.

Mutter schrieb auch, Tante würde in der Klara-Berg-Straße bei einer mit Frau Hedda Hedberg bekannten Familie wohnen, und das war recht gut, denn es ist nur ein paar Schritte von der Klara-Strand-Straße Nr. 7 entfernt.

Ich war nach der Uppsalaer Reise recht müde, und bedrückt war ich auch, und so freute ich mich zuerst nicht besonders über Tante Lovisas Besuch in Stockholm. Ich hätte mich lieber auf ein Sofa gelegt, um mich nach allen Strapazen auszuschlafen.

Jetzt aber zog ich natürlich Hut und Mantel an und ging, mich nach ihr erkundigen.

Im ersten Stock eines kleinen, niedrigen Hauses traf ich sie. Gleich hinter dem Flur kam man in ein helles, hübsches Zimmer, und da stand Tante Lovisa vor dem Spiegel und probierte den neuen Frühjahrsmantel und den Hut mit den Rosenknospen an.

Höchst verwundert machte ich auf der Schwelle halt. Noch niemals hatte ich gedacht, daß Tante Lovisa schön ist, als ich sie aber jetzt sah, da war ich davon überzeugt. Aber daß sie schön war, das war nicht genug, sondern ich fühlte, daß sie etwas sehr Liebes mitgebracht hatte.

Es ist wohl dumm, das zu sagen, aber mir war, als brächte sie ganz Mårbacka mit.

Sie hatte so weiche Wangen und so liebe Augen und kleine rundliche Hände. Nein, sie konnte von keinem andern Ort auf der Welt gekommen sein. Man sah es ihr an, daß sie aus Mårbacka war.

Sie ist ja so gut, daß sie niemals böse werden kann, und über etwas wirklich Schweres oder Ernstes macht sie sich nie Sorgen, sondern nur über Kleinigkeiten. Und sie weiß nichts von Schlechtigkeit oder Hartherzigkeit, noch von dem Gefährlichen und Häßlichen, unter das man in einer so großen Stadt wie Stockholm geraten kann.

Sie ist nur ein Mårbacka-Kind und nichts anderes, ein altes, liebes Mårbacka-Kind.

Und ein Mårbacka-Kind bin ich ja auch, obgleich ich bei weitem nicht so gut bin wie Tante Lovisa, und in wenigen Wochen darf ich nun wieder heim!

Das ist ein großer Trost. Ende Mai darf ich nach Mårbacka zurückfahren. Ich hatte meine Gedanken wo anders gehabt, ich hatte fast vergessen, daß es ein Mårbacka gibt. Ach, wie gut ist es, daß Tante Lovisa nach Stockholm gekommen ist, und daß damit Mårbacka in meinen Gedanken wieder erstanden ist.

Dort werde ich alles vergessen, was mich betrübt hat, dort werde ich wieder froh und glücklich sein, denn auf Mårbacka gibt es keinen Kummer und keine Sorgen.

Ende

Mårbacka

INHALT

DIE REISE NACH STRÖMSTADT

DIE GESCHICHTEN DER ALTEN HAUSHÄLTERIN

ALTE GEBÄUDE UND ALTE LEUTE

Das Tagebuch

INHALT